KB185346

예언자의
노래

폴 린치 장편소설

허진 옮김

예언자의 노래

은행나무

애나, 아멜리, 그리고 엘리엇을 위하여

이미 있던 것이 훗날에 다시 있을 것이며
이미 일어났던 일이 훗날에 다시 일어날 것이다.
이 세상에 새것이란 없다.
_전도서 1장 9절

어둠의 시대에도
노래가 있을까?
그래, 노래가 있으리.
어둠의 시대에 대한 노래가.
_베르톨트 브레히트

일러두기

* 본문의 주는 모두 옮긴이의 것으로, 괄호 안에 글씨 크기를 줄여 표기했습니다.
* 거리명은 street는 가(街)로, road는 로(路)로, avenue는 대로(大路)로 옮겼습니다.
* 인명, 지명을 비롯한 고유명사의 표기는 국립국어원 외래어 표기법 규정을 따르되 이미 굳어진 외래어, 한국어 화자 대부분이 관용적으로 사용하는 외래어 표기는 예외로 하였습니다.

1

밤이 왔고 창가에 서서 정원을 내다보던 그녀는 문 두드리는 소리를 듣지 못한다. 어둠이 소리도 없이 벚나무를 거두어들인다. 마지막 남은 나뭇잎을 거두어들이자 나뭇잎들은 저항 없이 속삭이며 어둠을 받아들인다. 피곤하다, 하루가 거의 끝났다, 잠자리에 들기 전에 할 일이 아직 많고 아이들은 거실에 앉아 있지만 그녀는 유리창 앞에서 잠시 쉰다. 어두워지는 정원을 보고 있자니 이 어둠과 하나가 되고 싶은 마음, 밖으로 나가 어둠과 함께 누워서, 낙엽과 함께 누워서 밤을 보내고, 새벽과 함께 잠에서 깨 아침이 오면 새로워진 모습으로 일어나고 싶은 마음이 든다. 하지만 문 두드리는 소리. 그 소리가 생각 속으로 들어오고, 그 날카롭고 끈질긴 소리 하나하나에 두드리는 사람의 존재가 가득해서 그녀는 얼굴을 찌푸린다. 이제 베일리도 부엌으로 통하는 유리문을 두드리고 있다, 엄마, 라고 부르며 TV 화면에서 시선도 들지 않고 복도를 가리킨다. 아일리시는 어느새 아기를 안고 복도 쪽으로 움직이고, 현관문을 열자 두 남자가 포치 유리 앞에 서 있는데 어둠 때문에 마치 얼굴이 없는 것 같다. 그녀가 포치 불을 켠다, 그들이 서 있는 자세만 봐도 순식간에 누군지 알겠다, 포치 문을 옆으로 밀어서 열자 차가운 밤공기가 한숨을 쉬는 듯하다. 교외는 조용하다, 비가 세인트로런스가에, 집 앞에 세워진 까만 차에 말없이 내리고 있다. 남자들에게 밤의 느낌이 밴 듯하다. 아일리시가 방어적인 기분으로 그들을 보자 왼쪽의 젊은 남자가 남편이 집에 왔냐고 묻는다, 그가 그녀를 보는 태도, 먼 곳을 응시하는 듯하지만 샅샅이 살피는 눈빛을 보니 왠지 그녀 안의 무언가를 붙잡으려 애쓰는 것 같다. 아일리시는 순식간에 거리를 훑으며 우산을 쓰고 개를 혼자 산책시키는 사람을, 빗속에서 고개를 주억거리는 버드나무를, 길 건너 제이책의 집에서 깜빡거리는 커다란 TV 화면을 본다. 그러다가 자신을 가다듬고 웃음을 터뜨릴 뻔한다, 경찰이 집으로 찾아오면 누구나 느끼는 이 반사적인 죄책감. 벤이 품속에서 꿈틀거리기 시작하고 오른쪽의 나이 많은 사복 경찰이 아이를 보고는 표정이 부드러워지는 듯해서 그녀는 그를 향해 대답한다. 아일리시는 그 역시 아버지임을 알아차린다, 그런 것들은 항상 티가 나는 법으로, 나머지 한 명은 너무 젊고 너무 깔끔하고 매정하다. 그녀는 입을 열면서 목소리가 갑자기 떨리는 것을 의식한다. 곧 올 거예요, 아마 한 시간 안에요, 제가 전화를 해볼까요? 아니요, 그럴 필요는 없습니다, 스택 부인, 남편분이 들어오시면 형편이 되는 대로 최대한 빨리 연락해달라고 전해주시겠습니까, 여기 제 명함입니다. 아일리시라고 불러주세요, 제가 뭐 도와드릴 일이 있을까요? 아뇨, 없습니다, 스택 부인, 남편분의 문제라서요. 나이 많은 사복 경찰이 아이를 보며 환한 미소를 짓고 아일리시는 그의 입가에 잡힌 주름을 잠시 바라본다. 엄숙함 때문에 지워졌던 표정, 일할 때에는 어울리지 않는 표정이다. 염려하실 필요 없습니다, 스택 부인. 제가 왜 염려하겠어요, 경관님. 네, 그러니까요, 스택 부인, 저희는 부인의 시간을 더 빼앗고 싶지 않습니다, 오늘 저녁에 집집마다 찾아다니느라 충분히 젖었어요, 차에서 히터를 틀고 몸을 말리려면 꽤나 고생할 겁니다. 아일리시가 명함을 손에 쥔 채 포치 문을 닫고 두 남자가 자동차로 돌아가는 모습을, 그리고 자동차가 거리를 따라 움직이는 모습을 지켜본다, 교차로에서 브레이크를 밟자 한 쌍의 눈 같은 후미등이 한층 더 번쩍인다. 아일리시는 다시 고요해진 밤거리를 한 번 더 내다보고 현관문을 닫고 안으로, 복도의 온기 속으로 돌아온다, 그런 다음 잠시 서서 명함을 보다가 자신이 숨을 참고 있음을 깨닫는다. 무언가가 집 안으로 들어온 느낌이 든다, 그녀는 아기를 내려놓고 싶다, 가만히 서서 생각하고 싶다. 형체는 없지만 분명히 느껴지는 무언가가 어떻게 두 남자와 같이 서 있다가 마음대로 현관으로 들어섰는지 알아내고 싶다. 아일리시가 거실로 들어가서 아이들을 지나칠 때 옆에서 같이 살금살금 걷는 그것이 느껴진다. 몰리가 베일리의 머리 위로 리모컨을 들고 있고 베일리가 허공에서 손을 파닥거리다가 애원하는 표정으로 그녀를 본다. 엄마, 누나한테 내가 보던 프로그램 다시 틀라고 해주세요. 아일리시가 부엌문을 닫고 아이를 흔들 요람에 눕힌 다음 식탁에 놓인 노트북과 일기장을 치우기 시작하지만, 곧 손을 멈추고 눈을 감는다. 집으로 들어온 그 느낌이 따라왔다. 아일리시는 전화기를 보고 집어 들어 주저하는 손으로 래리에게 메시지를 보내고, 어느새 다시 창가에 서서 바깥을 내다본다. 이제 어두워지는 정원에 나가고 싶다는 생각이 들지 않는다, 저 어둠의 일부가 집으로 들어왔다.

래리 스택은 명함을 들고 거실을 서성인다. 얼굴을 찌푸리며 명함을 빤히 보다가 커피테이블에 내려놓고 고개를 젓고, 다시 안락의자에 기대어 앉아 수염을 쥔다. 아일리시는 말없이 그를 보면서 익숙한 방식으로 찬찬히 살핀다. 남자는 일정

나이가 지나면 남자다워지기 위해서가 아니라 젊은 시절과 거리를 두려고 수염을 기르는데, 그녀는 남편이 깔끔하게 면도한 모습이 기억도 나지 않는다. 그는 발로 슬리퍼를 더듬어 찾더니, 의자에 앉아 쉬며 표정이 풀리고 다른 생각을 하는 듯하다가 눈썹이 굳고 얼굴이 점점 찌푸려진다. 래리가 몸을 숙여 명함을 다시 집어 든다. 아마 아무것도 아닐 거야, 그가 말한다. 그녀가 아이를 무릎에 올리고 위아래로 흔들면서 그를 빤히 바라본다. 말해봐, 래리, 어떻게 아무것도 아니라는 거야? 래리가 한숨을 쉬고 손등으로 입을 닦고 의자에서 일어나더니 테이블 주변에서 뭔가를 찾기 시작한다. 신문 어디 뒀어? 그가 거실을 돌아다니며 찾지만 제대로 보지 않는다, 신문은 이미 잊어버렸을지도 모른다, 그는 자기 생각의 그림자 속에서 뭔가를 찾고 있지만 발견하지 못한다. 그런 다음 돌아서서 젖 먹이는 아내를 찬찬히 바라보고 이 광경에 위안을 받는다, 삶이 악의와 너무나 다른 이미지로 수축되는 느낌이 들어서 머리가 차분해지기 시작한다. 그가 아일리시에게 다가가 한 손을 뻗지만 그녀의 눈빛이 날카로워지자 다시 거둔다. 가르다 치안국(Garda National Service Bureau, '가르다'는 아일랜드 경찰을 칭하는 표현이다), GNSB 말이야, 그녀가 말한다, 평범한 사람들이 아니잖아, 형사가 집에 찾아오다니, 그 사람들이 당신한테 뭘 원하는 거지? 래리가 천장을 가리킨다, 목소리 좀 낮춰줄래?

그가 이를 잘근거리며 부엌으로 들어가 식기 건조대에 거꾸로 놓여 있던 잔을 뒤집고는 수돗물을 틀어놓고 유리창에 비친 자기 모습 너머 어둠을 바라본다, 벚나무는 나이가 많아서 곧 썩을 테니 봄이 되면 베어야 하리라. 래리가 물을 길게 들이마신 다음 거실로 나온다. 있잖아, 그가 말한다, 일부러 소리를 낮춰 속삭인다. 알고 보면 아무것도 아닐 거야, 확실해. 그는 이렇게 말하면서도 손에 부은 물처럼 믿음이 빠져나가는 것을 깨닫는다. 아일리시는 다시 안락의자에 앉는 그를 보고 있다, 유연한 몸, 자동적으로 TV 채널을 이리저리 돌리는 손. 래리는 고개를 돌려 쳐다보는 시선에 자신이 갇힌 것을 확인하고는 몸을 숙이고 한숨을 쉬면서 수염을 얼굴에서 떼어내려는 듯이 잡아당긴다. 있잖아, 아일리시, 그 사람들이 어떻게 움직이는지, 뭘 찾는지 알잖아, 그들은 정보를 수집해, 아주 신중하게 수집하지, 그러니까 아마 어떻게든 그들에게 정보를 주지 않을 수 없을 거야, 나와 이야기하려는 것이 당연해 보이도록, 누군가를 체포하기 전에 언질이라도 주려는 것처럼 보이려고 어떤 교사에 대한 사건을 만들고 있겠지, 자, 내가 내일이나 모레 전화해서 뭘 원하는지 알아볼게. 아일리시는 자기 안이 텅 비어 있음을 의식하며 그의 얼굴을 바라본다, 몸과 마음이 무엇보다도 우선인 잠을 찾는다, 곧 그녀는 위층으로 올라가서 잠옷을 입고 아기가 젖을 달라며 깰 때까지 시간을 헤아릴 것이다. 래리, 그녀가 이렇게 말하고 그가 손에 전기라도 오른 것처럼 움찔하는 모습을 본다. 형편이 되는 대로 최대한 빨리 연락해달라고 했어, 지금 전화해, 명함에 번호 있어, 당신은 숨길 게 하나도 없다는 걸 보여줘. 그가 얼굴을 찌푸리더니 눈앞에서 거대하게 솟아오르는 것을 가늠하듯 천천히 숨을 들이마시고 고개를 돌려 아일리시의 얼굴을 정면으로 본다, 화가 나서 눈을 가늘게 뜬다. 무슨 뜻이야, 숨길 게 하나도 없다는 걸 보여주라니? 무슨 뜻인지 알잖아. 아니, 무슨 뜻인지 모르겠는데. 래리, 그냥 비유적인 표현이야, 제발 지금 전화해. 빌어먹을, 당신은 왜 그렇게 항상 까다롭게 굴어, 그가 말한다, 난 이 시간에 전화하진 않을 거야. 래리, 지금 해 제발, 나는 GNSB가 다시 우리 현관문에 어둠을 드리우는 건 싫어, 당신도 소문 들었잖아, 지난 몇 달간 무슨 일이 있었는지. 래리가 일어날 수가 없다는 듯이 안락의자에 앉은 채 몸을 숙이다가 얼굴을 찌푸리더니 그녀를 향해 다가와서 아기를 받아 안는다. 아일리시, 제발, 잠깐만 들어봐, 존중은 상호적인 거야, 그 사람들도 내가 바쁜 거 알아, 난 아일랜드 교원 노조 부위원장이야, 그 사람들이 시키는 대로 장단을 맞추진 않을 거야. 그래 다 좋아, 래리, 하지만 그 사람들이 왜 낮에 당신 사무실로 가지 않고 이 시간에 집으로 찾아왔을까, 말해봐. 있잖아, 아일리시, 내가 내일이나 모레 전화할게, 자, 이제 이 이야기는 그만하면 안 돼? 래리의 몸은 그녀의 앞에 서 있지만 눈은 TV를 향하고 있다. 9시야, 그가 말한다, 뉴스에서 뭐라고 하는지 보고 싶어, 마크는 왜 아직 안 왔어? 아일리시는 문을 보고 있다, 잠이 손을 뻗어 그녀의 허리를 휘감는다, 그녀가 래리에게 다가가 아기를 받아 안는다. 몰라, 아일리시가 말한다, 마크가 뭘 하는지 일일이 확인하는 건 포기했어, 오늘 저녁에 축구 연습이 있는데 아마 친구 집에서 저녁을 먹거나 서맨사네 집에 갔나 봐, 둘이 요즘 딱 붙어 다니는데 마크가 걔 뭘 보고 그러는지 모르겠어.

그는 차를 몰고 시내를 달리며 스스로에게 점점 더 짜증이 난다, 마음이 이리저리 배회한다, 무언가를 찾지만 왠지 물러나야 할 것 같은 기분이 든다. 전화기를 통해 들려오는 목소리는 사무적이고 공손할 정도였다. 늦은 시간에 죄송합니다, 스택 씨, 시간을 많이 뺏지는 않을 겁니다. 래리가 케빈가 경찰서 모퉁이를 돌아 길가에 차를 세우면서 예전에는 이 넓은 도로가 밤에 어땠는지 생각해보니 확실히 더 북적거렸다, 지난 얼마 동안 이 도시는 지나치게 조용해졌다. 그는 어느새 이를 악물고 안내 데스크로 다가가지만 아이들을 생각하며 입가를 풀어 미소를 짓는다, 무슨 소리든 잘 듣는 베일리는 분명 래리가 나갔음을 알아차릴 거다. 래리는 전화기에 대고 알아들을 수 없게 말을 하는 당직 경찰의 창백하고 주근깨 뿌려진 손을 본다. 그를 맞이한 사람은 셔츠와 타이 차림에 깡마르고 팔팔한 젊은 형사인데 얼굴이 밀랍처럼 창백하고 빈틈없고, 아까 스피커로 들은 목소리와 어울린다. 와주셔서 감사합니다, 스택 씨, 따라오세요, 시간을 많이 빼앗지 않도록 최선을 다하겠습니다. 그는 형사를 따라 철제 계단을 올라가서 닫힌 문이 늘어선 복도를 걸어가다가 벽에 회색 패널이 대어져 있고 의자도 회색이고 전부 새것처럼 보이는 접견실로 안내받고, 문이 닫히고 혼자 남겨진다. 래리는 자리에 앉아 자기 손을 물끄러미 본다. 핸드폰을 들여다본 다음 자리에서 일어나 서성이면서 너무 위협적이었고 존중받지 못했다고 생각한다, 밤 10시가 훨씬 넘었다. 그들이 들어오자 래리는 팔을 풀고 천천히 의자를 빼서 자리에 앉아, 아까 그 날씬한 경관과 커피가 튄 머그컵을 든 자기와 나이가 비슷한 뚱뚱한 남자를 본다. 남자는 미소를 떠올릴 듯 말 듯 래리 스택을 본다, 미소가 아니라면 아마 입가 주름에 밴 친절한 척하는 표정일 뿐인지도 모른다. 안녕하십니까, 스택 씨, 저는 스탬프 형사, 이쪽은 버크 형삽니다, 커피나 차를 드릴까요? 래리가 더러운 컵을 보고 됐다는 뜻으로 손을 젓고, 어느새 말하는 상대방을 찬찬히 살핀다, 아는 얼굴인 것 같은 느낌이 들어 기억을 떠올리려 애쓴다. 전에 만난 적이 있지요, 래리가 말한다, 더블린 축구 대회에서요, UCD(더블린대학) 팀에서 미드필더로 뛰셨잖아요, 게일스(Gaels) 팀에서 날 봤을 겁니다, 그때 우린 힘이 넘쳤죠, 그해에 우리가 당신 팀을 끝장냈잖아요. 형사가 래리의 얼굴을 빤히 본다, 입가 주름이 사라지고 눈빛이 점점 불투명해지더니 헤아릴 수 없는 침묵이 방을 채운다. 그가 고개도 젓지 않고 말한다. 무슨 말씀이신지 모르겠군요. 이제 래리는 자기 목소리에 예민해진다. 말할 때 자신도 이 방에서 이 대화를 지켜보고 있는 것처럼 들리고 탁자 맞은편에 앉은 자신이 보이는데, 문에 난 구멍을 통해서 보는 것처럼 보인다, 다른 방법으로는 볼 수 없다, TV에서 봤을 법한 반투명 거울을 들여다보는 느낌조차 아니다. 자기 목소리가 이상해지는 것이, 약간 지나치게 수다스러워지는 것이 들린다. 분명 당신이었는데, UCD에서 미드필더로 뛰었잖아요, 난 맞붙은 상대는 절대 안 잊어버려요. 형사가 머그컵에 든 커피를 잇새로 소리를 내면서 마시고 래리를 빤히 바라본다. 결국 래리는 탁자를 내려다보면서 손가락으로 바니시 칠이 깨진 부분을 쓸다가 다시 시선을 들어 형사를 본다. 확실히 얼굴뼈는 두꺼워졌다, 몸집도 커지고, 하지만 눈빛은 절대 변하지 않는다. 있잖아요, 래리가 말한다, 빨리 끝내고 싶어요, 집에 가서 가족들이랑 잘 준비를 해야 된다고요, 자, 내가 뭘 도와드리면 되죠? 버크 형사가 손바닥을 펴서 손짓한다. 스택 씨, 바쁜 분이시라는 거 잘 압니다, 이렇게 말씀 나눌 기회가 생겨서 정말 기쁩니다, 아주 중요한 의혹이 제기되었는데요, 스택 씨와 직접적으로 관련이 있는 의혹이라서요. 래리 스택은 두 남자의 시선에 입이 마르는 것을 느낀다. 방 안에서 무언가가 움직이고 있다, 이제 느껴진다. 그가 잠시 얼어붙었다가 고개를 들어 둥근 천장 등을 보니 나방 한 마리가 안에 갇혀서 유리에 미친 듯이 몸을 부딪친다, 호박색 둥근 등 커버는 더럽고 나방 시체로 가득하다. 버크 형사가 서류철을 열었고 래리 스택은 눈앞에 놓인 사제의 핏기 없는 손을 본다, 탁자에 인쇄된 종이가 놓인다. 래리가 종이를 읽기 시작하고, 눈을 천천히 깜빡이다가 이를 악문다. 긴 복도에 발소리가 지나가더니 문이 닫히면서 사라진다. 나방이 몸을 부딪치는 어렴풋한 소리가 들리고, 순간 그의 안에서 무언가가 시들기 시작하는 느낌이 든다. 래리가 고개를 들자 버크 형사가 탁자 맞은편에서 그를 보고 있다, 그의 생각 속을 자유롭게 돌아다닐 수 있다는 듯한 눈길로 바라보면서 그의 안에 없는 무언가를 거기에 풀어놓으려고 한다. 래리는 대놓고 자신을 읽는 형사를 보고 목을 가다듬더니 두 사람에게 미소를 지으려 애쓴다. 형사님들, 절 놀리시는 거죠? 래리는 그들을 보면서 입가에서 미소가 사라지는 것을 느낀다, 그는 어느새 종이를 집어 흔들고 있다. 하지만 이건 진짜 말도 안 돼요, 래리가 말한다, 위원장님이 이 이야기를 들으면 바로 장관님을 찾아갈 겁니다, 확실히 말씀드릴 수 있어요. 젊은 형사가 주먹을 입에 대고 날카롭게 기침한 후 다른 형사를 보자 이제 그가 미소를 지으며 말을 시작한다. 알고 계시겠지만 스택 씨, 요즘 국가적으로 힘든 상황입니다, 제보가 들어오는 의혹은 전부 심각하게 받아들이라는 지시가 있었어요—— 도대체 무슨 소립니까? 래리가 말한다, 이건 의혹이 아니에요, 말도 안 돼요, 당신들이 뭔가를 꾸미고 있어요, 곡해하고 있어요, 이것도 당신들이 직접 타자를 친 것 같은데요. 스택 씨, 현재 우리 나라가 직면한 위기 때문에 9월부터 발효된 비상대권법을 잘 아실 겁니다, 공공질서를 유지하기 위해 GNSB에게 추가 인력과 권력을 주는 법안이지요, 그러니 지금 이 상황이 우리한테 어떻게 보일지 이해하셔야 합니다, 지금 당신 행동은 국가에 대한 증오를 부추기는 것 같아요, 불화와 동요를 심는 것 말입니다—우리가 보기에 어떤 행동의 결과가 국가 안정에 영향을 준다면 두 가지 가능성 중 하나예요, 그 사람이 국익에 반하여 활동하는 요원이거나 자기가 무슨 짓을 하는지 모르고 그럴 의도도 없이 행동하는 거죠, 하지만 스택 씨, 어느 쪽이든 결과는 같습니다, 그 사람은 국가의 적을 위해 봉사하는 거예요, 그러니 스택 씨, 당신 양심을 잘 살펴보고 지금이 그런 경우가 아닌지 확인하시기를 강력히 권고합니다. 래리 스택은 한참 동안 말이 없었고, 종이를 빤히 보면서도 제대로 보지 않다가 목을 가다듬고 손을 꽉 쥐었다. 제가 잘 알아들었는지 모르겠군요, 그가 말한다, 제 행동이 반란이 아님을 증명하라는 겁니까? 네, 그렇습니다, 스택 씨. 하지만 노동조합원으로서 내 일을 하고 있을 뿐인데, 헌법에 따른 권리를 행사하는 건데 어떻게 반란이 아님을 증명할 수 있지요? 그건 당신에게 달려 있습니다, 스택 씨, 우리가 추가 수사가 필요하다고 결정하지 않는 한 말입니다, 그렇게 결정할 경우에는 당신에게 달려 있지 않아요, 우리가 결정할 겁니다. 래리는 어느새 손마디로 탁자를 누른 채 의자에서 일어나 있었다. 형사의 얼굴에는 의지가 드러나 있었다, 그는 저 의지에 부딪쳐 깨지기 위해서 불려 왔음을 알았다. 그 의지는 바로 참을 거짓으로, 거짓을 참으로 바꿀 힘을 가진 절대적인 권위를 승인하는 것이었다. 분명히 말씀드리고 싶습니다, 래리가 말한다, 이 일이 장관님 귀에 들어갈 거고, 그러면 문제가 생길 겁니다, 노동조합 임원이 자기 일을 못 하게 위협할 수는 없습니다, 우리 나라 교원은 더 나은 조건을 위해서 협상하고 평화로운 쟁의행위를 할 권리가 있어요, 그건 소위 우리 나라가 직면했다는 위기와 아무 관련도 없습니다, 괜찮으시다면 저는 그만 가보겠습니다. 두 번째 형사가 천천히 입을 열자 래리는 분명히 봤다고 확신한다, 차로 돌아가면서 계속 그 생각을 하고 차에 앉아서 무릎에 놓인 자기 손이 떨리는 것을 한참 동안 지켜본다. 나방이 형사의 입을 마음대로 드나드는 것 같았다.

벤을 어린이집에 데려다준 다음 아이들을 학교에 데려다주는데, 몰리가 헤드폰을 낀 채 폭스바겐 투란 조수석에서 내리고, 베일리는 뒷문을 쾅 닫는다. 아일리시가 뒤를 돌아보니 파카 후드를 쓰는 베일리의 모습이 유리 때문에 점묘화 같다. 그녀가 차를 움직여 도로에 합류하려는데 손이 창문을 두드린다. 몰리가 멈추라고 소리치더니 문을 열고 차 바닥에 놓인 운동 가방을 낚아채 사라진다. 이 겨울의 빛, 11월의 차가운 얼룩, 아일리시는 자동차들 사이로 차를 몰면서 지친 감정을 느끼지만 저절로 운전해 빨간불 앞에 멈춰 선다. 그녀는 이제부터 펼쳐질 하루를 생각하는 것이 아니라 어떻게 하면 오늘 하루가 아무 인상도 남기지 않고 지나갈지, 또 하루가 잊히고 말없이 헤아려지는 나날에 스며들지 생각한다. 그녀는 직장에서 일하는 자기 모습을 떠올리지만 이제 자기 일을 커리어로 여기지 않는다—미생물학자의 진짜 일은 긴 시간 동안 작업대 앞에 서서 증거를 찾는 것, 실험을 통해 가설을 현실과, 또 어떤 사람이 믿고 싶은 것과 대조하는 일이다, 참인지 거짓인지 그 답은 결과에서 나온다. 하지만 이제 아일리시는 매일 이메일을 주고받거나 전화 통화를 하면서 시간을 보내고, 특정한 일을 하는 전문가가 아니라 흰 가운도 없이 온갖 일을 두

루두루 하는 일반 직원이 되어서 인력을 관리하고, 허둥거리며 회의에 참석하고, 엉뚱한 질문을 한다. 그녀는 책상 앞에 앉아 이메일을 확인하고 통화 일정을 5시 30분으로 조정한다. 아일리시가 전화기를 들어 래리에게 전화를 건다. 내가 부탁한 여권 신청서 작성했어? 그녀가 말한다. 있잖아, 아일리시, 내가 아직 정신이 좀 없어, 그 생각이 떠나질 않아. 래리는 자는 동안 공기가 다 빠져서 일어나보니 오그라든 사람처럼 말한다, 그는 침대 한쪽 끝에 앉아서 바닥을 멍하니 보고 있었다. 직장 사람들한테 이야기했어? 그녀가 말한다. 잠시 래리가 한 손으로 전화기를 가리고 동료에게 뭐라 말하는 소리가 들린다. 위층 책상에 놔뒀어. 위층 책상에 뭘 놔둬? 여권 신청서. 래리, 숀 윌리스한테 전화해서 얘기 좀 해봐, 비상대권이고 뭐고 간에 이 나라에는 아직 헌법에 따른 권리가 있어. 위원장님한테 바로 얘기하고 싶은데 몸이 안 좋아서 오늘 안 나왔어. 말해봐, 숀은 요즘도 그 젊은 애를 자랑스럽게 데리고 다녀? 숀 윌리스는 지금 피츠제럴드 재판 때문에 정신이 하나도 없어, 괜히 귀찮게 하기 싫어, 있잖아, 오늘 저녁 식사 당번 누구야? 난 그래도 당신이 숀한테 전화해야 된다고 생각해, 그리고 저녁 준비는 당신 차례야. 좋아, 6시 30분에 회의가 있는데 취소할 거야, 회의할 기분이 아니야. 래리. 왜, 아일리시? 아, 아무것도 아니야, 내가 어제 다진 고기 사놨으니까 버거 만들면 돼, 아, 이제 끊어야겠다. 아일리시는 통화를 끝내지만 불쾌한 기분을 의식하며 전화기를 손에 든 채 잠시 그대로 앉아 있다. 전화기를 보고 통화를 다시 떠올리면서 자기 목소리를 따라 래리의 전화기로 들어간다, 신호가 전달돼 래리의 전화기에 닿고, 그가 전화를 받으면 네트워크 송신기를 통해 전달된다. 아일리시는 갑자기 다른 방에서 자기 말을 듣는 것처럼 자기 목소리가 들린다. 얘기 좀 해봐, 비상대권이고 뭐고 간에 이 나라에는 아직 헌법에 따른 권리가 있어. 그녀는 갑자기 오싹해져서 의자에서 벌떡 일어나 탕비실로 가면서 그래, 다른 나라는 몰라도 우리 나라에 그런 부정행위는 없어, 경찰도 국가도 전화를 감청할 수는 없어, 그랬다가는 사람들이 분노할 거야, 라고 생각한다. 그녀는 어젯밤에 집 앞에 세워져 있던 차를 생각하고, GNSB에 대해서, 그리고 사람들이 요즘 일어나고 있는 일을 두고 속삭이는 말에 대해서 생각하며 탕비실로 들어가지만 잠시 여기가 어딘지 모르겠다는 느낌이 든다. 새로 온 국제 거래 책임자 폴 펠스너가 커피머신 앞에 서서 셔츠 소맷부리를 잡아당기고 있다. 웅웅거리던 커피머신이 작게 탁 소리를 내며 멈추고 폴이 뒤돌아 미소를 짓지만 그 미소가 눈동자까지는 가닿지 않는다. 아, 아일리시, 마주치면 좋겠다고 생각했는데, 내 음성 메시지에 답을 안 했더라고요, 아사쿠키와의 영상통화가 불가피하게 6시로 바뀌었대요. 그녀는 그의 얼굴이 뭔가 잘못됐다고 생각한다. 눈이 검은색이어야 하지만 초록색이고 그의 옷깃에 단 둥근 국민연합당(National Alliance Party), NAP 배지에, 국가의 새로운 문장(紋章)에 저절로 시선이 간다. 그녀는 그의 손을 내려다보면서 약간 지나치게 작다는 사실을 알아차린다. 아, 몰랐어요, 아일리시가 말한다, 저는 영상통화에 참여하지 못할 것 같지만 알려줘서 고마워요.

해안에 파란 말이 있다, 말이 그녀에게 다가오고 이제 그녀는 말을 타고 물가를 달린다, 빛 속에서 달리는 그녀는 나이가 없다, 아래층 복도에서 전화가 울리자 그녀는 꿈에서 달려 나와 방으로 돌아온다. 래리가 침대 모서리에 앉아서 눈을 문지르고 있다. 세상에, 지금 새벽 1시 15분이야, 누가 이 시간에 전화하는 거지? 아일리시가 속삭인다. 당신 여동생은 아니면 좋겠네, 래리가 말한다. 그가 몸을 숙였다가 문 쪽으로 다가가 그림자로 손을 뻗고, 그것을 활짝 펼치자 가운이 된다. 슬리퍼를 신은 발이 계단을 내려가고, 아일리시는 침대에 누운 채 요람에서 들려오는 벤의 숨소리와 바로 옆 아들들 방에서 들려오는 어렴풋한 기침 소리에 귀를 기울인다. 래리의 웅얼거리는 말이 위층으로 올라와서 형체 없이 방으로 들어오고, 아일리시는 누구 전화일까 생각하며 토론토에 있는 동생 아냐를 생각한다, 몇 년 전에 딱 한 번이었다, 세상에, 너무 미안해 언니, 내가 시간대를 잘못 봤어, 방금 술 몇 잔 마셨거든. 아일리시는 눈을 감고 해안가에서 파란 말을 찾는다, 기억 속에서 찾는다, 내가 몇 살이었더라? 겨울, 하늘이 바다 위로 낮게 깔리고 발뒤꿈치로 옆구리를 살짝 찌르자 아래에서 활력이 진동한다, 래리가 매트리스 옆자리를 묵직하게 누른다. 다시 잠드는 참이었어, 아일리시가 말한다. 아무 말도 하지 않고 벽을 빤히 바라보는 래리는 우울해 보인다, 숨쉬기가 힘든 것 같다. 아일리시가 손을 뻗어 그의 팔을 꽉 잡는다. 무슨 일이야, 래리? 아일리시가 램프를 켜고 일어나 앉아서 빛이 어루만지자 아이가 된 듯한 그를 본다, 래리가 얼굴을 찌푸리고 이상한 표정을 지은 채 고개를 돌려 목을 가다듬는다. 짐의 아내 캐럴 섹스턴이었어, 거의 히스테리를 일으키더군, 짐이 어제 사무실을 나선 다음 집에 안 들어왔대. 그게 전부야, 래리? 누가 죽었다고 할 줄 알았어. 아일리시, 캐럴 말로는 그 사람들이 짐을 잡아갔대. 누가 잡아가? 누구겠어, GNSB지. GNSB라고? 응, 그렇게 말했어. 하지만 말이 안 되잖아, 래리, 잡아갔다니 무슨 뜻이래? 체포, 구금, 그런 거겠지, 그 사람들이 짐을 뒷좌석에 태우는 걸 본 사람이 있는데 다른 사람들한테 알릴 생각을 못 했대, 나중에 캐럴이 여기저기 전화해서 알아보다가 얘기를 들었고. 짐 섹스턴, 그 떠버리가 무슨 짓을 한 거지? 있잖아, 아일리시, 그 뒤로 짐이 어떻게 됐는지 아무도 모른대. 노조 변호사한테는 전화했겠지, 이름이 뭐더라? 마이클 기븐, 안 했대, 캐럴한테도 전화가 안 왔대. 하지만 법적 도움도 제공하지 않고 그냥 체포할 수는 없잖아, 그런 일에는 규칙이 있어. 캐럴 말로는 마이클이 지금 케빈가 경찰서에 갔는데 제대로 말을 안 해줘서 밤이니까 일단 집으로 돌아간다고 했대, GNSB랑 연락도 안 되나 봐, 직통 번호가 없대, 왜 노조에서 나한테 전화를 안 했는지 이해가 안 가네, 진짜 큰일 같은데. 아니야. 뭐가 아니야? 어젯밤에 집으로 찾아왔던 형사 명함에 번호가 있어, 핸드폰 번호, 당신이 직접 전화했잖아, 말해봐, 래리, 도대체 무슨 일이 벌어지고 있는 거야? 나도 몰라, 아일리시, 그 사람은 화가 아주 많이 난 것 같아. 누가? 마이클 기븐. 그 사람한테 꼭 줘, 명함 말이야. 응, 그건 생각 못 했네, 지금 찾아야겠다, 어디 놔뒀어? 거실 난로 선반에, 시계 밑에 밀어 넣어놨어. 있잖아, 아일리시, 캐럴이 그러는데 지난주에 짐이 불려 갔었대, 짐한테 의혹이 제기됐다고 했는데 캐럴 말로는 짐이 그 사람들 면전에서 웃었다는군, 당신도 알잖아, 짐은 분명히 자기를 체포하는 거냐고 묻고 아니라고 하면 바로 그 사람들 앞에서 40.6.1조 3항 단체와 조합을 결성할 시민의 권리를 줄줄 읊었을 거야, 당신도 절차를 알잖아, 그리고 파업이 시작되면 렌스터 지역 중고등학교 교사 절반을 버스에 태우고 시내로 들어올 사람이 그야. 아일리시가 침대 옆 사물함을 더듬더니 보지도 않고 물컵을 들어 물을 마신다. 래리, 비상대권에 따라서 헌법적 권리를 얼마나 제한할 수 있어? 몰라, 이 정도는 아니야, 이런 식으로는 아니지, 모든 구금은 아직 법의 적용을 받아, 하지만 이런 일이 생기면 법이 무슨 소용이겠어, 있잖아, 당분간은 아이들한테 말하지 말고 조용히 있어보자. 래리, 지금 이 시간에 당신이 할 수 있는 일은 아무것도 없어, 그만 누워서 자자.

그녀는 아버지의 정원을 내다보며 서 있다. 오래된 기억이 축축한 이파리에 찍혀 있고, 밧줄을 타고 흔들리고, 덤불 속에 모여 있다, 과거가 부르는 소리, 준비가 되었든 안 되었든, 내가 지금 간다고. 아일리시는 그녀의 열 번째 생일날 아버지가 심은 물푸레나무가 좁은 땅에 우뚝 솟은 모습을 바라본다. 베일리가 기다란 풀 사이를 헤치며 나뭇잎을 발로 차고, 몰리는 겨울을 맞은 식물의 사진을 찍는다. 그녀는 아버지가 신문에 코를 파묻고 있는 탁자에서 몸을 돌린다, 벤이 그녀의 발치에 놓인 카시트에서 잠들어 있다. 머그컵 두 개를 들어 안을 들여다보고 손가락으로 테두리를 뽀드득 소리 나게 만져본다. 아빠, 이 머그컵 좀 보세요, 왜 식기세척기를 안 쓰세요, 설거지할 때는 안경을 꼭 써야 해요. 사이먼은 신문에서 시선을 들지 않는다. 나 지금 안경 쓰고 있다, 그가 말한다. 네, 그런데 설거지할 때 쓰셔야 한다고요, 머그컵에 홍차 자국이 동그랗게 남았어요. 우리 집에 오는 그 쓸모없는 도우미한테 뭐라고 해라, 네 엄마가 살아 있을 때는 이 집에 더러운 컵이 하나도 없었어. 아일리시는 아버지를 보자 어린 시절로 돌아간 기분이 든다, 예전 아버지의 모습이 보인다, 매부리코에 속속들이 꿰뚫어 보는 기민한 눈, 이제 그 형체가 쪼그라들어서 울 카디건을 두르고 의자에 앉아 있고, 가느다란 손가락뼈가 종이 같은 피부 속에서 소리를 낸다. 아버지가 신문을 접고 차를 따르더니 손가락으로 탁자를 두드리기 시작한다. 내가 왜 아직도 이걸 읽고 있는지 모르겠다, 아버지가 말한다, 새빨간 거짓말밖에 없는데 말이다. 그녀가 신문과 펜을 들고 십자말풀이를 시작한다. 탁자를 두드리던 아버지의 손가락이 멈추자 아일리시는 고개를 들지 않아도 아버지가 자신을 보고 있음을 알지만, 그래도 시선을 들어보니 아버지가 얼굴을 찌푸리고 있다. 정원에 아일리시랑 같이 있는 게 누구니? 아버지가 말한다. 그녀가 바깥을 쓱 보고 아버지를 향해 몸을 돌려 손을 잡는다. 아빠, 밖에 있는 건 베일리랑 몰리예요, 저는 바로 여기 앉아 있어요. 아버지의 얼굴에 당황한 표정이 스치고, 눈을 깜빡이고 손을 저어 그녀의 말을 물리더니 의자에 다시 기대어 앉는다. 그래, 당연하지, 아버지가 말한다, 그런데 잰 너처럼 부루퉁하구나, 네 동생과 달리 밝지가 않아. 아일리시가 아픈 미소를 지으며 아버지를 본다. 그럼 우리 둘 다 아버지랑 똑같네요, 그녀가 말한다. 아일리시는 몰리를 내다보고 있다, 저 몸에 들어 있는 자신을 본다, 복도의 태엽식 괘종시계가 어린 시절로부터 세 번 울려온다. 몰리는 아무 문제 없어요, 아일리시가 말한다, 열네 살이잖아요, 그뿐이에요, 힘든 나이죠, 나도 전부 다 너무 또렷하게 기억나요. 그녀의 시선이 십자말풀이로 돌아간다. 계급을 나타내는 배지, 아일리시가 말한다, 세로 여덟 글자, 다섯 번째 글자는 지(G). 사이먼은 입속에서 그 단어가 내내 기다리고 있었다는 듯이 인시그니어(insignia, 휘장)라고 말한다. 아일리시가 그 말을 듣고 기뻐서 아버지의 얼굴을 들여다본다, 목에 주름살이 턱 볏처럼 엉기고 눈은 처진 눈꺼풀 속에 들어앉았지만 아직 정신은 서서히 닫히고 있다. 그녀는 차를 따르고 아직 아버지에게 아무 말도 하지 말자고 생각하면서 베일리를 바라본다, 베일리는 뼈가 가늘지만 마크는 자기 아버지처럼 근육질이다. 아일리시가 고개를 들고 말한다. 래리의 노조에 문제가 좀 있어요, 정부에서 교원 노조가 파업을 안 했으면 좋겠다고 했대요, 아빠, 래리를 불러서 위협 비슷한 걸 했어요, 믿어지세요? 누가 불렀다고? GNSB요. 사이먼이 고개를 돌리고 말없이 그녀를 보더니 고개를 젓고 자기 손가락을 내려다본다. 래리한테 그 사람들 조심하라고 해라, GNSB라니,

국민연합당이 집권하자마자 특별 수사대를 GNSB로 대체하면서 일주일 동안 잡음이 있었지만 곧 사라졌지, 진압된 게 분명해, 지금까지 우리 나라에 비밀경찰이 있었던 적은 한 번도 없는데. 아빠, 그 사람들이 렌스터 지부장을 체포했어요, 전화도 못 하게 하고 변호사도 못 부르게 하고 구금 중이에요, 노조에서 떠들썩하게 항의하고 있지만 GNSB는 조용해요. 언제 잡혀갔는데? 화요일 밤에요── 밖에서 몰리가 비명을 질러 두 사람이 고개를 돌려보니 몰리는 몸부림을 치며 팔을 허우적거리고 베일리는 낡은 밧줄에 매달려서 다리로 몰리를 죄고 있다. 갑자기 아버지의 표정이 바뀐다. 말해봐라, 넌 현실을 믿니? 그가 말한다. 아빠, 그게 무슨 뜻이에요? 간단한 질문이야, 너도 대학을 다녔으니 무슨 뜻인지 알겠지. 그렇게 말씀하신다면, 네, 무슨 뜻인지 알아요, 하지만 저한테 설교는 하지 마세요. 아버지가 점차 노랗게 바래는 신문과 군데군데 귀퉁이가 접힌 잡지가 쌓인 찬장으로 잠시 고개를 돌린다, 예전처럼 미소를 지으며 이를 드러낸다. 우린 둘 다 과학자잖아, 아일리시, 우린 전통에 속하지만 전통은 모든 사람이 동의하는 것일 뿐 그 이상은 아니야─과학자나 교사, 기관, 만약 기관의 주인을 바꿀 수 있다면 사실의 주인도 바꿀 수 있어, 신념 체계를, 합의된 것을 바꿀 수 있고 그게 지금 그들이 하는 일이야, 아일리시, 정말 간단해, 국민연합은 너와 내가 현실이라고 부르는 것을 바꾸려 하고 있어, 그걸 흙탕물로 만들고 싶어 해, 만약 A를 B라고 하면, 여러 번 반복해서 말하면 그렇게 될 수밖에 없어, 그 말을 하고 또 하면 사람들은 그걸 진실로 받아들여—물론 이건 오래된 생각이야, 새로울 건 없지, 하지만 넌 책에서가 아니라 네가 직접 살아가는 시대에 그런 일이 일어나는 걸 지켜보고 있어. 아일리시는 아득한 생각에 잠기는 아버지의 눈을 바라보면서 그 마음을 들여다보려 애쓴다, 얼룩덜룩한 손이 바지 주머니에서 구깃구깃한 손수건을 꺼내 코를 풀고 다시 넣는다. 물론 조만간 현실이 스스로를 드러낼 거야, 아버지가 말한다, 얼마 동안은 현실을 저당 잡을 수 있지만 현실은 항상 말없이 끈질기게 기다리다가 대가를 요구하고 저울을 수평으로 되돌리지—— 벤이 투레질하며 잠에서 깨서 주변을 본다. 엉엉 울기 시작하자 아일리시가 의자를 밀고 일어나 벤을 어른다, 안아 들고 스카프 아래로 젖을 먹인다. 그녀는 익숙한 위안을 느끼고 싶다, 아이들을 불러들여 자기 주변으로 모이게 하고 싶지만 그 대신 어두운 느낌을, 점점 커지려 하는 그림자를 마주한다. 아일리시는 숨을 들이마시고 한숨을 쉬며 미소를 지으려 애쓴다. 부활절 휴가를 가려고 예약했어요, 아냐네에 가서 머물다가 일주일 동안은 여행을 다닐 거예요, 가능하면 나이아가라폭포도 가고, 토론토 주변도 몇 군데 가보고, 애들이 재밌어할 거예요. 사이먼의 시선이 그녀의 주변을 배회하지만 아일리시는 아버지가 그 말을 들었는지 확신이 없다. 그가 탁자에서 손을 떼고 자기 손을 빤히 보더니 다시 내려놓고 시선을 든다. 어쩌면 말이다, 아버지가 말한다, 캐나다에 계속 머무는 건 어떨지 생각해보는 게 좋겠다. 아일리시는 어느새 젖 먹던 아이를 떼어놓고 의자에서 일어나 아버지를 내려다보고 있다. 아빠, 그게 무슨 뜻이에요? 난 이제 뭔가를 하기에 너무 늦었지만 아이들은 아직 어리고, 적응도 쉽게 할 수 있고, 새로 시작할 시간이 있다는 뜻이야, 애들은 억양도 금방 따라 할 거다. 세상에, 아빠, 무슨 소리예요, 과잉 반응 같지 않으세요? 제 커리어랑 래리 일이나 애들 학교는 어쩌고요, 몰리는 하키도 해야 돼요, 올해에는 렌스터 여학생 주니어리그에서 우승할 거예요, 벌써 9점이나 앞서고 있어요, 마크는 이제 막 졸업반에 들어갔고요, 게다가 아버지는 컵도 제대로 못 씻는데 누가 돌봐줘요, 태프트 부인은 일주일에 한 번밖에 안 오시는데, 아버지가 넘어져서 골반이라도 부러지면 어떻게 해요?

겨울비가 세차고 차갑게 내린다, 지나가는 나날이 빗속에 무감각하게 붙잡혀 시간의 흐름이 감춰지는 듯하다, 매일이 얼굴 없는 날로 이어지다가 겨울이 활짝 피어난다. 낯설고 불안정한 공기가 집을 가득 채운다. 그것은 집 앞으로 찾아온 두 남자와 함께 와서 이 집을 장악했다, 가족의 결속이 흐트러지기 시작한 느낌이다. 밤늦게까지 일하는 래리는 아침이면 침울하고 짜증이 나 있고, 은밀한 흉포함에 휩싸여 움직이는 것 같다, 긴장한 손, 거대한 압력이 짓누르는 것처럼 경직된 몸. 이제 래리가 늦게 오는 날이 너무 많다, 아일리시는 블라인드 틈으로 내다보다가 혹시 들킬까 봐 손을 떼면서 염탐하는 노처녀 할머니 같다고 생각하고, 그가 들어오면 복도에서 기다리고 있다. 래리, 당신이 몰리를 연습에 데려다주기로 했잖아, 나 거래처랑 통화를 또 취소했어, 출산휴가 끝나고 복직한 지 얼마 안 됐는데 어떻게 보이겠어? 그는 문 앞에 서서 신발을 반쯤 벗다 말고 굴욕적으로 두드려 맞은 개처럼 시선을 떨구더니 고개를 저으며 그녀를 정면으로 바라보고, 그녀의 눈앞에서 변한다, 그의 목소리는 분노에 찬 속삭임이다. 그들이 우리를 분열시키려 하고 있어, 아일리시, 노조에 거짓말을 퍼뜨리고 있어, 내가 오늘 무슨 이야기를 들었는지 당신은 아마 못 믿을 거야── 아일리시가 눈을 가늘게 뜨고 바라보자 그의 목소리가 흔들리더니 시선이 다시 바닥을 향한다. 있잖아, 그가 말한다, 무슨 말인지 알아, 미안해. 래리가 아일리시에게 작은 선불 핸드폰을 보여준다, 그는 대포폰이라고 부른다. 그놈들이 엿듣고 싶어도 번호를 알아낼 수 없어. 아일리시는 그를 보면서 복도에서 속삭이는 두 사람에게 귀를 기울이고 있을 아이들을 생각한다. 당신 꼭 범죄자처럼 굴고 있잖아, 래리, 있잖아, 베일리가 바이러스에 감염된 것 같아, 위층에서 쉬고 있어—— 래리가 손을 들어 그녀의 말을 자른다. 그들이 노조를 와해시키려 하고 있는데 내가 왜 범죄자야, 허가도 없이 우리 노조원들을 체포하고 있어, 이번 행진을 막지는 못할 거야. 그가 아일리시를 지나쳐 거실로 들어가더니 부엌으로 가서 문을 닫는다. 아일리시가 유리를 통해 보니 래리는 의자에 가방을 내려놓고 싱크대로 가서 손을 씻은 다음 싱크대에 기대 바깥을 바라본다. 아일리시는 래리에게 가고 싶다, 저 몸속에서 정신을 찾고 싶다, 그 정신 안에서 착하고 자부심 넘치는 남자를, 기민하고 도덕적이고 헌신적인 남자를 찾고 싶다, 가늠할 수 없는 무언가에 맞서 래리의 마음속 전쟁이 점점 커지고 있다. 아일리시는 최근에 래리가 얼마나 혼자 있고 싶어 하는지 떠올리면서 언젠가 봤던 그라피티를, 결국 모든 남자는 고립을 찾게 된다는 말을 생각한다. 그녀가 문을 열고 부엌으로 고개를 들이민다. 저녁 먹을래? 아일리시가 말한다. 아니, 괜찮아, 점심을 늦게 먹었어, 나중에 뭐 먹든지 할게. 몰리가 마스크를 쓰고 들어온다. 몰리는 문손잡이, 수도꼭지, 변기 레버를 소독하고 테이프로 남자애들 방 앞에 출입금지 선을 만들었고, 식탁에서 식사하지 않겠다고 한다. 아일리시는 바이러스를 막기 힘들다고 설명하지만 몰리는 들으려 하지 않는다, 머릿속으로 바이러스가 어떻게 숙주세포에 침투해서 증식하는지, 몸속의 그 말 없는 공장을, 눈에 보이지 않지만 숨결을 타고 다니는 바이러스를 떠올린다. 다음 날 몰리와 마크는 아파서 누워 있고 래리도 바이러스에 감염된다, 아일리시는 온 식구가 집에 있어서 마음이 놓인다, 래리가 예전 모습을 되찾은 듯 느껴지기까지 한다, 그는 아일리시와 벤은 면역력이 있는 것 같다며 웃고, 마크가 머리카락으로 눈을 가린 채 티슈에 코를 풀며 들어오자 놀린다. 머리 좀 봐라, 래리가 말한다, 길 가다 지나쳐도 못 알아보겠다. 아빠 빼고 커피 마시고 싶은 사람? 마크가 묻는다. 온 가족이 영화를 보려고 모여들고 마크가 마실 것을 가지고 돌아온다, 아일리시는 키 크고 단단한 마크의 몸을 보고 있다, 이제 곧 열일곱이고 키가 자기 아버지만큼 크다. 옆으로 좀 가주세요, 마크가 이렇게 말하며 옆에 앉아서 그녀의 어깨에 팔을 두르고, 아일리시는 이렇게 전부 한집에 있는 것이 얼마 만인지 기억나지 않는다, 몰리는 그녀의 옆에 웅크리고 있고 베일리는 빈백에 앉아서 아이스크림을 떠먹고, 래리는 TV 앞에 있고, 아기는 그녀의 무릎에 잠들어 있다. 아, 그만해, 마크가 말한다, 우리가 이 감성팔이 영화를 몇 번이나 봤지? 난 좋아, 베일리가 말한다. 응, 나도, 몰리가 말한다, 아주 사랑스러운 내용이야, 엄마, 다시 말해줘요, 엄마랑 아빠는 처음에 어떻게 만났다고 했죠? 래리가 웃음을 터뜨리고 마크가 끙 신음하더니 여러 번 들었잖아, 라고 말한다, 아빠가 엄청 낭만적인 사람이라서 몇 달 동안 잠자리채를 들고 엄마를 쫓아다녔다고. 그렇지 않아, 아일리시가 래리를 보고 미소를 지으며 말한다. 음, 일부는 사실이지, 래리가 말한다, 물론 내가 엄청 낭만적인 사람인 건 맞는데 나머지에 관해서라면, 사실 잠자리채가 아니라 감자 자루였어. 무릎에서 자던 벤이 깨자 아일리시가 아기의 얼굴을 들여다보며 어떤 남자로 자랄지 가늠해보려고 애쓰지만 마크와 베일리는 이런 생각이 틀렸음을 증명했다, 사과나무에서 오렌지가 떨어질 수도 있고 벤은 확실히 자기 나름의 남자가 될 것이다. 그래도 아일리시는 아이 안에서 래리와 닮은 점을 찾으면서 아버지에 버금가는 사람이 되기를 바라지만 모든 남자아이는 자라서 집을 떠나고, 세상을 만드는 척하면서 해체한다는 것을 잘 안다, 그것이 자연의 법칙이다.

아이가 잠에서 깨는 데 경악한 것처럼 깜짝 놀라 울면서 깨고, 그녀는 어느새 잠에서 천천히 떠올라 마침내 산산조각 난 잠이 어두운 방에 흩어진다. 래리 쪽으로 발을 밀어보지만 그의 자리는 차갑다. 아일리시가 요람에서 아이를 들어 가슴에 대자 작은 입이 꽉 물고서 게걸스럽게 먹는다, 작은 손이 그녀의 살을 꽉 잡는다. 아기에게 손가락을 주자 아주 작은 힘으로 세게 잡는다, 그녀는 아이가 타고난 공포를 안다, 아이는 목숨이 달린 것처럼, 마치 엄마만이 생명과 자신을 이어주는 존재라는 듯 매달린다. 새벽 새들이 조용히 울고, 아일리시는 가운을 입고 벤을 아래층으로 데려간다. 거기 어둠 속에 래리가 있다, 얼굴이 노트북 불빛을 받아 빛난다. 그는 아일리시가 오는 소리를 듣지 못했기 때문에 그녀는 마음껏 그를 본다, 래리는 슬프고 고민에 찬 얼굴로 눈도 깜짝이지 않는 채 집중하고 있다. 아일리시가 벽으로 가서 불을 켜자 그가 시선을 들고 한숨을 쉬더니 미소를 짓고, 손을 내밀어 아이를 받아 가서 제 무게를 가누게끔 자기 무릎에 세운다. 벤은 밤새 잘 잤어? 그가 말한다, 벤이 깨는 소리는 못 들었는데, 당신은 왜 이렇게 일찍 일어났어? 래리, 나도 당신한테 같은 질문을 하고 싶어, 아예 한숨도 안 잔 얼굴이야. 래리가 아기를 들어 코를 맞부딪친다. 요놈 봐라, 처음에는 우리를 깜짝 놀라게 하더니 이제 곧 젖을 떼겠네. 아일리시가 팔짱을 끼고 커피머신 앞에 서 있다가 돌아서서 래리를 뚫어져라 바라보자 그의 얼굴이 점점 낯설어진다, 잠을 못 자서 충혈된 눈과 헝클어진 머리카락, 메리노 스웨터 위에 구깃구깃한 헤링본 재킷, 잠시 래리와 자신을 비교해 보니 그가 더 빨리 늙기 시작한 것은 사실이다, 수염이 희끗희끗하다. 그러다 아일리시는 그가 원래 어떻게 생겼었는지 기억나지 않는다는 사실을 깨닫는다, 세포 재생은 빠르면서도 느리고, 우리는 처음에 어떤 육체로 시작하지만 시간이 흐르면 다른 육체가 되기에 래리는 같지만 다르다, 눈빛만이 그대로다. 아일리시가 벤을 받아 안고 그를 바라본다. 아직 너무 늦지 않았어, 그녀가 말한다. 아일리시를 보고 있던 래리가 얼굴을 찌푸리기 시작한다. 뭐가 너무 늦지 않아? 당신이 정부를 상대로 하는 게임 말이야, 아직 멈출 시간이 있어. 그는 잠시 말이 없다가 한숨을 쉬고 노트북을 닫아 가죽 케이스에 넣고 일어선다. 세상에, 아일리시, 바퀴가 이미 굴러가기 시작했어, 이런 일에서 빠질 수는 없어, 그러면 노조가 크게 당황할 거고 교사들이 대거 빠져나갈 거야, 행진은 진행되어야 해. 그래, 래리, 하지만 앨리슨 오라일리는 아직 직장에 복귀하지 않았잖아, 이유가 뭐라고 생각해? 앨리슨의 남편이 그러는데 독감에 걸렸대. 독감이 3주를 가는구나. 그래, 알아, 조금 이상하긴 해, 있잖아, 나 일찍 출근해야 돼, 먼저 기자회견이 있어—— 그녀는 등을 돌려 축축하고 깜깜한 정원을 내다보고 있다, 모든 것이 축축하게 멈춰 있고 나무들이 추위를 향해 절을 한다. 아일리시는 돌아보지 않아도 그의 의지가 그녀의 의지와 얼마나 굳세게 맞서고 있는지 가늠할 수 있다, 두 의지가 말 없는 적의 속에 갇혀서 뱅뱅 돌다가 격렬하게 맞붙은 다음 멍들고 상처 입은 채 물러난다. 래리가 거실로 가다가 멈추고 말한다, 메리 오코너의 어머니가 어젯밤에 돌아가셨대, 자정 직전에 메시지를 받았어, 아흔네 살이셨지, 티탄이 있다면 그분이 마지막이었을 거야. 아일리시가 고개를 저으며 벤을 흔들 요람에 내려놓는다. 한창때는 정말 맹렬하셨지, 장례식이 언제야? 토요일 아침 스리페이트런스 교회야. 그녀는 다른 날 아침이면 좋겠다고 생각하면서 래리에게 다가서서 그의 손목을 잡고 꼭 쥔다. 래리, 앨리슨 오라일리는 아픈 게 아니야, 당신도 알잖아. 아일리시, 짐작일 뿐이야. GNSB를 우습게 보면 안 돼, 래리, 당신이 이 문을 열었을 때 맞은편에 뭐가 있을지 알 수 없어. 아일리시, 내 말 들어봐, 진정해, GNSB는 동독 비밀경찰이 아니야, 그냥 살짝 압박을 주는 것뿐이야, 우리가 물러서게 하려고 살짝 분열시키고 괴롭히는 것뿐이야, 우리는 1만 5000명이나 되니까 정부가 초조해져서 그래, 하지만 민주적인 행진을 막을 수는 없어, 두고 봐. 아일리시는 이제 그의 눈에 점점이 찍힌 색깔이 보일 정도로 가까웠다, 연한 빨간색과 호박색, 단일한 색을 가진 눈은 없다. 말해봐, 래리, 짐 섹스턴은 지금 어디 있어? 그가 눈을 깜빡이고 얼굴을 찌푸리더니 고개를 돌린다. 정말이지, 아일리시—— 그가 고개를 젓고 서류 가방을 들더니 거실로 들어가지만 문 쪽으로 가지 않는다. 래리가 꼼짝도 않고 서 있다가 긴 한숨을 쉬며 자리에 앉는 소리가 들린다. 그녀는 순간적으로 기진맥진한 기분이 든다, 다시 창밖으로 시선을 돌려 납빛 공기 속에 반짝이는 나무를 내다보면서 새벽이 너무 빨리 지나간다고 생각한다, 신선한 회색 빛이 나뭇잎에 내려앉고 나무들에 부산스러운 까치의 그림자가 어른거린다. 거실로 들어가는 아일리시의 손에는 다급함이 담겨 있다, 래리가 눈앞에서 형체를 갖추는 생각을 지켜보듯이 안락의자에 미동도 없이 앉아 있는 게 보인다. 그가 시선을 들더니 고개를 저으며 말한다, 당신 말이 맞을지도 몰라, 아일리시, 지금은 때가 아니야, 진행하는 건 미친 짓이야, 전화해서 난 아파서 쉰다고 할게. 그녀는 승리감을 느끼며 그에게 다가가 내려다본다. 뭐라 말하려 하지만 그녀의 안에서 뭔가가 풀려난다, 사기꾼 까치가 날아오른다, 아일리시가 그의 앞에 서서 고개를 젓는다. 아니야, 그녀가 말한다, 해야 돼, 이제 당신이나 내 문제가 아니야, 국민연합은 자기들이 법 위에 존재하는 줄 알아, 비상대권법이 권력을 장악하려는 수작이란 건 누구나 알아, 교사가 규탄하지 않으면 우리의 헌법적 권리를 위해서 들고일어날 사람이 달리 어디 있겠어? 아일리시는 무겁게 주저앉아 있는 래리를 본다, 두 손에 어른의 마음을 든 소년이다, 순식간에 그가 벌떡 일어나 다시 예전처럼 흔들림 없는 태도를 취한다. 그래, 아일리시, 오늘은 행진하기에 궂은 날이야, 끝난 뒤에 마실 맥주를 생각하면서 따라가겠지만 안 마실게, 몰리 연습 끝났을 때 데리러 갈 수 있어. 그녀가 문에 기대어 서서 복도에서 녹색 부츠를 신는 래리를 지켜본다. 그가 비옷 쪽으로 손을 뻗어 재킷 위에 입으려고 하지만 비옷 팔이 뒤집혀서 잠시 문턱에 선 채 씨름한다. 아일리시는 그가 아직 확신이 없다고 생각한다. 래리가 고개를 들어 그녀의 눈을 마주 본다. 가, 그녀가 미소를 지으며 말한다. 가서 해치워.

그녀는 점심 식사를 마치고 막연한 생각을 하며 사무실로 들어선다. 무언가가 숨은 채 묻고 있다. 답을 찾느라 다른 일들이 떠오른다. 벤이 갈아입을 옷을 어린이집에 챙겨 보내지 않았다. 여권 갱신 신청 서류도 부치지 못했다. 그때 핸드폰을 책상에 놓고 나간 것이 떠올라서 부재중 전화가 있겠지 생각하며 핸드폰을 집어 들지만 하나도 없다. 래리가 행진을 하면서 전화하지 않았다니 이상하다. 아일리시가 탕비실 쪽으로 가는데 로힛 싱이 모니터 위로 시선을 들어 그녀를 가로막고, 통화 중이지만 눈으로 그녀에게 뭐라 말한다. 그 표정을 읽을 수가 없어서 아일리시는 어깨를 으쓱한 다음 아랫입술을 말아 익히 슬픈 표정으로 통하는 표정을 짓는다. 그때 누가 이름을 불러서 고개를 돌리니 앨리스 딜리가 머뭇거리는 표정으로 사무실에서 나온다. 아일리시, 뉴스 안 봐요? 네, 방금 점심 먹고 왔어요. 그녀는 이렇게 말하자마자 앨리스의 표정이 무슨 뜻인지 깨닫고 사무실로 향한다. 똑바로 서서 물속을 걷는 것처럼 순간적으로 느려지지만 그녀는 앞으로 계속 움직여 사무실로 들어가면서 공기를 가득 들이마신다. 앨리스의 커다란 모니터에 모여든 사람들이 보인다. 뉴스에 나오는 것은 어둑하고 연기가 자욱한 지옥으로 변한 거리에서 말들이 갑자기 돌진하는 지독한 장면이다. 곤봉을 든 경찰들이 보인다. 행진하는 사람들을 때려 무릎을 꿇리고, 마구 폭행하며 거리 구석으로 몰아넣는다. 최루탄이 슬금슬금 퍼진다. 반복되는 짧은 영상 속에서 행진하는 사람들은 도망치지 않는다. 그들은 옷 목 부분을 코까지 끌어올린 채 문 앞에 움츠리고 있고 사복 경찰이 교사 하나를 위장 차량으로 끌고 가는 이미지가 반복적으로 나온다. 아일리시는 무력감에 사로잡혀 어느새 자기 책상으로 가서 전화기를 귀에 댄다. 신호가 가고 또 가고, 폴 펠스너가 사무실 블라인드 틈으로 지켜보고 있다. 그녀는 자기 모니터 뒤에 앉아서 마음속으로 그를, 래리를 보려고 애쓰지만 그 대신 상황을 살피는 듯한 펠스너의 느긋한 표정만 보인다. 샌드위치를 아직 먹지 않았던 30분 전, 이미 행진이 시작되었던 그때의 자신이 보인다. 시간은 이미 그녀를 지나쳐 행진했다. 아일리시는 그에게 가야 한다. 이제 래리를 느낀다. 막연한 죄책감을 느낀다. 아일리시는 출입증과 소지품을 가방에 쓸어 넣고 코트를 반쯤 걸친 채 사무실을 나선다. 계단통에 그녀의 발소리가 울려 퍼지고, 이제 그녀는 전화기를 귀에 댄 채 거리에 서 있다. 래리는 전화를 받지 않고 그녀가 다시 전화를 걸자 이번에는 꺼져 있다. 위를 올려다보니 오늘 하루가 낯선 하늘 아래 펼쳐지는 기분이다. 무너지는 듯한 느낌이 들고 비가 그녀의 얼굴로 천천히 떨어진다.

2

아기를 품에 안고 차로 향하면서 아일리시는 아이들에게 빨리 타라고 재촉한다, 말없이 간절히 빌며 자신을 재촉한다. 그녀가 고개를 돌리자 몰리가 장바구니 두 개를 들고 말없이 짜증을 내고 있고, 베일리가 카트를 가지고 놀고 있어서 돌아오라고 부른다. 아일리시가 카시트를 좌석에 끼우자 벤이 졸린 미소를 지으며 눈을 마주친다, 몰리는 트렁크에 장바구니를 넣은 다음 앞자리에 앉아 헤드폰을 쓴다. 아일리시는 손을 뻗고 싶다, 어루만지며 말하고 싶다, 베일리가 팔을 벌리고 차를 향해 달려온다. 베일리가 뒷좌석에 올라 문을 쾅 닫더니 운전석과 조수석 사이로 몸을 내밀고 백미러에 비친 엄마를 찬찬히 살핀다. 엄마, 베일리가 말한다, 아빠는 집에 언제 와요? 아일리시의 몸속에서 심장이 한참 동안 떨어지고, 아직도 떨어지는 중이다. 그녀는 할 말을 찾지만 떠오르지 않고, 어느새 아들을 외면한다, 몰리도 자신을 보는 것을 느낀다. 잠시 어둠이 내려앉는 거리를 보니 10대 아이들이 지나간다, 다른 사람을 생각하지 않고 서로 괴롭히며 놀리고 있다, 아일리시는 미래의 몰리를 보는 느낌, 딸을 잃어버린 느낌이 든다, 어쩌면 몰리는 이미 가버렸는지도 모른다. 그녀는 천천히 숨을 들이마시면서 고개를 돌리고 거울 속에서 아들의 시선을 찾아 눈을 마주 본다. 말했잖아, 베일리, 일 때문에 멀리 가셨어, 최대한 빨리 오실 거야. 아일리시는 자기 입에서 자라나는 거짓말을, 모습을 숨긴 채 자기 일을 하는 거짓말을 지켜본다, 베일리가 흥, 하며 좌석에 기대어 앉는 모습을, 그녀가 무슨 말을 하든 사실로 받아들이는 모습을 바라본다. 베일리가 앞으로 손을 뻗어 몰리의 안전벨트를 잡아당겨서 꼼짝도 못 하게 만들자 몰리가 뒤를 돌아보며 베일리의 손을 찰싹 때리려 한다. 몰리가 날카로운 표정으로 엄마를 보자 아일리시는 시선을 피하고, 하키가 끝나고 아무도 데리러 오지 않았을 때 딸이 뭔가 잘못되었음을 알았을 것이라고 짐작한다, 몰리는 엄마와 아빠 둘 다 연락이 되지 않자 클럽하우스 앞에 서서 황혼 속에서 같은 팀 아이들이 하나씩 떠나는 모습을 지켜보다가 결국 던 선생님이 데려다줘서 집에 왔다. 집으로 들어오는 몰리는 화가 나서 얼굴이 암갈색으로 변했고, 나중에는 아무 말도 하지 않으려 했다. 그래서 그날 밤 마크와 몰리에게 말할 수밖에 없었다. 노조의 핵심 인물들이 일제히 체포되었다고, 우리는 힘든 시기를 살고 있다고, 아버지는 곧 풀려날 거라고, 아버지는 정부의 협박을 받고 있지만 너희는 아버지가 아무 잘못도 없음을 알아야 한다고, 그래도 너희 둘 다 조심해야 한다고, 밖에서는 이런 이야기를 하고 다니면 안 되고, 학교에서 누구에게도 아무 말도 하지 말라고. 몰리의 얼굴에 떠오른 공포를 보고 베일리에게는 비밀을 지켜달라고, 아직 너무 어려서 이해하지 못한다고 애원했다. 침묵으로 잦아든 딸의 분노, 잠긴 방문, 그것을 두드리기가 무서워서 밖에 서 있는 아일리시. 마크는 이 소식을 이상하리만큼 침착하게 받아들인다. 그의 단 하나의 질문, 왜 그 사람들은 변호사를 만나게 해주지 않아요? 열쇠를 돌려 시동을 거는 아일리시는 이제 어떤 거짓말이 뒤따를지, 자기 입에서 계속 자라나는 거짓말이 두렵다. 아이에게는 단 하나의 거짓말도 폭력임을, 말하기 전으로 되돌릴 수 없음을 안다. 일단 알려진 거짓말은 혀를 마비시키는 독초처럼 입에 계속 웃자란 채 남을 것이다. 아일리시는 힘겹게 움직이는 자동차들 사이로 차를 몬다. 차 속에서 아이들은 말이 없다. 집에 거의 도착했을 때 몰리의 발치에 놓인 아일리시의 가방에서 전화가 울린다. 그녀가 핸드폰을 달라고 하고, 또다시 달라고 하다가 갑자기 몰리에게 소리를 지르며 길가에 차를 세운다, 아일리시가 가방으로 손을 뻗으며 몰리의 헤드폰을 벗기자 몰리가 깜짝 놀라서 엄마를 본다. 부재중 전화로 모르는 번호가 찍혀 있고, 그녀는 번호를 빤히 보다가 전화해보기로 결심한다. 여보세요, 네, 아일리시 스택인데요, 이 번호로 전화가 와 있어서요. 통화를 원하는 사람은 캐럴 섹스턴이다. 있잖아요, 캐럴, 지금은 통화 못 해요, 운전 중이에요, 오늘 밤에 다시 전화해도 될까요? 거울 속에서 뿌루퉁하게 지켜보는 베일리. 엄마, 나 왜 아빠한테 전화하면 안 돼요? 둘이 이혼이라도 해요? 그런 거예요? 아일리시가 진입로에 차를 세운 다음 문을 열고 내리지만 발밑의 자갈길에 깊게 갈라진 틈이라도 있다는 듯이 주저한다. 한 발짝 한 발짝 조심스레 내딛는 발걸음, 기나긴 밤이 되리라는 느낌.

마이클 기븐이 집집마다 찾아다닌다, 전화로 상의하는 것은 안전하지 않고, 누가 엿듣고 있을지 모른다고 항상 의심해야 한다. 아일리시는 그가 거의 미안하다는 듯이 허리를 굽히며 부엌으로 들어오는 것을, 누레진 손가락들을 꼬며 자리에 앉는 모습을 보고, 핸드폰을 열고 배터리를 빼서 식탁에 올려두는 것도 본다. 그녀는 벤을 흔들 요람에 눕히고 마이클 기븐을 계속 관찰하며 그가 기침을 하다 못해 아플 정도로 담배를 피우고 있음을 알아차린다. 피곤해 보여요, 마이클, 먹을 것 좀 만들어드릴까요? 기다란 손을 내저으며 괜찮다고 하는데도 아일리시가 접시에 비스킷을 담아 앞에 내려놓자 그는 하나 집어 들더니 먹지는 않고 손안에서 빙빙 돌린다. 있잖아요, 아일리시, 사람들을 다른 곳으로 이송한다는 말이 있어요. 주전자에 물을 받으며 지켜보던 그녀는 숨을 참으며 수도꼭지를 잠그고 주전자를 내려놓는다. 어디로 이송하죠? 커러의 수용소로 보낸다는 이야기가 있어요, 소문일 뿐이지만 그래도요, 체포당한 사람이 그렇게 많은데 전부 도시에 잡아둘 수는 없겠죠, 전쟁 중에도 거기, 커러에 잡아뒀어요, 당시 국가에서 안보 위험이라고 간주했던 자들을요. 무슨 말이에요, 마이클, 래리가 이제 위험인물이라는 거예요? 그녀는 마이클 기븐이 허공에 양손을 올리는 모습을 지켜본다. 세상에, 아니에요, 아일리시, 그냥 말이 그렇다는 거죠, 그들이 쓰는 용어예요. 래리는 정치적인 이유 때문에 붙잡혀 있어요, 마이클, 이 집에서 그런 말을 듣고 싶지 않아요. 마이클 기븐이 입술을 안으로 말아 문다, 깜짝 놀란 아이처럼 눈이 커지고, 개수대를 향해 고개를 까딱인다. 저걸 저기 두면 안 될 텐데요, 그가 말한다. 아일리시가 고개를 돌리자 개수대에 든 전기 주전자가 보인다. 정말 바보 아니야? 그녀가 고개를 저으며 말한다. 그런 다음 주전자를 닦고 받침대에 놓은 뒤 마이클 기븐을 다시 보면서 분노의 원인을 찾는다, 식탁 앞에 있는 그가 먹잇감으로, 노란 벌레로 보인다. 이제 온갖 사람들을 잡아들이고 있어요, 그가 말한다, 필립 브로피 기자가 잡혀갔다는 소식 들었어요? 빌어먹을 기자를, 국민연합도 참 용감하다니까요, 외신에 전부 다 보도됐지만 여기서는 한마디도 안 나와요, 이제 그들이 보도국을 통제하고 있어요, 소셜미디어는 그 이야기로 가득하지만. 그녀는 말하는 마이클 기븐을 지켜보면서 그가 의자에 앉은 채 살짝 흔들리는 것 같다고 생각한다, 물속에 있는 것처럼 피로가 너울너울 그의 몸을 통과해 지나간다. 물속에 잠긴 남편과 아내, 어머니와 아버지. 아래로, 아래로, 저 밑으로 사라지는 아들과 딸, 형제와 자매. 아일리시는 어느새 숨이 막혀서 공기를 찾아 위로 올라간다, 거실로 들어가 생각 속의 무언가를 찾으며 리모컨을 들어 뉴스 채널을 선택한 다음 무음으로 바꾼다. 이제 다른 나라에 살고 있는 듯한 이 느낌, 혼돈이 열려서 자기 아가리 속으로 그들을 불러들이는 이 느낌. 아일리시는 분노를 느끼며 부엌으로 들어가 문제의 목덜미를 잡은 것처럼 양손으로 허공을 쥐어짠다. 마이클, 그녀가 말한다, 당신이 래리를 만날 수 없다는 거 말이에요, 내가 이해가 안 가는 건 그거예요, 제가 법을 다 찾아봤어요, 협정도요, 이건 명백한 국제법 위반이에요, 그러니까 말해봐요, 왜 저 사람들은 하고 싶은 대로 다 해도 되는 거죠, 왜 아무도 그만두라고 소리치지 않죠?

그 말이 마이클 기븐의 침묵을 두드리고 아일리시는 슬프면서도 당혹스러운 듯한 얼굴을 탐색한다, 이상한 명령을 받고 당황한 개가 떠오른다, 그가 양손을 들고 무슨 말을 하려고 하지만 그녀가 다시 말한다. 국가는 우리를 내버려둬야 해요, 마이클, 괴물처럼 한 가정에 들어와서 아버지를 움켜쥐고 삼키다니, 하물며 아이들한테 이걸 어떻게 설명해요, 자기들이 살고 있는 국가가 괴물이 되었다고 말이에요. 전부 끝날 거예요, 아일리시, 국민연합은 조만간 물러날 수밖에 없을 거예요, 유럽 전역에서 분개하고 있어요—— 그러면 GNSB는 왜 국가 비상사태라고 떠들며 매일 더 많은 사람을 잡아들이고 있는 거죠? 마이클, 사복 경찰들이 화요일에 우리 사무실로 찾아와서 책상 앞에 앉아 있던 젊은 동료를 끌고 갔어요, 통계학자 에이먼 도일은 절대 문제를 일으킬 사람이 아니에요, 그리고 그 사람이 외투를 챙기면서 뭐라고 했는지 아세요? 누구든 자기 어머니에게 전화해달라고 했어요, 크리스마스 겨우 2주 전이었다고요. 아일리시가 자리에 앉아 프렌치프레스를 거칠게 기울여 커피를 따른다. 그녀는 자기 몸 바깥에 있다, 몸이 그녀를 따라가야 한다, 다시 TV 앞에 서서 뉴스를 보는 척하면서 흐느낌을 억누르려고 애쓴다. 마이클 기븐은 코크와 골웨이에서 시위가 있었는데 즉시 진압되었다는 소문에 대해 이야기하지만 그녀는 듣고 있지 않다, 그녀는 잠자리에 든 위층의 아이들을 생각하고 있다, 언제든지 열쇠로 문을 열고 자전거를 끌고 들어와서 뒤쪽 파티오로 갈 마크를 생각하고 있다, 그녀가 마크에게 할 수 있는 말은 아무것도 없다. 마이클 기븐이 그녀에게 들리도록 거실 쪽으로 목소리를 기울인다. 그자들은 너무 멀리 갔어요, 아일리시, 뉴스에서는 들리지 않지만 민심이 점점 더 동요하고 있어요, 국민연합은 이 나라를 공안 정국으로 바꾸려고 하고 사람들이 말하기를 국방군 징집을 시작할 거라고 합니다, 이 나라에서 그게 상상이나 됩니까, 거리에 이야기가 무성해요, 사람들은 그걸 막고 싶어 해요, 내가 듣기로는 그래요—— 아일리시는 어느새 그의 앞에 서서 매섭게 말하고 있다. 이 나라에 이야기가 무성하다면 그 이야기를 들으며 지나치는 사람은 누구죠? 그녀가 빤히 보자 결국 마이클이 침울하게 입술을 일그러뜨리고 고개를 돌린다. 당신들을 봐요, 그녀가 말한다, 노조는 고개를 숙이고 침묵을 지키고 있고, 적어도 이 나라의 절반은 이 부당한 행위를 지지하면서 교사들을 악당으로 몰고 있어요—— 그녀가 아는 것들 속에서 이제 막 생겨난 무언가가 말했고, 아일리시는 두렵다, 이제 그것이 들린다, 그녀는 스스로에게 소리 없이 그것을 말한다. 평생 넌 잠들어 있었어, 우리 모두 자고 있었고 이제 거대한 깨어남이 시작돼. 그녀를 놓아주지 않는, 밤이 계속 쫓아오는 듯한 이 기분. 문 앞에서 주저하던 래리, 녹색 부츠에 발을 집어넣은 다음 비옷을 입으려 애쓰던 래리를 생각한다. 래리는 그들이 무엇에 맞서는지 알았고, 너에게 아니라고 말할 힘을 주었어, 저 의자에 앉아서 자신을 온전히 너에게 주었어. 이제 밤이 가장 긴 계절이에요, 그녀는 식탁에 놓인 누르스름한 손을 보며 이렇게 말하고 싶다, 래리의 파자마를 옆 베개에 올려놓고 그의 채취와 함께 차가운 침대에서 자는 밤. 그녀가 마이클 기븐을 향해 다시 고개를 돌리고 한숨을 쉬며 자리에 앉지만 손을 어떻게 해야 할지 모르겠다. 계속 이러다가는 내가 회사에서 잘릴 거예요, 그녀가 말한다. 회사에 말했어요? 마이클이 묻는다. 알잖아요, 회사에 당과 친하면서 임원급으로 올라가는 사람들이 있어요, 이제 조심해야 한다고요, 회사에 자신이 원하는 대로 할 수 있는 사람이 하나 있는 것 같아요. 연차를 신청하면 됩니다, 아일리시, 항상 그 방법이 있어요. 6개월 동안 출산휴가를 썼는데 연차를 또 쓸 수는 없어요. 그렇죠, 하지만 지금은 특수한 상황입니다, 아무튼, 혹시 당신에게 곤란한 일이 생기면 노조 기금을 쓸 수 있어요, 신청만 하면 됩니다. 그래요, 마이클, 하지만 노조에 그걸 지급해줄 사람이 누가 남아 있죠? 그는 입에게 담배를 피우라고 요구하는 길고 노란 손가락을 말없이 보고 있다. 아일리시는 다리에 얹어놓은 손이 가만히 있지 못하는 것을 깨닫고 의자에서 다시 일어나 자신이 가하는 힘을 느끼며 그를 내려다본다. 마이클, 난 남편이 돌아오길 바라요.

아일리시, 우린 할 수 있는 일을 하는 중이에요—— 내 말을 안 듣고 있군요, 래리를 판사 앞으로 데려가줘요, 판사가 그를 아이들에게 돌려줄 거예요. 아일리시, 다른 때였다면 불법 구금으로 고등법원에 고소했을 겁니다, 래리를 꺼내 왔을 거예요, 하지만 국가비상법 때문에 인신보호영장(불법 구금 방지 목적으로 행하는 구속적부심사 제도)이 중지됐어요, 국가가 특별 권력으로 사실상 사법부의 입을 틀어막았어요. 내 말을 안 듣고 있군요, 마이클, 내 말을 들어봐요, 무슨 일이든 일어나게 해줘요, 난 남편이 돌아오길 바라요. 아일리시, 당신은 지금 이성적이지 않아요, 이건 전대미문의 일이에요, 나라에 히스테리의 기운이 감돌고 있어요, 손가락을 딱 튕기고서 국가가 당신의 주문에 따르길 기대할 수는 없어요—— 머릿속에서 아일리시는 양손을 들고 그의 목을 향해 다가간다, 울대를 잡고 입을 억지로 비틀어 연 다음 손을 넣어 비겁한 혀를 잡아당겨서 잠깐 잡고 있다가 뿌리째 뽑는다. 마이클이 식탁 위에서 양손을 벌리는 모습을 본다, 담배가 없고 온순한 그 손은 그에게 정말 아무 힘도 없다고 말하는 듯하다. 그가 얼굴을 들자 잠을 못 잔 남자의 눈이 보이고, 아일리시는 그의 손이 말해준 것 때문에 연민을 느낀다, 그는 게임의 규칙을 배웠지만 게임 자체가 바뀌어 버렸다, 이제 그는 뭘까? 그녀의 안에서 분노의 솔기가 뜯어진다. 내가 원하는 건 당신이 가서 그를 되찾아 오는 거예요, 아일리시가 말한다, 당신이 가지 않으면 내가 직접 가서 데려올 거예요, 내가 그렇게 할 거예요, 종일 아이들 앞에 커다랗게 뚫려 있는 그의 빈자리를 보느니 죽을래요. 마이클 가븐이 자리에서 일어나 그녀와 눈높이를 맞추고 마음을 정하고 있는 듯이 한참 바라본다. 아일리시, 내가 하는 말을 잘 들어야 합니다, 당신에게 이런 말을 하고 싶지 않았지만 이제 해야 할 것 같군요, GNSB가 우리한테 직접 말했습니다, 우리가 이 문제를 계속 밀어붙이면, 인신보호영장을 계속 청구하면 우리까지 체포해서 구금하겠다고요. 그녀는 입이 열리지만 아무 소리도 나오지 않는다, 자신의 몸에서 벗어나 하나의 까만 생각이 된다, 그 생각이 강렬해지고 어둡게 팽창하더니 모든 물질을 삼킨다. 아일리시가 어느새 몸속으로 돌아온 자신을 발견하자 입에서 속삭임이 새어 나온다. 마이클 가븐이 식탁에서 몸을 움직여 싱크대로 가더니 손을 씻는다. 곧 폭풍우가 몰아친다고 합니다, 그가 말한다, 폭풍 이름이 벨라라는군요, 앞으로 며칠 동안 모자를 꼭 붙드세요. 아일리시는 그를 향해 돌아서면서 광기에 빠져들고 싶은 마음을 느끼지만 대신 바깥이 보이는 창가를 향해 발을 뗀다. 오늘 아침 잠에서 깼을 때는 진눈깨비에 버티고 있던 벚나무들이 이제 어리석은 음모에 결탁하여 어둠을 향해 고개를 끄덕이고 있다.

그녀가 래리의 자리에 누워서 잠들지 못한 채 밤이 깊어간다. 캄캄한 몸속 어딘가에서 래리를 위한 촛불이 타오르지만 그녀가 몸 바깥을 밝히려고 그 초를 찾으면 어둠밖에 없다. 그녀는 자면서 바람이 부르는 소리를 들었고, 현관문이 열려 있었던 것처럼 이제 집 안에서 바람 소리가 난다. 아일리시는 바깥이 내다보이는 창문으로 다가간다, 사방을 휩쓸고 움직이는 주황색은 구름이다, 바라보는 도시의 모습이 사무친다. 불 꺼진 집 안을 돌아다니자 발이 차가워지고, 자신의 과거에게는 그녀 자신이 유령인 것 같다. 밖에서 바람이 불고 그녀는 아이들 방 앞에 서서 자는 소리에 귀를 기울인다. 자는 아이보다 더 순수한 것이 무엇일까, 아이들은 자게 놔두자, 래리가 돌아오면 우리는 다시 나아갈 것이다. 그녀는 침대로 들어가서 발을 문지르고 거친 빛 속에서 깬다, 목쉰 바람의 외침이 들린다, 젖은 자갈이 창문을 때리는 소리가 들린다. 그녀가 무겁게 창문으로 다가가는데 마치 집이 날아다니는 것 같다, 바람 속에서 집이 빙빙 돈다. 길 건너 제이잭네 녹색 쓰레기통이 옆으로 누워 있고 종이와 깡통과 피자 상자가 진입로에 나뒹군다, 바람이 비를 한 움큼 낚아채 헐벗은 버드나무에 뿌린다. 그때 아일리시가 그것을 본다, 나무에 속은 까치 한 마리, 날개를 퍼덕이면서도 바람에 휘어지는 가지를 놓지 않는 까치를 잠시 바라본다, 버텨야 하는 사람은 그녀가 아니라 래리임을 이제야 깨닫는다, 래리는 버티면서 어떤 상황이 닥치든 직면해야 한다, 아일리시는 이제 래리의 힘을 알고 느끼면서 그의 힘 속으로 걸어 들어가 그 힘을 자기 몸에 딱 붙인다.

아침이 오고 그녀는 현관문 앞에 서서 베일리에게 내려오라고 소리쳐 부른다. 8시 20분 다 됐어, 그녀가 말한다, 몰리 학교 늦겠어, 너도 늦어 —— 마크가 자전거를 끌고 거리로 나가더니 잠시 멈추고 하늘을 본다. 아일리시는 뒤죽박죽인 공기 속에서 차분함을 느끼며 그의 시선을 따라가고, 마크가 안장 너머로 다리를 넘긴 다음 인사도 없이 물 흐르듯 자전거를 출발시키는 모습을 지켜본다. 잠깐만, 그녀가 말한다. 자신을 돌아보는 마크의 얼굴을 찬찬히 살핀다, 곱슬곱슬한 밤색 머리카락 밑에서 한쪽 눈썹이 올라간다. 그녀는 무슨 말을 하고 싶은지 모른다, 아무 말도 하고 싶지 않고 그냥 마크를 보고 싶다. 머리가 너무 기네, 그녀가 말한다, 저녁 먹을 때까지는 집에 와, 요즘 계속 늦게 오잖아. 마크가 눈을 굴리더니 미소를 지으며 저도 사랑해요 엄마, 라고 말하고 돌아서서 페달을 밟으며 거리를 따라 올라간다. 그녀는 어느새 길을 건너 녹색 쓰레기통을 똑바로 세운 다음 제이잭네 집을 본다, 불이 들어오고 현관문이 열려야 하지만, 애나 제이잭이 아이들을 닛산 자동차에 서둘러 태워야 하지만, 블라인드가 내려져 있고 집 앞에 차가 서 있는데도 안에 아무도 없는 것 같다. 아일리시가 돌아오자 몰리가 현관문을 막 나서는 참이다. 베일리는 어디 있니? 그녀가 말한다, 이러다가 학교 늦겠네, 있잖아, 제이잭네 말이야, 크리스마스 때문에 벌써 고향에 갔니? 몰리가 어깨를 으쓱한다, 제가 어떻게 알아요, 베일리가 방에서 안 나온 것 같아요, 아침 먹으러 내려오지도 않았어요. 아일리시는 어린이용 카시트를 좌석에 끼우고 몰리에게 벤과 함께 기다리라고 한다. 안으로 들어가 복도에 서서 베일리를 부르고, 돌아서서 거울에 비친 진짜 자신을 본다, 창백하고 지친 얼굴에 푹 꺼진 눈, 그녀의 눈이 뭔가 물으면서 그것을, 거울을, 벽에 걸린 거울을 거의 비웃는다. 순간 아일리시는 그동안 거울이 본 모든 모습이 그 안에 담겨 있다는 듯 거울의 열린 시선 속에 담긴 과거를 본다, 몽유병자처럼 유리창 앞을 서성이는 그녀, 지금까지 아무 생각 없이 드나들던 모습, 아이들을 차에 태우려고 데리고 나가는 자신을 본다. 온갖 나이 때의 모습이 다 있다, 신발 한 짝을 또 잃어버린 마크, 외투를 입지 않겠다고 고집 부리는 몰리, 아이들에게 가방을 다 챙겼는지 묻는 래리. 아일리시는 그 단조로운 생활에 행복이 숨어 있었음을, 행복은 보이면 안 되는 것처럼, 과거에서 들려오기 전까지는 들리지 않는 음(音)처럼 가고 오는 매일 속에 깃들어 있었음을 깨닫는다. 래리가 차에서 초조하게 기다리는 동안 거울 앞에 서서 우쭐대며 만족하는 자신의 수많은 모습을 본다. 래리가 복도에 서서 비옷을 벗고, 슬리퍼를 달라고 소리치면서 녹색 부츠를 벗는다. 아일리시는 베일리를 부르며 위층으로 올라가지만 방문이 잠겨 있다. 그녀가 손잡이를 흔들며 주먹으로 문을 쾅쾅 친다. 잠그는 건 어디서 배웠니, 지금 당장 문 열어, 학교 늦어. 열쇠가 돌아가자 그녀는 문을 밀고 들어가 커튼에 감싸인 어둠 속에서 아들이 침대로 올라가는 모습을 본다. 잠금장치에서 열쇠를 빼서 주머니에 넣고, 침대로 가서 이불을 젖히고, 허리에 두 손을 얹고 아들을 내려다보며 선다. 좋아, 아저씨, 2분 줄 테니 옷 입고 차에 타. 바로 그때 그녀는 침대에서 나는 냄새를 맡는다. 다리를 굽혀서 배에 붙이고 있는 베일리의 파자마 엉덩이 부분이 축축하다. 아일리시는 말이 없어지고, 창문으로 가서 커튼을 홱 젖히자 칙칙한 빛에 방이 드러난다. 그녀가 몸을 숙여 바닥에 떨어진 옷가지를 주워 들고 베일리를 보지도 않고 말한다. 얼른 옷 벗고 씻어, 너 때문에 다들 기다리잖아. 베일리가 문을 향해 움직이자 그녀는 침대에서 시트를 벗겨내면서 래리가 잡혀간 뒤 이런 일이 몇 번이나 있었는지 스스로에게 묻는다. 베일리는 그 전까지 침대에 오줌을 싼 적이 한 번도 없었다. 그녀가 돌아서자 베일리가 적의를 잔뜩 벼린 표정으로 문가에 서 있다. 아이가 그녀에게 소리친다. 엄마가 아빠를 보냈죠, 그렇죠? 엄마가 그런 거야, 엄만 그냥 망할 꼰대야. 아일리시는 어느새 손을 더듬거리며 딱 멈춘다, 입술이 떨린다, 축축한 시트를 둘둘 말아서 계단을 내려가는 자신을 본다. 종기를 째듯 베일리의 눈 속에서 악을 잘라낼 것이다, 현관문을 잠그고 자동차에 올라 베일리 혼자 자기 방에서 속을 끓이게 할 것이다. 그러나 그녀는 움직이지 않았다, 시선을 떨어뜨려 발을 보고 있는데 입에서 그것이, 아이들 아빠에 대한 진실이 툭 떨어지는 소리가 들린다, 그녀는 불법 체포와 구금에 대해서 설명하고 있다, 아빠를 판사 앞에 데려가려고 정말 애를 쓰고 있다고, 하지만 사실 크리스마스 전에는 아무 일도 일어나지 않을 것이라고. 아들이 믿을 수 없어서 얼굴을 찌푸리는 모습을 보자 심장이 점점 더 아프다, 눈에 담긴 표정이 변하고, 입이 축 처지고, 곧 베일리가 말없이 바닥으로 무너져 내려 두 팔로 무릎을 감싼다. 그녀의 눈앞에 보이는 것은 무너진 질서, 어둡고 낯선 바다 속으로 기울어지는 세상이다. 아일리시는 베일리를 품에 안고 속삭이며 아들을 위해서 그의 발밑에 산산이 흩어진 법의 세계를 다시 세우려 한다, 아버지가 말도 없이 사라질 수 있다면 그것이 아이에게는 어떤 세상일까? 세상이 혼돈에 굴복하고, 당신이 걷고 있던 발밑의 땅이 허공으로 날아가고, 태양이 당신 머리에 어둠을 비춘다. 몰리가 문에 기대서 있다. 무슨 일이에요? 몰리가 말한다, 차에서 기다리고 있어요, 학교 가야 돼요. 베일리가 몸을 펴고 일어나 그녀를 밀치고 화장실로 들어간다.

9시가 넘었는데 어렴풋이 문 두드리는 소리가 난다. 그녀가 블라인드 너머 바깥을 보자 집 앞에 작은 차가 세워져 있다. 제이잭네는 어둡지만 처마 밑에 크리스마스 조명이 반짝이고 창가에서 전기 초가 깜빡거린다. 마크와 서맨사는 손을 잡고 소파에 드러눕다시피 앉아 있고, 정신이 화면과 한데 얽혀서 축 처진 캐럴 섹스턴이 주저하는 미소를 띠며 지나치는데 고개도 거의 들지 않는다. 아일리시를 따라 부엌으로 들어가는 그녀는 플랫슈즈를 신었는데도 키가 너무 커 보인다. 아일리시가 시계를 다시 슬쩍 본다. 베일리와 몰리는 이제 막 위층으로 올라가 잠자리에 들었고, 그녀는 캐럴이 문을 나서자마자 서맨사에게 고개를 끄덕여 집에 가라고 할 것이다. 캐럴이 토트백에 손을 넣어 비스킷 깡통 세 개를 꺼낸다. 기나긴 밤이 그녀의 눈에 담겨 있고 말할 때 목소리가 무겁게 짓눌린다. 이렇게 폐를 끼쳐서 미안해요, 아일리시, 하지만 당신을 만나야 했어요. 그녀가 눈으로 부엌을 훑으며 조리대를 살핀다. 캐럴은 여기 들어온 적이 없다. 아일리시는 자기 부엌을 처음 보는 것처럼 살펴본다. 싱크대에 어지럽게 놓인 컵과 접시, 문이 열린 채 반쯤 차 있는 식기세척기, 바구니 속에서 세탁을 기다리는 더러운 옷들. 캐럴이 미리 전화했다면 정리할 시간이 있었을 것이다. 멋진 나무가 있네요, 아일리시, 나도 저런 크리스마스트리가 있으면 좋겠다, 올해에는 트리를 안 만들었어요, 그게, 모르겠어요, 그냥 왠지—— 그녀가 다시 말을 하려다가 손을 저으며 그만둔다. 그러니까, 아무튼, 내 말 좀 들어봐요, 어제 소다빵이 먹고 싶었어요, 내가 소다빵을 좋아하는지도 모르겠는데, 알죠? 그 전통적인 빵 말이에요, 갑자기 먹고 싶은 거예요, 첫 번째 덩어리는 잘 나왔고 두 번째는 훨씬 좋았어요, 그런데 계란을 너무 많이 산 거예요, 왜, 빵을 굽겠다고 마음먹으면 베이킹에 대해서 잘 몰라도 멈추기가 어렵잖아요, 난 학교 가정 시간 외에는 빵을 구워본 적이 없지만 어젯밤에는 빵이 너무 굽고 싶어서 귀리 비스킷도 만들어야겠다고 생각했어요, 오븐에서 갓 나온 귀리 비스킷 냄새가 너무 좋잖아요, 세상에, 과일 스콘도 굽고요, 그런 다음 과일 케이크에 돌입했죠, 엄마 요리책에서 찾아낸 오래된 레서피로요, 그런데요 아일리시, 작년 크리스마스 때 크리스마스 케이크를 사지도 않았다는 생각이 나는 거예요, 너무 바빴거든요, 게다가 그가 한마디 했었죠, 짐이요, 크리스마스 케이크를 먹고 싶었다고, 그래서 어젯밤에 크리스마스 케이크도 만들었죠, 하지만 어쨌든, 케이크를 다 만들고 나니까 빵을 조금 먹고 싶었을 뿐인데 베이킹을 이렇게 많이 했다는 생각이 들어서 실컷 웃었지 뭐예요, 나는 입맛이 하나도 없는데 당신은 먹여야 할 애들이 많잖아요, 그래서 자, 여기 조금 가지고 왔어요, 여기 당신 것도 있어요, 크리스마스 케이크예요, 스콘도 있고 크럼블 케이크도 있어요—— 마크가 빵 냄새를 맡고 유리문으로 다가와서 코를 킁킁거리며 보고 있다, 들어가도 되냐고 눈으로 묻는다. 아일리시가 고개를 젓지만 캐럴이 들어오라고 손짓하고, 마크가 접시를 꺼내 케이크를 담기 시작하자 그를 찬찬히 살핀다. 여자 친구 것도 가져가, 키가 정말 크구나, 그녀가 말한다, 어깨가 정말 넓네 아빠처럼—— 마크가 중얼중얼 고맙다고 말하고 케이크를 입에 넣으며 나가자 그녀의 얼굴에 갑작스러운 그림자가 내려앉는다. 캐럴이 아일리시를 향해 고개를 돌리고 손을 편다. 정말 미안해요, 그녀가 말한다, 생각을 못 했어요. 아일리시는 이 여자의 불편한 마음을 지켜보면서 잠시나마 기분이 좋아진다, 빗지 않은 머리, 흰머리가 2, 3센티미터는 자란 뿌리, 아일리시는 몇 년 전 모임에서 힐을 신어 남자들보다 컸던 캐럴을 기억한다, 도발적이고 관능적인 입술, 웃음, 래리의 손목으로 스멀스멀 기어올라 그와 이야기하는 내내 그 자리에 머물던 손, 캐럴은 항상 좋아하기 어려운 사람이었다. 곧 캐럴은 자기 차에 올라서 아이도 없고 침묵으로 감싸인 집으로 출발할 것이다. 아일리시가 손을 내밀어 캐럴의 손을 잡는다. 신경 쓰지 마세요, 그녀가 말한다, 마크는 당신한테 화난 게 아니라 나한테, 이 세상에 화가 난 거예요, 둘째 아들은 나를 보려고도 안 해요, 내가 마크한테 무슨 일인지 이야기하려 했지만 불편한 침묵만 흘러요, 잰 알아요, 보시다시피, 이 나라에서 무슨 일이 벌어지고 있는지 너무 잘 알아요, 마크는 계속 공부해서 의대에 가고 싶어 해요, 음, 좋은 의사가 될 거예요. 아일리시는 캐럴에게 차를 따라준 다음 시계도 보지 않고 그녀가 이야기하도록 놔둔다, 이 여자의 말이 침묵 속에 너무 오래 머물러 있었음을 느낀다, 캐럴은 말을 하면서 자기 자신을 이해해 가는 것이다, 말이 입 밖으로 나가면 정신도 말을 따라가면서 어떤 이해가 만들어진다. 아일리시는 이야기를 들으면서 자신이 하고 싶지만 하지 못하는 말을 생각해본다, 그녀 역시 친척들과 친구들을 피해 숨으려 애쓰면서 스스로에게는 일에 전념해야 한다고 말하고 텅 빈 몸을 주어진 시간으로 채우려 하지만, 아이들 틈에서 자신을 잊으려 하지만, 바로 그 아이들이 그녀를 다시 아이들 아빠에게로 데려간다. 캐럴이 차를 길게 한 모금 마시더니 허공을 멍하니 바라본다. 짐이 체포된 이후로 얼마나 많은 사람이 입을 다물어버렸는지 말도 못 해요, 꼭 내가 죄를 지은 것 같았어요, 나쁜 일을 당한 건 우린데 왜 우리가 죄책감을 느껴야 하죠? 아일리시는 어느새 시계를 보고 고개를 저으며 일어선다. 지금은 말할 때가 아니에요, 그녀가 말한다, 침묵을 지킬 때예요, 모두의 두려움이 점점 더 커지고 있어요, 그들이 우리 남편들을 빼앗아 가서 침묵 속에 가두었어요, 밤이면 그 침묵이 죽음만큼이나 크게 들릴 때가 있지만 그건 죽음이 아니라 임의적인 체포와 감금이다, 스스로에게 그렇게 말하고 또 말해야 해요. 그녀는 아무 할 일도 없이 일어선 자신을 발견하고 싱크대로 가서 정리를 시작한다. 우린 부활절에 가족여행을 예약했어요, 아일리시가 말한다, 난 아직 우리가 갈 수 있다고 믿어요. 그녀가 돌아서자 캐럴이 의자에 앉은 채 몸을 앞으로 숙이고서 유리에 비친 자기 모습 너머 정원을 내다보고 있다, 어둠 속에서 어떤 전조를 찾으려는 것처럼 눈빛이 강렬하다. 밖에 저게 뭐죠, 아일리시? 나무에 있는 저 하얀 거요. 리본이에요, 캐럴, 흰 리본이요, 아빠가 사라지고부터 매주 몰리가 의자를 가지고 나가서 나무에 리본을 묶어요. 두 사람은 낮은 가지에서 흔들리는 리본을 바라보며 한동안 말이 없다. 그런 느낌이 들어요, 아일리시, 조만간 내가 직접 어떻게든 할 거 같아요. 아일리시가 창문에서 고개를 돌리고 가면처럼 고요하게 가라앉은 얼굴을 찬찬히 살핀다. 도대체 무슨 뜻이에요? 캐럴은 아무 말도 하지 않고 공상에서 깨어나는 것처럼 고개를 젓고, 식탁에 떨어진 빵 부스러기를 모아서 일어나 쓰레기통에 버린다. 의사가 수면제를 줬어요, 아일리시, 하지만 어떻게 잘 수가 있죠? 남편이 사라진 뒤 하루도 제대로 못 잤어요, 저번에는 밤에 다락방 상자에서 내 웨딩드레스를 찾아서 가지고 내려왔어요, 이렇게 오랜 세월이 지났는데 아직도 맞는다면 믿겠어요?

그녀는 점심시간 40분 전에 사무실을 나서며 살을 베는 듯한 바람에 옷을 여민다. 걸음은 빠르고 겨울 빛은 불안정하고, 공기 중에 눈이 올 듯한 느낌이 떠돈다. 빨간불이 켜지자 자전거 배달부가 자동차들 사이에서 속도를 낮추더니 발을 내딛지도 않고 균형을 잡으며 멈춰 서고, 아일리시가 순간적으로 거리를 어둑하게 만드는 그림자만 빼면 도시가 멈추고 시간이 그친 듯한 느낌에 주변을 바라보는데 파란불이 켜지자 자전거 배달부가 깨어나 몸을 숙인다. 그녀가 나소가로 접어들어 신발 때문에 발이 점점 아프다고 생각하며 고개를 들자 아이의 손을 잡고 있는 로리 오코너가 보인다. 아일리시는 일부러 길을 건너려 하지만 그가 이름을 불러서 놀란 척 돌아본다. 머리를 다시 길렀네요, 아일리시, 못 알아볼 뻔했어요. 로리, 그녀가 그의 한 손에 들린 크리스마스 선물과 다른 손을 잡고 있는 어린 남자애를 보며 말한다. 아들이에요? 아이가 있는지 몰랐어요. 아일리시가 아이를 보며 미소를 짓자니 통통하고 싱싱한 얼굴에서 아이 아버지가 보인다, 여러 해 전 기억 속의 로리처럼 빨간 머리다, 이제 그는 구릿빛 머리카락에 흰머리가 섞인 데다가 숱도 적어져서 평범한 중년 남자 같다. 우리 둘 다 드물게도 쉬는 날이지요, 안 그러니, 핀턴, 얼굴이 좋아

보이네요, 아일리시, 이게 얼마만이죠? 핀턴이군요, 그녀가 천천히 말하며 이름이 얼굴과 어울리나 생각한다. 그러게요, 아마 10년은 넘었을 거예요. 그는 얼른 옛날 이야기를 꺼내고 그녀는 그의 얼굴을 보면서 눈빛으로 재촉한다, 버스 한 대가 뜨거운 디젤 연기를 뿜으며 출발하자 로리가 한 걸음 물러서고, 목도리가 펄럭거리며 재킷 깃에 꽂은 당 배지가 드러난다. 아일리시는 한 걸음 물러나서 침을 삼키며 눈을 감는다, 로리가 이를 드러내며 웃는다. 래리는 어떻게 지내요, 뭐 예전이랑 똑같겠죠, 아마도? 아일리시는 당 배지에서 시선을 들 수가 없다, 그녀가 길 건너를 보고 시계를 흘깃 본다. 아, 래리는 잘 지내요, 그녀가 말한다, 일이 너무 많아서 항상 바쁘죠, 참 이제 마운트템플 학교에서 안 가르쳐요, 이제 상근직으로 일하는데—아, 만나서 반가웠는데 이제 빨리 가봐야 해요, 너도 반가웠어, 핀턴, 정말 빨리 가야 돼요, 여권을 신청해야 되거든요, 부활절에 애들 데리고 캐나다에 가려고요—— 화물 운송용 밴 앞에서 걸음을 옮겨 저 멀리 인도를 향해 달리자 신발 때문에 발이 아프다, 그녀는 로리의 눈으로 자신을 보면서 서두르고 있음을 증명하듯이 계속 서툴게 뛴다. 킬데어가에 들어서자 텅 빈 느낌이 덮쳐온다, 예전에 알았던 로리 오코너, 래리와 어울리던, 서툴고 얼굴을 곧잘 붉히던 청년이 눈앞에 보이며 그녀의 삶이 평행한 두 개의 길을 따라 펼쳐지는 듯한 느낌, 시간이 이중으로 흐르는 느낌이 스멀스멀 올라온다.

그녀는 몰스워스가 여권국 출입구에서 쏟아져 나오는 따뜻한 공기를 맞으며 들어가 번호표를 뽑고, 크리스마스트리 곁에 서서 목도리를 풀고 자리가 나기를 지켜보며 기다린다. 아일리시는 할 일이 너무 많다, 공책에 목록을 적고 머리 앞뒤가 납작한 비만 남성이 13번 창구로 걸어가는 모습을 지켜보고, 그가 앉았던 자리에 앉아서 그가 작은 눈을 깜빡이며 서류를 읽으면서 돌아오는 모습도 지켜본다. 나중을 위해서 이 모든 것을 기억해두리라, 식탁 맞은편에 앉은 래리의 얼굴을 보면서 로리 오코너에 대해서 이야기하면 그는 역겨워하는 표정을 지을 것이고, 로리는 늘 나약하고 멍청했지, 라고 말할 것이다. 아일리시는 사무실에 전화해서 늦는다고 말해야 한다. 3시 4분이 되어서야 전광판에 그녀의 번호가 뜨고 여자가 거의 얼굴 없이 그녀를 응대한다. 어제 이걸 받았는데요, 아일리시가 말한다, 뭔가 착오가 있는 것이 분명해요. 손이 편지를 보여달라고 하더니 손가락이 타자를 치기 시작한다. 신분증 주시겠어요? 아일리시가 칸막이 아래로 운전면허증을 밀자 여자가 그것을 받아서 바퀴 달린 의자를 밀고 일어나 자리를 떠난다. 아일리시가 입술 안쪽을 씹으면서 여자가 돌아오면 할 말을 생각하다가 고개를 드니 어떤 남자가 다가오고 있다. 그가 의자에 반듯하게 앉더니 아무 색깔 없는 표정으로 그녀를 본다. 음, 아일리시 스택 씨, 그가 말한다, 신분증 돌려드릴게요. 그가 유리 밑으로 신분증을 밀어준 다음 계속 대놓고 빤히 보아서 그녀는 어쩔 수 없이 시선을 돌린다. 스택 씨, 이 나라를 떠날 계획이시라고요, 그런가요? 네, 휴가를 가려고요. 휴가를 가신다고요. 네, 부활절에 캐나다에 있는 동생을 방문하려고요, 비행기는 예약했어요. 비행기를 예약하셨군요. 네, 제가 그렇게 말했잖아요, 죄송하지만 왜 이러시는지 모르겠네요, 큰아들 여권을 갱신하고 막내 여권 발급을 신청하는 것뿐인데요. 창구 건너편에서 맨솔 담배 냄새가 희미하게 풍겨온다. 절차가 바뀌었습니다, 스택 씨, 이제 여권을 신청하기 전에 보안 및 신원 조회를 해야 합니다. 그녀는 자기도 모르게 그 얼굴을 맹렬하게 보다가 자신과는 절대적으로 분리된 존재라는 느낌이 든다, 얼굴에서 미소가 떨어져나가는 것이 느껴진다, 미소가 턱에서 미끄러져 바닥으로 떨어진다. 아일리시가 잠시 말을 더듬다가 목을 가다듬는다. 죄송한데요, 그녀가 말한다, 무슨 말씀이신지 이해가 안 가요, 그런 건 들어본 적도 없는데요, 전 그냥 예전에 그랬던 것처럼 여권을 신청하는 것뿐이에요. 네, 하지만 준비 단계를 빼먹으셨네요, 스택 씨, 이제 신청하기 전에 사법부에서 전면적인 보안 및 신원 조회를 거쳐야 합니다, 올해 도입된 비상대권법에 전부 명시되어 있습니다. 그녀는 유리 쪽으로 몸을 숙이다가 남자가 뭔가를 향해 손을 뻗는 것을 본다. 그러니까 당신 말은 제가 갓난아이와 10대 아들 여권을 신청하려면 보안 신원 조회를 해야 한다는 건가요? 공무원이 아주 인색한 미소를 짓는다. 그렇습니다. 저도 뉴스를 계속 봤는데요, 그녀가 말한다, 어디서도 그런 말은 없었어요, 책임자와 이야기하고 싶어요. 남자가 창구로 서류를 건넨다. 스택 씨, 제가 여기 책임자입니다, 제 이름은 더멋 코널리이고 사법부에서 임시 파견을 나왔습니다, 이게 당신에게 필요한 서류예요, F107, 이걸 작성하셔서 인터뷰를 신청하시면 됩니다, 기껏해야 몇 주 걸릴 겁니다, 제가 또 도와드릴 일이 있을까요? 그녀는 자기도 모르게 딱 한 가지 표정에서 조금도 변하지 않는 얼굴을 들여다보고 있다, 색깔 없는 눈, 입, 그리고 그 입은 말하지 않아도 그 얼굴이 말한다—남편이 구금 중이시군요, 스택 씨, 당신은 보안 위험인물로 간주되었습니다. 이내 뒤에서 야생동물이 들어와 돌아다니는 느낌이 든다, 아일리시는 서류를 집어 들어 천천히 접어서 가방에 넣고, 책임자가 의자에서 일어나는 것을 보고, 야생동물의 소리 없는 발소리를 듣고, 목에서 그 역한 숨결을 느낀다, 돌아보기가 두렵다. 조용히 앉아서 핸드폰을 응시하는 얼굴들.

크리스마스 날 그녀는 아이들과 함께 바닷가를 산책한다,

하늘과 바다는 모르타르 같고 불섬(Bull Island, 더블린 북쪽에 있는 작은 섬으로 육지와 연결되어 있다)에 불어오는 동풍은 끔찍하게 차갑지만 머리를 식혀 생각하게 해준다. 벤은 아기띠로 그녀의 품에 안겨 있고 아이들은 멀리 흩어진다. 아이들 마음속의 분노가 느껴진다. 걸음걸이로 아이들을 알아볼 수 있다. 몰리는 혼자서 자기 안의 뭔가를 재듯이 조심스럽게 걷고, 마크는 외투 주머니에 손을 넣고 주의 깊고 초연하지만 곧 긴 띠 같은 해초를 주워 베일리에게 휙휙 휘두르고 그것으로 엉덩이를 때린다. 모래밭에는 해변의 다른 가족들을 바라보는 그녀의 발자국만 찍히고, 그녀는 지나가는 사람들의 얼굴을 살피며 자신이 마음속으로 느끼는 것을 찾는다. 해변에 쏟아지는 빛을 보며 생각한다. 빛이 내리쬐는 이 시간, 하루하루는 빛을 모았다가 풀어주며 지나가고, 빛은 밤이 된다. 우리는 지나가는 것, 지나가는 듯한 것에 손을 뻗지만 닿을 수도 없고 잡을 수도 없다. 시간의 꿈이다. 하지만 이런 나날이 스노드롭꽃을 피운다. 그녀는 주차장에서 공기 중에 흰색을 찍는 홀로 핀 야생 스노드롭을 보고 자세히 살피려고 몸을 숙였고, 그 순간 래리가 놓친 모든 것의 이미지를 마주쳤다. 그녀가 고개를 돌려 벤이 혼자 일어나 앉는 것을 보았을 때, 또 다른 날에 양손에 힘을 잔뜩 주고 혼자 일어서는 것을 보았을 때를 래리에게 이야기한다. 베일리의 까매지는 눈썹과 이제 거의 누나만큼 불쑥 커진 키. 래리 없이 시간이 얼마나 지났을까, 그녀는 아무것도 하지 않는 자신을 본다, 아무것도 할 수 없다, 하지만 네가 할 수 있는 건 아무것도 없어, 작은 목소리가 말한다, 그 목소리가 싫다, 네가 뭘 바꿀 수 있을 것 같니? 마이클 기븐은 이제 부재중 전화를 남겨도 전화해주지 않는다. 그녀는 정부 부처와 GNSB 수장과 인권 단체들에 편지를 썼지만 자신의 목소리가 닿지 않는다는 것을 안다. 곧 스노드롭이 땅속으로 사라지고 다른 꽃이 피겠지. 그녀는 차를 몰고 집들이 바다를 바라보는 도시로 돌아온다, 지나가는 차를 일일이 보면서 액체처럼 흘러가는 유리창 속 얼굴들을 찾는다. 그들은 현재를 존재하게 만든 이름 없는 사람들이지만 그녀에게 보이는 것은 자신과 같은 얼굴들, 밤을 끝없이 내쉬며 낮으로 바뀌는 이 도시에서 늘 스쳐 지나는 얼굴들이다.

그녀가 열쇠 꾸러미를 들고 아버지의 집 현관 포치로 다가가자 문가에서 으르렁거리는 소리가 난다. 걸음을 멈추고 망설이는 동안 문 너머에서 으르렁거리는 소리가 계속되더니 크게 짖는 소리로 바뀐다. 그녀가 도움을 청하듯 자동차 쪽을 보니 몰리가 핸드폰을 보고 있다. 무언가가 기억해달라고 생각의 선두에 나서지만 그것이 뭔지 모르겠다, 마크와 관련이 있는데, 그녀가 문으로 다가가 벨을 누르고 창문을 요란하게 두드리자 월월 짖는 소리가 계속되고, 사이먼의 목소리가 가만있어, 가만있어, 라고 말하며 개를 조용히 시킨다. 문을 연 그는 검고 우람한 개의 목줄을 잡고 있고, 그녀는 얼룩빼기 복서구나 생각한다, 사이먼은 원예용 장갑을 끼고 있고 머리카락은 아까 내린 비 때문에 축축하다. 왜, 무슨 일이냐? 그가 얼굴을 찌푸리며 말한다. 왜냐고요? 그녀가 이렇게 말하며 아버지를 밀고 개를 빤히 보면서 복도로 들어간다. 이제 아버지를 보러 왔다가 공격을 당하게 생겼네요, 이 개랑 뭘 하시는 거예요? 그녀가 허리를 숙여 바닥에 떨어진 우편물을 줍고, 축축한 개는 복도에서 킁킁 냄새를 맡는다, 고개를 돌리자 아버지의 눈빛에 흐리멍덩한 당혹함이 떠오른다. 아빠, 제가 온다고 말씀드렸는데, 아빠 모시고 장 보러 가겠다고 지난주에 말씀드렸잖아요. 순간 그가 그녀의 손에 있던 우편물을 받더니 본래 모습을 되찾는다. 왜 출근 안 했지? 그가 말한다. 아빠, 오늘 토요일이에요, 누구 개예요? 사이먼이 발을 톡톡 굴러 복서를 부엌으로 보내자 개가 몸을 돌리며 검은 입술을 핥더니 문 앞에서서 굶주린 표정으로 그녀를 가늠한다. 다른 사람인 줄 알았다, 그가 말한다, 저번에 문 앞에서 문제가 좀 있었어. 문제라고요? 그녀가 말한다, 어떤 문제요? 정확히 알 수는 없지만 남자 셋이 찾아왔는데 생긴 게 마음에 안 들었어, 당에서 나왔다던데 깡패처럼 생겼더라고, 내가 지역 당원 등록이 안 돼 있다면서 이름을 올리고 싶냐고 묻더라—— 무슨 당이요, 아빠? 국민연합 말씀이세요? 그 사람들이 누군데요? 다시는 오지 말라고 했는데 며칠 뒤에 또 문을 두드리고 창문을 쾅쾅 치는 거야, 그러고서는 그중 한 명이 깔깔 웃더니 가버렸지. 그녀는 개의 까만 주둥이를 보고 있고, 개가 그녀를 보면서 뭔가 침울하게 중얼거린다. 왜 저한테 말 안 하셨어요, 아빠? 여기 스펜서한테 말했다, 아버지가 말한다. 그가 고갯짓으로 개를 가리키고 재채기를 두 번 하더니 개의 발 앞으로 몸을 숙인다. 스펜서라, 그녀가 말하며 고개를 젓는다, 다 큰 개네요, 어디서 데려오셨는데요, 말씀해보세요, 혼자 어떻게 돌보려고 그러세요? 사이먼이 외투 걸이에 걸린 재킷을 내린다. 당장이라도 정원을 차지할 거다, 그가 말한다. 그녀가 문가에서 고개를 돌려 아버지를 본다. 뭐가요? 덩굴장미 말이다, 아무도 안 도와줘서 내가 직접 자르고 있지. 가요, 그녀가 말한다, 시간 없어요, 곧 비가 올 거예요, 마크한테 도와달라고 하세요, 작년 여름에 와서 많이 도와드렸잖아요. 됐다, 그가 말한다, 나 혼자 할 거다.

그녀가 주차장으로 들어서는데 폭우가 쏟아지기도 전에 포장도로가 까매진다, 사람들이 빗속에서 몸을 움츠린 채 빠르게 지나가고 우산을 든 사람들은 여유롭게 걷는다. 그녀는 속도를 줄이고 주차한다는 뜻으로 비상등을 켜고, 머리가 벗겨지기 시작한 여자가 비 때문에 몸을 구부정하게 숙이고 트렁크에 짐을 실은 다음 외투 깃을 붙잡고 차에 타는 모습을 지켜본다. 아일리시는 몰리에게 카트를 가져오라고 하고, 베일리는 파카 후드를 뒤집어쓰더니 말도 없이 차에서 내린다. 몰리가 팔꿈치를 접고 달리자 베일리가 그 뒤를 따라 타닥타닥 달려간다. 새로운 변호사를 구했어요, 아일리시가 말한다, 숀 월리스가 소개해줬는데, 앤 데블린이라고, 이런 사건 전문이래요, 우리만 이런 일을 겪고 있는 건 아니라서 일이 정말 많은가 봐요. 사이먼의 손가락이 대시보드를 두드리기 시작한다. 소장은 냈다더냐? 그가 말한다. 앤은 의뢰인을 밖에서 만나요, 그녀가 말한다, 핸드폰을 차에 두고 가서 만나야 했어요, 아주 빠릿빠릿한 변호사라서 바로 소장을 낼 거예요. 그 여자는 네 돈을 코트 안감으로 바르겠지만 결과는 조합의 그놈이랑 똑같을 거다. 아빠, 무료로 맡아줬어요, 앤 말로는 정부가 사법부에 정부 쪽 사람들을 심어서 장악했대요, 그게 문제의 핵심이에요, 사람을 심으면 하고 싶은 대로 할 수 있죠. 비가 점점 거세지고 두 사람은 포장도로에 끓듯 차오르는 물을 내다본다. 그녀가 보니 몰리와 베일리가 카트를 차지하려고 싸우다가 몰리가 동생을 밀고, 베일리는 실망해서 두 팔을 번쩍 들더니 화난 표정으로 투란을 본다. 그녀가 말한다, 오늘 아침에 몰리를 깨우느라 고생했어요, 벌써 2주째 토요일 연습에 빠졌어요, 제일 잘하는 선수인데 계속 이런 식이면 곧 밀려나겠죠. 그녀는 하늘을 보며 분명 비가 잦아들겠다고 생각한다, 순식간에 고요해진다. 문을 열려고 하지만 사이먼이 손목을 잡는다, 그의 눈에 고통이 점막을 이룬다. 그 사람들을 투표로 뽑아줄 거야, 아일리시, 우리 나라 같은 곳에서 생각도 할 수 없는 일이지—— 아일리시는 아무 감정 없이 아버지를 보며 사실이 아니라고 스스로에게 말한다, 얼굴은 중력에 더욱 굴복했고 거근(擧筋)이 약해져 눈은 점점 푹 꺼지고, 피부는 뼈 위에서 점점 더 처져서 그 느린 붕괴와 함께 뒤죽박죽 섞인 정신을 끌어내린다. 그녀가 한숨을 쉬고 고개를 젓는다. 아빠, 이미 2년 전에 집권했어요. 사이먼이 얼굴을 찌푸리고 바깥을 돌아다보더니 고개를 젓는다. 그래, 그래, 물론이지, 안다, 내 말은 뭐였냐면—— 그녀는 문으로 향하는 아버지의 손을 본다. 아빠, 잠시만요, 트렁크에 우산 있어요. 사이먼이 문을 열고 내려 트위드와 정원을 돌볼 때 신는 나막신에다가 이상한 양말 차림으로 투란 앞을 지나간다, 빗속에서 주먹을 흔들며 몸을 움직이고, 추워 보이지도, 젖어 보이지도, 이제는 늙어 보이지도 않는다, 한때 그들을 전부 지휘했던 그 표정이 그의 안에서 다시 보인다.

그녀는 뒤꿈치에 거름과 마른풀이 달라붙은 아버지의 나막신을 보면서 슈퍼마켓 통로를 돌아다니고, 아버지는 그녀를 앞서가며 복숭아 캔을 집고, 쇼핑카트 좌석에 앉은 벤은 치발기를 깨문다. 그녀가 생선 코너에 서 있을 때 얼굴이 빨개진 몰리가 급히 다가와 경고하는 표정으로 알린다. 엄마, 몰리가 속삭인다, 와보셔야 할 것 같아요. 무슨 일인데? 와보시라니까요. 그녀는 몰리를 뒤따라가며 베일리를, 그 애가 무슨 짓을 했을지를 생각한다, 어제는 베일리가 몰리의 머리카락에 케첩을 뿌리고 쿵쿵거리며 뛰쳐나갔다. 몰리가 아일리시의 소매를 잡아끌고 가다가 멈추더니 통로 쪽으로 고갯짓을 했다. 들키지 않게 보세요. 누구한테 들키지 말라는 거야, 베일리 말이니? 아뇨, 저 사람이요, 그 남자 맞죠? 그녀는 어딘가를 가리키는 몰리의 손가락을 따라서 쇼핑 목록을 보며 중얼거리는 나이 많은 여자를 지나고 세제와 두루마리 화장지를 지나 청바지를 입은 통통한 여자와 그 옆에서 한가롭게 카트를 끄는 남자를 발견한다. 몰리가 누구라고 생각하는지 알지만 그 사람은 아니다, 체구가 너무 작고 차림새가 다르다, 더블린 축구 체육복 위에 등산용 방수 외투를 걸쳤고, 발을 내려다보니 싸구려 운동화가 보인다. 그냥 할 일이 없어서 아무 생각 없이 아내를 따라온 남자다, 그녀는 몰리에게 저 사람이 아닌 그 사람을 어떻게 봤냐고 묻고 싶다, 그들이 현관문 앞으로 찾아온 그날 밤에 집 정면 창을 통해서 본 것이 분명하다. 그때 남자가 돌아서자 아일리시는 그 사람, 그 형사임을 알아보고 고개를 돌린다. 입이 바싹 마른다. 저 남자의 다른 얼굴을, 문 앞에 서 있던 경관의 얼굴을 생각하며 다시 본다. 전혀 다른 남자 같다. 아일리시는 어느새 뭘 어떻게 할지도 모른 채 그를 향해 걸어간다. 그래, 저 남자와 이야기할 것이다. 잃을 것이 뭐가 있는가. 그는 그냥 평범한 남자일 뿐이다. 그의 아내 앞에서 조용히 이야기 좀 하자고 말할 것이다. 형사가 이쪽을 보다가 그녀의 시선을 깨닫고, 그가 그녀를 어리둥절하게 보는 한순간이 지나더니 미소를 띤다. 거리에서 마주친 지인이 인사하려고 짓는 미소이다. 남편, 아버지, 지역 자원봉사자. 하지만 그 미소 뒤에 국가의 그림자가 있다. 그녀가 갑자기 몸을 돌려 표백제병을 들고 잠시 서서 라벨을 읽는 척하다가 통로를 달려 돌아간다.

그녀는 직장에서 뒤처지고 아이들 앞에서 자꾸 딴생각을 한다. 아일리시는 상사에게 약속이 있다고 말한 다음 차를 타고 도시를 가로지르며 버드로(路)를 찾고, 형사의 집에서 두 집 떨어진 곳에 차를 세운다. 그가 사는 곳은 쉽게 찾았다. 대시보드의 시계를 보니 거의 10분 동안 여기 앉아 있었다. 곧 회사로 돌아가야 한다. 그녀는 양손을 꼭 맞잡고 진입로가 비어 있는지 다시 확인한다. 꿈을 내다보는 듯한 이 느낌, 밑을 내려다보길 무서워하며 깊은 협곡 가장자리를 달리는 느낌. 그녀가 거울을 보며 화장을 고치고 머리를 빗는다. 거리를 채우는 빛을 본다, 천천히 박동하는 빛이 갑자기 선명해졌다가 흐릿해졌다 하는 것을 보며, 숨겨진 것들에 대해 생각하고 부드럽게 피어나는 빛 속에서 드러나는 일상적인 것들을 본다, 그 한가운데에는 평범한 것으로 가득하다, 상록수와 진달래, 유아차가 다닐 수 있도록 만든 길, 점점 커지는 발자국이 찍힌 시멘트, 학교로 향하는 아이들, 빙빙 도는 SUV들의 끝없는 행렬, 개를 따라 구부정하게 걷다가 멈춰 서서 이야기를 나누는 노인들, 전깃줄에 앉아 내려다보는 까마귀들, 한 해가 퍼레이드처럼 착착 흘러가며 이 모든 것을 깃발 같은 나뭇잎 아래 눈부신 여름으로 끌고 간다. 아일리시는 길을 건널 때 자신의 몸속에서 움직이는 것이 아니라 집 안에서 창문을 통해 내다보듯이 자신을 본다, 스스로에게 계속 가라고 하면서 더듬더듬 자신의 몸으로 들어간다, 그녀의 몸이 차지하는 공간, 문을 두드리는 손. 그녀를 맞이하는 여자의 얼굴은 슈퍼마켓에서 본 얼굴과 다르다, 평범한 생김새에 화장을 안 해서 더 늙어 보인다. 잠시 이야기 좀 나눌 수 있을까요, 스탬프 부인? 개인적인 일인데요, 시간을 많이 빼앗지는 않을 거예요. 석회벽과 눈앞의 무방비한 얼굴이 다시 접혀 하나의 선이 된다. 손 때문인가요? 그녀가 말한다, 개가 또 무슨 짓을 했죠? 부엌에 선 아일리시는 비 오는 날 아늑하게끔 꾸며놓은 것을 알아차린다, 라디오 소리가 배경에 깔리고 스토브 주위로 동그라미를 그리며 떨어져 있는 석탄 가루, 스토브 근처의 칸막이. 그녀가 의자를 빼서 식탁 앞에 앉는다, 말을 시작하기 전까지는 숨을 쉬고 싶지 않다, 잠시 뒷마당을 내다본다, 잘 자란 사과나무에 걸린 새 모이통, 황금방울새 한 마리가 잠시 나타났다가 사라진다. 그녀는 자기 손을 내려다보며 남편에 대해서 이야기한다, 손가락이 얽히고 꽉 맞물리고, 손이 고통을 짜내는 듯하다, 그 고통을 선물처럼 식탁에 올려둔다. 그녀는 스탬프 부인의 이목구비가 빛의 수수께끼라도 되는 것처럼 둥둥 떠다니는 그 얼굴을 본다, 환하다고 생각했던 눈이 어두워지고 손이 커졌다. 아일리시는 이야기를 듣는 얼굴이 점점 언짢아지는 것을, 입이 갑자기 꾹 다물리는 것을 본다. 스탬프 부인이 의자에서 일어나 조리대로 가서 담뱃갑을 꺼낸다. 괜찮으시죠? 부인이 말한다. 아일리시가 고개를 끄덕이자 부인이 불을 붙이고 뒷문 쪽으로 가서 길게 빨아들인 다음 바깥을 향해 내뿜고, 고개를 돌려 의자에 앉은 아일리시를 위아래로 훑어본다. 이름이 뭐라고 하셨죠? 부인이 말한다. 아일리시는 넓은 어깨를 볼 뿐 이름을 말하지 않는다. 부탁드려요, 그녀가 말한다, 그냥 말 좀 전해달라는 거예요, 부인이 제 입장이라도 분명히 이러실 거예요. 이제 부인은 얼굴을 찌푸리고 있다, 고개를 저으면서 담배를 세게 빨아들인다. 정말이지, 부인이 말한다, 이건 말이 안 돼요, 당신은 제 남편한테 무슨 잘못이 있는 것처럼 말씀하시는군요, 요즘 같은 시절에, 형사한테 말이에요. 저는 그냥 아내로서, 어머니로서 당신에게 말하고 싶었던 것뿐이에요── 아예 말을 안 했으면 더 좋았을 걸 그랬네요. 두 사람의 눈이 마주치고 적의가 드러내놓고 오가고, 아일리시는 자신의 말소리가 들린다, 입에서 말이 떨어지고, 그녀는 말을 한 다음 경악하며 그것들을 내려다본다. 그러면 제가 이 나라의 바보들처럼 몸을 숙이고 망가진 채 조용히 있어야 하나요? 거리에서 쓰레기차가 끼익거리며 지나가고 아일리시는 시선을 피해서 정원을 향해 고갯짓한다. 좋은 사과나무군요, 사과가 많이 열리나요? 스탬프 부인이 몰두했던 생각에서 벗어나 고개를 돌리더니 나무를 물끄러미 보면서도 제대로 보지 않다가 이내 손을 흔든다. 지난 몇 년간은 아주 괜찮았어요, 존이 가족 농장에서 가져온 케리피핀종(種)이에요. 스탬프 부인, 제 남편은 그냥 평범한 사람이에요, 아버지이자 선생님이고 노동조합원이죠, 그이는 아이들이 있는 집으로 돌아와야 해요. 스탬프 부인이 눈을 가늘게 뜨고 아일리시를 보더니 입술을 적시고 창문을 향해 뭐라고 중얼거린다. 죄송하지만, 뭐라고 하셨죠? 아일리시가 말한다. 스탬프 부인이 비웃으며 고개를 돌린다. 쓰레기라고요, 그녀가 말한다, 그게 바로 당신네들이에요, 당신이랑 그 노조원들, 내 집으로 찾아와서 우리 남편을 모욕하다니, 이 나라에 인생의 25년을 바치고 훈장까지 받았는데, 분명히 말씀드리죠, 당신네들이 스스로 뭐라 부르든 간에 당신 남편은 선동자라서 거기 있는 거예요, 나라가 큰 위협에 처한 상황에서 국가에 반대하면서 사람들을 선동해서, 당신들은 저 바깥세상에서 무슨 일이 일어나고 있는지, 지금 우리에게 무엇이 다가오고 있는지 하나도 몰라요, 당신네들은 우리 모두가 파괴되는 꼴을 보고 말 거예요, 지금은 나라가 단결해야 할 때인데 전국에서 시민이 동요하고 있고 우리는 당신 같은 사람들을 상대해야 하는군요, 내 집에서 당장 나가요. 아일리시는 여자의 얼굴에서 당의 거만한 표정을 보고, 어느새 자리에서 일어나면서 손이 멋대로 움직이게 두고 싶어진다. 이 여자가 남편에게 말하고, 그가 형사로서 살짝 손을 써서 래리를 더 힘들게 만드는 모습이 눈에 선하다. 그녀는 래리에게 아무런 도움도 되지 못했다고 느끼며 복도 문을 향해 움직이고, 걸쇠를 여는 손가락이 떨리고, 길 건너에 세워진 투란이 보인다, 여자가 뒤따라 나오고 아일리시는 몸을 돌려 다른 길로 걸어간다.

그녀는 누가 방에 들어왔음을 깨닫고 잠에서 깬다, 눈을 채 뜨지도 못한 채 손을 짚고 일어나자 고리버들 의자에 앉은 형체의 숨소리가 들린다, 마크가 분명하다, 이 시간에 뭘 원하는 걸까. 그림자가 앞으로 숙이자 의자가 신음하고, 복도의 불빛이 얼굴을 찾아낸다. 존 스탬프 형사다, 아일리시는 목소리가 나오지 않고, 겁에 질려 요람에 든 아기를 보며 아기의 숨소리에 귀를 기울인다. 어떻게 들어왔죠? 그녀가 속삭인다, 문은 전부 잠겨 있어요, 당신은 이 집에 들어올 권리가 없어요. 어둠 속에서 목소리가 웃는다. 이 집에 들어올 권리가 없다? 네. 하지만 당신이 그렇게 믿고 말할 뿐이죠. 그렇게 믿는 게 아니에요, 그게 법 앞의 사실이에요. 사실이라. 네, 법규라는 게 있습니다, 이런 식으로 우리 권리를 침해할 수는 없어요. 법규라고요. 네, 그래요. 당신은 꼭 권리라는 말을 이해하는 것처럼 그 단어를 말하는군요, 인간이 태어나면서부터 갖는 권리가 뭔지 보여주시죠, 어느 서판에 적혀 있는지, 어디에서 자연이 그렇게 명했는지. 그녀가 말하려 하지만 그가 일어나서 다가오고, 아일리시는 그의 눈을 들여다보기 두렵다, 그 냄새 때문에, 음식과 담배와 피부 밑에서 올라오는 악취가 섞인 냄새 때문에 꼼짝도 못 한다, 이것이, 자신의 공포를 풀어놓는 이 역한 냄새가 뭔지 안다. 당신은 과학자를 자처하면서 존재하지도 않는 권리를 믿는군, 당신이 말하는 권리는 입증할 수 없어요, 그건 국가가 정한 허구에요, 국가가 무엇을 믿고 무엇을 믿지 않는지 필요에 따라서 결정하는 건 국가입니다, 물론 당신도 알겠죠. 그의 손이 이불 위로 미끄러지고, 아일리시는 그를 막으면 어떻게 될까 두려워하며 그 손을 본다, 그녀의 목을 향해 다가오는 손, 그녀가 그 손목을 잡고 비명을 지르려고 한다, 목을 잡은 손을 뿌리치면서 이제 소리친다, 깨고 싶어, 그러자 그가 말한다, 하지만 당신은 깨어 있는데—— 눈을 뜨자 방이 보인다, 창문으로 들어오는 차갑고 파란 빛과 의자에 놓인 개어 놓은 옷들. 그녀는 일어나 앉아서 의자를 물끄러미 보면서 이 방은 꿈이 아니라 진짜라고 스스로에게 말하면서 안도감을 느끼지만 가슴에, 목에 두려움이 옹이 져 있고, 아직 완전히 믿지 못하겠다는 듯이 문을 본다. 그녀는 누워서 잠시 졸면서 맹목적이고 단조로운 잠이 돌아오기를 바라지만 꿈의 잔재가 여전히 그녀를 물들인다, 그 남자와 그 냄새, 그가 남긴 말이 그녀를 두렵게 만든다, 아래층에서 아이들 소리가 들려온다, 웃음소리가 터져 나오고 일요일 아침의 요란한 TV 소리 가운데 베일리가 꽥 소리를 지른다.

3

몰리가 체육복 반바지와 외투 차림으로 싱크대 앞에 서서 컵에 수돗물을 받다가 손을 홱 빼더니 역겹다는 듯한 소리를 내고 컵을 개수대에 떨어뜨린다. 엄마, 몰리가 말한다, 물이 갈색이에요. 아일리시는 등에 딸의 시선이 느껴지지만 일부러 보지 않는다. 그녀는 몸을 숙여 숟가락으로 사과 퓌레를 벤의 입에 넣어주면서 몰리가 원하는 것은 자기 아빠라고 생각한다, 부정은 긍정이고 긍정은 절대 부정이 아니다. 어젯밤 꿈속에서 두 사람이 몰리에 대해 이야기했다, 그녀는 래리가 한 말 중에서 어렴풋한 무언가를 생각하며 잠에서 깼다. 그녀는 아이의 입에서 흘러내리는 퓌레를 숟가락으로 막으며 잠시 땅속 깊은 곳의 무언가를, 부식된 파이프 파편이 떨어져 본관으로 흘러드는 것을 본다, 파편이 물에 휩쓸리면서 녹과 납 오염물로 점점 더러워진 물이 파이프를 통해 이 도시의 집과 회사와 학교로 까맣게 몰려가고, 수도꼭지를 통해서 주전자로, 잔과 컵으로 들어가서 입으로 들어가고, 납이 위장관에 흡수되고, 세포와 뼈, 대동맥과 간, 부신과 갑상선에 저장되고, 독소가 보이지 않게 작용하다가 결국 소변과 피를 통해 실험실에서 그 존재를 드러낸다. 아일리시가 고개를 돌려 수도꼭지에서 나오는 물을 유심히 보고는 잠깐 틀어놔, 라고 말한다. 현관문에서 열쇠가 달각거리며 돌아간다. 몰리가 생수를 사면 어떠냐고 묻더니 그릇에 담겨 있던 사과를 들고 거실로 간다. 아일리시가 귀를 기울이며 고개를 들자 문이 열리면서 들어오는 빛이 마음속에 보인다, 익숙한 발소리와 우산꽂이에 우산을 탁 꽂는 소리, 한숨 소리, 그런 다음 외투를 벗는 소리, 사라진 슬리퍼를 찾는 소리가 들리면 좋겠다. 마크가 자전거를 끌고 복도를 지나 부엌으로 들어오더니 아무 말 없이 유리문으로 나가서 뒤쪽 파티오에 자전거를 놔둔다. 그녀는 높은 아기의자에 앉은 벤을 보면서 큰아들을, 그 조용한 성장 과정을 생각한다, 연골이 늘어나서 뼈가 되고, 뼈는 단단해져 알 수 없고 모든 가능성이 들어 있는 미래까지 아이를 지탱한다. 정말 조금 전까지만 해도 마크가 바닥을 기어다녔는데 그녀가 고개를 돌리니 마크가 거실로 걸어 들어간다, 순식간에 미래가 됐다. 숨죽인 대화 소리가 들리고 몰리의 목소리가 높아진다, 오빠, 말해야 돼. 누구한테 말해야 되는데, 무슨 일이니? 아일리시가 소리친다. 몰리가 문 앞에 서서 마크를 부엌으로 밀어 넣고, 마크가 편지를 들고 그녀 앞에 선다. 아일리시는 몰리에게 수돗물을 잠그라고 하고 마크의 손에 들린 편지를 받아 안경으로 손을 뻗는다. 그녀는 자신이 일어섰다는 것도 알아차리지 못하고 무슨 말인지 모르겠다는 듯이 편지를 천천히 다시 읽는다, 단어 뒤의 의미가 흔들린다, 검은 글자가 난해하다. 그녀가 고개를 들어 아들의 눈을 보자 아이는 사라지고 없다. 이럴 리가 없어, 그녀가 읊조린다, 손을 뻗어 의자를 찾지만 앉을 수가 없다. 눈을 감고 눈꺼풀 속에서 어른거리는 어둠을 본다. 하지만 넌 겨우 열여섯 살인데, 그녀가 말한다, 내년에 졸업 시험인데, 이럴 수는 없어—— 마크가 의자에 재킷을 걸고서 예민하고 엄숙하게, 말없이 잠시 서 있는다. 입대 날짜가 다음 달 내 생일 다음이에요, 그가 말한다. 아일리시는 싱크대로 가는 아들을 보지 않는다, 마크가 수돗물을 틀고 컵에 물을 채워서 마시기 시작한다. 몰리가 그의 손에서 물을 빼앗는다, 마시지 마, 그녀가 말한다, 물이 갈색이야, 엄마한테 생수 좀 사자고 해, 그리고 그 사람들이 뭘 했는지, 어떻게 학교에 왔는지 말해, 오빠, 엄마한테 말하라고. 누가 학교에 왔는데? 아일리시는 아들을 보고 있다, 싱크대 앞에 선 아들이 확실히 보인다,

잔뜩 찌푸린 눈썹, 눈을 가린 머리카락, 청년 같은 인상을 강요하는 턱. 엄마한테 말할 생각을 못 했어요, 마크가 말한다, 의사랑 무슨 군대 간부라는 여자가 와서 우리 학년 남자애들을 전부 체육관으로 불렀어요, 무슨 일인지 말도 안 해주고 한 명씩 검사했어요, 속옷 바람으로 가림막 뒤에 서 있으면 의사가 키를 재고 발이랑 치아를 검사하고 알레르기가 있냐고 물었어요—— 갑자기 몸속에서 짓눌리는 느낌이 든다, 무언가가 심장에 침투해 부풀어 오르는 것 같더니, 점점 팽창하면서 폐를 눌러서 비명이 나오려고 한다. 피로 때문에 예민해진 아일리시가 자기도 모르게 의자에 앉아서 속삭인다, 무슨 착오가 있을 거야, 넌 이제 겨우 열일곱 살이 되잖아. 그녀가 아들을 향해 손을 뻗어 부둥켜안고, 뺨을 가져다 대고, 분노라는 향유로 씻긴다. 잘 들어, 아일리시가 손을 잡으며 말하지만 아들은 귀담아듣지 않고 정원만 빤히 본다. 넌 이 집을 떠나지 않을 거야, 듣고 있니, 넌 학교를 떠나지 않을 거야, 이런 식으로 널 징집할 수는 없어. 마크가 고통스러운 표정으로 고개를 돌린다. 그래서 어떻게 막을 건데요, 그 사람들은 마음대로 할 수 있잖아요, 아빠가 잡혀가는 걸 막기 위해서 엄마가 뭘 할 수 있었는데요? 그러자 몰리가 돌아서서 오빠를 뒤로, 싱크대 쪽으로 민다. 엄마한테 그런 식으로 말하지 마. 닥쳐, 마크가 말한다. 몰리가 앙심에 찬 표정으로 오빠를 말리고, 근처에서 둔탁한 망치 소리 같은 게 나더니 벤이 숟가락을 떨어뜨린다. 아일리시가 몸을 숙여 숟가락을 집어 들고 싱크대로 간다. 그래도 온수는 깨끗하네, 그녀가 말한다. 무슨 일이에요? 베일리가 부엌으로 들어오며 말한다. 마크가 식탁에 놓인 통지서를 들고 밖으로 나가더니 문을 닫고 주머니에서 라이터를 꺼낸다. 그녀가 유리창 너머를 지켜본다, 마크가 라이터를 켜지만 불꽃이 나오지 않아서 불을 붙이지 못한다, 아일리시는 보고만 있을 뿐 마크를 말리고 싶지 않다, 라이터는 어디서 났냐고 묻고 싶지 않다, 라이터가 황색 불을 피우고 그 불이 종이 끄트머리를 맛보더니 까만 입이 되어 삼킨다, 마크의 손에 들린 통지서가 연기로 변하는 것을 지켜보고 있자니, 마크가 그것을 떨어뜨린 다음 돌아서서 더없이 새까만 분노의 눈으로 유리창 안을 들여다본다.

그녀는 직장에서 집중을 못 하고 마음속으로 서성이면서 눈앞에 그림자처럼 드리운 장애물을 보고, 그것을 둘러 갈 길을 찾고, 내 아들은 못 데려가, 라고 계속 혼잣말을 한다. 회사에 인원 감축, 단계적 축소에 대한 소문이 돌지만 전부 다 사실일 리 없다. 사람들이 회의실로 불려 가서 스티븐 스토커가 총괄 경영자 자리에서 물러나게 되어 오늘 출근하지 않았으며 폴 펠스너가 그 자리에 올라가게 되었다는 발표를 듣는다. 펠스너가 사람들 앞으로 나와서 작은 손으로 손가락 끝을 당기며 기쁨을 숨기지 못한다. 그가 연설하며 사람들의 박수와 미소를 통해 지지자를 골라내는 동안 그녀는 회의실을 둘러보며 그들 사이에 있는 야수를 본다, 야수가 은폐와 위선을 어떻게 내던지는지, 이제 어떻게 드러내놓고 돌아다니는지 바라본다. 폴 펠스너는 성직자처럼 손을 들고 회사에 어울리는 말이 아니라 당의 언어로 변화와 개혁의 시대에 대해서, 국가 정신의 진화에 대해서, 지배에서 확장으로의 이행에 대해서 말하고, 한 여자가 회의실을 가로질러 가서 창문을 연다. 아일리시는 어느새 엘리베이터를 타고 1층에 도착해서 내린다. 길 건너 신문 가판대로 가서 담배 한 갑을 가리킨다. 참 오랜만이라고 생각하면서 사무실 건물 앞에 혼자 서서 담배를 한 개비 꺼내 종이 껍질을 만지작거리고 코 밑에 대고 냄새를 맡는다. 불을 붙이고 뜨거운 연기를 입으로 들이마시자 아세트산셀룰로스의 면직물 같은 맛이 나고, 그녀는 마지막으로 담배를 끊었던 때를, 더 어린 자신이 어떤 기분이었는지 떠올린다, 어쩌면 래리도 함께였겠지만 잘 모르겠다. 기억은 거짓말을 한다, 자기만의 게임을 하면서 하나의 이미지에 진실일 수도 있고 아닐 수도 있는 다른 이미지를 겹쳐놓고, 시간이 흐르면 겹겹의 이미지가 녹아들어 연기처럼 변한다, 그녀는 입에서 나온 연기가 그날에 스며들며 사라지는 것을 지켜본다. 다른 도시의 거리를 보듯이 이 거리를 바라보고, 삶이 사건들의 바깥에 존재하는 것 같다고 생각한다, 목격자도 필요 없이 흘러가는 삶, 음울한 공기 속에서 매연을 내뿜으며 부대끼는 자동차들, 각자의 망상에 갇혀 정신이 팔린 채 허둥지둥 지나가는 사람들, 이제 도망치고 싶다는 마음으로 계속 지켜보던 아일리시는 어느새 자기 안에서 완전히 빠져나간다, 빛은 농담이 계속 바뀌다가 거리를 비추는 투명한 광택이 되고, 배수로에서 먹을 것을 쪼는 갈매기들은 커다란 트럭을 피해 날아오르자 검은 날개 밑만 보인다. 아니, 이런. 콜럼 페리가 그녀의 옆에 서서 담배로 담뱃갑을 톡톡 친다. 담배 피우는 줄 몰랐어요, 아일리시. 그녀는 누가 묻지도 않은 질문에 대한 답을 보려는 것처럼 눈을 꼭 감은 다음 고개를 젓는다. 피운다고 할 수는 없어요. 콜럼 페리가 담배에 불을 붙이고 천천히 숨을 내쉰다. 나도 마찬가지예요. 그녀는 속에서 까맣게 탄 연기를 끌어낸 다음 조금 더 태우고 싶다고 생각하며 콜럼 페리의 주름진 셔츠를 찬찬히 살핀다, 술주정뱅이 특유의 연분홍색 얼굴을 알아본다, 같이 농담을 하지만 바깥에서 몰래 비웃는 사람의 눈에 숨어 있는 표정도. 그가 뒤쪽을 흘끔거리며 자동문을 본다. 저 사람 참 뻔뻔하죠, 그가 말한다, 곧 숙청이 벌어질 거예요, 저들은 자기랑 비슷한 사람을 좋아하니까 납작 엎드리세요, 내가 할 말은 그것뿐이에요. 콜럼이 다시 어깨 너머를 보고 핸드폰을 꺼낸다. 최신 뉴스 봤어요? 핸드폰 화면에 보이는 것은 창문과 벽에 그려진 그라피티 사진들이다, 경찰과 공안 부대, 국가에 대한 비난을 빨간 스프레이로 의기양양하게 휘갈겨놓았다. 글자가 피처럼 보이고 건물은 학교 같다. 페어뷰 지구의 세인트조지프 학교예요, 그가 말한다, 교장이 GNSB에 신고해서 남학생 네 명이 체포됐는데 아직 안 풀려났대요, 벌써 며칠 지났는데 온라인 기사만 나와요, 학부모들이랑 학생들이 스토어가 경찰서 앞에 모여서 아이들이 풀려나기를 기다리고 있대요. 아들 앞으로 입영 통지서가 나왔어요, 그녀가 말한다, 내 아들은 열일곱 살이 되는 주에 자신을 넘겨줘야 해요, 아직 학교에 다니는 아이일 뿐인데, 애 아빠도 잡혀갔는데. 콜럼 페리가 그녀를 보더니 고개를 젓는다. 나쁜 놈들, 그가 말한다. 콜럼이 감싸듯 손을 말아서 입에 대고 담배를 빨며 한참 생각하더니 재떨이에 담배를 비벼 끈다. 아들을 빼내야 해요, 그가 말한다. 어디로요? 아일리시는 그가 어깨를 으쓱하고 양손을 펴 보이고는 청바지 주머니에 집어넣는 모습을 지켜본다. 콜럼은 길 건너 신문 가판대를 보고 있다. 지금 아이스크림이 먹고 싶네요, 그가 말한다, 초콜릿을 꽂아주는 옛날식 소프트아이스크림콘 말이에요, 지금 내가 바닷가에 있고 엉덩이가 얼어버릴 만큼 추우면 좋겠어요, 부모님이 아직 살아 계시면 좋겠어요, 있잖아요, 아일리시, 나도 몰라요, 잉글랜드든, 캐나다든, 미국이든,

그냥 생각일 뿐이지만 아들을 빼내야 할 것 같아요, 아, 난 이제 들어가야겠어요.

그녀는 점점 커지는 시위를, 흰옷 차림으로 경찰서 앞에 모인 학부모들과 아이들을 온라인으로 지켜본다. 그들은 흰 초를 들고 아무 말 없이 아이들이 돌아오기를 기다린다. 하루 종일 사람들이 계속 모여든다. 다음 날 아침이 되자 200명이 넘는데, 전부 그 학교에서 왔다고 한다, 시커먼 공안 부대가 경찰서 앞에 서 있다. 아일리시는 그들이 모인 저 광장을 안다, 포장 바닥에 화강암 단이 여기저기 있어서 앉을 수 있고, 중앙에는 뭔가의 상징인지 아닌지 모르지만 스테인리스스틸 팔각 양추 구조물이 있다. 별로 멀지 않은 과거에 사람들이 앉아서 시간을 보낼 수 있도록 열린 공간과 빛에 중점을 두고 설계된 광장인데, 이제 이곳에서 벌어지는 시위가 문을 열고 어두운 방에 빛을 비추는 느낌이 든다. 기대하듯 올려다보는 래리의 얼굴이 보인다, 곧 이 아이들이 풀려나면 더 많은 사람이 풀려날 거야, 아일리시가 말한다. 토요일 아침에 몰리가 흰옷을 입고 부엌으로 들어온다. 엄마, 이거 봤어요? 몰리가 말한다. 핸드폰에서 핸드폰으로 문자메시지가 퍼지고 있다, 친한 친구에게 들었는데 아이들이 곧 풀려난다더라는 메시지도 있고 며칠 전에 이미 풀려나서 가족의 품으로 돌아갔으며 시위는 음모라고, 국가를 망신시키려는 책략이라고 하는 메시지도 있다. 응, 그녀가 말한다, 나도 메시지를 받았는데 다 거짓말이야, 깜빡 잊고 말 안 했는데, 다음 주 토요일에 시어서 결혼식이 있어, 마크한테 내가 돌아올 때까지 집에 있으라고 했어. 오빠가 날 지켜볼 필요는 없어요. 알아, 하지만 둘 다 집에서 동생들을 보면 좋잖아. 몰리가 의자를 들고 나가서 나무 밑 풀밭에 놓는다. 아일리시는 몰리가 의자에 올라서서 가지를 잡아당기는 모습을 본다, 몰리가 하얀 리본을 묶은 다음 잘 매달려 있는지 살핀다, 리본은 나무의 소리 없는 음악을 연주하는 길고 맥없는 손가락 같고, 아일리시는 리본이 몇 개인지 세고 싶지 않다. 14주예요, 몰리가 의자를 들고 들어오며 말한다, 의자를 내려놓고 싱크대로 가서 물을 틀더니 몸을 숙이고 눈을 가늘게 뜨고서 자세히 살펴본 다음 컵에 받아서 마신다. 몰리가 반쯤 빈 물컵을 내려놓고 소매로 입을 닦는다. 저 나가요, 그녀가 말한다. 어디 나가는데? 시내에 갈 거예요. 아일리시가 몰리를 잠시 본다, 흰색 데님 재킷, 목에 둘둘 만 흰색 스카프. 시내에 나갈 거면 그건 당장 벗고 가, 아일리시가 말한다. 몰리가 깜짝 놀란 척하며 자기 몸을 내려다본다. 뭘 당장 벗어요? 무슨 말인지 알잖아. 무슨 말인지 내가 어떻게 알아요, 아무도 아무 말도 안 하는데, 이 집에서는 아무 말도 안 하는데 그 문제에 대해서 누가 무슨 말을 하는지, 하다못해 무슨 생각인지조차 내가 어떻게 알아요? 아일리시가 탁자를 향해 돌아서서 잡지를 들었다가 다시 내려놓는다. 이런, 안경이 어디 갔지? 엄마 안경이라면 머리 위에 있어요. 음, 정말 바보 같다, 아일리시가 말한다. 그런 다음 돌아서자 몰리가 그녀를 이상하게 바라보고, 금방이라도 울 것처럼 입가가 일그러진다. 아빠가 돌아오면 좋겠어요, 몰리가 말한다, 그냥 아빠가 돌아오면 좋겠어요, 왜 엄마는 아무것도 안 해요? 아일리시가 몰리의 눈을 들여다보며 뭔가를 찾는다, 뭔지 몰라도 붙잡을 수 있는 예전의 몰리를, 고분고분한 느낌을 찾지만 몰리는 그녀를 밀어내고 어떤 레버를 당긴다. 네가 그런 식으로 나가면 아빠가 돌아올 것 같니? 몰리는 얼굴이 어두워지더니 돌아서서 물컵을 들고 바닥에 천천히 물을 붓는다. 좋아, 아일리시가 말한다, 바닥에 물을 붓든, 그렇게 입고 거리로 나가든 네 마음대로 해, 버스 정류장에 갈 때까지는 뭐라고 하는 사람이 없을지도 모르고 네 행동을 눈여겨봤다가 나중에 신고하는 사람도 없을지 모르지, 버스에서 내리면서 엉뚱한 사람 눈에 띄지 않을지도 모르고, 하지만 그럴 수도 있어, 어쩌면 차에 남자 둘이 타고 있는데 그중 하나는 네 모습을 못마땅하게 생각할 수도 있어, 넌 그냥 흰색이 좋아서 그렇게 입었을지도 모르고, 자극적인 무언가를, 그 남자가 좋아하지 않을 무언가를 말하고 싶어서 그렇게 입었을 수도 있지, 어쩌면 그 남자가 차를 세우고 내려서 네 이름이랑 주소를 적고 네 이름으로 된 파일을 만들 수도 있고, 넌 아무 말도 안 할 수도 있지만 말을 잘못할 수도 있어, 그러면 그 남자가 네 이름이랑 주소를 적는 대신 너를 잡아 차에 태울 수도 있어, 몰리, 그 차가 어디로 갈지 생각해봐, 어쩌면 다른 모든 차가 가는 곳으로 갈 수도 있어, 조용히 멈춰서 온갖 이유로 거리의 사람들을 태워 가는 아무 표시도 없는 자동차들 말이야, 그들은 두 번 다시 집으로 돌아오지 못하지, 넌 열네 살이니까 마음대로 해도 된다고, 국가가 너한테 관심이 없다고 생각하겠지만 그 남자애들은 체포됐고 아직 풀려나지 않았어, 걔들은 네 또래야, 넌 내가 아무것도 안 한다고, 가만히 서서 네 아버지가 돌아오기만 기다린다고 생각하겠지만 난 지금 우리 가족이 서로 떨어지지 않도록 지키고 있는 거야, 왜냐면 바로 지금 우리를 떼어놓으려고만 하는 세상에서 그게 제일 어려운 일이니까, 가끔은 뭔가를 하지 않는 것이 네가 원하는 걸 얻는 가장 좋은 방법이야, 가끔은 입을 다물고 고개를 숙일 줄도 알아야 돼, 가끔은 아침에 일어나서 시간을 더 들여 옷 색깔을 골라야 하는 거야.

아일리시는 아버지의 방을 돌아다니며 타이를 찾는다. 녹색 백합 문양 카펫에 바랜 신문과 잡지가 쌓여 있고, 벽 앞에 나란히 놓인 의자 두 개에는 옷이 무더기로 쌓여 있고, 서랍장에는 더러운 컵과 접시가 여럿 놓여 있다. 그녀는 서랍을 뒤적이면서 곰팡이 냄새, 변색된 흰 셔츠, 한 마리 거미처럼 얽힌 낡은 타이들을 마주친다. 아일리시가 분홍색 타이를 골라서 코에 대자 묵직하지만 희미해진 과거가 느껴지고, 일어나서 뒤를 돌자 사진 속에서 바람을 맞고 있는 어머니가 보인다, 머리카락을 붙잡고 있는, 자기 얼굴에 앞으로 태어날 딸의 얼굴을 숨겨놓은 젊은 여자. 아일리시는 컵과 접시를 바닥으로 옮겨놓고 사진을 정리한다. 추운 해변에서 진은 사이먼에게 몸을 기대고 눈에 고인 눈물을 닦는다. 웨딩드레스를 입은 그녀는 버드나무처럼 호리호리하고, 사이먼의 팔을 잡고 있지만 사진사는 보지 않는다. 의자에 앉아 무릎에 두 딸을 앉힌 그녀는 날카로운 시선으로 카메라를 본다. 아일리시는 눈을 감고 이런 모습의 어머니를 찾으며 그들의 첫 집으로 들어간다, 과거를 회상하며 그림자가 드리워진 방들을 돌아다니고, 손가락으로 계단 난간 손잡이를 쓸어보고, 위로 올라가서 창가 자리를 지나쳐 그녀의 예전 방으로 간다, 한 발짝 한 발짝 판자를 울리며 드넓은 천장을 살핀다. 이제 어머니의 목소리가 들린다, 그것은 소리라기보다 기억이 흐려져도 절대 쇠퇴하지 않는 느낌이다. 옛날 침대에서 보이던 풍경, 하늘로 이어지는 창문, 어둠을 물고 아이를 악몽으로 초대하는 문 열린 옷장. 사진 속에서 진의 입매가 이울고 머리카락이 어깨에서 귓가로 올라간다. 덩굴장미가 피는 정원에서 의자에 앉은 그녀는 희끗희끗하다. 또 포즈코트 폭포 옆에서 쇠약하게 지팡이에 몸을 기대고, 사진이 찍히는지 몰랐는지 최후의 순간에 카메라에서 고개를 돌린다. 아일리시는 더러운 컵과 접시를 아래층으로 가지고 내려가서 식기세척기에 넣고, 그동안 사이먼은 식탁 앞에 앉아서 포크로 베이컨과 달걀을 뒤적인다, 셔츠는 배꼽까지 풀어 헤쳐졌고 가슴은 하얗고 털이 없다. 그가 소금 통의 목을 잡고 달걀에 소금을 뿌린 다음 적의에 찬 표정으로 그녀를 본다. 저 위에서 뭐 하고 있었는지 다 알아. 아일리시가 엉덩이로 식기세척기 문을 닫는다. 아빠, 방이 돼지우리예요, 컵이랑 접시를 몇 개나 가지고 내려왔는지 몰라요, 단추 채우고 이 타이 매세요, 셔츠랑 어울리는 타이를 골라 왔어요. 네가 저 위에서 뭘 하는지 소리가 안 들린 줄 알아? 실컷 뒤져봐라, 아무것도 못 찾을 테니. 그녀는 아버지 앞에서 화가 치미는 자신을 발견하고 주전자에 물을 채우지만, 차를 마실 시간은 없다. 아빠, 제발요, 이러다 늦겠어요, 한 시간 뒤에 미사가 시작해요. 그가 나이프와 포크를 접시에 똑바로 놓더니 접시를 손바닥 끝으로 밀어서 치운 다음 고개를 돌려 그녀를 본다, 입꼬리가 노른자 때문에 노랗다. 내가 그걸 전부 방에 놔뒀을 것 같으냐, 너희 중 누구도, 한 푼도 못 받을 거다. 그녀가 아연실색해서 아버지의 얼굴을 들여다보고, 얼굴 너머 저 안에서 변하고 있는 것을 찾으면서 점점 두려워진다, 그의 자아가 어둠 속에서 숨 쉬는 불꽃이라도 되는 것처럼 바라본다, 불꽃은 결코 가만히 있지 않고, 부풀어 오른 불꽃이 점점 약해져서 더없이 가늘어진다. 아버지가 맞지만 아버지가 아니다, 그녀는 그렇게 생각한다, 하지만 거울로 다가가는 아버지는 다시 자신으로 돌아간 것 같고 아버지가 자기 얼굴을 찬찬히 들여다보는 동안 그녀는 그 뒤에 서 있다, 피부는 면도해서 분홍빛이 돌고, 귀 뒤에 조금 묻은 면도 거품을 그녀가 엄지로 닦아낸다. 아일리시가 아버지의 어깨를 잡고 돌려세워 셔츠 단추를 잠그고 목에 타이를 둘러준다. 결혼식을 올리기 아주 좋은 날이네요, 그렇게 생각하지 않으세요? 오늘 결혼하는 두 사람은 날씨 운이 참 좋은 것 같아요. 아버지가 그녀를 보며 말도 안 된다는 표정을 짓자 아일리시는 아버지가 돌아왔음을 깨닫는다. 네 사촌 말이다, 아버지가 말한다, 걔가 신방에 들어간다니 상상이 안 된다. 아빠, 그런 말씀 하시면 안 돼요, 시어셔는 아빠 조카잖아요. 시어셔는 마흔 살이 다 된 중년 여자고 걔 아버지는 한심한 놈이야, 내 동생은 남자 보는 눈이 없었지. 뭐, 그래도 안 하는 것보다 늦게라도 하는 게 낫잖아요, 안 그래요? 타이 매듭을 지은 다음 어깨를 톡톡 두드리고 시선을 들었을 때 아버지의 시선 때문에 그녀는 아버지가 자기 아내를 보고 있다는 생각이 든다. 아일리시가 시선을 피해 어머니가 서 있던 정원을 내다보니 손질하지 않은 덩굴장미가 텁수룩하게 자라 벽을 가르고 있다.

대학 성당에서 예식이 끝나고 하객들이 세인트스티븐스그린 공원으로 나간다. 그녀는 아버지의 팔짱을 끼고 공원으로 건너간다, 딸깍거리는 하이힐을 신고 산책하는 여자들은 깃털을 꽂은 색색의 모자와 나무들이 숨을 죽인 느낌 때문에 빛이 난다. 호숫가에서 신랑과 신부가 같이 사진을 찍고, 신랑 들러리는 타이를 늦춘다. 그들은 공원 밖으로 나가서 담쟁이덩굴로 감싸인 조지 왕조풍 건물을 향해 걸어가고, 프리지어 향기가 맞이하는 가운데 높다란 창으로 푸릇푸릇한 공원이 내다보이는 연회실로 안내받는다. 그녀는 연회장 저편에서 마리 고모와 이야기를 나누는 아버지를 본다, 고모는 분홍색 매니큐어를 바른 손톱 뒤에 하품을 숨기고 연회장을 훑어보다가 아일리시를 발견하고 표정으로 그녀를 부른다. 아, 왔구나, 사이먼이 말한다, 마리한테 국민연합이 추진하는 법안에 대해서 이야기하는 중이었다, 그들이 학계를 장악하려고 해, 자기 사람들을 심으려고 하지, 마리, 이사회를 차지하려고 말이다, 아무도 할 수 있는 일이 없는 것 같아, 정말 기괴하고 믿을 수가 없고── 마리가 아일리시의 팔을 꽉 잡고 그녀를 독차지하려는 듯이 오빠에게서 돌아선다. 네 아버지는 너희 집 막내에 대해서 한마디도 안 하는구나, 그녀가 말한다, 네가 데려올지도 모른다고 생각했는데, 네 나이에 정말 놀랍고도 기분 좋은 일이었을 거야. 아일리시는 파우더를 바른 얼굴을 향해 미소 짓고 침 거품 때문에 흐릿해진 분홍색 입술을 보면서 자신의 영혼이 추락하는 것을 느낀다, 말해지지 않은 것이 보이고 두 사람의 대화가 아이들에 대한 질문이나 직장 생활에 한정된 것을 깨닫는다, 아무도 래리에 대해서 이야기하려 하지 않는다. 그녀는 고모의 얼굴을 들여다보면서 오늘 하루가 완전무결한 행복 속에서 지나가야 한다는 무언의 지령을 본다. 아일리시가 미소를 지으며 말한다, 래리도 무척 오고 싶었을 거예요, 잠시 실례할게요. 그녀가 대화를 나눌 다른 사람을 찾아서 연회장을 걷지만 자신과 같은 나이대 손님은 거의 없고, 고령으로 허리가 굽어가는 아버지의 사촌들이 있다, 나이 차이가 아주 크지는 않다, 스물다섯 살에서 서른 살 정도이다, 아일리시는 술을 주문하며 자기 인생에서 지금 이 시기가 어떻게 지나갈까 생각한다, 이미 지나가고 있다, 과거가 된다, 높다란 창을 통해서 내리쬐는 빛이 이 모든 순간을 그들에게 준다, 세상은 중얼거림으로 잦아들고, 새하얀 지복의 신부가 있다. 종이 울리자 사람들이 잔을 들고 식당으로 들어와 둥근 탁자 주변으로 자기 자리를 찾아간다, 신랑이 말을 하려는 듯이 자리에서 일어나지만 가슴에 손을 올리고 국가(國歌)를 부르기 시작한다. 손에 새[鳥] 문신이 있고 목에는 알 수 없는 상징이 그려져 있다. 사람들이 의자를 뒤로 밀고 일어나서 노래를 부르기 시작하고 누군가가 아일리시의 소매를 잡아당긴다, 아버지의 사촌 니어브 라이언스다, 그녀가 쪼글쪼글한 입술로 속삭인다, 세상에, 일어서라 아일리시. 아버지의 자리를 건너다보지만 의자가 비어 있다, 술을 한 잔 더 마시러 바에 갔거나, 화장실로 가는 길에 다시 길을 잃었거나. 입을 벙긋거리는 얼굴들을 올려다봤다가 그녀를 내려다보는 눈들이 보이자 입이 바싹 마른다, 니어브 라이언스가 다시 소매를 잡아당기지만 그녀는 일어나서 같이 노래하지 않을 것이다, 거짓을 노래하지 않을 것이다. 그녀는 자기도 모르게 앞에 놓인 하얀 냅킨을 정리하기 시작하고, 고개를 들자 신랑의 얼굴이 보인다, 그리고 공공연히 드러난 것, 신랑 들러리와 그들 주변에 서 있는 사람들의 얼굴에 드러난 것은 숨김 없는 경멸이다. 신부는 눈을 감았고 신랑은 갈채를 받지만 식당에 있는 모든 사람이 박수를 치지는 않는다. 손이 가느다랗고 얼굴이 창백한 나이 많은 여성이 아일리시에게 잠깐 인자한 미소를 짓지만 잘 보려는 순간 미소가 사라진다. 아일리시가 가방으로 손을 뻗어 흰색 시폰 스카프를 꺼내서 목에 두르고 다른 사람들이 앉을 때 자리에서 일어난다. 잠시 실례해요, 아버지를 찾아 올게요, 그녀가 말한다.

오븐 알람이 울리기 시작하자 아일리시가 돌아서서 아이들을 부르고 밥이 담긴 접시에 캐서롤을 퍼 담는다. 누가 식탁 좀 차려줄래? 몰리가 하품하며 들어온다. 황혼이 몰리보다 먼저 들어와 그녀의 엄마를 감쌌다. 몰리는 불을 켜고 나이프와 포크를 꺼내려 서랍에 손을 넣더니, 생각이 서랍에 떨어졌다는 듯이 잠시 서서 빤히 본다. 아일리시가 다시 부른다, 저녁 다 됐다. 베일리가 TV 앞 양탄자에서 몸을 쭉 펴는 것이 보인다. 아일리시가 몰리를 보면서 말한다, 마크 내려오라고 해. 어디서 내려와요? 몰리가 말한다, 오빠 위층에 없어요. 그러면 어디 있니? 몰리가 어깨를 으쓱하고 식탁 위로 몸을 숙여 나이프와 포크를 내려놓는다. 제가 어떻게 알아요, 이따가 저 태워주실 수 있어요? 아일리시가 계단으로 가서 마크를 부르고, 그의 방에 올라갔다가 다시 내려온다. 마크는 집 안에도 없고 정원에도 없다, 전화를 걸자 위층에서 벨이 울린다, 그녀가 마크를 나무라며 계단을 다시 올라가지만 아들이 어떻게 반응할지 안다, 입매를 딱딱하게 굳히고 바닥에 시선을 고정한 채 장난스러운 말을 준비할 것이다. 그녀는 어느새 아들들 방 앞에 서 있고 침대에서 벨이 울린다, 마크가 핸드폰을 놓고 가다니 이상하다. 아일리시는 핸드폰을 집어 금지된 물건이라도 되는 것처럼 본다, 부엌에서 베일리가 먼저 먹는다고 소리치고 두 개의 목소리가 들려온다, 하나는 안 된다고 하고 하나는 그러겠다고 한다. 그녀는 계단에서 움직이는 소리가 나지 않는지 귀를 기울인다. 아일리시가 아들의 메시지를 읽고 마지막으로 본 영상을 클릭한다. 빨간 점프수트를 입은 포로가 후드를 뒤집어쓴 채 무릎을 꿇고 있고 검은 옷을 입은 또 다른 남자가 안경을 쓰고 그 뒤에 서 있다. 아랍어로 고래고래 소리를 지르는 교사인지 지식인이다. 그가 포로의 후드를 벗기고 커다란 낯을 내보이자 카메라는 피해자가 죽는 순간 그 눈에서 뭔가를 포착하려는 듯이 슬로모션으로 줌인을 시작한다. 그녀가 핸드폰을 침대에 내던졌다가 다시 집어 들어 검색 이력을 스크롤하자 잔혹 행위와 살인, 참수와 즉결 처형 영상이 나온다. 어떤 느낌이 몸속으로 들어오지만 아무 말도 하지 않는다. 그저 그녀 안에 까맣게 앉아서 옹이 진다. 아일리시는 저녁 식사 내내 거의 아무 말도 할 수가 없다. 그녀는 집을 돌아다니며 물건을 하나씩 주웠다가 무심코 다시 내려놓는다. 베일리와 몰리가 리모컨을 두고 싸우다가 몰리가 베일리의 머리를 때리고 리모컨을 던지자 두 사람에게 조용히 하라고 소리 지른다. 아일리시는 아기를 품에 안고 층계참에 서 있다가 문득 그녀의 몸으로 들어온 것이 죽음의 예감임을, 죽음이 자기 아들에게 들어갔음을 깨닫는다. 이제 곧 열일곱 살 되는 아들의 혈기가 분노와 숨죽인 흉포함에 타락하는 것을 본다. 8시가 넘어서 포치 문이 열리고 열쇠로 현관문 여는 소리가 들리자 그녀는 아들을 가로막으러 나가서 자전거에 손을 얹어 멈추게 하고 그 안에서 자라는 어둠을 보려고 마크의 눈을 들여다본다, 예전과 같은 권위를 되찾으려 한다. 아일리시가 말하는 동안 마크의 시선이 그녀를 쓱 지나치고, 그녀는 목소리가 높고 날카로워진다. 저녁 시간까지 못 온다고 말 안 했잖아, 어디 갔었니? 그녀는 마크를 따라 들어오는 서맨사를 못 보다가 그 아이가 문 앞까지 와서야 알아차린다, 서맨사는 들어오기 무서운 듯 걸음을 멈추고, 마크는 어머니의 행동에 대해 말없이 사과하듯 입을 비틀며 돌아본다. 괜찮아요, 엄마, 진정하세요, 서맨사네 집에서 저녁 먹었어요, 메시지를 보내려고 했지만 핸드폰을 깜빡 잊고 놓고 갔는데 엄마 번호가 생각이 안 났어요.

그녀가 비와 주저하는 빛 속에서 차를 몰고 갈 때 가방 속에서 핸드폰이 웅웅 울린다. 아일리시는 앞에 가는 차들이 멈추기를 기다렸다가 가방에 손을 뻗어 핸드폰을 꺼낸다. 그녀가 메시지를 읽고 고개를 들자 눈앞의 길이 사라졌다, 손을 뻗어 라디오를 끄고 메시지를 다시 읽는다. 구금 중이던 소년 중 두 명이 죽었고 가족들이 시신을 돌려받았다. 고문의 흔적이 남아 있는 시신 사진이 공개되었다. 투란이 저절로 앞으로 움직이고, 그녀는 부모 앞에 놓인 아이들을 본다, 망가진 몸을 보고 혼자 속삭인다, 한 집안의 아버지를 끌고 가는 것과 아이들의 시신을 돌려주는 것은 전혀 달라. 심장 속에서 앞으로 다가올 진동이 느껴진다, 이제 그것이, 분노와 반감이 고요한 땅에서 일어나 그들의 입속으로 들어올 것을 안다. 집에서 가족들이 탁자에 둘러앉아 국제 뉴스에서 시위 생중계를 본다, 경찰서 앞에 모인 군중이 점점 늘어난다, 사람들이 자녀들을 데리고 온다, 모두 흰옷을 입고 불 켜진 초를 들고 있다. 철야 농성자들이 버스 정류장까지, 근처 거리들까지 넘치고 그녀는 잠자리에 들지만 잠이 오지 않는다, 침대에 누워서 앞에 펼쳐지는 자신의 두려움을 끔찍한 광경처럼 바라본다, 작은 목소리가 무슨 말을 하고 싶어 하지만 고함을 질러 가라앉힌다. 아침이 되자 군중은 크게 늘어났고 칼리지그린 광장을 향해 행진을 시작한다. 그녀는 창가에 서서 바깥을 바라본다, 마크와 몰리가 아일리시를 보며 그녀가 말하기를 기다린다. 겨울잠 자는 나무들이 부풀기 시작한다. 곧 나무들이 싹을 틔우고 봄빛을 다시 볼 것이다, 이것을, 나무의 힘을 생각한다, 나무가 어떻게 어두운 계절을 견디는지, 나무가 눈을 뜨고 무엇을 볼지 생각한다. 그때 그녀는 두려움이 사라졌음을 깨닫는다, 몸속에서 마음이 놓이는 느낌이 들고 이제 뭔가를 할 수 있을 것 같다. 흰옷을 입자, 아일리시가 돌아서며 말한다, 가서 참가하자. 위층으로 올라가는 아이들을, 이 집에서 느껴지는 이 용기와 흥분을 바라본다.

캐럴 섹스턴이 귀리 빵과 크럼블 케이크, 흰 초 몇 개를 가지고 온다. 마크는 자전거를 타고 벌써 출발했다. 차를 몰고 시내로 들어가자 검문소 앞에서 속도가 느려지고, 아일리시가 뒷좌석에 탄 아이들을 돌아본다. 외투 지퍼 잠가, 그녀가 말한다. 앞차가 경찰의 지시에 따라 검문선으로 들어가고 경찰 한 명이 투란을 향해 다가선다, 제복을 입은 분석적인 청년의 얼굴이 몸을 숙여 그녀의 면허증을 살펴본 다음 그녀의 시선을 찾아서 붙든다. 오늘 어디 가십니까? 그가 말한다. 아일리시는 주근깨투성이 얼굴에서 자기 아들보다 고작 몇 살 많은 청년을 본다, 입에서 거짓말이 미끄러져 나와 두 사람 사이의 허공을 달린다. 경찰이 몸을 숙이고 캐럴을 살펴본 다음 손으로 차양을 만들며 뒷좌석의 아이들을 본다, 베일리가 유리창에 코를 문지르고 있고, 경찰은 통과하라고 손짓한다. 오토바이 탄 경찰들이 부둣가 도로에 차량이 못 들어가도록 통제한다. 그녀가 교회 옆 작은 길에 자리를 발견해서 차를 세운 뒤, 그들은 벤을 유아차에 태우고 걸어가기 시작한다, 보행자 횡단 신호가 울리자 텅 빈 거리를 건너는데 부두가 이렇게 조용한 것이 이상하다, 햇빛이 물을 따라 몰려오자 평온한 느낌이 밀려든다. 캐럴은 차에서 내린 뒤부터 쉬지 않고 말하지만 아일리시는 무척 높은 곳에서 바라보는 것처럼 아이들을 살펴보며 어찌할 바를 모르고 불안을 꽉 붙잡으려고 애쓴다. 그녀는 래리와 이야기를 나누면서 그의 반응을 살피지만 그는 닿지 않는 어두운 감방에 있는 것처럼 그늘진 내면에 남아 있다. 이제 그들은 드러내놓고 흰옷을 입은 사람들 사이를 걷고 강을 건너며 소음을 듣는다, 칼리지그린을 향해 템플바 지구의 좁은 거리를 걸어가자 이내 군중이 그들 앞에 서 있다, 대중의 집중된 의지, 시위대가 5만 명으로 늘어나 광장을 채울 정도라고 한다, 그녀는 너무 들떠서 숨을 쉴 수가 없다. 아일리시가 아이들의 손을 잡고 하얗게 칠한 얼굴과 하얀 깃발 사이에서 사람들을 헤치며 앞으로 나아가고 캐럴은 뒤에서 따라온다, 너무나 많은 사람이 흰 초를 들고 있다, 모두 아이들을 데려온 것 같다. 어느 젊은 여자가 얼굴을 칠해주겠다고 하자 몰리가 머리를 묶는다. 옛 의회 앞에 무대가 설치되고, 젊은 여자가 마이크를 들고 서서 비상대권을 끝내라고, 모든 정치적 수감자를 석방하라고 외친다. 그녀가 어마어마한 갈채를 받으며 다른 남자에게 무대를 내어주는데, 아일리시는 입에서 나온 말이 아니라 그들의 육체가 하는 말 때문이라고 생각한다, 여기에서는 세상 앞에 숨을 곳이 어디에도 없기 때문이다. 베일리가 핸드폰으로 시위를 보고 있는데, 아일리시가 보니 군중의 이미지가 거대하고 생생하다, 그녀의 두려움은 사라졌다, 두려움은 정반대의 것이 되어 이제 여기에 몸을 내맡기고자 한다, 더 큰 덩어리와 하나가 되기를, 하나의 호흡이 되기를 원한다, 군중의 승리 속에서 자신의 힘이 자라는 것이 느껴진다. 순간적으로 그녀는 막연하게 죽음을 느낀다, 승리와 대량 살상, 정복자의 발밑에 놓인 역사를 느끼고, 손에 커다란 칼을 든 것처럼 서서 그 칼을 내리치며 환희에 몸을 떨다가 날카롭게 숨을 들이마신다, 군중이 야유를 보내며 비웃지만 경찰 두 명이 걸어 다니며 카메라로 사람들의 얼굴을 찍는다. 그녀가 고개를 들자 지붕 위에 저격수 같은 사람들이 보인다, 원거리 카메라로 군중을 겨냥하고 있다, 태양 없는 구름이 비를 알리고 그녀는 비옷도 우산도 챙기지 않았음을 떠올린다. 캐럴이 샌드위치와 생수를 나눠주는 동안 커다란 화면에 죽은 아이들의 모습이 등장한다, 어렸을 때 찍은 사진들도 있는데 담황색 머리의 아이는 미소 짓고 있고 또 다른 아이는 눈을 크게 뜬 채 찍혔다. 그녀는 자기도 모르게 베일리의 팔꿈치를 꽉 잡았다가 아이가 팔을 비틀어 빼자 그제야 알아차린다, 그녀는 마크를 생각한다, 마크가 학교에서 국가에 의해 차출되어 공안 부대에 보내지는 모습을, 거리에 배치되어 동족과 맞서는 모습을 본다, 마크의 마음속 분노와 저항을 아는 그녀는 그렇게 되도록 놔두지 않을 것이다. 몰리에게 어깨동무를 하고 가까이 끌어당기자 비슷한 시위에 참가했던 기억이 문득 떠오르지만 잘못된 기억이나 맞바꾼 기억이라고 생각한다, 다른 나라에 사는 다른 사람의 기억이라고, TV로 그런 건 수없이 봐왔다. 벤이 날카롭게 울음을 터뜨리며 깨서 아일리시가 젖병을 주지만 아기는 유아차에서 내리고 싶어서 소리를 지르기 시작한다, 결국 그녀가 땅에 외투를 깔고 그 위에 앉히자 벤이 기어가려고 한다. 옥색 옷을 입고 휴대용 의자에 앉은 나이 많은 여성이 벤을 무릎에 앉혀주겠다고 한다. 베일리는 팔에 힘이 빠지고 지쳐서 자기 가방 위에 털썩 쓰러지고, 집에 가고 싶어 하다가 근처에서 핫도그 냄새가 풍겨오자 배고파 죽겠다고 해서 사 먹으라고 캐럴과 함께 보낸다. 몰리는 핸드폰으로 문자메시지를 보내고 있다. 엄마, 그녀가 말한다, 오빠가 우리를 찾고 있어요. 몰리가 잠시 사라졌다가 마크와 처음 보는 친구를 데리고 돌아온다. 둘 다 흰 티셔츠를 입고 흰 반다나로 입을 가려서 아일리시가 손을 뻗어 반다나를 내린다. 이런 걸 쓰고 뭐 하는 거니, 깡패도 아닌데, 이건 평화로운 시위야. 마크 친구의 눈에 비웃음이 어린다, 이 아이는 뭔가 마음에 안 든다, 이 아이가 누군지 알고 싶다. 캐럴이 마크에게 샌드위치를 권하자 마크가 세 입 만에 먹어치운다. 친구 것도 하나 달라고 한다. 8시까지는 집으로 와, 아일리시가 말하자 마크가 싱글거리며 몰리를 보고, 몰리는 마크와 같이 가고 싶지만 아일리시는 안 된다고 말한다. 비가 오기 전에 비 올 듯한 느낌이 먼저 찾아오고, 우산이 펴지고 군중이 칸칸이 나뉜다. 아이들이 어떤 여자의 커다란 우산 밑으로 우글우글 모이고, 베일리가 휴지를 달라고 하더니 코를 닦은 다음 아일리시의 팔에 매달리기 시작한다. 사람들이 아이들을 데리고 군중 사이를 지나 집으로 돌아간다, 저녁 식사 준비도 해야 하고 개 산책도 시켜야 한다, 학생들과 아이가 없는 사람들은 밤새 남아 있으라고 하자. 집으로 가려고 돌아서면서 아일리시는 크라이스트처치 대성당의 하늘을 향해 길게 뻗은 거리를 바라본다, 세상에 불이 붙은 것 같은 느릿느릿한 빛의 용광로를.

캐럴 섹스턴은 아일리시의 집에서 자기로 한다. 도시를 가로지르는 건 위험해요, 아일리시가 말한다. 그녀는 기운차게 다리를 건너 집으로 돌아가는 군중과 차창에 하얀 깃발을 내걸고 달리다가 검문소에 가로막히는 차량들을 생각한다, 수색과 체포, 국제 뉴스에 온통 시위 소식이다. 캐럴이 핸드폰으로 군용 트럭과 병력 수송 차량이 근교로 진입하는 영상을 본다, 그들은 운하를 따라 길게 늘어서서 집결 중이다. 꼭 침략을 준비하는 것 같아, 그녀가 말한다. 온라인에서는 몽둥이와 벽돌로 공격당하는 차량들, 복면을 쓴 남자들이 차에서 끌어 내리는 사람들, 불붙은 차들에 대한 이야기가 떠돈다. 아일리시가 볼로네제 파스타를 해동하고 베일리와 몰리에게 TV 앞에서 저녁을 먹어도 된다고 허락한 다음 벤을 재우면서 아이의 작은 두 주먹을 잠시 본다, 그녀는 벤이 이대로 자라지 않으면 좋겠지만 어린 시절이 아무리 길어도 벤은 처음 몇 년은 전혀 모를 테고 전부 다 전설이 될 것이다, 네 아버지가 멀리 갔던 그때, 그리고 돌아왔던 그때. 그녀가 욕실로 가서 화장을 지우고 거울 속을 빤히 보자 마크가 보인다, 마크가 얼마나 예쁜지, 얼마나 어린지, 눈을 감자 마크가 끌려가는 것이 느껴진다, 마크의 손을 놓친다, 어두운 바닷가에 있는 것 같다, 래리가 제일 먼저 끌려가고, 그녀는 마크에게 해안으로 헤엄쳐 오라고 소리친다, 어둠 속에서 들리길 바라며 소리친다. 그녀가 눈을 뜨고 거울을 향해 몸을 기울인 다음 손가락으로 눈가를 향해 뻗어가는 주름을 잡아당긴다. 캐럴은 노트북으로 시위 생중계를 보고 있다. 시위대는 몇천 명으로 줄어들었지만 종교 행사에 참여하는 열렬한 신자들처럼 종이봉투로 불 켜진 초를 감싸고 말없이 거리에 앉아 있고, 공안 부대는 물대포와 곤봉을 들고 대기 중이다. 아일리시는 시계를 보고 문소리에 귀를 기울인다. 8시 15분이다, 9시 10분 전이다, 곧 10시가 된다, 마크의 전화는 계속 신호만 간다. 뭔가 끔찍한 일이 일어날 것 같은 기분을 떨칠 수가 없어요, 아일리시가 말한다. 캐럴이 그녀를 조심스럽게 보고 있다. 이미 했을 거예요, 안 그래요? 뭘 이미 해요? 공격할 생각이었다면 말이에요. 아일리시는 시계를 본다. 마크한테 계속 전화를 거는 중이에요, 마크가 남긴 음성 메시지를 들었는데 뭔가 서두르는 것 같았어요. 베일리와 몰리가 다시 싸운다, 그녀는 둘이 거실에 있다는 사실을 잊고 있었다. 그녀가 문 쪽으로 가서 두 아이를 위층으로 올려 보내고 싱크대 앞에 서서 컵을 비운다. 내가 이상한 거예요, 이 차 맛이 진짜 이상한 거예요? 아일리시가 말한다. 그녀가 다시 핸드폰을 본다. 마크는 괜찮을 거예요, 아일리시, 이건 당신 싸움이기도 하지만 마크의 싸움이기도 해요, 마크를 놔둬야 해요. 네, 하지만 8시까지는 집에 오라고 했어요. 캐럴이 컵을 내려다보고 있다. 당신 말이 맞는 것 같아요, 아일리시, 차에서 곰팡이 냄새가 나요, 물이 이상한가 봐요. 아일리시는 캐럴의 얼굴을 보면서 의자에 이렇게 꼿꼿하게 앉아 있는 이 여자를, 잠 못 이루는 밤들이 조각한 저 얼굴을 모르겠다고 생각한다, 그녀의 생김새를 만든 바로 그것이 서서히 빠져나가버린 것 같다, 슬픔이 골수를 빨아먹는 것 같다. 아일리시가 손을 들어 자기 얼굴을 만진다. 나 피곤해 보여요? 그녀가 말한다, 너무 피곤해요, 더 이상 생각을 못 하겠어요, 이제 그만 자야겠어요, 몰리 침대를 준비해놨으니 거기서 주무세요, 몰리는 저랑 잘 거예요. 그녀가 문을 향해 돌아서다가 뭔가 잊은 느낌이 들어서 부엌을 멍하니 바라본다. 캐럴, 2주 뒤면 생일이에요, 마크요, 아일리시가 말한다, 마크 말인데요, 이번 시위도 통하지 않으면 뭘 어떻게 해야 할지 모르겠어요. 그런 소문이 있어요, 캐럴이 말한다, 남자애들이 징집을 피해서 국경을 넘는다고—— 아일리시가 시계를 본다, 뒷문이 잠겼는지 확인하는 것을 잊었다, 바닥에 놓인 바구니에는 빨랫감이 쌓여 있다. 하지만 마크를 어떻게 빼내죠, 아일리시가 말한다, 여권을 발급해주지 않을 거예요, 사법부에서 통지서가 왔어요, 아무 설명도 없이 여권 신청을 거부당했어요. 캐럴이 자리에서 일어나 아일리시의 손을 잡고 또 한 손을 그녀의 손등에 포갠다. 아일리시, 그들이 마크를 찾아오면, 결국 그런 상황이 오면, 마크가 우리 집에서 지내도 괜찮아요, 때가 올 때까지—아일리시, 그런 상황까지는 가지 않을 수도 있겠지만 우리 집 뒤쪽에 골목길로 이어지는 별채가 있어요, 아무도 거기 가서 마크를 찾지는 않을 거예요. 아일리시가 캐럴의 손을 놓지만 닿았던 감촉이 피부에 남아 있다. 그녀는 손을 문질러 그 느낌을 지우고 뒷문으로 성큼성큼 걸어가서 손잡이를 돌려본 다음 유리창 앞에 서서 바깥을 본다. 밤의 거짓 색깔, 상처를 숨기는 그림자에도 불구하고 그대로 남아 있는 세상. 내 아들이, 그녀가 속삭인다, 학교에 다니면서 친구들과 놀고 축구나 할 나이에 도망자 신세가 된다고? 유리창에 비친 캐럴의 모습이 슬픔의 유령 같다. 국경 너머 포트러시의 우리 오빠 집으로 가면 돼요, 에디랑 얘기해볼게요, 그쪽 여자랑 결혼했거든요, 돕고 싶어 할 거예요. 당신은 몰라요, 캐럴, 마크는 학교에 다녀요, 대학에 가고 싶어 해요. 위층으로 올라가니 몰리가 이미 그녀의 침대에서 자고 있다. 캐럴이 씻는 소리가 들린다. 저 소리 대신 남편과 아들이 부엌에서 장난치는 소리가 들리면 좋겠다. 괴력으로 마크를 꼭 붙잡아 꼼짝도 못 하게 만드는 래리. 하지만 곧 상황이 역전될 것이다. 마크에게 다시 전화를 걸지만 전화기가 꺼져 있거나 배터리가 다 됐다. 그녀가 래리의 잠옷 윗도리를 두 손에 말아서 코로 가져간다. 그의 냄새가 서서히 흐릿해진다. 잠든 그녀는 그림자가 드리워진 얼굴들과 떠들썩한 군중의 꿈을 꾸고, 잠에서 깼다가 두 사람이, 남편과 아들이 하나가 되는 또 다른 꿈을 꾼다. 그녀는 남편이자 아들인 한 사람을 찾지만 거기에서는 그를 찾을 수 없다.

창문이 비를 속삭인다. 그녀는 기억이 떠오르기 전의 느낌에 나른해지고, 텅 빈 몸에 빗소리가 차오르다가 기억이 깨어나자 전부 쏟아져버린다. 복도를 가로질러 아들들 방에 들어가서 마크의 텅 빈 침대를 본다. 아일리시는 자기 방으로 돌아가서 침대 옆 불을 켜고 몰리에게 빛이 닿지 않도록 등갓을 내린다. 벤은 꿈에 깊이 빠진 듯 요람에 누워 있다. 이 나이의 아이에게 꿈은 어떤 두려움을 줄까. 갑자기 높은 곳에서 떨어지거나 모르는 얼굴들이 불쑥 나타나는 두려움, 어두운 방에서 혼자 잠에서 깨는 공포. 벤은 딱 한 번 깼다. 이제 기억이 떠오르자 그녀의 손이 노트북을 열고, 외신 뉴스를 클릭하고, 그녀의 목에서 낮은 소리가 나온다, 몰리가 옆에서 뒤척인다. 엄마, 몰리가 말한다, 무슨 일이에요? 아일리시가 머리카락을 쥐어뜯으며 화면을 스크롤하고, 추락하는 기분으로 딸을 본다, 소리를 질러서 모두를 깨우고 싶다. 한밤중에 시위대와 충돌했대, 그녀가 말한다, 수천 명이 체포됐어, 전부 버스에 태웠대── 그녀는 마크에게 연락하려 하지만 전화기가 계속 꺼져 있다. 그들은 이른 새벽에 공안 부대가 섬광탄과 최루가스, 곤봉으로 시위대를 진압하는 영상을 본다, 시위자들이 비와 나트륨등 불빛 속에서 저항하는 와중에 실탄이 발사되고, 뉴스는 수천 명이 칼리지그린에서 도망치는 모습을 보여준다, 사람들이 버스로 끌려간다, 한 남자가 거리에 납작 엎드려 있다가 경찰 두 명에게 팔을 붙잡혀 질질 끌려가는데 아일리시가 보니 신발이 한 짝밖에 없다. 그녀는 맨발로 계단에 서서 받지 않는 전화를 계속 걸고, 그녀를 둘러싼 집은 조용하다. 부엌 식탁 옆에 서서 다시 전화를 걸다가 핸드폰을 내려놓고 의자에 앉는다. 강물이 불어났다, 이제야 보인다, 아일리시가 자는 사이에 강물이 그들을 쓸어 갔다, 아들을 데려갔다, 거센 물결이 강기슭 제방에 부서진다. 캐럴이 옷을 완벽하게 차려입고 아래층으로 내려와서 뭔가 할 일을 찾자 아일리시는 팔짱을 끼고 등을 돌린 채 저 여자가 이 집에서 나가면 좋겠다고 생각한다. 하지만 어떻게 알죠? 캐럴이 말한다, 이게 진짜인지 아닌지 알 수 없잖아요, 적어도 마크가 집으로 돌아올 시간을 좀 주세요. 아일리시가 발볼로 딛고 재빨리 돌아서서 언제 잠자리에 들었을지 모르는 얼굴을 본다, 이 집의 것이 아닌 빵 굽는 냄새, 티타월이 덮인 빵과 브라우니, 소나무 살균제 냄새가 나는 바닥, 문질러 닦은 조리대, 하룻밤 재워줬을 뿐인데 그녀는 부엌을 자기 것처럼 쓰고 있다. 있잖아요, 아일리시가 말한다, 어떻게든 전화했을 거예요, 핸드폰을 충전했을 거예요, 밖에서 밤을 보내지 않았을 거예요, 난 내 아들을 알아요. 캐럴이 핸드폰 화면을 쓸어내리기 시작하더니 의자를 꺼내서 앉는다. 여기 보니까 국립 실내 경기장을 구금 센터로 쓰고 있대요, 버스가 전부 여기로 갔을 거예요. 몰리가 칫솔을 들고 부엌으로 천천히 들어온다. 식탁 앞에 앉아서 그릇에 콘플레이크를 붓지만 우유로 손을 뻗지 않고 칫솔을 그릇에 넣더니 그냥 콘플레이크를 휘젓는다. 캐럴이 말한다, 있잖아요, 아일리시, 가고 싶으면 내가 여기 남아서 애들을 봐줄게요, 난 종일 할 일도 없어요. 아일리시가 몰리를 조심스럽게 보다가 매트에서 기어다니는 벤을 보고, 나가도 되는지 허락을 구하듯이 다시 딸을 본다. 우유 줄까, 몰리? 아일리시가 말한다, 그런 다음 냉장고로 가서 우유를 꺼내 몰리에게 밀어준다. 몇 시간만 더 기다리자, 그녀가 말한다, 분명 집으로 돌아올 거야. 벤이 거실로 기어가서 자기 힘으로 커피테이블을 잡고 서더니 주먹으로 테이블을 치기 시작한다. 벤은 곧 걸음마를 시작하고 금방 달리게 될 것이고, 엄마의 손을 잡아당기는 손은 그대로 놓아버릴 손이다.

그녀는 투란에 올라 문을 닫고 시동을 걸고 양손을 떨어뜨린다. 저녁 시간이 다 되어가지만 막상 가기가 두렵다. 아버지와 이야기해야 한다. 그녀는 마크에게 다시 전화를 걸어본 다음 사이먼에게 전화하지만 받지 않아서 다시 건다. 길거리를 내다보자 순간적으로 정적이 너무나 완전하게 느껴진다. 일요일의 고요함을 깨뜨리는 새 한 마리 없다. 낮고 움직임 없는 하늘, 블라인드를 내린 창문, 사람들이 자기 삶을 사는 동안 조용히 지켜보는 거리, 탄생과 죽음의 순환, 인간 세대의 끝없는 반복, 백 년이 흘러간다. 전화가 딸깍하더니 사이먼이 대답하지만 그녀는 하고 싶은 말을 할 수가 없다. 그 여자가 내 안경을 또 가져갔다, 아버지가 말한다. 평소 두는 곳 다 찾아보셨어요, 아빠? 부엌 식탁이나 욕실 의자는요? 조만간 현장을 잡고 말 거다, 그 여자가 내 인생을 망가뜨리고 있어, 지난주에는 장롱에 들어 있던 네 엄마의 크리스털을 훔쳤다, 넌 몰랐겠지만. 아일리시는 아버지의 정신을 바라본다, 계속 변하는 신경계의 날씨를 본다, 저기압 지대에 갑자기 비바람이 불다가 또 5분 뒤면 다시 해가 비칠 것이다. 아빠, 제가 지난주에 크리스털을 세척하려고 가져왔어요, 먼지가 까맣게 앉아서요, 제가 신문으로 크리스털 싸는 거 보셨잖아요, 아빠, 가사도우미가 필요해요, 이제 혼자 지낼 수 없다는 거 아시잖아요, 태프트 부인은 청소하면서 물건 위치를 조금씩 옮길 뿐이에요, 제가 태프트 부인한테 꼭 이야기할게요, 그런데, 혹시 뉴스 보셨어요? 무슨 소린지 모르겠구나, 난 도움이 필요하다고 말한 적 없다, 그 여자가 이 집에 들어와도 된다고 말한 적 없어. 그녀의 정신이 운전으로 좁혀든다, 오직 이것뿐이다, 고속도로를 줄지어 가는 자동차들, 잿빛 젖은 도로. 아일리시는 앞 유리 와이퍼 속도에 제대로 맞출 수가 없다, 와이퍼는 그녀의 머리 위를 헤매고, GPS 내비게이터는 그녀에게 다음 출구로 나가라고 다시 말한다. 요금소에서 보니 비상 정차대에 차가 두 대 서 있고 남녀가 그 옆에서 말다툼하고 있다, 차가 돌진해 지나갈 때, 여자가 남자에게 손가락질을 하면서 주황색 뭔가를 흔든다. 아일리시는 출구로 나와서 스너그버로로(路)를 따라 달리면서 국립 실내 경기장으로 우회전하려고 틈을 본다, 주차할 자리가 없어서 자동차들이 도로변에 줄지어 서 있거나 버스 차선을 막았고 사람들이 출입구 앞에 무리를 지어 서 있다. 그녀는 투란에서 내려 목에 스카프를 두르고 외투 지퍼를 올린 다음 하늘을 바라본다, 무언가가 오후 속으로 속삭여지고 비 사이에 머문다, 아일리시는 출입구 앞에 서 있는 사람들 사이로 걸어다니고 움직이면서 그것이 무엇인지 깨닫지 못한다. 봄까지 버티는 겨울 같은 느낌, 그녀의 옷에 스며드는 차가운 비, 그녀의 심장으로 파고드는 냉기, 그녀는 출입구와 가시철사를 얹은 울타리를 보며 서 있다, 보안 카메라가 아래를 내려다보고, 무장 군인들이 눈을 드러낸 복면을 쓰고 서서 보안 출입구로 한 사람씩 불러서 창구에서 질문을 던진다. 아일리시는 깜빡 잊고 먹을 것이나 마실 것을 가지고 오지 않았다. 극지방에 가도 될 정도로 든든하게 입은 깔끔하고 능률적인 여자가 아일리시에게 보냉 가방에 든 주전부리를 권한다. 이틀째 딸이랑 연락이 안 돼요, 그 여자가 말한다, 저 사람들은 아무 정보도 주려고 하지 않아요, 오늘 아침에 전화를 받았는데 어떤 남자 목소리였어요, 딸이 시 안치소에 있다는 거예요, 하지만 남편이랑 갔더니 없더라고요, 심장이 무너질 것 같아요. 경찰 호송 밴 한 대가 입구에서 속도를 늦추지만 지나갈 공간이 없다, 핸드폰 카메라들이 까만 유리창을 찍고 어느 60대 여성이 주먹을 쥐고 창문을 두드린다, 팔에서 핸드백이 미끄러진다. 구깃구깃한 정장을 입은 남자가 군인들을 향해 쉰 목소리로 고함친다, 복면 벗어, 뭘 숨겨야 하는 거지? 출입구가 열리자 종합 경기장의 고요한 풍경이 드러나고 밴이 안으로 들어간다. 아일리시는 자신을 둘러싼 얼굴들을 돌아본다, 갑작스러운 심연을 들여다보느라 현기증으로 고통받는 얼굴들, 다 똑같은 사람들, 전부 옷을 입고 있지만 발가벗었고, 더럽혀졌지만 순수하며, 자랑스럽지만 수치스럽고, 불충하지만 충실하고, 모두 사랑 때문에 여기에 왔다. 조만간 고통이 두려움에 비해 너무 커질 것이고 사람들의 두려움이 사라지면 이 정권도 사라질 것이다. 한 시간 뒤 아일리시는 몸수색을 받은 후 불려 간다, 유리창을 향해 다가가자 군복을 입은 젊은 여자가 모니터에서 고개를 든다. 신분증 주세요. 아일리시가 양손으로 주머니를 더듬는다. 아, 그녀가 말한다, 가져올 생각을 못 했어요, 차에 두고 왔을지도 몰라요, 아들이 어젯밤에 여자 친구를 만나러 갔다가 집에 안 들어왔어요, 저는 여기서 몇 시간이나 기다렸어요. 그녀를 바라보는 얼굴이 우유처럼 밍밍하다, 아일리시가 그 얼굴을 그대로 들이켜고 미소 짓자 젊은 여자의 시선이 조금 나아진다, 옆자리는 비어 있다. 정말 없어요? 그 여자가 말한다, 좋아요, 상관없을 거예요, 아드님 성함이 어떻게 되죠? 아일리시의 입술이 움직여서 이름을 말하려 하지만 어떤 목소리가 안 된다고 말한다. 그녀는 발을 내려다보지만 생각할 수가 없다, 신발 앞부리가 아스팔트에 칠해진 노란 선에 닿는다. 안 된다고 말한 것은 래리의 목소리이다. 마크가 안에 없으면? 그가 말한다, 그들이 원하는 건 이름이야, 시스템에 입력된 이름은 다시 나올 수 없어, 이름이 그들이 가진 힘의 원천이야. 제임스 던, 그녀가 말한다, 래널러 노스브룩 대로 27번지요. 아일리시는 차로 돌아가서 시간을 벌고 싶다고 생각하면서 여자가 시스템에 이름을 입력하는 모습을 지켜본다, 손가락에 가느다란 약혼반지가 끼워져 있다, 그녀가 어느 젊은 남자에게, 주말이면 축구를 하고 흑맥주를 마시는 남자에게 매달린 모습이 보인다, 나쁜 사람 같지는 않다, 이들 중에서 나쁜 사람은 거의 없다, 그녀는 대학을 갓 졸업한 다른 젊은 여자들, 작업대를 닦는 바텐더나 점심시간까지 남은 시간을 헤아리는 수습 회계사와 다를 것이 거의 없다. 안에서 문이 열리고 제복 차림의 남자가 나와서 빈 의자를 잡아당긴 다음 포장된 샌드위치를 책상에 내려놓고 낮은 목소리로 뭐라 말하자 젊은 여자가 모니터에서 시선을 들지도 않고 웃는다. 죄송합니다, 그녀가 말한다, 그 이름에 대해서는 아무 정보도 드릴 수가 없어요, 여기 이 서식을 가지고 가서 작성해주시겠어요?

아이들이 잠자리에 들지 않으려고 버티자 결국 그녀가 방으로 가라고 소리 지른다. 아일리시는 어둠 속에 누워서 앞이 보이지 않는 생각의 골목을 걸어 다닌다, 그녀는 잠들었다고 생각하고 이내 어느 어두운 방에서 깨어난다, 속삭이는 얼굴들이 그녀를 지켜보며 마음대로 판단한다. 그녀가 일어나 앉아서 요람 속의 아들을 확인한 다음 아래층으로 내려가서 거실을 지나가는데 소파에서 숨소리가 들린다. 그녀는 아주 가만히 멈췄다가 램프를 켠다. 마크가 외투를 입은 채 몸을 쭉 펴고 자고 있다, 한 팔은 소파 밖으로 늘어져 있고 목에는 흰 반다나가 둘러져 있고 옷은 비에 젖어 아직 축축하다. 아일리시가 담요를 가져와서 마크가 깨지 않도록 조심하며 소파 앞에 무릎을 꿇는다, 아들의 팔을 옆으로 올려준다. 그의 손을 잡고서 편히 쉬는 얼굴을 보고 있노라니 호흡 속에서 이목구비가 부드러워지고, 마크는 순식간에 아이가 된다. 마크가 일어난 뒤 아일리시는 아들이 빵에 버터를 바르고 커피를 길게 들이켜는 모습을 열심히 지켜본다, 표정에 그림자를 감추고 마크는 그녀를 마주 보려 하지 않는다. 네 말 안 믿는다, 그녀가 말한다, 네 주변 세상은 거짓으로 이루어져 있어, 너까지 나한테 거짓말하기 시작하면 우리가 어떻게 되겠니? 어디 있었는지 말했잖아요, 마크가 말한다, 지금까지 집에 돌아올 방법이 없었어요. 그가 의자를 밀며 일어났다가 핸드폰을 챙기더니 앉아서 메시지를 작성한다. 가방은 어디 두고 왔니? 아일리시가 말한다. 마크가 핸드폰에서 잠시 시선을 들고 어깨를 으쓱한다. 그들은 우리가 금속 곤봉을 들고 공격했대요, 그가 말한다, 어떤 남자 가슴에 총을 쏴놓고는 심장마비라고 했어요. 마크, 그녀가 말한다, 넌 운이 좋아서 체포되지 않은 거야, 조용히 지내야 돼, 오늘은 집에 있으면서 좀 자, 하지만 내일은 다시 학교에 가는 거야. 아일리시가 식탁 옆에 서서 내려다보자 결국 아들이 고개를 돌린다. 며칠이나 안 감았는지 모를 머리, 축축하고 악취가 나는 옷. 너 샤워해야겠다, 그녀가 말한다, 위층으로 올라가서 잠을 좀 자렴. 마크가 한숨을 쉬더니 그녀보다 커다란 몸을 쭉 펴며 일어선다, 턱에 수염이 거뭇거뭇하다, 잠시 아일리시는 그가 누군지 모르겠다. 마크가 양손을 펼치고 시선을 피하다가 마침내 입을 열 때 결의가 느껴진다, 목소리가 돌처럼 단단하고 차분하다. 세상이 우리를 지켜보고 있어요, 엄마, 마크가 말한다, 무슨 일이 있었는지 온 세상이 다 봤어요, 공안부대가 평화 시위대한테 실탄을 쏘고 우리를 쫓아왔어요, 이제 모든 것이 바뀌었어요, 모르시겠어요? 이제 돌아갈 수 없어요. 아일리시가 고개를 돌리고 마크를 압도할 힘을, 핏줄이라는 오래된 권위를 찾으면서 바깥 정원을 내다보자 축축한 빛으로 모든 것이 반짝인다, 비가 땅으로 빨려 들어간다. 앞으로 일어날 일에 네가 맡을 역할은 없어, 그녀가 말한다, 그 사람들이 네 아버지를 끌고 갔어, 내 아들까지 끌고 가지는 못해. 두 손을 꽉 맞잡고 마크를 향해 고개를 돌리자 그녀가 마주한 것은 자기 입에서 나온 거짓이다, 저들은 어떻게든 아들을 데려갈 것이다, 그녀 앞에 선 아들을 이미 빼앗겼다. 베일리가 계단을 쿵쾅쿵쾅 내려와서 입을 그냥 벌린 채 기침하며 부엌으로 들어온다. 입 가려야지, 그녀가 말한다. 아, 베일리가 형을 보고 말한다, 집에 언제 왔어? 그런 다음 냉장고를 열고 우유를 꺼낸다. 엄마, 아기가 울어요, 나 감기 걸렸는데 오늘 학교 안 가도 돼요?

그녀는 블라인드 틈으로 거리를 내다보면서 군중 속에서 카메라로 사람들의 얼굴을 찍으며 돌아다니던 경찰을 생각한다. 전국의 도시와 마을에서 GNSB가 문을 두드리고 돌아다니며 사람들을 잡아들이고 있다, 거리를 점거했던 파괴 분자, 민간인 사이에 숨어든 테러리스트를. 거리를 천천히 지나가거나 근처에 주차하는 자동차들을 보며 거기 앉은 자들을 살핀다, 깊은 잠에서 깨어난 기분이다, 꿈을 꾸다가 밤의 시작에 깨어난 것 같다. 그녀의 꿈속에서 주먹으로 문을 두드리는 소리가 진짜처럼 들린다. 시위대는 바리케이드를 세우고 거리에서 불을 피우고 있다, 마을 광장에서 흉물스럽게 만든 정치가 인형이 불태워지고, 가게 창문이 깨지고 스프레이로 구호가 적힌다. 웨딩드레스를 입은 여자들이 사라진 남편의 사진을 나눠준다. 팔에 경찰 완장을 찬 남자들이 시위대를 상대로 야구방망이와 헐링(하키와 비슷한 아일랜드의 구기 종목) 채를 들고 몰려다닌다. 아일리시는 뉴스 영상으로 코크 시(市) 봉쇄 상황을, 경찰 기동대가 까맣게 쏟아져 나오고 시위대의 머리 위로 실탄이 스타카토로 요란하게 발사되는 장면을 지켜본다. 한 남학생이 총알에 맞아 쓰러지고, 그 영상이 국제 뉴스에 퍼져나간다, 슬로모션으로 무너져 내리는 몸이 픽셀로 조각조각 나서 최루탄 연기에 삼켜지고 차 뒤에 실리더니 차가 골목길로 빠르게 달린다. 그녀는 믿을 수가 없어서 영상을 다시 본다, 잘 아는 거리의 윤곽, 손에 쇼핑백을 들고 버스 정류장에서 바라보는 갈색 샌들을 신은 남자, 창문에 화장품 광고가 내걸린 역사적인 아케이드, 그녀는 바로 작년에 거기서 쇼핑을 했다. 법과 질서가 회복될 때까지 학교를 폐쇄한다는 공지가 내려온다. 그녀에게도 재택근무 지시가 내려온다. 몰리는 아빠의 가운을 입고 침울하게 지내면서 아침 시리얼밖에 먹지 않으려 하고 베일리는 신발이 너무 작다고 불평한다. 아일리시는 마크가 제 아버지처럼 음울하고 험악한 생각에 갇힌 듯한 모습을 지켜본다. 부탁이야, 그녀가 말한다, 네가 밖에 안 나가면 좋겠어. 하지만 마크는 내키는 대로 드나들고 집에 늦게 들어오고, 그녀는 뭘 어떻게 해야 할지 모른다. 이 알 수 없는 공기, 현금인출기와 은행에 배치된 군인들, 도시로 향하는 병력수송차를 타고 계속 밀려드는 군인들. 아일리시는 어느 노인이 거리로 나와서 군용 트럭 바퀴에 침 뱉는 모습을 본다. 뉴욕의 동료들과 통화할 때면 중립적이고 사무적인 어조로 말하고, 동생과 통화할 때는 목소리와 단어 선택에 조심한다, 특정 단어의 모호함, 다른 구절와 비교했을 때 어떤 구절의 정확한 모호함에 신경 쓴다. 언니가 내 말을 들으면 좋겠어, 아냐가 말한다, 역사는 언제 떠나야 할지 몰랐던 사람들의 침묵의 기록이야. 아일리시는 말없이 자기 주변에서 형태를 갖추는 말들을 지켜보다가 동생이 던진 미끼를 문다, 늘 이런 식이다, 너희 둘은 전화선을 통해서도 싸울 거다, 아버지는 항상 그렇게 말한다, 아일리시는 누가 듣고 있든 말든 신경 쓰지 않는다. 아버지를 나한테 떠맡기고 간 너야 그렇게 말하기 쉽지, 말해봐, 네 남편은 지금 어디 있니, 지금 대학에서 미적분학을 가르치고 있을 테지, 한 시간쯤 있으면 차를 몰고 돌아와서 슬리퍼를 신고 네가 저녁을 차리는 동안 발을 올리고 기다리겠지, 나는 래리가 집에 돌아오는 모습을 볼 때까지 저 문을 한 발짝도 안 나갈 거야.

그녀는 차를 몰고 슈퍼마켓으로 가서 동전을 넣어 카트를 꺼내고, 마주 보는 카트 좌석에 아들을 앉힌 다음 문 옆에 보초를 서는 군인 두 명을 지나치면서 숨을 참는다, 아들과 비슷한 나이의 청년들이 들고 있는 자동화기의 어두운 위엄, 면도칼이 필요 없는 턱, 공격적일 만큼 표정이 없는 얼굴들. 선반에 재고가 채워지지 않았다. 우유도 빵도 없다. 그녀는 이스트와 통밀 가루, 연유, 통조림 식품 몇 개와 아기 이유식을 산다. 밖으로 나갈 때는 군인들을 지나치면서 손으로 아들의 머리를 가린다. 아일리시가 운하를 따라 차를 몰고 집으로 돌아가

다가 검문소 앞에서 속도를 늦춘다. 엄숙한 표정의 무장 경찰들이 도로에 있다. 목이 조여들어 목소리가 나오지 않는다. 시키는 대로 트렁크를 여는데, 허리에 권총을 찬 경찰이 몸을 숙여 그녀의 아들을 들여다본다. 그녀는 차 주변을 도는 움직임을 낱낱이 지켜본다. 거친 시선을 정면에 고정한 채 검문소를 빠져나오면서 마크의 생일에 대해서 생각하고 운하를 따라 늘어선 나무들을, 길에 그림자를 드리우는 버드나무와 포플러를 본다. 길어지는 낮 속에서 백조들이 유유히 지나간다. 그녀가 살아온 내내 이런 식이었다. 아일리시는 어느새 봄이 오지 않기를, 낮이 짧아지기를, 나무의 새싹이 사라지기를, 꽃들이 다시 땅으로 들어가기를, 세상이 다시 유리로 덮여 겨울로 돌아가기를 바라고 있다. 집에 도착해 벤을 안고 위층으로 올라가 낮잠을 자도록 눕히려는데, 현관문이 조용히 열리고, 정면 포치 문이 열리고, 자갈밭을 빠르게 달리는 발소리가 들린다. 그녀가 블라인드를 들추고 바깥을 내다본다. 길 건너에서 마크가 낡은 토요타 자동차에 올라타는 중이다. 어떤 젊은이가 운전하고 또 다른 청년이 앞좌석에 앉아 있는데 그녀는 두 사람 다 본 적이 없다. 마크의 친구 중에 차를 가진 아이는 없다. 아일리시는 아이를 안은 채 서둘러 내려가서 거리로 나가지만 차가 출발하고, 멈추라고 손을 흔들며 따라가지만 차는 속력을 늦춰 모퉁이를 돌더니 사라진다. 그녀는 꼼짝도 않고 가만히 서서 발이 차가워지는 것을 느낀다. 아래를 내려다보자 슬리퍼를 신은 발이 보인다. 벤이 품에서 빠져나가려고 몸부림친다.

4

토요일 저녁에 그들은 식당 칸막이 좌석에 앉는다. 느긋하게 식사를 하고 통금 시간 전에 사이먼을 집으로 데려다줄 시간이 충분하다. 이렇게 모여 앉은 가족을 보니 정말 기쁘다, 몰리와 베일리, 높은 아기 의자에 앉은 벤, 트위드 차림으로 좌석 맨 끝에 앉은 사이먼, 마크는 곧 올 것이다. 근처 칸막이 좌석에서 남자와 여자가 포크와 나이프만 달그락거리며 잠자코 식사를 한다, 여자는 자기 접시를 멍하니 실망스러운 듯 보면서 먹는다. 사이먼이 손수건에 코를 풀자 베일리가 몰리를 보면서 역겹다는 표정을 짓는다, 아일리시는 가방에 손을 넣어 핸드폰을 꺼낸다, 그녀의 시선이 빈자리에 떨어진다. 스스로에게 아니라고, 래리는 어떤 식으로든 우리와 함께 여기에 있다고, 마크의 생일을 잊지 않았으리라고 말한다. 순간적으로 래리가 무릎에 손을 올린 모습이 보인다, 그는 감방 침대에 앉아서 생각의 힘을 빌려 그녀의 생각 속으로 들어오고, 삶이 제대로 계속되기를, 그녀가 강해지기를 바란다. 아일리시는 허리를 펴고 주름 잡힌 모조 가죽에 기대어 앉아 잠시 아이들을 보면서 래리에게 말한다, 우리의 관심이 필요한 사람은 몰리야, 12시까지 침대에서 나오지도 않고 종일 먹지도 않아. 손톱 주변 살을 뜯는 몰리를 본다, 탄탄했던 체격은 점점 말라가고 외향적인 성격이 점점 내향적으로 변하고 그림자가 심장을 갉아먹는다. 사이먼은 메뉴판을 꽉 쥐고 있고 몰리는 뭘 먹고 싶은지 모른다. 웨이트리스가 와서 귀 뒤에 꽂아둔 연필을 꺼낸다, 링 귀걸이가 달랑거리는 듯 같다. 아직 제 아들을 기다리는 중이에요, 아일리시가 말한다, 음료를 주문할게요. 그녀는 마크가 자전거를 세울 자리를 본다, 그는 난간에 체인으로 자전거를 묶어둔 다음 마음속으로 다른 곳에 있기를 바라며 잠시 지체할 것이다. 웨이트리스가 다시 오고, 아일리시는 마크에게 다시 전화해본다, 사이먼은 눈으로 웨이트리스를 집어삼킬 듯이 바라보고 아일리시는 음식을 주문하며 미소를 지으려 애쓴다, 대머리 남자가 가게 정면 유리를 통해 안을 들여다보고 문으로 다가와서 거의 텅 빈 식당 안을 보더니 다시 간다. 음식이 나오고 사이먼과 베일리는 숨도 쉬지 않고 포크로 파스타를 떠서 입안 가득 먹는다. 그녀는 두 사람이 탐욕스러운 동물처럼 먹는다고 생각한다, 입술과 이빨이 피로 얼룩지고, 몸뚱이가 필요로 하는 것을, 본능이 가장 만족하는 것을 생각하는 동물, 그것은 먹을 것, 섹스, 폭력—탐닉과 해방이다. 그릇에서 아이스크림이 녹아 부드러워지고, 그때 마크가 축축하고 바람에 헝클어진 모습으로 문을 열고 들어온다. 아일리시는 한마디도 없이 칸막이 좌석에서 나와 마크를 안쪽에 앉힌다. 몰리가 마크에게 말을 걸어서 떠보지만 마크는 설명하지 않고 마늘빵으로 손을 뻗는다. 손이 파랗네, 아일리시가 이렇게 말하며 마크의 손을 잡아 양 손바닥으로 꽉 누른다. 웨이트리스가 마크에게 파스타를 가져다주고 아일리시는 있는 그대로 흡수할 수 있다는 듯이 아들을 본다, 평온한 몸짓, 섬세하고 다 자란 손이 말하는 마음속의 빛. 그녀는 그의 피와 하나가 되어서 딱딱해진 심장을 부드럽게 하고 세상 앞에서 차가워진 시선을 따스하게 만들고 싶다, 마크는 제 아버지처럼 알 수 없는 가면을 쓰게 되었다. 다른 칸막이 좌석의 커플이 문을 향해 다가가서 외투를 입고, 남자가 몸을 밖으로 내밀고 두려운 듯 하늘을 본다. 아일리시는 식탁에 둘러앉은 얼굴들을 보며 가까이 기울이라고 한 다음 낮은 목소리로 말한다. 여기 있는 모두와 관련된 소식이 있어, 어젯밤에 마크랑 이야기했는데, 마크를 국경 너머 기숙학교에 보내기로 했어, 요즘 일어나는 일들이 마크의 학업에 영향을 끼치게 할 수는 없어, 군대에 불려 가기에는 너무 어려. 몰리의 얼굴이 구겨지기 시작하고 사이먼은 종이 냅킨을 동그랗게 만다. 이건 우리만의 비밀이야, 아일리시가 말한다, 우리 가족 외에 누구한테도 말하면 안 돼, 베일리, 듣고 있니? 그녀가 빈 잔으로 연신 동그라미를 그리는 베일리를 보는데, 마크가 포크와 나이프를 내려놓고 고개를 젓는다. 생각이 바뀌었어요, 그가 말한다, 가고 싶지 않아요, 난 어쨌든 군 복무를 거부할 권리가 있어요, 병역 면제 심사가 있는데 다른 애들은 심사를 받으러 갈 거예요, 제가 국경을 넘으면 두 번 다시 못 돌아올지도 몰라요, 분명히 체포될 거예요—— 몰리가 양손으로 얼굴을 가리고 베일리는 나이프로 식탁을 파기 시작한다. 아일리시가 나이프를 빼앗아서 자기 앞에 내려놓는다. 하지만 마크, 그녀가 말한다, 우리 어젯밤에 그러기로 했잖아, 난 아직 네 엄마야, 지금은 엄마 말 듣고 열여덟 살 넘으면 네 마음대로 해. 마크가 얼굴을 찌푸리고 식탁에서 손을 물리더니 고개를 젓는다. 전 엄마가 아니라 국가의 소유인 것 같은데요, 제가 원하지 않으면 갈 필요 없어요. 그때 사이먼이 주먹을 식탁에 올리고 마크를 향해 몸을 숙이고 말한다. 네가 기억해야 할 시구절이 있다, 대충 이런 거야, 죽고 싶으면 대가를 치러야 할 것이다. 마크가 이상한 소리라는 듯 할아버지를 향해 웃는다. 그게 무슨 뜻이에요, 엄마, 할아버지 말이 무슨 뜻이죠? 사이먼이 마크에게서 시선을 떼지 않고 뒤로 기대어 앉는다. 네가 여기 남으면 어떻게 될지 두고 보라는 뜻이다. 마크가 자기 엄마를 보면서 어찌나 순식간에 열 살짜리가 되어버리는지, 얼굴에 소년의 침울함이 서린다. 엄마, 할아버지가 왜 저한테 저런 말을 하는 거예요? 그녀는 자기 아버지를 본 다음 거리를 내다보면서 저 바깥에서 빨라지는 것을, 아무 제약도 없이 움직이며 힘을 모으는 것을 생각한다. 아일리시는 이 순간이 사라지는 것을 느끼며 모두를 바라본다, 그녀는 아이들을 이렇게 식탁에 둘러앉은 모습으로 기억할 것이다, 무질서의 수레바퀴가 서서히 굴러가는 것이 느껴진다. 어느 날은 여섯 명의 가족이었는데, 그러다가 다섯이 되고 넷이 된다. 주방문이 열리고 웨이트리스가 뒷걸음질 치며 나오더니 돌아서서 생일 케이크를 보여준다, 그녀가 모두에게 노래를 시키며 식당을 가로지르자 초가 꺼질 뻔한다, 마크가 시선을 피한다.

아일리시가 차에 태워 도로로 내보낸 것은 다른 자신이다, 그녀는 길을 제대로 보지도 않은 채 조수석에 앉은 아들의 초조함을 느낀다, 아들은 핸드폰에서 시선을 들지 않는다. 이제 아일리시도 알게 되었지만 무언가의 현재 모습과 응당한 모습에는 간극이 있다, 그녀는 더 이상 과거의 그녀가 아니고 응당한 모습도 아니다, 마크는 다른 아들이 되었고 그녀도 이제 다른 엄마가 되었다. 두 사람의 진정한 자아는 다른 곳에 있다—마크는 자전거를 타고 축구를 하러 가고, 나중에 그녀에게 전화해서 친구 집에서 저녁을 먹는다고 이야기할 것이다. 아일리시는 노트북을 들고 탁자 앞에 앉아서 임상 실험 보고서를 읽고, 래리는 슬리퍼를 달라고 소리친다. 그녀가 교통의 흐름이 느려지는 것을 깨닫지 못하다가 완전히 멈춘 다음에야 알아차리고 브레이크를 너무 세게 밟자 마크가 얼굴을 찌푸리며 고개를 돌린다. 하지만 그녀는 아는 척하지 않을 것이다. 그 대신 빨간불과 긴 거리 양쪽에 늘어선 플라타너스를 본다. 나무는 각각 혼자 서 있지만 도로에 드리워진 그림자는 침묵 속에서 야단스럽고 복잡하게 얽혀 있다. 신호등이 녹색으로 바뀌고 아일리시가 아들을 보자 두 사람은 시선을 마주치며 화해한다. 마크는 눈빛이 부드러워지더니 입을 다물고 핸드폰을 내려다본다. 캐럴 섹스턴의 집은 한쪽 벽이 옆집과 맞붙은 크고 빨간 벽돌집이고, 진입로에 짐의 BMW가 캐럴의 작은 토요타와 나란히 세워져 있다. 순간적으로 아일리시는 두 사람 다 집에 있다고 착각한다. 마크가 캐럴의 차를 향해 몸을 숙이고 금속 발톱에 긁힌 듯한 차 옆면을 손으로 쓸어본다. 아일리시가 초인종을 울린다. 그녀는 두 사람이 어떻게 보일까 생각한다. 일요일 오후에 어느 집에 찾아온 두 사람, 평범한 친구 집 방문. 전혀 이상해 보이지 않겠지만 아일리시는 마크에게 문을 똑바로 보라고, 후회하는 것보다 조심하는 것이 낫다고 말한다. 두려움은 두려워하는 대상을 끌어들여요, 마크가 말한다, 모르세요? 두 사람이 차로 돌아가려 할 때 현관문이 열린다. 잠과 그림자가 달라붙은 가운 차림의 캐럴이다, 눈빛이 조심성 많고 당황한 동물 같다. 그녀가 거리 양쪽을 흘깃 살피더니 그들에게 들어오라고 손짓한다. 그들이 어둑한 복도로 따라 들어가서 겨자색 주방으로 가자 여러 양념과 계피 향이 난다, 캐럴이 티타월로 식탁을 닦는다. 비스킷 깡통 뚜껑을 열고 안에 든 것을 마크에게 보여준다. 오늘 아침에 너 주려고 졸인 과일 케이크(설탕과 버터, 물에 건포도 등 말린 과일을 넣고 졸인 다음 밀가루와 달걀 등을 넣고 구운 케이크)를 만들었어, 아직 조금 따뜻해. 마크가 머뭇거리다가 엄마를 본다. 케이크를 어떻게 졸여요? 그가 말한다. 아일리시는 창가에 서서 노랗게 바랜 풀과 겨울을 난 초목을 내다본다, 덤불은 살짝 파랗다, 그녀는 정원 끝에 자리 잡은 페인트를 칠해야 할 것 같은 작은 별채를 보고 있다. 이건 전부 진짜가 아니야, 아일리시가 생각한다, 이 부엌도 정원의 별채도 진짜가 아니야, 뒷문을 열면 바깥이 아니라 칠흑 같고 무시무시한 꿈속 어둠이 있을 것이고, 잠에서 깨 돌아 누우면 옆에 래리가 있을 것이다. 캐럴이 뭔가 물어본 것처럼 그녀를 보고 있다. 미안해요, 아일리시가 고개를 돌리며 말한다, 못 들었어요. 캐럴이 긴 나이프로 케이크를 자른다. 좀 드시겠냐고 물어보셨어요, 마크가 말한다. 글쎄요, 아일리시가 말한다, 그럴까요, 그럼 아주 조금만 주세요. 그들은 커피를 마시며 케이크를 먹고, 캐럴은 새 변호사에 대해서 알고 싶어 한다. 아일리시가 손을 쥐어짜다가 자기 피부에 엄지손톱 자국을 남긴다. 앤 데블린이라고 해요, 그녀가 말한다, 아마 아주 뛰어난 변호사 같아요, 아무 얘기도 못 들은 지 좀 됐지만 새로운 소식이 생기면 전화하겠다고 했어요, 그만두라는 압력을 많이 받나 봐요, 한밤중에 익명의 전화가 걸려 온대요. 결국 지치겠죠, 캐럴이 말한다, 그들은 그 변호사의 피를 말리다가, 그래도 안 되면 체포할 거예요, 너무 부정적으로 말해서 미안해요, 하지만 원래 다 그렇잖아요. 그녀가 일어나서 캐비닛 문을 열고 열쇠를 꺼낸다. 이건 네 거야, 캐럴이 마크에게 열쇠를 주면서 말한다, 눈에 띄지 않게 조심해야 돼, 뒷골목에서 들어갈 수 있어, 잠금장치를 풀어놨으니까 빨간 문으로 들어와, 그 사람들 때문에 우리가 범죄자가 된 것 같네, 안 그러니? 마크가 열쇠를 만지작거리며 엄마를 본다. 지금 가서 봐도 돼요? 지금은 안 돼, 캐럴이 말한다, 어두울 때에만 오가야 해, 이웃들 눈에 띄지 않도록 창문에 블라인드를 달았어. 아일리시는 전자레인지 위에 놓인 짐 섹스턴의 사진을, 녹색 옷을 입은 뼈대가 크고 건장한 남자를 조심스럽게 보고 별채를 내다본다. 마크는 오늘 밤 통금이 시작되기 전에 자전거를 타고 돌아올 거예요, 그 외에 뭔가 필요한 게 있을까요, 별채는 따뜻한가요? 뭔가 내가 잊었다는 생각이 자꾸 들어요. 캐럴이 나이프를 들고 미소를 지으며 마크에게 말한다. 케이크 더 줄까? 어두워지면 저녁을 가져다주고 아침도 챙겨줄게요, 먹고 싶은 거 있으면 말해봐, 전자레인지랑 주전자도 있고 히터도 있어, 에디랑 통화했는데 2주 내로 온대, 널 카펫으로 말아서 밴 뒤에 실을 거야, 에디 말로는 국경을 넘을 때 자기 밴은 검문한 적이 한 번도 없대. 아일리시가 가위를 달라고 한 다음 가방에 손을 넣어서 저렴한 선불 핸드폰 두 개를 꺼내 포장을 풀고 각각에 서로의 번호를 저장한 뒤 하나를 마크에게 준다. 그녀가 말한다, 이제부터 우린 이 핸드폰으로 연락할 거야, 이제 옛날 핸드폰은 쓰면 안 돼, 네 전화는 오늘 저녁에 해지할게. 마크가 세컨드폰을 보고 고개를 저으며 밀어낸다. 서맨사는 어쩌고요? 그가 말한다, 서맨사랑은 어떻게 통화해요, 그냥 말도 없이 사라지라는 거예요? 내가 전화해둘 테니까 국경을 넘은 다음에 네가 전화해. 마크가 아랫입술을 깨물어 위쪽 앞니가 드러난다, 하나가 다른 하나보다 짧다, 마크가 바닥을 물끄러미 바라본다. 마음에 안 들어요, 그가 말한다, 모든 게 너무 빨라요, 가기 전에 서맨사랑 얘기하고 싶어요. 뭘 할 건데, 전화 걸어서 수다라도 떨려고? 우리 모두 체포되는 꼴을 보고 싶니? 아일리시가 한숨을 쉬고 손마디가 쭈글쭈글 접히는 손을 내려다본다, 의자에 앉은 캐럴을, 슬리퍼 신은 길쭉한 발과 핼쑥하고 유령 같은 얼굴을 보면서 그녀의 슬픔을 찾아 안을 살피고 자신의 슬픔과 크기를 견주어본다. 아일리시는 다시 고개를 돌려 아들을 마주하면서 남편에다가 아들까지, 그리고 또 얼마나 더 많이 잃어야 할까 생각한다, 슬픔 위에 슬픔이, 또 슬픔이 쌓인다, 시간 속에 멈춘 듯한 아들을 보며 그 모습을 기억에 새긴다, 마크가 케이크 쪽으로 가 세 번째 조각을 자른다.

아일리시는 옷걸이에 외투를 걸려고 하다가 로힛 싱이 자리에 없음을 알아차린다. 그는 지난주 내내 자리를 비웠는데, 원래 늘 제일 먼저 출근하는 사람이었다. 외투를 든 채로 로힛의 자리를 다시 보니 책상이 치워져 있다, 스테이플러와 파티션에 꽂힌 압정을 빼면 개인 물품이 남아 있지 않다. 주변 사람들에게 로힛에게 무슨 일이 있느냐고 묻자 메리 뉴턴이 당황한 얼굴로 올려다볼 뿐 아무도 대답하지 못한다. 아일리시는 모니터를 멍하니 보다가 핸드폰을 들어 래리의 번호를 눌러본다. 죄송합니다, 그가 말한다, 지금은 전화를 받을 수 없습니다. 연락처에서 로힛의 번호를 찾아서 전화를 걸자 연결이 되지 않는다는 안내가 나온다. 머리카락이 헝클어진 앨리스 딜리가 골프 우산을 대충 접으며 사무실을 가로질러 자기 사무실로 들어가서 문을 닫자 아일리시가 노크도 없이 따라 들어가 묻는다. 로힛 싱은 어디 있죠? 앨리스 딜리는 시선을 들 뿐 대답이 없다. 가방을 뒤지더니 머리빗을 책상에 올려놓고 잠시 바라본다. 문 좀 닫아줘요, 그녀가 말한다. 아일리시가 팔짱을 끼고 그녀에게 한 걸음 다가선다. 문을 닫는다고 달라질 게 있나요? 앨리스 딜리가 한숨을 쉬며 일어나 문으로 가서 닫는다. 마이클 라이언에게 당분간 그 거래처를 관리하라고 지시했어요. 그럼 로힛은 돌아오지 않는군요. 당신에게 말할 이유가 없어요. 나한테 말할 이유가 없다고요? 내가 왜 당신한테 알려줘야 하는지 이유를 전혀 모르겠네요. 아일리시는 입을 다물고 유리창을 통해 사람들이 보고 있음을 의식한다. 아일리시, 공지는 안 됐지만 나는 무기한 휴직 처분을 받았어요, 그 나쁜 새끼가 날 쫓아냈어요, 오늘이 마지막 날이에요, 우리는 하나씩 전부 쓰러질 거예요, 그렇게 생각하지 않아요? 자기 책상으로 돌아가는 아일리시를 콜럼 페리가 지켜본다, 모두가 그녀를 보고 있다, 담배를 찾는 그녀의 손길에 분노가 담겨 있다, 그녀의 가방이 바닥에 떨어지자 콜럼 페리가 올려놓고 아일리시를 따라 엘리베이터로 간다. 거리로 나갈 때 그녀의 담배에 이미 불이 붙어 있다. 로힛 싱이 체포됐어요, 그녀가 말한다. 콜럼 페리가 얼굴을 찌푸리고 고개를 젓더니 경고하는 표정으로 그녀를 본다. 오늘 나는 숙취가 너무 심해요, 그가 말한다, 일이 끝나고 사람들이랑 한잔 마시러 갔는데 정신을 차려보니 통금 시간이 지났더라고요, 집까지 가느라 죽을 고생을 했죠. 그가 그녀의 어깨 너머를 향해 고개를 끄덕여서 아일리시가 뒤를 돌아보니 바로 옆 1층 창문이 열려 있다.

베일리는 신발 때문에 징징거리고 그녀는 TV를 보려고 애쓴다, 오늘 오후 시내에서 공안 부대 순찰대가 표적이 되어 군인 두 명이 사망했고 밤에는 코크 시 순회법원이 화염병 공격을 받았다는데, 아일리시는 그 외에 뉴스가 되지 못한 일은 무엇이 있을까 생각한다, 정부가 통행금지 연장을 발표한다. 부엌에서 선불 핸드폰이 울리자 베일리와 몰리가 그녀를 따라 들어온다, 다들 마크와 통화하고 싶어 한다. 몰리가 환한 얼굴로 베일리의 손에 들린 핸드폰을 낚아채서 복도로 달려가더니 거울 앞에서 자기 얼굴을 보며 선다, 아일리시는 문가에서 지켜본다. 그녀가 몰리에게 핸드폰을 달라고 손짓한 다음 받아서 위층 자기 방으로 간다. 아직도 춥니? 그녀가 말한다, 지난 며칠은 별로 안 추웠지? 시(C)가 필요한 만큼 히터를 틀어도 된대. 잠시 마크는 아무 말도 하지 않고, 아일리시는 그의 침묵을 어떻게 읽어야 할지 모른다. 어젯밤에 잠을 못 잤어요, 마크가 말한다, 여기 있고 싶지 않아요, 다른 곳도 갈 데가 많아요. 어딜 갈 수 있다는 거니, 마크, 이미 얘기 다 끝났잖아, 잠깐이면 돼, 다 괜찮아질 거야. 제 말을 안 듣고 있잖아요, 엄마, 왜 안 들어줘요? 듣고 있어, 네가 지금 몰리 얼굴을 봤어야 해, 애들이 널 정말 보고 싶어 해, 베일리는 계속 네 얘기만 해, 베일리한테는 네가 정말 중요해, 모르겠니? 서맨사한텐 연락 왔어요? 이름은 말하지 말라고 했잖아. 연락 왔냐고요. 그래, 왔었어. 뭐래요? 뭐라고 했을 것 같니, 기분이 상했지, 가엽게도, 그 아인 이해를 못 해. 그녀는 마크에게 말하지 않을 것에 대해서 잠시 생각하며 침묵을 지킨다, 서맨사가 커다란 외투를 입고 길 잃은 사람처럼 집으로 찾아왔었는데 잠을 못 잔 것이 분명했고 앞으로도 계속 못 잘 터였다, 아일리시에게 일어난 일이 그 아이에게도 일어났다, 침묵 속으로 사라진 남자, 하지만 아일리시는 가면을 쓴 것처럼 무표정하게 서서 서맨사를 안으로 들이지 않았다. 엄마, 안 들려요? 아니, 들려, 그 아이와 얘기했어, 네가 당분간 집에 없다고, 통화가 가능해지면 바로 전화할 거라고 말했어. 그녀는 자신이 아들들 방문 앞에 꼼짝도 없이 서서 숨을 참고 있음을 알아차린다, 블라인드 틈으로 푸르스름한 빛이 들어온다, 최대 속도로 돌진하지만 꼼짝도 하지 않는 것처럼 보이는 빛. 방 안에 남은 마크의 흔적, 구겨진 이불과 샅샅이 뒤진 서랍, 마크가 바닥에 벗어놓은 옷가지. 그녀는 빨랫감을 모아서 침대에 앉아 무릎에 올리고 캐럴의 부엌에 앉아 있던 마크를 본다, 나이프를 든 마크의 손을 본다, 자신이 무슨 짓을 했는지 이제야 깨닫는다, 그녀는 아들을 구하기 위해서 아들에게 날을 겨누었다.

그녀는 부엌에서 노트북 앞에 앉아 안절부절못한다. 열린 창문을 통해 밤이 들어오고 도시는 꿈꾸는 나무를 향해 중얼거린다. 아일리시가 높은 아기 의자에 앉은 아들을 보자 미소 짓는 눈이 더없이 순수하고 열광적으로 그녀만 바라본다. 금발 머리에 으깬 사과와 밥풀이 묻어 있다. 그녀의 의식이 자신의 손으로, 미세해서 거의 느껴지지 않는 살결로 향한다. 이 손은 나이가 들었고 앞으로도 나이 들 것이다. 처지고 반점이 생길 것이다. 그녀는 살을 잡아당긴 다음 피부가 다시 매끄럽게 뼈를 감싸는 것을 지켜본다. 몰리가 위층에서 뭐라 외친다. 층계참에서 천둥 같은 발소리가 들리더니 베일리가 복도에서 소리친다. 그녀가 창가로 다가가니 대문 앞에 노란색과 흰색으로 빛나는 경찰차가 보이고 어두운 분위기의 경찰 두 명이 현관문으로 다가온다. 그녀는 꿈속에서 너무 오랫동안 그들이 문 두드리는 소리를 들었다. 정말로 문을 두드리게 할 수는 없다. 아일리시가 의기양양하게 현관문으로 얼른 가서 축축한 밤공기 속으로 포치 문을 밀어서 열자 두 얼굴이 빛 속에 피어난다. 몸가짐이 똑같은 남자와 여자, 방수 외투를 입은 정복 차림의 경찰관이다. 여자의 태도는 단조롭고 사무적이다. 안녕하십니까, 여자 경관이 말한다. 저는 페리스 경관이고 이쪽은 티먼스 경관입니다, 우리는 마크 스택과 이야기를 나누러 왔습니다. 아일리시는 기꺼이 도우려는 미소를 지으며 길 건너를 흘낏 본다. 네, 그녀가 말한다, 마크 스택은 제 아들인데요, 지금 여기 없어요. 그녀는 아직 드러나지 않은 뭔가를 찾으려고 여자의 눈을 보지만 무감각한 얼굴은 아무것도 드러내지 않는다, 모자 밑으로 그림자 진 머리카락이 곱슬거린다. 언제 돌아올지 말씀해주시겠습니까? 제 아들은 이제 여기 살지 않아요. 티먼스 경관이 손으로 입을 닦고 뒷주머니에서 까만 수첩을 꺼내더니 그녀 뒤쪽의 복도를 향해 고개를 까닥한다. 잠시 들어가도 되겠습니까, 스택 씨? 아일리시는 라디에이터에 놓여 있던 치발기를 무심코 챙겨서 부엌으로 들어가고, 경찰들이 뒤따라온다, 그녀가 식탁에 치발기를 내려놓았다가 다시 집어서 개수대에 넣고 경찰들에게 앉으라고 한다. 커피를 마시려던 참이었는데, 그녀가 말한다, 아니면 차를 드릴까요? 두 경관이 식탁에 모자를 내려놓고 티먼스 경관이 아이를 보며 미소 짓더니 수첩을 편다. 소환장이 나왔습니다, 스택 씨, 아드님이 법정에 출석하지 않아서 지금 아드님과 이야기를 나누어야 합니다. 아일리시가 주전자에 손을 얹고 서서 잠시 시간을 갖고 저 사람들 앞에서 자신은 아무것도 모르는 거라고 스스로에게 말한 뒤 대답한다. 소환장이라고요? 그녀가 돌아서며 말한다, 그거였군요, 우편물을 봤는데 열어볼 생각을 못 했어요, 차에 우유를 넣어드릴까요? 저는 조금만 넣어주시죠, 티먼스 경관이 말한다. 페리스 경관도 고개를 끄덕인다. 저는 많이 넣는 게 좋아요, 우유 맛이 나는 게 맛있죠. 음, 이 집이 아드님의 법적 주소지인가요? 네, 마크는 평생 여기에 살았지만 이젠 아니에요. 스택 씨, 마크를 어디서 찾을 수 있는지 말씀해주시면 도움이 되겠는데요. 몰리가 맨발로 들어와 싱크대 앞에 서서 지나치게 시간을 끌면서 물을 한 잔 받은 다음 아일리시의 뒤에 서서 어깨를 감싸안는다, 베일리는 문 뒤에서 귀를 기울인다. 아일리시가 식탁 위로 설탕 그릇을 향해 손을 뻗자 티먼스 경관이 밀어주고, 그녀는 스푼으로 설탕을 퍼서 커피에 넣으며 잔을 내려다본다, 그녀는 커피에 설탕을 넣은 적이 없다. 마크는 2주 전에 떠났어요, 국경 너머 북아일랜드에서 학교에 다니게 되었거든요, 이쪽이 소란스러운 동안은 거기서 지낼 거예요, 그 아인 이제 겨우 열일곱 살이에요, 오래전부터 의학을 공부하고 싶다고 했는데 아버지가 이 나라에 당한 꼴을 보고 이제 법학을 공부하고 싶대요. 두 경찰이 그녀를 유심히 지켜보자 아일리시도 빤히 바라보면서 각각의 얼굴을 제복과 분리시킨다, 말하는 것은 입이 아니라 제복이다, 제복을 통해서 국가가 말하고 있다, 그녀는 두 사람이 민간인 복장을 하면 어떨지 상상한다, 거리에서 마주치면 돌아보지도 않고 지나칠 것이다. 티먼스 경관이 천천히 숨을 들이마시고 수첩을 내려놓는다. 그러니까 아드님이 이 나라에 없다는 말씀인가요? 네, 그녀가 말한다, 그 말이에요. 남자의 손에서 스르르 힘이 빠지고 얼굴에 미소가 떠올라 표정이 부드러워진다. 그렇다면 저희도 어쩔 수 없군요, 그가 손을 문지르며 말한다. 페리스 경관이 스푼을 만지작거리다가 내려놓는다. 우리끼리니까 하는 말인데요, 페리스 경관이 말한다, 최근에 아들이 외국으로 떠났다는 사람들이 많아요, 그게 무슨 뜻인지 아셔야 해요, 아드님 같은 젊은이들이 공안 부대 입대를 거부한 죄로 군사 법정에서 부재중 재판을 받고 있어요, 아드님이 집으로 돌아오거나 우리 나라에 살고 있다가 발각될 경우에는 체포 영장이 발부되고 우리가 헌병대에 넘겨야 해요, 시간 있을 때 경찰서에 오셔서 사실을 설명하는 진술서를 작성하시면 도움이 될 거예요. 티먼스 경관이 손안의 머그컵을 계속 돌리다가 한숨 소리를 낸다, 이제 그만 가자는 신호다. 그가 몸을 옆으로 기울이고 주머니에 수첩을 넣는다. 남편분은 어떻게 되셨는지 여쭤봐도 될까요? 그가 말한다. GNSB가 남편을 체포했어요, 아일리시가 말한다, 변호사 접견도 거절당하고 법원의 도움도 받지 못한 채 구금 중이에요, 교원 노조 조합원으로서 자기 일을 했을 뿐인데 끌려간 뒤 소식을 전혀 듣지 못했어요, 다음 주에 온 가족이 캐나다에 가서 휴가를 보내기로 했었는데 말이에요, 아이들이 무척 힘들어해요. 이렇게 말하면서 그녀는 시간의 바

끝에 존재하는 기분이 든다, 오랜 세월 짐을 지고 있는 기분이다, 모든 일이 예전에 너무나 여러 번 일어난 것만 같다, 경관의 얼굴에 드러난 무언의 분노가 점점 커지고, 그가 유감스럽다는 듯한 입 모양을 하더니 고개를 젓는다. 안타깝게도 부인만 그런 게 아닙니다, 그가 말한다, 하지만 지금 시절이 그래요, 개인적인 이야기를 하자면 우리가 경찰이 되면서 한 서약은 조롱거리가 됐어요, 그래도 아드님에 대해서는 여기 제 동료의 말이 맞습니다, 오셔서 공식 진술서를 작성하시면 관련 부서에 통지가 갈 테고, 우리는 이 문제에서 손을 뗄 수 있습니다, 아드님이 귀국을 결정할 때까지 이 사건은 중지될 겁니다, 결국 이 사태가 어떻게 될지는 아무도 모르죠, 나중에는 아무 문제 없을지도 몰라요. 아일리시는 꿈을 꾸는 것처럼 휩쓸리고, 눈앞의 얼굴들을 바라보지만 마법이 깨질까 봐 말하기가 두렵다. 양손을 펴고 의자에서 일어나는 그녀는 무게가 없는 느낌이 든다, 멀리서 교회 종이 울리며 시간을 알린다.

그녀는 카시트에서 벤을 내리려고 애쓴다, 벤의 외투가 버클에 걸려서 아이가 고함을 지르며 빈약한 주먹으로 허공을 때리고, 대시보드에서 핸드폰이 울린다. 아일리시는 아이의 눈에 비친, 이제 엄마가 아니라 사악한 마녀가 되어버린 자신을 보고 앞자리에서 머리카락을 빗는 몰리에게 날카롭게 말한다. 누구 전화야? 고개를 들고 백미러에 비친 낯선 자신을 보자 맨얼굴의 마녀가 보인다. 몰리가 좌석 너머로 몸을 기울이자마자 핸드폰이 조용해진다. 그냥 할아버지예요, 몰리가 말한다. 다시 전화해볼까요? 차가운 비가 비스듬히 내리고, 그녀는 벤을 안고 손으로 아기 얼굴을 가리면서 길 건너 어린이집으로 간다. 고개를 숙인 채 좁은 길에 이중 주차한 투란으로 서둘러 돌아와서 뒤에서 기다리는 차 두 대를 향해 사과의 뜻으로 손을 흔든다. 방향 지시등을 켜고 차를 빼는데 핸드폰이 다시 울리기 시작한다. 엄마, 빌어먹을 전화 좀 받으세요, 베일리가 말한다. 말조심해, 아일리시가 말한다. 지금은 할아버지를 상대할 에너지가 없어. 몰리가 대시보드로 손을 뻗어 전화를 받는다. 안녕하세요, 할아버지, 저 몰리예요, 무슨 일이세요? 아일리시는 한마디도 없이 도로를 응시하고, 그녀의 아버지는 차에 탄 사람들의 소리에 귀를 기울이는 듯 조용하다. 네 엄마 거기 있냐, 아니면 너 혼자 차를 몰고 학교 가는 거냐? 아일리시가 몰리에게 어이없어하는 표정을 짓고, 둘이서 웃음을 참는다. 네, 아빠, 저 여기 있어요, 차에 애들도 있고 스피커폰이에요. 토요일 괜찮은 거 맞죠? 유난스럽게 숨을 들이마시는 소리는 그가 잊고 있었음을 말해준다. 오늘이 무슨 요일인지 말해줘야 할지도 모른다. 그녀는 신호등 앞에 차를 멈추고 눈을 감는다. 이렇게 종일도 쉴 수 있다. 신문 봤어? 아버지가 말한다, 아마 안 봤겠지. 아빠, 저는 벤 때문에 5시 반에 깨서 이제 막 어린이집에 데려다줬어요, 이가 나느라 그런지 잠을 잘 못 자요, 지금은 애들을 학교에 데려다주는 길이고, 아뇨, 신문은 안 읽었어요. 개가 날카롭게 딱 한 번 짖는 소리가 들린다. 그렇게 딱딱거릴 거 없다, 아버지가 말한다. 저랑 개 중에 누구한테 하시는 말씀이에요? 학교 가는 길에 잠깐 들러서 〈아이리시타임스〉를 사서 7면을 봐라. 무슨 일인데요, 아빠? 사이먼이 개한테 소리치고, 수화기를 콘솔테이블에 내려놓고 부엌문을 쾅 닫는 소리가 들린다, 다시 수화기를 들었을 때 그는 헐떡이고 있다. 빌어먹을 개가 자꾸 양탄자를 씹는다, 그가 말한다, 내가 다시 전화하마. 아일리시는 양보하지 않는 차량 행렬 뒤에서 속도를 늦추며 해가 안 난 하늘을 바라본다, 베일리가 다시 안전벨트를 잡아당기자 몰리가 뒤로 돌아 베일리를 밀어낸다. 말했잖아, 베일리, 누나 좀 괴롭히지 마. 몰리가 오른쪽 앞을 가리킨다. 엄마, 저기 주유소 있어요. 그녀는 멈추고 싶지 않지만, 다른 사람이 시키는 대로 하고 싶지 않지만 차를 돌려서 주유소에 세운다. 공기에 탄화수소 냄새가 감돌고 직원은 그녀의 얼굴을 보지도 않고 신문값을 받는다, 핸드폰으로 축구를 보고 있다. 아일리시는 매점 앞에 서서 스포츠 부록을 쓰레기통에 넣고 7면을 펼친다, 읽을 기사는 하나도 없고 정부의 전면 광고가 실려 있다, 페이지 상단에 하프 문장이 그려진 정부의 공지다. 병역을 기피하고 도망친 자들의 이름과 주소가 아주 작은 글자로 실려 있다. 그녀가 신문에서 고개를 들어보니 베일리가 입을 대고 유리창을 빨고 있다. 숨을 참으면서 목록을 훑다가 아들의 이름과 주소를 읽는다. 아일리시는 자신이 경찰서에 가서 쓴 진술서를 생각하며 아들의 이름을 다시 읽고, 검은 글자 속에서 앞으로 다가올 어두운 밤을 본다. 저들이 아들을 어떻게 파멸시켰는지, 그것이 얼마나 쉬웠는지 본다. 그 파멸이 신문 7면에 누구나 볼 수 있는 광고 형태로 실려 있다.

그녀는 자기 자리 앞에 서 있지만 차에서 내려 걸어온 기억이 없다. 심장이 목구멍에 걸린 느낌이다. 돌아서서 외투를 옷걸이에 걸고 하얀 시폰 스카프를 벗으려다가 다시 똑바로 맨다. 아일리시는 신문을 읽는 사람이 없는지 사무실을 둘러본다. 폴 펠스너의 사무실 문이 닫혀 있고 세라 호건이 그녀에게 이야기하러 온다. 무슨 말을 할지 뻔하다. 네, 그녀가 말한다, 하지만 아뇨, 미안해요, 점심시간에 만날 사람이 있어요. 아일리시는 못마땅한 기색을, 실룩거리는 입꼬리를, 또는 침묵 속에서 전해지는 연대의 몸짓을 찾는다. 그때 가방 속에서 선불 핸드폰이 울리지만 모르는 척한다. 세라 호건이 가방을 보고 있다. 그녀의 핸드폰은 테이블에 놓여 있다. 아, 애들이에요. 전화가 다시 울리자 그녀가 전원을 끈다. 아일리시는 겨울 외투를 입고 테라스 카페에서 혼자 점심시간을 보낸다. 음식은 안 먹혀서 커피를 마시고 파란 담배 연기를 코로 내보내면서 몰리가 담배 냄새를 알아차렸던 때를 떠올린다, 깜짝 놀라고 의심하는 부모처럼 포치 문 앞에서 그녀를 멈춰 세웠었다. 말도 안 되는 소리 하지 마, 아일리시는 이렇게 말하고 거짓 웃음을 터뜨리며 고개를 돌려 입을 가렸다. 그녀는 선불 핸드폰을 무릎에 놓고 몰래 화면을 보고 있다, 마크에게 전화해봤지만 신호만 가다가 끊겼다. 회색 유령 같은 남자가 옆 테이블에 앉아서 가느다란 손가락으로 불붙은 담배를 입에 물리고 신문을 비틀어 펼친다. 그녀는 거리를 향해 고개를 돌리고, 낯선 모습으로 가장한 채 흘러가는 세상을 바라본다, 서둘러 직장으로 돌아가는 창백하고 무신경한 얼굴들, 대부분 공무원이다, 매일 다국적기업이 하나씩 변명을 늘어놓으며 문을 닫는다, 도시는 곧 텅 빌 것이다. 근처에 앉은 여자가 의자를 뒤로 밀자 회색 사무실 치마 아래로 형광 분홍색 운동화가 보이고, 베일리에게 새 신발이 필요하다는 생각이 떠오른다, 생각해보니 어젯밤에는 그녀의 신발에 담긴 음식을 먹으려고 자리에 앉아 있는 꿈을 꾸다가 깼는데, 발가락이 꽉 끼는 그 빨간 로퍼였고 나이프와 포크를 들고 신발 앞에 혼자 앉아 있었다. 그녀가 자기 자리로 돌아가는데, 사람들이 회의실에 모인다, 폴 펠스너가 오후 2시에 전략 회의를 소집했다. 이메일을 확인해보지만 참석 요청 메일이 없다. 그녀는 회의실에 모인 사람들을 본다. 폴 펠스너가 신문을 들고 회의실로 들어간다. 몸속에서 무언가가 깨어났다. 그것이 명치에서 기어 나와 팔과 다리로 들어가고, 그녀는 손이 차가워지는 것을 느끼며 사무실을 가로지른다. 자신이 문을 두드리는 공허한 소리가 들리고, 목을 가다듬고 나서 회의실 안으로 몸을 기울인다. 회의 공지를 못 받았는데요. 그녀가 말한다. 제가 여기 필요한가요? 블라인드가 반쯤 내려져 있고 폴 펠스너는 회의실에 사람이 들어차는 동안 의자 등받이에 한쪽 팔을 늘어뜨리고 앉아서 신문을 읽고 있다. 그가 몸을 돌려서 그림자가 드리워진 내부에서 바라보듯이 그녀를 본다. 그의 눈에 비치는 것은 핀으로 꽂힌 채 몸부림치는 그녀의 모습이다. 지금은 우리한테 신경 쓸 필요 없어요, 아일리시. 그가 몸을 앞으로 기울이고 그만 가보라며 손을 내젓는다. 그녀는 문가에 무력하게 서 있다. 이렇게 말하고 싶다. 네, 하지만 이건 제 일인데요. 저 없이 진행할 수는 없어요. 하지만 입을 열 수가 없다. 그녀의 손이 스카프를 만지작거리다가 빌어먹을 흰 스카프를 툭 떨어뜨린다. 이걸 매지 말 걸 그랬다고 후회한다. 폴 펠스너의 얼굴에 미소의 흔적이 스멀스멀 기어오른다. 그녀는 동료들이 회의실에 들어갈 수 있도록 비켜서고, 어느새 빈 컵을 들고 탕비실에 서 있다. 인사부의 어떤 여자가 사람들이 개수대에 접시를 던져놓기만 한다고 불평하고, 아일리시는 개수대에 컵을 놓고 걸어 나온다.

그녀는 집에서 서성이면서 아들이 도시 저편에서 하는 말을 듣고, 아들의 방 앞에 멈춰 선다. 방으로 들어오는 가로등 불빛은 겨울을 맞이한 달[月]의 환영 같다. 그 빛이 침대에 떨어져서 시트를 투명하고 하얗게 만들고, 아일리시가 거기에 눕는다. 달빛을 받아 반들반들하게 반짝이며 아들의 목소리에 행복을 느낀다. 길게 들이마시는 숨소리에서 생각하는 소리가 들린다. 가스보일러가 덜컹거리다가 꺼지더니 침묵에 빠지고 마크가 뭐라고 중얼거린다. 내가 누군지 이제 모르겠어요. 난 이 방에 갇혀 있는데 여기는 방이 아니에요. 감옥이에요. 엄마, 진짜예요. 제가 잠을 어떻게 자요— 같은 꿈을 두 번 꿨어요. 재판을 받으러 가는지 거리에서 끌려가는 꿈이에요. 내가 군중 사이를 걸어가고 누가 혐의를 큰 소리로 읽어요. 제가 유죄이고 혐의는 비겁함과 거짓말이래요. 어제 한밤중에 깨서 블라인드를 들췄더니 그 아줌마 집에 불이 켜져 있었어요. 부엌문 앞에 웨딩드레스를 입고 서 있던 사람이 누구였는지 아세요? 내가 안 자는 걸 다 아는 것처럼 별채를 보고 있었어요. 엄마, 그 아줌마는 너무 소름 끼쳐요. 저번에는 저녁 식사를 가져왔는데 한마디도 없이 내가 그 자리에 없는 것처럼 1분 동안 창밖만 보다가 돌아서서 나한테 말했어요, 이 세상의 모든 건 그림자일 뿐이라고요, 무슨 뜻이냐고 물었더니 나를 보고 미소를 지으면서 이러는 거예요, 조만간 너 스스로 확인하게 될 거야, 라고요. 아일리시는 콧등을 꼬집는다, 뒷골이 지끈거린다. 그녀가 눈을 뜨고 일어나서 발을 바닥으로 내리고 똑바로 앉는다. 그 여자는 너한테 그런 식으로 말할 권리가 없어, 그녀가 말한다. 엄마, 못 하겠어요. 못 하겠다니 무슨 뜻이니? 엄마, 아빠가 보고 싶어요, 정말 보고 싶어요, 엄마가 시키는 대로 하려고 노력했지만 이제 아무것도 안 하고 가만히 있을 수가 없어요, 제가 아는 사람들 중에 싸우러 간 사람들이 있어요, 반군에 들어갔어요. 마크, 아일리시는 말을 꺼내지만 곧 침묵에 빠진다, 열심히 생각해보아도 적절한 말을 찾을 수가 없다. 내 말 들어, 그녀가 말한다, 넌 아직 내 아들이야, 10대 아들이라고. 그게 무슨 뜻인데요? 마크가 말한다. 무슨 뜻인지 나도 몰라, 너한테 무슨 일이 벌어지도록 가만히 놔둘 수는 없다는 뜻이야. 긴 한숨 소리가 들리더니 침묵의 잡음이 흐른다, 비의 어둠이 느껴지는 것만 같다, 어둠에서부터 내려 그들 모두를 씻어 내는 비, 어두운 비가 아들의 입으로 들어간다.

그녀는 자리에서 일어나 외투를 입고 목에 흰 스카프를 두르고 동료에게 이른 점심을 먹으러 간다고 말한다. 사이먼의 집 문을 두드리자 으르렁거리는 소리가 들리더니 높은 목소리가 외친다, 누구세요? 사이먼은 남색 파자마 차림이고 복도 불이 켜져 있다, 이제 막 1시가 지났다. 아버지가 비웃는 표정으로 아일리시를 보더니 부엌으로 들어간다. 네가 여기서 뭘 하고 있는지 모르겠구나, 그가 말한다, 나는 혼자서도 잘 지낼 수 있다. 아빠, 그냥 안부 인사 하러 왔어요, 점심시간에 한 시간 여유가 있어서요. 그녀가 복도 불을 끄고 가만히 선다—뒤죽박죽 섞인 오래된 냄새들 속에 새로운 냄새가 섞여든다, 지독한 담배 냄새 같지만 그녀 자신한테서 나는 냄새인지 확신이 서지 않는다. 아일리시가 눈을 가늘게 뜨고 아버지를 본다, 스펜서가 낑낑거리며 그의 발치를 맴돈다. 아빠, 개한테 마지막으로 먹이를 준 게 언제예요? 스펜서가 돌아서서 입을 벌린 채 그녀를 바라보고, 흑요석 같은 눈은 개가 아닌 늑대의 무자비함을 드러낸다. 점심은 뭐 드세요? 그녀가 주전자에 물을 부으며 말하고, 사이먼이 빠른 손길로 탁자 위에 쌓인 신문을 뒤적인다. 점심? 그가 말한다, 생각 안 해봤는데. 아일리시는 어느새 조용히 울고 있다, 그녀가 의자를 당기며 눈물을 닦고는 아버지를 보며 미소 짓는다. 죄송해요, 그녀가 말한다, 그냥, 직장에서 밀려나고 있는데 뭘 어떻게 해야 할지 모르겠어요, 모든 일이 너무 빨리 일어나고 있어요, 신문에 그런 공지가 뜨고, 마크는 점점 더 힘들어져요, 아버지는 뭘 어떻게 해야 하는지

늘 아시잖아요. 그녀가 고개를 들자 아버지의 눈에 둥둥 떠다니는 무관심이 보인다, 그 눈은 뭔가를 찾고 있다, 사이먼이 생각에 잠긴 듯 천천히 일어난다. 그가 싱크대로 가서 수돗물을 틀지만 아무것도 씻지 않고 다시 잠근다. 그런 다음 돌아서서 아일리시가 방금 나타난 것처럼 빤히 바라본다. 아빠, 방금 제가 한 말이요, 들으셨어요? 뭘 원하니? 그가 말한다. 제가 질문했잖아요, 제 일 때문에, 마크 때문에요. 아버지의 입이 무언가에 맞은 것처럼 떨리는 게 보인다, 그가 고개를 젓고 손으로 질문을 쳐내면서 돌아서서 조리대를 가리킨다. 저기 저거 말이다, 그가 말한다, 저게 뭐더라, 저거 못 쓰겠어. 아빠, 전자레인지 말이에요? 그녀가 일어나서 전자레인지 안에 컵을 넣고 시작 버튼을 누른 다음 웅웅 돌아가는 것을 본다. 잘되는데요, 그녀가 말한다, 무슨 말인지 모르겠어요. 계단을 오르던 아일리시에게 갑작스레 슬픔이 밀려들고, 그녀는 시간이 수평면이 아니라 바닥을 향한 수직 추락임을 깨닫는다. 아버지의 방문 앞에서 다시 지독한 담배 냄새가 나서 발걸음을 멈춘다, 문을 열자 거실에 있어야 할 골동품 청동 재떨이가 침대 옆 서랍장에 놓여 있다, 반쯤 차 있고 그 옆에 담배 한 갑이 있다. 그녀가 재떨이를 들어서 담배꽁초가 몇 개인지 센 다음 카펫의 탄 자국을 손가락으로 쓸어본다. 재떨이를 높이 들고 부엌으로 들어와서 식탁에 내려놓는다. 이게 뭐예요? 그녀가 말한다. 뭐가 뭐냐? 아빠, 언제부터 담배 피우셨어요? 카펫에 탄 자국도 있던데요, 집을 태우고 싶으세요? 그가 시선을 피하며 팔짱을 낀다. 무슨 말을 하는지 모르겠구나. 아빠, 저도 이제 못 견디겠어요, 하나가 끝나면 또 다른 일이 생기잖아요, 의사를 만나서 얘기해야겠어요. 순식간에 아버지의 기분이 상하고 눈이 스펜서처럼 까매진다. 준비되면 끊는다고 했잖아. 아일리시는 호흡을 한 번 놓친다, 아버지의 얼굴을 들여다보자 손이 떨린다. 아빠, 담배를 피우지도 않잖아요, 파이프 담배를 마지막으로 피운 게 서른몇 해 전이에요. 그가 입을 벌렸다 닫고, 바깥에서 뭔가를 찾는 것처럼 창문을 본다. 아빠, 오늘이 며칠이죠? 그는 미동도 없이 가만히 있다가 살짝 고개를 돌려 손목시계를 본다. 그가 당당하게 쏘아보며 고개를 든다. 16일이야, 아버지가 말한다. 좋아요, 그녀가 말한다, 그러면 몇 월이죠? 그는 아일리시의 시선을 피하며 방을 둘러본다, 벽을 살펴보고 개를 본 다음 뿌루퉁한 표정으로 그녀를 마주 본다. 난 너한테 아무 말도 할 필요가 없어. 그가 다시 창문으로 시선을 돌리고, 아일리시는 정원을 보면서 금속 조각에 무릎이 찢어져서 아버지가 그녀를 안아 차로 옮겼던 기억을 떠올린다. 마크 말이지, 그가 말한다, 마크랑 네 직장에 대해서 이야기하고 있었잖니, 네가 이 말도 안 되는 얘기를 꺼내서 딴 길로 새기 전까지는 말이다, 지금 상황을 고려해야 돼, 전국에서 무장 반란 세력이 점점 커지고 있어, 군인들이 공안 부대에서 도망쳐서 자유군인지 뭔지 아무튼 그쪽에 합류하고 있다, 탈영범은 눈에 띄면 바로 사살이야, 반란군의 규모가 커지는 중이고 앞으로도 계속 커질 거다, 마크는 반란군에 들어갈 거야, 그래야 한다고 생각하니까, 그리고 네 직장은 말이다, 석 달 뒤에는 경제라는 게 아예 존재하지 않을 거야, 그러니까 나라면 걱정하지 않겠다, 넌 국경을 더 엄격히 통제하기 전에, 바로 지금 빨리 움직여야 돼, 가서 아이들을 데리고 잉글랜드로 가라, 아일리시, 캐나다의 아냐한테 가, 신문에 너희 집 주소가 실렸잖아, 마크는 공개적으로 망신을 당했고 체포 대상이야. 아버지가 손을 내려다보더니 천천히 고개를 젓는다. 바람을 멈출 수는 없어, 그가 말한다, 이 나라에 바람이 불 거야, 하지만 내 걱정은 하지 마라, 난 혼자서도 괜찮을 테니까, 노인을 상대로 난리를 피우지는 않을 거다.

그녀는 혼자서 차를 타고 혼잡한 교통을 뚫고 조금씩 전진하다가 전화를 받는다, 9시 5분 전이다, 라디오 소리를 낮추자 캐럴의 목소리가 들린다. 아일리시, 들려요? 여보세요? 네, 캐럴, 들려요, 출근 중이에요, 방금 페이스트리를 사 먹어서 입안이 꽉 찼어요. 있잖아요 아일리시, 어떻게 말해야 할지 모르겠는데, 어젯밤에 마크가 집에 안 들어왔어요. 입속에서 뭉친 페이스트리를 억지로 삼키자 뭔가 악의적인 것이 목을 타고 내려가는 기분이 든다. 내 말 들려요? 아일리시, 정말 미안해요, 무슨 말을 해야 할지 모르겠어요, 난 어제저녁에 잠들었다가 오늘 아침에 일찍 일어났어요. 알았어요, 잠깐 생각 좀 할게요, 마크한테 전화해볼게요, 별일 아닐 거예요. 아일리시는 전화를 끊고 선불 핸드폰을 찾아서 가방에 손을 넣어 뒤지다가 좌석에 가방의 내용물을 다 쏟은 다음 핸드폰을 들고 전화를 건다, 어떤 목소리가 지금 거신 번호는 전화를 받을 수 없다고 말한다. 차를 세울 자리를 찾아보지만 운하 옆 길에는 차를 세울 곳이 없고, 차량의 흐름을 따라가다보니 앞차가 빨간불을 빛내며 멈춘다, 갈매기들이 강변 보도에 내려앉는다. 앞차의 뒤창에 붙은 스티커에 **최고의 방어는 무장한 시민이다**라고 적혀 있고 바로 밑의 스티커에는 **사법 독재를 끝장내자**라고 적혀 있다. 아일리시는 교차로에서 차를 돌려 캐럴의 집을 향해 북쪽으로 달리면서 가장 단순한 답이 정답일 가능성이 높다고 스스로에게 말한다, 마크는 어딘가에 자전거를 타고 갔다가 통금 시간을 넘겼을 테고, 자전거를 타고 돌아오는 것은 너무 위험했을 것이다, 그랬다가는 순찰차가 마크를 멈춰 세우고 그 자리에서 체포했을 것이다. 아일리시는 넓어지는 하늘을 내다보면서 무언가를 풀어놓고 싶다, 그녀의 분노가 저 앞에서 날아간다, 차가운 패배를 향해 날아가는 것을 지켜본다.

캐럴의 집 앞에 차를 세우자 정면으로 난 창문의 커튼이 구겨지고, 잠시 후 캐럴이 팔짱을 끼고 낯선 모습으로 그녀 앞에 선다. 부엌 불빛을 받은 캐럴은 밤사이 늙어버린 것 같다. 얼굴뼈가 도드라지고 눈에 눈물이 차오른다. 아일리시가 한마디도 없이 별채로 가보니 문이 열려 있고 정돈한 내부가 보인다. 단호함이 느껴진다. 마크는 침대를 정리하고 자기 물건을 전부 챙겨 갔다. 벽에 기대 세운 자전거만 빼면 처음 들어왔을 때 그대로다.

저녁이 지나고 밤이 될 때까지 그녀의 가방 속 핸드폰이 조용하다. 밤이 지나도 울리지 않는다. 새벽에 잠 같지도 않은 잠에서 깬 아일리시는 포효하는 추상으로 변해버린 침묵을 마주한다. 그녀는 억지로 일어나서 하루를 시작해야 한다. 가면을 쓰고 아이들 앞에 서서 빨리 아침을 먹으라고 재촉하고 차에 태워야 한다. 아일리시는 아이들을 놀라게 할 이유가 없다고 스스로에게 말한다. 운전을 안 했는데 정신을 차려보니 차 안에 있다. 자동인형이 운전대를 잡고 앉아서 기계적으로 차를 몰고, 그녀는 아예 시간의 바깥에 앉아 있다. 어느새 직장에서 딴생각에 잠겨 멍하게 앉아 있고, 그녀 없이 하루가 흘러간다. 잠긴 문이 열리기를 기다리면서 대기실에 혼자 앉아 있는 것 같다. 곧 저녁이 되고, 저녁이 지나가고, 핸드폰은 부엌 조리대에 있다가 다시 그녀의 손에 놓이고, 아일리시는 언제든지 마크의 전화가 와서 환하게 불이 들어올 것처럼 핸드폰을 보고 또 본다, 두 번째 밤이 내려오는 순간을 지켜본다. 핸드폰을 베개 옆에 두고 잠들었다가 꿈속에서 유령 벨 소리를 듣고 잠에서 깨지만, 손에 쥐인 핸드폰은 조용하다. 아일리시가 벤을 안고 계단을 반쯤 내려가서 벤의 신발을 찾고 있을 때 침실에서 전화가 울리기 시작하고, 그녀는 벨이 두 번 울리고 나서야 정신을 차리고 비키라고 소리치면서 베일리를 밀고 올라간다. 아일리시가 방문을 닫고 벤을 요람에 세운다. 마크, 그녀가 말한다, 낮고 희미한 음악 소리와 중얼거리는 목소리들이 들리고, 천천히 숨을 들이마신 다음 내쉬는 소리가 들린다, 마크는 말하기가 두려운 것이다, 그녀는 마크를 때려눕히고 아들에 대한 자신의 힘을 주장하고 싶다. 왜 이렇게 늦게 전화했니, 다들 엄청 걱정했어, 캐럴은 제정신이 아니야, 캐럴이 너를 위해서 그렇게까지 해주었는데 그런 식으로 나가면 안 되잖아. 수화기 너머에서 침묵이 흐르다가 마크가 한숨을 쉬고 목을 가다듬는다. 이름을 말하면 안 되는 줄 알았는데요. 지금 그게 문제니? 엄마, 마크가 말한다, 제가 전화를 끊길 바라세요? 원하는 게 그거예요? 세상이 무너지면서 이 방, 이 집에 대한 감각까지 가져가버렸다, 아일리시는 어느 어두컴컴한 공간에서 마크의 숨결만을 느끼고 있다, 그 숨결 뒤의 마음이 느껴진다,

아들을 꾸짖은 자신에게 욕을 퍼붓는다. 마크, 그녀가 말한다, 너무 걱정했어, 너한테 무슨 일이든 일어날 수 있었잖아. 엄마, 마크가 말한다, 미안해요, 하지만 그럴 수가 없어요. 단단한 무언가가 느슨해지기 시작했다, 자갈처럼 미끄러지는 것은 그녀의 심장이다. 뭘 그럴 수가 없어? 아일리시가 말한다. 엄마가 하라고 한 거요, 도망가는 거요, 더는 그 말을 따를 수가 없어요. 네가 지금 뭘 하고 있는 것 같은데? 엄마, 이건 달라요. 그게 어떻게 달라, 우리 약속했잖아, 이게 최선이라고 결론을 내렸잖아, 네가 여기에 남아 있다가 당국에 발각되면 어떻게 될 것 같아? 자기들 마음대로 주무를 수 있는 비공개 군사재판을 할 거야, 네 아빠처럼 너를 끌고 갈 거야. 그녀는 마크가 뭔가를 씹고 있다고 생각한다, 탄산음료의 쏴 하는 소리가 들리고 꿀꺽꿀꺽 마시는 소리가 들린다. 있잖아요, 마크가 말한다, 저는 안전한 곳에 있어요. 누구랑 있는지 알고 싶어. 엄마, 다 괜찮아요, 이 전화기로 연락하겠다고 약속할게요, 전화가 너무 늦어서 미안해요. 아일리시는 눈을 감고 꿈속의 느낌을 떠올린다, 방마다 돌아다니며 소리쳤지만 대답이 없고 꿈이라는 걸 알면서도 깰 수 없었다, 눈을 떠보니 알아볼 수 없는 심연이 점점 더 넓어지고, 자신이 그것을 향해 손을 뻗고 있다. 마크, 그녀가 말한다, 넌 내 아들이야, 제발 집으로 와, 우리 같이 해결하자, 네가 없으면 난 잠을 잘 수가 없어, 너에 대한 법적 권리가 아직 나한테 있어. 무슨 법인데요, 엄마, 이 땅에 이제 법은 없잖아요. 마크의 목소리가 높아지고 그녀는 침묵 속으로 물러난다. 엄마는 부인하고 있어요, 지금 무슨 일이 일어나고 있는지 인정하지 않으려고 하잖아요. 그래, 아일리시가 말한다, 나도 말이 안 된다고 생각하지만 지금 중요한 건 그게 아니야, 넌 나랑 약속을 해놓고 안 지켰잖아. 봐요, 또 그러고 있잖아요, 그가 말한다, 왜 모르세요, 엄마는 저들이 우리 문 앞까지 와서 우리를 하나씩 하나씩 데려갈 때까지 모를 거예요. 벤이 요람에 서서 나무살 사이로 손을 내밀고, 종알거리는 소리는 점점 불만으로 바뀐다. 그녀가 벤에게 다가가서 안아 올리고 울부짖는 뺨을 엄지로 쓰다듬는다. 이제 가만히 앉아 있을 수 없어요, 마크가 말한다, 전부 다 지겨워요, 몰리도 지겹대요, 난 예전 삶을 되찾고 싶어요, 아빠가 집으로 돌아와서 우리가 예전처럼 살면 좋겠어요. 마크, 내 말 잘 들어—— 아뇨, 엄마, 이제 엄마가 제 말을 잘 들으세요, 제 말 좀 들어주세요, 난 이제 자유가 없어요, 엄마가 이해해야 돼요, 우리가 저들에게 굴복하면 생각할 자유도, 행동할 자유도, 존재할 자유도 없어져요, 난 그렇게는 못 살아요, 저한테 남은 자유는 싸우는 것뿐이에요. 아일리시는 아득한 정상에서 떨어졌다, 말이 흩어져 땅으로 녹아든다, 그녀가 몸을 추스르고 일어나 어둠 속에서 서둘러 아들을 찾지만 아무것도 보이지 않고 의지만이, 마크의 의지만이 보인다, 그것이 육체를 이탈한 빛처럼 그녀의 앞을 지나간다. 아일리시는 눈을 뜨고 벤을 요람에 내려놓은 다음 머리를 쥐어뜯으며 방을 서성인다, 아들을 세상에 내어줄 때가 너무 빨리 왔다, 세상은 지하 세계가 되었다. 마크는 침묵이었다가 숨소리가 되고, 그녀는 아들에게 어떻게 말해야 할지 모른다. 아일리시가 말한다, 안전하게 지내, 사랑하는 아들아, 들리니, 어리석은 행동은 하지 마, 그리고 전화기 꼭 켜놓고, 너랑 통화할 수 있으면 좋겠어. 마크가 말한다, 몰리 바꿔줄 수 있어요? 아래층에 있어, 난 몰리가 무슨 일인지 몰랐으면 좋겠어, 몰리가 이 일을 어떻게 받아들이겠니? 아빠가 사라진 것만으로도 힘들잖아. 있잖아요, 엄마, 이제 그만 끊어야 돼요, 몰리한테 전해주세요— 음, 나도 보고 싶다고 전해줘요.

날씨에 기억이 있다. 하늘에 무르익은 봄이, 날렵한 제비가, 온통 새까만 칼새가 있다, 돌아온 새를 보면서 세월이 흐르는 것을 깨닫는다, 그녀는 열매를 당연하게 여겼던 순수한 시절이 지나갔다고 생각한다, 그녀는 누군가 내미는 열매를 받아서 맛을 보지도 않고 깨물어 먹었고, 아무 생각 없이 씨방을 버렸다. 아일리시는 피닉스 공원에서 혼자 걸어 다니며 생각에서 벗어나려고 애쓰지만 눈앞에 자기 생각밖에 보이지 않는다, 잎이 넓은 나무들이 그녀를 내려다본다. 위를 올려다보며 저 나무들 밑에서 흘러간 시간을, 나무들이 나이테로 기록하는 세월을 생각한다. 세월은 흘러가고 그녀는 붙들 수 없다. 세월이 계속 흘러가지만 떠나가는 것은 시간이 아니라 다른 것이다. 그것이 그녀를 끌고 간다. 아일리시는 카이버로(路)를 따라서 더 내려가다가 아이의 손을 잡은 남자의 넓은 등에서 래리의 모습을 본다. 남자가 자기 차 트렁크 앞에서 돌아서자 똑같은 빨간 수염이 보인다. 아이를 차에 태우는 그를 보면서 속았다고, 래리가 지금까지 이중생활을 해왔고 자신을 속이려고 체포된 척했다고 생각한다. 그녀는 매거진포트 성채 옆 언덕을 올라가면서 정말 그랬으면 좋겠다고 생각한다. 흰 벤치의 빗물을 닦아내고 앉아서 리피강의 경치를 내려다보니 대학 조정 선수들은 이제 없고 다가오는 공기 속에서 옛 생각이 떠오른다. 그녀는 바로 여기서 이런 벤치에 래리와 함께 앉아 마크의 태동을 느꼈었다. 아이는 그녀의 뱃속에서 날아오를 날개가 자라는 것처럼 처음으로 파닥거렸다.

5

소음이 잠 속으로 피어나더니 둥둥 떠올라 두 세계를 헤매고 자갈 밟는 소리와 침실 창문 밑의 웃음소리가 들린다, 꿈으로부터 그림자가 풀려난 것 같다. 그녀는 갑자기 어두운 방에 있고, 무언가가 아래층 유리문을 쳤다는 의식이 혈관에서 차갑고 갑작스럽게 깨어난다, 그 소리는 집 전체를 울리는 충격을 가하며 이어진다, 침대에서 벌떡 일어나 달려가자 몸의 무게가 뒤늦게 느껴진다. 바깥을 보니 진입로에 남자 세 명이 서 있고 시동이 켜진 흰색 SUV가 세워져 있다. 포치 유리문에 무언가가 맞고 그녀의 뒤에서는 방문이 벽에 쾅 부딪친다, 몰리가 남자들이 집에 들어오려 한다고 소리치면서 품으로 달려들자 그녀는 손으로 딸의 입을 막고 창가에서 물러난다. 한순간이 느려지면서 다른 시간의 장을 연다. 그녀는 늑대에게 둘러싸일까 봐 걱정하면서 짙어져가는 어둠 속을 불빛도 없이 헤쳐나간다. 멀리서 자신을 부르지만 자기 이름이 들리지 않는다. 커다란 무언가가 유리문을 다시 때리자 몰리가 겁을 먹고 엄마에게 딱 달라붙으며 낮은 신음을 낸다. 아일리시가 생각할 겨를도 없이 요람으로 가서 자는 아이를 들어 올려 몰리에게 안긴 다음 아이들을 데리고 방을 나간다. 몰리가 복도에서 딱 멈추더니 톱질하듯 힘들게 숨을 쉰다. 공포에 질려 눈이 풀렸다. 아일리시가 몰리의 어깨를 잡고 흔든다. 이러지 마, 그녀가 말한다. 이럴 시간 없어. 욕실로 가서 아무 소리도 내지 말고 벤을 봐줘. 아일리시는 눈을 비비며 방에서 나오는 베일리도 욕실로 보내면서 문을 잠그라고, 나오라고 할 때까지 나오지 말라고 말한다. 그녀가 침실 창문으로 다가갈 때 모든 결과가 미리 보인다. 바깥에서 웃음소리가 들린다. 저들이 들어오려고 한다면 문을 잠그지 않은 것과 다름없다. 그녀가 어둠 속에서 더듬더듬 핸드폰을 찾는다. 창문 옆에 놓아둔 것을 깜빡했다. 긴급 구조원의 낮고 단호한 목소리가 들린다. 커튼 틈으로 팔과 목에서 문신이 번득이는 남자가 투란에 올라서는 모습이 보이고, 또 다른 남자는 차 옆에서 몸을 숙이고 있다. 그 자가 야구방망이로 앞 유리를 내리치더니 성기를 꺼내 차에 소변을 보고, 지퍼를 올린 다음 자갈길로 뛰어내릴 때는 이를 드러내며 원숭이처럼 웃는다. 길 건너에서 침실 불이 켜졌다가 꺼지고, SUV가 빠른 속도로 떠난다.

그녀는 집 안을 통과하는 달[月]을 지켜본다, 멍든 새벽빛이 요람 안의 벤에게 닿고, 제멋대로인 그 빛이 어린아이처럼 아일리시에게 딱 달라붙어 자는 몰리에게 닿는다. 새벽이 왔지만 낮은 달아났다, 그녀는 이제야 깨닫는다, 어둠을 덧없게 만드는 빛은 거짓이고 진실하며 흔들림 없는 것은 밤이다, 아이들을 품 안으로 불러들이지만 자신의 위로는 거짓이고 이 집은 피난처가 아님을 안다. 아일리시는 몰리에게서 몸을 떼고 의자로 가서 조용히 옷을 입은 다음 고개를 돌려 새틴 같은 빛이 어루만지는 몰리의 얼굴을 본다, 얼굴을 찌푸린 채 잠들어 있다. 아들들 방을 들여다보니 베일리가 마크의 옷을 입고 마크의 침대에서 이불 위에 누워 자고 있다. 그녀는 아래층으로 내려가서 현관문을 나가 진입로에 떨어진 돌을 집어 든다, 산산조각 난 투란의 유리창 앞에 서서 보닛과 차 옆면, 그리고 집 벽과 창문과 포치 문에 적힌 것을 읽는다, 빨간 스프레이 페인트로 한 단어만 반복적으로 적어놓았다. 그녀는 이 모든 이야기를 이미 지난 일처럼, 기억에서 꺼내 형태를 만든 것처럼 래리에게 들려주고 있다, 두 사람은 투란에 타고 있고 아일리시가 어디인지 모르지만 래리가 풀려난 곳으로 가서 그를 태워 오는 길이다, 살이 빠져서 옷이 헐렁하다, 그가 양손으로 수염을 잡아당긴다, 그녀는 그의 혈관에서 무엇이 깨어날지, 모든 아버지의 혈관에 무엇이 잠들어 있는지 안다, 바로 원초적인 폭력이다, 하지만 그것이 깨어난 순간 이미 침묵당했음을 깨닫는다, 자기 가족을 지키지 못했음을 깨닫는 남자의 안에서 무언가가 부서진다, 그는 모르는 것이 제일 좋으리라. 길 건너편 집 현관문이 열리고 제리 브레넌이 검은 쓰레기봉투를 들고나온다. 그는 바퀴 달린 쓰레기통에 봉투를 넣고 아일리시의 집을 흘낏 보더니, 들켰음을 깨닫고 손을 흔들어 인사한 다음 현관문을 닫고 그녀를 향해 걸어온다, 슬리퍼를 신은 민첩한 노인이 가운 끈을 묶는다. 세상에, 아일리시, 놈들이 대체 무슨 짓을 한 거야, 정말 무서웠겠군. 그가 허리를 숙여 돌을 들고 엄지로 문지른다. 인간쓰레기들 같으니, 베티가 경찰에 전화했는데 도착했을 때는 우리가 잠들었나 봐, 정말 끔찍한 소동이었어. 아일리시는 그의 눈이 빨간 페인트로 반복해서 쓴 **반역자**(TRAITER)라는 단어를 읽는 것을 바라본다, 그가 눈을 가늘게 뜨고 글자를 읽더니 모르겠다는 표정으로 그녀를 본다. 내가 이상한 건가, 아니면 철자를 틀린 건가? 모르겠어요, 제리, 원래 철자가 뭐죠? 잠시만, 안경이 없으면 생각이 안 나, 그래, 이(E)가 아니라 오(O)야—— 제리, 제가 보기에 그들은 하고 싶은 말을 정확히 썼어요, 아주 요란하고 명확하게요, 저도 경찰에 전화했지만 아무도 안 왔어요, 잠을 반도 못 자고 경찰을 기다렸어요. 제리의 으르렁거리는 눈썹이 믿을 수 없다는 듯 올라가더니 그들 앞 콘크리트에 어떤 흐릿한 생각이 나타난 것처럼 다시 내려온다. 이 나라는 개들의 손에 들어갔어, 그가 말한다, 경찰은 저런 놈들, 글도 모르면서 다 때려 부수고 다니는 놈들 때문에 밤새 바빴을 거야, 이 집만 이렇게 되진 않았을 거야. 제리가 차 옆면을 손으로 쓸어본다. 정비소에 가야겠네, 그가 말한다, 하지만 집 벽은 아주 말끔해질 수 있어, 우리 헛간에 흰색 벽돌 페인트가 있는데 그거면 될 거야, 내가 빨리 가서 가져오지, 몇 분 안 걸려. 아일리시가 팔짱을 끼고 길 건너를 바라본다. 아, 그자들이 보게 놔둬요, 제리, 우리 집에, 자기 할 일만 하는 평범한 가정에 무슨 짓을 했는지 보게 놔둬요, 지금 이 나라에서의 삶이 어떻게 됐는지 보여주는 대단한 광고잖아요? 햇빛이 집과 집의 틈새를 파고들고, 제리가 돌아서서 자기 집을 본다. 어쨌거나 가서 찾아볼게. 길을 건너면서 가운 끈이 풀어지지만 그는 굳이 다시 묶지 않는다. 그녀는 거리에 일렬로 늘어선 닫힌 문들을 응시한다, 창문에 국기를 내건 집을 세어보니 여섯 집이다. 집으로 들어가는 그녀는 분노이다, 분노가 위층으로 올라가서 원래 욕실 벽장에 들어 있던 아세톤을 찾는다, 페인트 긁개를 찾아서 계단 밑을 뒤지지만 그 대신 눈앞의 선반에 굴욕이 놓여 있는 듯하다,

수치심과 고통과 슬픔이 그녀의 몸속을 마음대로 돌아다닌다. 이 모든 일이 어떻게 알려질지, 동네에서 그들이 어떤 평판을 얻을지 이제 안다. 이웃들은 어젯밤에 벌어지는 일을 전부 보았지만 한마디도 하지 않을 것이다.

아이들이 옷을 입고 학교에 갈 준비를 마치지만 나가서 차에 타지 않는다. 베일리가 부엌으로 따라 들어와서 그녀가 찬장에서 도시락통을 꺼내고 빵과 치즈와 햄을 조리대에 내려놓는 것을 본다. 엄마, 베일리가 말한다. 오늘 하루 쉬면 안 돼요? 학교 가기 싫어요. 그녀가 서랍에서 칼을 꺼낸 다음 엉덩이로 밀어서 닫는다. 엄마가 시킨 대로 바닥에 떨어진 수건은 주웠어? 엄마, 내 말 들었어요? 학교 가기 싫다며. 네, 학교 가기 싫어요. 학교에 안 가면 뭘 하겠다는 거야, 종일 집에 앉아서 눈이 튀어나오도록 TV를 볼 수는 없잖아, 가서 외투 입어. 베일리는 차에 타지 않겠다며 팔짱을 끼고 복도에 서 있다. 아일리시가 밖으로 나가서 투란에 아기를 앉힌 다음 복도로 돌아와 아들 앞에 서서 책가방을 들어 아들의 팔에 끼우고는 데리고 나간다. 그녀가 다시 안으로 들어와보니 몰리가 계단에 주저앉아서 시선을 내리깐 채 무릎을 떨고 있다, 무언가를 품에 안고 잠자리에 들었는데 일어나보니 그것이 사라져버린 어린아이 같은 표정이다. 아일리시가 몰리의 외투와 가방을 든다. 아침도 안 먹었잖아, 그녀가 말한다, 배고파서 쓰러질 거야, 차에서 토스트라도 안 먹을래? 몰리는 아일리시 뒤쪽의 거리를 보면서 겨우 속삭이듯 말한다. 그 사람들이 또 오면 어떻게 해요, 엄마, 또 올지도 몰라요, 다음번에는 집 안까지 들어오면 어떻게 해요? 딸의 눈 속에 든 무언가가 아일리시를 끌어당겨 무릎을 꿇게 만든다, 그녀가 몰리의 손을 잡고 엄지로 쓰다듬는다. 다시 오지 않을 거야, 몰리, 왜 또 오겠니, 재미를 볼 만큼 봤잖아, 그 사람들한테는 재미일 뿐이야, 신문에서 마크의 이름과 주소를 보고 우리를 놀래고 싶었던 거야, 다른 집들도 노렸을 거야, 오늘 엄마가 경찰에 신고한 다음 어떻게 됐는지 알려줄게, 엄마가 장담해, 우린 괜찮을 거야. 이렇게 말할 때 그녀 안의 목소리가 딸한테 거짓말하지 마, 라고 말하지만, 그녀는 일어서면서 자기 말이 진실이라고 굳게 믿는다, 이제 마음이 급해져서 몰리에게 어서 나가자고 손짓하고는 팔을 붙잡는다. 우리 다 늦겠어, 그녀가 말한다. 몰리가 앞자리에 앉으려 하지 않아서 베일리가 운전석과 조수석 사이로 넘어와 거미줄처럼 깨진 유리가 보이는 앞자리에 미끄러지듯 앉는다. 아일리시는 포치 문을 닫고 잠근 다음 잠깐 서서 집을 바라본다, 제리 브레넌이 벽을 멋지게, 그리고 빠르게 칠해놓고 돌아갔다, 그가 아세톤으로 유리창도 닦았기 때문에 사람들이 이 집을 봐도 그들이 심판받았음을, 피처럼 붉은 페인트로 국가의 적이라고 낙인찍혔음을 전혀 모를 것이다. 그녀가 차에 타자 베일리가 몸을 숙인 채 양말을 잡아당기다가 엄마를 매섭게 노려본다. 학교 정문 가까이 가면 절대 안 돼요, 베일리가 말한다. 아일리시는 시동을 걸고 도로로 나가서 앞 유리 너머를 매섭게 바라본다, 지나가는 차 안의 입을 딱 벌린 얼굴들을, 자전거를 타고 가다가 신호등 앞에 멈춰서 빤히 보는 사람을, 멍하니 보면서 손가락으로 가리키는 학생들을 마주한다. 그녀는 양손에 분노를 느끼며 차를 몰고, 차는 고통스럽게 격동하는 피로부터 동력을 얻는 것처럼 다른 차들 사이를 누빈다. 그녀는 차를 몰고 가면서 이 즉결심판과 범죄 공개를 기꺼이 받아들인다, 시선으로 우리를 두들겨 패라지, 아일리시가 생각한다, 우리가 어떤 반역자인지, 저들이 어떤 세상을 만들어냈는지 똑똑히 보라지. 몰리는 얼굴에서 손을 떼지 않으려 하고, 뭐라 말하지만 들리지 않는다. 뭐라고 했니, 몰리? 그녀가 말한다. 베일리가 분개하며 자기 엄마를 바라본다. 엄마, 베일리가 말한다, 누나가 학교에 가기 싫대요, 죽고 싶대요.

그녀는 집 때문에 불안하고 자기 몸속에 있는 것이 불편하다, 매일 밤 누워서 잠 못 이룬 채 거리를 향해 귀를 쫑긋 세운다. 차 지나가는 소리는 많은 것을 의미할 수 있다, 귀가가 늦은 술꾼일 수도 있고, 일찍 출근하는 사람일 수도 있다, 고개를 돌리자 평소 래리가 눕는 자리에 몰리가 잠들어 있지만 언제 왔는지 기억에 없다. 그녀는 딸을 끌어안고 잠이 찾아오기를 바란다, 깨어나보면 다른 세상이기를 바란다. 경찰은 집으로 찾아오지 않았고, 아일리시는 경찰서에 세 번 전화한 뒤에 다시 전화를 걸어서 티먼스 경관을 바꿔달라고 했지만 다른 곳으로 옮겼다는 대답만 돌아왔다. 그녀는 다른 집도 공격받았음을, 그들의 집에서 일어난 일이 전국에서 벌어졌음을, 파이프와 방망이에 자동차 앞 유리가 부서지고 가게 유리가 박살 나고 집 현관이 엉망이 되었음을 이제 안다. 소문에 따르면 범인 중 일부는 공안 부대 소속이라고, 몇몇은 경찰 소속이라고 한다. 그 일이 전부 같은 날에 일어났다니 너무 대단한 우연 아니야? 아냐가 말한다, 무슨 집단 텔레파시도 아니고 말이야, 여기 뉴스에서 맨날 그쪽 이야기가 나와, 난 숨죽여서 기도를 드리기 시작했어, 종교 같은 건 없지만 그럴 수밖에, 마크 생각이 떠나지 않아. 아냐, 제발, 전화로 마크 얘기 하지 마. 빨라지는 느낌, 압력이 움직임으로 바뀌는 느낌이 든다, 마치 몸속에 감지 장치가 있어서 공기 중의 흐르는 힘을 읽으면서 그녀에게 열에너지는 뜨거운 곳에서 차가운 곳으로 이동하고 기체는 높은 곳에서 낮은 곳으로 이동한다고, 에너지는 무질서도가 증가하는 방향으로 움직이며 힘이 충분하지 않으면 결국 흩어진다고 말해주는 것 같다. 차가 느려지다가 그들의 집 앞에서 멈추고, 그녀는 숨을 참으며 꼼짝도 않고 누워 있다, 문이 열렸다 닫히고, 그녀가 침대 밑으로 손을 뻗어 래리의 망치를 꽉 잡고 옆으로 내린 채 창가로 간다, 이웃 사람이 택시에서 내려 자기 집 현관으로 걸어가서 열쇠를 찾아 주머니를 뒤진다.

그녀는 베일리의 침대에서 젖은 시트를 벗기고 어느새 침대 옆 서랍장을 뒤지고 있지만 이유는 자신도 모른다. 펜과 스티커와 다양한 전투 자세를 취한 플라스틱 장난감 병사가 마구 뒤섞여 있는데, 병사 하나는 수류탄을 던지는 중이고 몇몇 병사들은 한쪽 무릎을 꿇고 조준하는 자세이다, 원래는 마크의 것이었다. 아일리시가 손을 더 깊이 뻗자 라이터가 만져진다, 그 외에도 라이터를 두 개 더 찾아서 꺼내보니 그녀의 가방에 들어 있던 것이다. 바닥에 놓인 후드티를 집어 코에 가져다 대지만 담배 냄새는 나지 않는다, 베일리가 뭘 하려는 건지 누가 알겠어, 아일리시가 생각한다, 어쩌면 내가 담배를 못 피우게 하려고 그러는지도 모르지. 그녀는 베일리와 함께 코널로를 걷는다, 나무 위의 공기가 웅웅거리고, 아일리시는 아들의 태도에서 일어나고 있는 변화를 본다, 과감하게 성큼성큼 걷는 걸음걸이는 그런 태도가 자신에게 맞는지 시험해보는 것 같다. 그녀가 주머니 속의 라이터를 만지작거리면서 말을 꺼내려 할 때 머리 위로 군용 헬기가 지나가고, 두 사람이 고개를 들어 바라본다. 지렁이가 꿈틀거리고 있어요, 베일리가 말한다, 엄마 지렁이 무서워요? 아일리시는 아무 말 않고 그를 유심히 보면서 얼굴을 찌푸리지 않으려고 애쓴다. 지렁이? 그녀가 말한다. 네, 지렁이요. 무슨 얘기니? 지렁이 얘기죠. 무슨 지렁이? 몰라요, 설명하기 힘들어요, 아실 줄 알았어요. 이렇게 말하며 베일리는 얼굴이 구겨지고, 손가락 끝으로 벽을 타는 담쟁이덩굴을 쓸어본다. 지렁이가 꿈틀거리고 있어요, 그가 말한다, 그것이 힘을 얻고 있어요, 지렁이는 하고 싶은 대로 해요. 그들은 앨러모드 카페 앞에서 멈추고 그녀는 레이스처럼 금이 간 유리를 보고 조용해진다, 세어보니 야구방망이나 돌로 친 자국이 세 개 있다, 창문에 테이프를 엑스 자로 붙여놓았다. 문에는 다음 주 날짜로 강제 폐쇄 통지서가 붙어 있다. 조명이 켜져 있지만 손님은 없고, 커피머신에 커피콩을 붓던 남자가 고개를 돌려 두 가지 표정을 떠올리며 그들을 맞이한다, 떨리는 미소는 슬픔을 감추지 못한다. 아, 이삼, 아일리시가 말한다, 저들이 무슨 짓을 한 거예요, 문을 닫았을지도 모른다고 생각했어요. 둘은 잠시 조용히 이야기를 나누고 그동안 베일리가 자리를 고른다, 아일리시가 베일리와 함께 창가에 앉아서 목소리를 낮추고 몸을 숙인다. 지렁이가 어쩌고 하는 말도 안 되는 소리는 그만해, 그녀가 말한다. 하지만 지렁이는 진짜예요, 베일리가 말한다, 지렁이는 엄마가 좋아하든 싫어하든 신경 쓰지 않아요. 자, 솔직히 말할게, 앞으로 얼마 동안 상황이 힘들어질 거야, 지금 난 네 도움이 절실히 필요해. 베일리가 소금 통을 빙글빙글 돌리자 아일리시가 그것을 빼앗아서 자기 앞에 내려놓는다. 너 아직도 침대에 오줌 싸지, 그녀가 말한다. 발이 아파요, 베일리가 말한다, 새 신발을 갖고 싶어요. 내일 신발 사러 갈 거야, 난 우리가 뭘 어떻게 하면 네가 침대에 오줌을 안 쌀지 알고 싶어. 나 오줌 안 싸요. 베일리, 진지하게 생각해, 이제부터 마크 침대에서 잘래? 네가 그러고 싶으면 그렇게 해도 돼, 항상 창가 자리에서 자고 싶어 했잖아, 마크가 돌아오면 그때 침대를 돌려주면 돼. 아일리시는 소년답고 솔직한 베일리의 얼굴을, 그의 존재라는 단순한 사실을 찬찬히 살피고 아기 때 모습을 보고 나이가 들면 어떤 모습일지 본다, 시간을 초월한 어둠 속에 빛의 입자가 아주 잠깐 멈춰서 깜빡인다, 코 주변에 촘촘히 박힌 주근깨, 너무나 익숙하지만 저 안에서 그녀를 보는 사람이 바뀐 것처럼 낯설어진 눈, 베일리는 매일 아버지가 없는 집에서, 형이 사라진 방에서 일어나야 한다. 만약 돌아오지 않는다면 어떻게 될까? 잘 들어, 아일리시가 말한다, 아빠랑 형은 돌아올 거야. 안 돌아오면요? 말도 안 되는 소리 하지 마, 이 모든 일이 끝난 뒤에 아빠가 어디로 갈 것 같니, 형도 그렇고. 지렁이는 자기가 하고 싶은 대로 해요. 지렁이 어쩌고 하는 말은 그만하랬지, 내 말을 믿어, 아빠랑 형은 돌아올 거야, 내 평생 이보다 더 확실한 건 없었어, 하지만 당분간 우리는 최선을 다해 일상을 이어가야 해, 내 말 알겠니? 네, 베일리가 말한다, 하지만 지렁이는 우리가 뭘 하든 신경 쓰지 않아요. 그러면 맞서 싸워, 아일리시가 말한다, 지렁이의 목을 잡고 비틀어. 그녀는 조용히 신발을 끌며 다가오는 이삼을 본다. 아일리시가 달걀과 커피를 주문하고 베일리가 거한 아침 식사를 주문하자 이삼이 베일리를 내려다보며 미소 짓는다. 뭐 줄까, 우유, 콜라, 주스, 물? 커피 마실래요. 테이블 맞은편에서 아일리시가 얼굴을 찌푸린다. 커피? 네, 이제 나도 다 컸어요. 그래, 이삼이 말한다, 우리 청년은 커피 한 잔.

그녀는 점심시간 15분 전에 사전 통지도 없이 인사과 면담에 불려 간다, 전화 통화를 하고 있는데 모니터에 메시지가 뜬다. 아일리시가 사무실 저쪽을 보니 회의실에 불이 켜져 있고 블라인드가 내려져 있으며 폴 펠스너는 자기 사무실에 없다. 그녀는 아무 말 없이 전화를 끊고 나서 컵을 들고 탕비실로 걸어간다, 모니터 앞에 멍하니 앉은 동료들을 보며 갑작스러운 임명 절차, 회사에 들어온 친국민연합당 인물들, 통제를 강화하는 정권을 생각한다. 아일리시는 커피머신이 그녀의 컵에 액체를 뿜어내는 것을 지켜본 다음 컵을 개수대에 넣는다. 몇 분 더 기다리게 할 것이다, 그녀는 자리로 돌아가서 가방에서 선불 핸드폰을 꺼내 마크에게 메시지를 보낸다, 전화를 해봤지만 핸드폰이 계속 꺼져 있고 사흘째 메시지에 답장이 없다. 보이지 않는 손이 회의실 블라인드를 벌리고, 그녀의 책상 위 전화기가 울린다. 외투를 들고 말도 없이 회사를 나가서 변호사에게 전화하는 자신을 그려보지만 이제 와서 변호사가 무슨 소용일까, 그녀는 회의실로 걸어간다, 꼭두각시처럼 끈에 묶여 움직이는 자신이 보인다. 회의실 타원형 탁자에 폴 펠스너가 앉아 있고 인사과에서 온 이름 모를 갈색 머리 여자도 앉아 있다, 아일리시가 안으로 들어가서 의자를 꺼내며 여자의 떨리는 미소를 보고 있자니 폴 펠스너가 말한다, 와줘서 고마워요, 아일리시. 그녀는 그의 눈을 들여다보지 않을 것이다, 그 대신 작은 입을, 비뚤어진 아랫니를, 탁자 위 서류 옆에 놓인 작은 손을 본다, 그녀의 방출을 승낙하는 서류다. 잠시 아일리시는 고뇌 속에서 어찌할 바를 몰라 창가를 본다, 바깥에서 빌려 온 빛에 휩쓸려 어둑해진 인공 조명을 본다, 손을 내려다보자 비현실적인 느낌이 든다, 그녀는 슬프면서도 화가 나고, 인생의 9년을 보냈는데 이런 결말을 맞이하다니 웃고만 싶다. 아일리시가 갈색 머리 여자를 위아래로 훑어보고 미소를 지으며 말한다, 어떻게 시작하면 되는지 말해드려요? 그녀는 폴 펠스너의 눈을 들여다보고 그의 얼굴에서 심연을 본다.

그림자가 드리워진 방이 거울 속에 담겨 있다. 거울 속의 그녀는 오후가 아니라 밤 시간을 보내는 사람 같다, 내려진 커튼, 요람에서 잠든 아이, 베일리가 정원에서 소리치고 있다. 아일리시는 거울을 들여다보지만 자신을 못 알아보겠다, 그녀의 손이 과거를 찾아 서랍 속을 더듬는다, 금으로 만든 어머니의 결혼반지, 서양배 모양으로 커팅된 다이아몬드 약혼반지. 둘 다 손에 올려놓고 사라지는 기억 속에 붙들린 이미지를 찾자 화난 아냐의 얼굴이 눈앞에 나타났다가 유령처럼 사라진다. 어머니가 돌아가신 후 동생이 어머니의 반지 중 하나를 갖지 않겠다고 했을 때 그녀가 느꼈던 고통. 아일리시는 눈을 감고 움직이는 과거를 찾지만 과거는 오로지 느낌으로만 움직이고, 어머니의 비웃는 표정이 눈앞에서 느껴진다, 언젠가 어머니의 신랄한 입에서 나왔던 그 말, 결혼 생활은 네 아버지가 더 잘 맞았지. 아일리시가 반지를 내려다보며 가치를 가늠한다, 손이 침대에 놓인 다른 물건들을 스친다, 납유리 꽃병, 할머니 것이었던 타원형의 기념일 은쟁반, 그녀가 세례식 날 선물받은 스푼. 각각의 물건이 순간적인 감정을 일으키지만 그 안에는 아무것도 담겨 있지 않고, 그녀는 이제 전부 필요 없다, 이것들은 물려받은 물건일 뿐이다, 캄캄한 서랍 속에서 사는 장식품일 뿐이다, 몰리가 문 앞에 서 있다. 엄마 화내지 마세요, 몰리가 말한다, 어젯밤에 오빠한테서 메시지가 왔어요. 아일리시가 문에서 시선을 돌리자 거울 속에서 자신의 눈이 번득인다. 화내지 마시라고 했잖아요. 세상에, 몰리, 마크가 뭐라던? 어젯밤 1시 10분에 왔어요, 잘 지낸다고, 걱정하지 말라고, 아빠를 위해서 이러는 거라고 했어요. 아일리시는 소리가 없는 공간에서 아들을 보듯이 방 한구석을 본다, 고개를 돌리니 몰리가 침대에 앉아서 납유리 꽃병을 만지작거리고 있다. 엄마 직장 얘기 베일리한테 했어요? 몰리가 말한다. 아직 베일리한테 알릴 필요가 있는지 모르겠구나. 아냐 이모한테 돈을 달라고 하면 어때요? 말했잖아, 몰리, 전부 괜찮아질 거야. 우리 부활절에 양고기 먹을 거예요? 그래, 먹을 거야, 왜 우리가 여전히 부활절을 챙기는지는 전혀 모르겠지만. 아일리시는 어느새 방 저편의 거울을 바라보고, 거기서 그녀를 마주 보는 어머니를 발견한다, 이 거울도 어머니의 물건이었다, 어머니 역시 자기 어머니를 보았을 것이고, 어머니의 어머니 역시 자기 어머니를 보았을 것이다. 시간이 갑자기 현기증을 일으키지만 그래도 아일리시가 눈을 뜨자 거울은 지금 이 순간밖에 없다는 진실을 말해준다. 그녀는 어머니의 약혼반지를 손가락에 끼우고 흐리멍덩한 오후를 향해 커튼을 걷는다.

변호사 앤 데블린은 끊임없이 움직이는 데 익숙한 사람처럼 거리를 걸어간다, 양손은 살짝 쥐고 시선은 앞을 보고 있다, 아일리시는 그녀가 지나가기를 기다린다. 그런 다음 그녀를 따라서 오코넬가 다리를 건넌다, 앤 데블린은 날씬하고 짙은 색 정장 차림이고, 붉은빛이 도는 곱슬곱슬한 머리는 뒤로 모아서 묶었다, 아일리시는 그 뒤를 따라 옷 가게에 들어갔다가 프린스가 쪽 출구로 나와서 쇼핑 아케이드로 접어들고, 다시 헨리가로 들어서자 변호사가 아일리시를 기다리고 있다. 이제 문 닫은 가게가 너무 많지만 거리는 충분히 붐빈다, 스포츠 용품점이 문을 열었고 이탈리아 아이스크림 냄새에 사람들이 줄을 선다. 제 비서가 사라졌어요, 앤 데블린이 말한다, 지난 금요일에 퇴근한 이후로 못 봤어요, GNSB는 침묵의 벽을 치고 있고요, 제 비서는 혼자 살았고 그의 부모님과는 제가 얘기를 해야 해요, 남편과 아이들이 겁에 질렸어요—— 마약에 찌든 추리닝 차림의 여자가 두 사람 사이로 끼어들어 핸드폰에다 소리를 지르고, 아일리시는 앤 데블린의 황폐한 얼굴을 잠깐 본다, 무언가에 사로잡힌 눈이 거리를 바라보며 메두사 조각에 고정되어 있다. 난 안전하다고 생각해요, 국제 뉴스 채널에도 출연하고 국제 언론사에 글을 쓰니까요, 하지만 곧 그들이 나를 잡으러 올 거예요, 센터의 동료들은 휴가를 쓰라고 하고 남편은 이 일을 그만두래요, 만약 내가 사라지면 무슨 소용이냐고, 의뢰인들이 어디로 끌려갔는지 직접 보는 것밖에 더 있겠냐면서요. 그녀가 아일리시의 손목을 잡고 꽉 쥔다. 미안해요, 아일리시, 하지만 당신에게 전할 새로운 소식이 없어요, 물론 난 계속 노력할 거예요, 그동안 여기저기 수소문해봤고 비공식적인 경로도 있지만 아무도 래리가 어디 있는지 모르네요, 당신에게 무슨 말을 해야 할지 모르겠어요, 우리는 래리가 아직 구금 중이기를 바라지만 지금은 계속 희망을 갖는 것 말고는 할 일이 없어요. 그녀가 손목을 잡은 손에 한 번 더 힘을 주더니 놓아준다. 땅이 꺼지기라도 한 것처럼 바닥이 없다는 느낌이 몸속에 퍼진다, 아일리시는 거리에 끝없이 밀려드는 사람들을 보면서 얼마나 많은 사람이 사라졌을까 생각한다. 아일리시, 지금 내 눈에 보이는 건 우리 코앞에서 열리는 블랙홀이에요, 우리는 탈출할 수 있는 한계선을 지났고 정권이 무너져도 블랙홀은 계속 커져서 이 나라를 수십 년 동안 집어삼킬 거예요. 아일리시는 그녀의 목소리를 계속 들으며 차를 향해 걸어간다, 가짜 같은 거리를 보자 숨이 찬다, 무섭고 외로운 느낌이 든다, 차를 어디에 세워놨는지 얼른 떠오르지 않아서 잠시 생각해야 한다, 법률 연구 센터 근처 길가에 세워놓았다, 아일리시는 투란을 보고 다가가면서 뭔가 잘못되었음을 느낀다, 타이어가 길게 찢어져 있고 전조등은 발로 차서 깨졌고 사이드미러는 바닥에 떨어져 있다.

베일리가 TV를 끄고 리모컨을 거실 저쪽으로 던지자 소파

팔걸이에 맞고 바닥에 떨어진다. 그녀는 미소를 지으려 애쓰면서 베일리에게 차를 팔았다는 소식을 전했고, 그 미소가 죽은 채 얼굴에 남아 있다. 이제 우리 어떻게 살아요? 베일리가 말한다, 학교는 어떻게 가요? 있잖아, 아일리시가 말한다, 기름값이 치솟아서 차를 탈 수가 없어, 학교는 다른 사람들처럼 버스 타고 다니면 돼, 어떻게든 지낼 수 있을 거야. 베일리가 사나운 표정으로 그녀를 보자 아일리시는 그 얼굴을 빤히 들여다보지만 낯설다, 베일리는 양손을 주먹 쥔 채 옆으로 내리고 있고, 한 대 치고 싶은 것처럼 그녀를 바라본다. 엄마 때문에 우리가 바보 같아졌잖아요, 베일리가 말한다, 친구들한테는 뭐라고 해요? 몰리가 의자에서 일어나 다가와서 동생 앞에 선다. 입 닥쳐, 그녀가 말한다, 그냥 자동차일 뿐이잖아, 엄마 잘못이 아니야, 넌 지금 무슨 일이 벌어지고 있는지 몰라? 아일리시는 무언가를 찾고 있지만 무엇인지 모르겠다, 갑작스러운 공허 속에 갇힌 듯 서서 잡지를 들었다가 다시 내려놓는다. 내 만년필 어쨌어? 그녀가 몰리를 보면서 말한다, 그것 좀 건드리지 말라고 몇 번이나 말했니? 몰리의 얼굴이 고통으로 주름진다. 왜 나한테 그런 식으로 말해요? 그녀가 팔을 휘저으며 문으로 달려가고, 베일리는 아직도 맹렬한 표정으로 제 어머니 앞에 서 있다. 엄마, 베일리가 말한다, 우리 가족은 진짜 한심해요, 하나 더 말해줄까요, 엄마도 한심해요, 엄마가 우리 엄마인 게 싫어요. 그녀는 몸이 안 좋아져서 부엌으로 도망치지만 베일리가 피 냄새를 맡고 따라온다. 아일리시는 그 낯선 얼굴을, 자기 등에 칼을 꽂는 눈을 두려워하며 싱크대 앞에 서서 비 내리는 바깥을 바라본다, 나무들이 비와 다가오는 어둠에 굴복한다. 곧 그녀는 지렁이가 아들을 삼켰음을, 또는 아들이 지렁이를 삼켰음을 깨닫는다, 아들의 입에서 지렁이를 끄집어낼 것이다, 그녀가 돌아서서 아들을 마주 본다. 감히 엄마한테 그런 말을 해? 아일리시가 이렇게 말하며 턱을 들어 베일리를 내려다본다. 상황이 달라질 거야, 넌 거기 서서 팔을 휘저으면서 소리치지만 열두 살이고 아직도 침대에 오줌을 싸지, 곧 열세 살이 되지만 아무것도 몰라, 지금 상황을 조금이라도 안다면 그 입을 얼른 다물었을 거야. 잠시 동안 그녀가 지렁이를 움켜쥐고 있다, 베일리의 앞에서 꿈틀거리는 지렁이를 꽉 잡고 있다, 베일리의 눈에 두려움이 스치더니 기분 나쁜 가면이 벗겨진다. 눈앞에 아이가 보이고, 아일리시는 그 아이를 안아주고 싶어 하지만 아들의 얼굴이 딱딱하게 굳더니 경멸을 드러낸다. 또 그러잖아요, 베일리가 말한다, 또 한심한 소리를 하잖아요. 때리겠다고 생각하기도 전에 손바닥이 먼저 나가서 베일리의 얼굴을 때리고, 아이가 깜짝 놀라 그녀를 보더니 정말로 맞은 건지 확인하듯 뺨을 만진다. 베일리가 가짜로 미소를 지으며 눈물을 흘리더니 곧 더 때려보라는 듯 눈을 가늘게 뜬다. 아일리시는 그 앞에서 어쩔 줄 모른다, 눈을 들여다보며 자기 아들을 찾지만 보이지 않는다, 아들은 눈을 감고 어두컴컴한 내면으로 들어가 그곳에서 무언가를 붙잡고 있다; 어른 남자와 어린 소년의 새롭고 금지된 측면이 만난다. 바로 그때 베일리가 얼굴을 구기고 아이처럼 울기 시작하고, 고개를 저으면서 거부하지만 아일리시는 베일리를 품에 안고 놔주지 않는다, 마음속에서 자신이 가진 온전한 사랑이 느껴진다. 그가 그녀를 밀어내고 문밖으로 나가더니 마이크의 자전거를 끌고 집안을 통과한다. 그거 가지고 어디 가니? 아일리시가 말한다. 밖에요. 아니, 안 돼, 시간을 봐, 통금 시간이 거의 다 됐어. 베일리는 멈추지 않고 자전거를 끌며 복도로 나가고, 곧 현관문 닫히는 소리가 들린다.

파란 타일 정육점 문밖까지 줄이 늘어선다. 5시 15분이다, 그녀는 유아차에서 잠든 벤과 함께 줄을 서서 하늘 위의 온갖 날씨를 올려다본다. 마음속의 감정에 말을 거는 동쪽의 납빛 구름을 보고, 유리 너머로 정육점 주인 패디 피전과 그의 아들 비니를 본다, 비니는 말도 없이 일하면서 고기가 담긴 쟁반으로 길고 하얀 손목을 뻗는다. 그녀는 일자리를 구하려면 누구누구에게 전화해야 하는지 생각하면서 줄 서서 기다리는 사람들의 이야기는 듣지 않으려고 애를 쓴다, 어떤 남자가 접은 타블로이드 신문으로 손을 탁탁 치면서 나이 많은 여자와 이야기하고 있는데, 튀어나온 눈과 가만히 못 있는 태도를 보니, 마크에게 축구를 가르친 사람인가 싶다. 빌어먹을 반란자들은 시간이 없어요, 그가 말한다, 우리가 놈들을 쥐새끼들처럼 몰아낼 겁니다, 지금이 결정적인 순간이에요. 아일리시는 자기 발을 내려다보면서 BBC에서 들은 뉴스를 생각한다, 반란이 전국적으로 계속되고 반란군은 남부에 거점을 다졌다고 한다, 입구가 가까워지자 그녀는 지갑을 꺼내서 돈을 챙긴다. 온몸을 관통하는 이 피로함, 그녀는 꿈을 꾸지 않고 깨고 싶다, 안으로 손을 넣어 내면에서 이 밤의 느낌을 꺼내고 싶다, 밤의 무언가가 매일 남아서 찌꺼기가 혈관에 계속 쌓인다, 바로 거기 그녀의 어깨에, 그녀의 등과 엉덩이에 남아 있다, 언젠가 아일리시는 육체가 전혀 잠들지 못하는 이 잠에서 깨어날 것이다. 그녀의 뒤에 어떤 여자가 서 있었지만 아일리시가 가게 안으로 들어갈 때쯤에는 가고 없다, 나이 많은 남자가 손을 덜덜 떨며 달걀 상자를 가리키고 비니가 유리 밑에서 빈 쟁반을 꺼낸다. 곧 주문 받을게요, 아일리시, 잠시만요. 패디 피전이 어깨 너머로 고개를 돌리더니 아일리시 뒤의 무언가를, 플라스틱 통에 담긴 치킨 커리인지 냉장 진열대인지를 보고 카운터에 잔돈을 놓고는 아들에게 귓속말한다. 두 사람이 아일리시만 가게에 남겨놓고 비닐 커튼 너머 저온 창고로 들어가고, 톱을 켜는 소리가 들린다, 그녀는 자기가 거기에 누워서 톱질해달라고 하고 싶다, 골수가 타르처럼 새까말 것이다. 나이 많은 여자가 가게로 들어오자 패디 피전이 다시 나와서 말을 건다. 테이건 부인, 오늘은 좀 어떠세요? 정육점 주인은 장갑 낀 손으로 유리 진열대를 가리키는 노부인을 보고 있고, 아일리시는 그런 주인을 노려본다. 그가 카운터로 몸을 숙이고 말한다. 지금 여기 있는 게 다예요, 테이건 부인, 어딜 가든 물량이 부족해요, 다음 주에는 좀 들어올지도 몰라요. 패디 피전이 소시지가 든 봉투를 빙빙 돌린 다음 입구를 테이프로 봉해서 카운터에 올려놓고 노부인이 내민 잔돈을 받는다, 아일리시가 진열대로 다가가지만 그는 다시 돌아서서 저온 창고로 들어간다. 비닐 커튼의 느릿한 움직임, 톱 걸이 옆 못에 걸린 빛바랜 성당 달력, 연도도 달도 다 틀렸다, 그녀는 저 당시에 자신의 가족이 뭘 했는지 떠올려보지만 기억나지 않는다, 차를 타고 학교와 직장에 갔다가 집으로 돌아왔을 것이고, 하잘것없는 달이 지나고 하잘것없는 해가 지났을 것이다. 그녀가 열쇠 톱니를 손가락으로 누르며 소리친다. 날 여기서 기다리게 하지 말아요, 패디, 나도 시간 없어요. 저온 창고에서 무거운 상자를 끌어 바닥에 떨어뜨리는 소리가 들려온다. 풍만한 여자가 숨을 헐떡이며 가게로 들어와서 통통한 손을 내밀고 서서 패디 피전을 보자 그가 팔을 요란하게 흔들어 커튼을 젖히고 나온다. 아일리시의 시선을 외면하고 미소를 지으며 다른 여자를 바라본다. 맥스, 그가 말한다, 이제 막 닫으려는 참이었어요, 빨리해요, 뭘 드릴까요? 아일리시는 심장이 점점 아파오는 것을 느끼며 정육점 주인의 걸린 고기 같은 얼굴을, 뭉툭하고 벌건 손을, 그녀 앞에 아무 표정도 없이 서 있는 태도를 바라본다. 이러지 마요, 패디, 그녀가 말한다, 여기 계속 서 있는데, 내 주문은 안 받을 거예요? 여자가 불안한 표정으로 돌아보더니 정육점 주인을 향해 얼굴을 찌푸리고, 그는 등을 돌린 채 소시지가 담긴 봉지를 빙빙 돌린다. 소시지요, 그가 말한다, 오늘은 다들 소시지를 사 가시네. 그가 돈을 챙기고 소시지를 카운터에 올려놓은 다음 여자가 가게에서 나가는 모습을 지켜보더니 진열대에 몸을 숙이고 한숨을 쉬며 빈 쟁반을 꺼내서 가게 뒤쪽으로 가지고 간다. 거리에서 아이가 달리는 소리가 파란 타일에 울리다가 노랗게 변한 빛 속으로 사라진다, 가게 냄새가 아일리시의 몸속으로 들어온다, 지방과 피의 냄새가 몸속의 지방과 피와 합쳐지고 그녀는 죽음의 느낌이 가득한 채 서 있다, 밖에서 라임색 배달 트럭이 속도를 낮추더니 연석 앞에 선다.

그녀는 양고기를 살펴보고 국자로 양념을 끼얹은 다음 오븐 문을 닫는다, 누가 거실로 들어오는 소리가 들려서 돌아보니 몰리 뒤로 양손을 모아 쥔 서맨사가 보인다. 엄마, 서맨사를 저녁 식사에 초대했어요. 아, 아일리시가 이렇게 말하며 억지로 미소를 짓자, 몰리가 반항적인 표정으로 그녀를 본다. 아일리시는 오븐 장갑을 걸고 싱크대로 돌아가서 여자애들이 소파에 앉아 이야기를 나누는 소리를 듣는다, 서맨사를 보니 아들에 대한 걱정이 되살아난다, 이 두려움은 그녀를 구석구석 다 안다. 아일리시가 눈을 감았다가 뜨자 노랗게 변해서 거의 향기에 가까워진 저녁 빛이 눈에 들어온다, 나무 밑에 내려앉는 지빠귀를 본다, 그 순간을 순수하게 즐기는 새를 지켜본다, 저렇게 사는 것, 탁 트인 하늘 아래를 오가는 것. 그녀는 오븐에서 구운 감자 쟁반을 꺼낸 다음 와서 저녁을 먹으라고 아이들을 부른다, 서맨사는 여전히 온순하게 손을 모으고 문가에 맥없이 서 있지만 이 자리에 끼어서 행복해 보인다. 아일리시는 여전히 경멸을 느끼며 서맨사를 찬찬히 본다, 이 아이가 침입자로 느껴진다, 그러다 눈을 맞추고 미소를 지으며 앉으라고 손짓한다, 그녀는 둘 다 버려졌음을, 둘 다 아무것도 모르는 상태에 갇혀 있음을 깨닫는다, 두 사람 모두 그녀의 아들에게서 같은 것을 찾고 있다. 베일리가 오븐을 들여다본다. 엄마, 베일리가 말한다, 고기를 오븐에 너무 오래 넣어놨잖아요, 다 말라버리겠어요. 아일리시는 베일리의 얼굴을 찬찬히 살피며 아이의 입을 통해 말하는 래리를 찾는다. 오븐 꺼놨어, 그녀가 말한다, 네가 직접 꺼내지 그러니? 베일리가 고기를 조리대에 꺼내놓은 다음 뒤로 물러서서 살펴보고 만족한다. 몰리가 말한다, 엄마, 정육점에서 고기 못 샀다고 한 줄 알았는데요. 킬메이넘까지 걸어가서 사 왔어, 요즘 물량이 부족하잖아. 노란빛이 황금색으로 변하고 저녁 식탁에 황혼이 내려앉는다, 깜빡 잊고 식탁 위 전등을 켜지 않은 그녀는 아이들이 그림자 속으로 빠져드는 것을 지켜본다, 몰리를 다른 아이처럼 바라본다, 몰리는 서맨사가 와서 기분이 한층 밝아졌다. 베일리가 우유를 마시더니 지금 우리 나라가 전쟁 중이냐고 묻고, 아일리시는 베일리의 입가에 수염처럼 묻은 우유와 아이의 눈에 든 질문을 찬찬히 살핀다. 국제 뉴스에서는 반란이래, 몰리가 말한다, 하지만 이 전쟁에 제대로 된 이름을 붙이려면 오락이라고 해야겠지, 온 세상이 TV로 우리를 지켜보고 있으니까. 서맨사가 나이프와 포크를 접시에 내려놓는다. 우리 아빠는 테러래, 그 사람들은 테러리스트일 뿐이라고 그랬어, TV를 보면서 대가를 치르게 될 거라고 소리쳐. 아일리시는 시선을 피하고 몰리는 말없이 자기 접시를 본다. 양고기 정말 맛있다, 그렇지, 아일리시가 말한다, 마크가 없어서 정말 아쉽다. 그녀는 딱히 자르겠다는 생각도 없이 고기에 나이프를 대고 움직이다가 일어나서 불을 켠다, 베일리가 자리에 다시 앉는 그녀를 지켜본다. 그럼 마크 형이 거기 간 거예요? 베일리가 말한다, 반란군에 들어갔어요? 서맨사의 얼굴에 어렴풋한 고뇌가 스치고 아일리시는 소금을 뿌리는 척한다, 베일리가 소매로 입을 닦는다. 무슨 말인지 모르겠네, 아일리시가 말한다, 말했잖아, 마크는 북부의 학교에 갔다고. 그럼 왜 형이랑 통화 못 하는데요? 내가 멍청해 보여요? 왜 항상 말도 안 되는 소리만 해요? 베일리가 나이프로 고기를 찍어서 입으로 가져간다. 저번에 탈주자 세 명이 거리에서 처형당했대요, 뒤통수에 총을 쐈대요, 탕 탕 탕. 베일리가 손가락으로 총 쏘는 시늉을 한다. 아일리시가 나이프와 포크를 내려놓고 의자를 밀면서 일어선다. 그런 이야기는 듣고 싶지 않아, 그녀가 말한다, 베일리, 네가 식기세척기에 그릇 넣어, 서맨사, 디저트도 먹고 갈래? 거실에서 같이 영화 봐도 되고. 몰리와 서맨사가 거실로 가자 아일리시가 따라간다, 몰리는 위층 욕실로 올라가고 서맨사는 사진을 차례차례 본다. 전 그런 뜻이 아니었어요— 아시죠, 서맨사가 어찌할 바를 모르는 목소리로 말한다, 그냥 전 우리 아버지를 별로 좋아하지 않아요, 아빠는 바보 같은 음모론자예요. 아일리시는 서맨사의 얼굴에서, 교정 중인 치아에서, 따뜻하지만 뜻 모를 태도에서 아직 숨겨진 뭔가를 찾고 있다. 어머니는? 그녀가 말한다. 몰라요, 서맨사가 말한다, 그냥 아빠 의견에 따라가는 것 같아요, 있잖아요, 이 집에서 얼마나 오래 사셨어요? 아, 가만 보자, 마크가 태어나기 직전에 이 집을 샀어. 두 사람의 눈이 마주치자 아일리시는 갑자기 깨닫는다. 그녀가 말한다, 마크한테 연락받았구나, 맞지, 얼굴에 다 쓰여 있어. 그 순간 아일리시는 서맨사의 슬픔을, 헐벗은 불꽃처럼 떨리는 그것을 꿰뚫어 본다, 서맨사가 팔짱을 끼고 몰리가 들어오는 문 쪽을 바라본다. 몰리가 엄마를 보고 서맨사를 보더니 허리에 손을 얹는다. 무슨 일이에요? 몰리가 말한다. 아일리시가 부엌으로 들어간다. 디저트 먹을 사람? 그녀가 소리친다, 과일 통조림이랑 아이스크림 있어, 몰리, 영화는 네가 고르렴.

그녀가 운하 제방에서 트램을 기다리고 있을 때 공기가 부풀기 시작한다. 도시가 곤충 떼에 뒤덮인 것처럼 그것들이 밤낮으로 하늘을 가득 채운다, 까만 군용 헬리콥터다, 이제 아일리시는 헬리콥터가 눈에 들어오지도 않는다. 옆에 서 있던 나이 든 남자가 손으로 햇빛을 가리며 하늘을 올려다본다. 가는 건지 오는 건지 전혀 알 수가 없네, 그가 말한다. 주변에서 기다리는 사람들의 얼굴을 보니 고요한 무관심밖에 보이지 않는다, 멍한 눈으로 핸드폰만 보고 있다, 여자 두 명이 다시 잡담을 시작했고 어린 여자애가 포장된 길 위에서 뛰논다. 벤이 햇빛 때문에 얼굴을 찌푸리자 그녀는 유아차 덮개를 내려준다, 나이 많은 남자의 미소를 보고 그의 낡은 신발로 시선을 내리니 신발 끈이 풀려 있다, 트램이 정류장에 다가오면서 종을 울린다. 남자가 하늘을 계속 보면서 작은 목소리로 뭐라 말하자,

아일리시가 말한다, 죄송해요, 뭐라고 하시는지 못 들었어요, 그녀가 신발 끈을 가리킨다, 신발 끈이 풀렸어요. 남자가 아일리시 쪽으로 몸을 기울이며 하늘을 가리킨다. 다섯이면 은, 여섯이면 금, 일곱이면 아무에게도 말하지 않은 비밀이죠(영국 전래 동요의 내용으로, 까치를 몇 마리 보았는지에 따라 앞으로 일어날 일을 예측한다). 그녀가 남자의 이상한 미소를 외면하고 트램에 오르기 전에 운하를 돌아보니 태양이 내뿜는 주름 사이로 백조가 하얗게 미끄러진다.

캐럴 섹스턴이 오래된 카페의 계단을 올라올 때 아일리시는 그녀를 아직 못 본 척한다. 스테인드글라스 창을 찬찬히 살피다가 깜짝 놀란 척한다. 의자를 빼는 칙칙한 손, 입을 잡아당기는 고통스러운 미소는 분칠한 광대의 미소이다. 캐럴이 바닥에 가방을 내려놓고 그들이 있는 중이층을 조심스럽게 둘러본다, 중얼거리는 소리와 이야기에 푹 빠져서 나누는 잡담, 테이블 사이를 누비는 웨이트리스, 반으로 접은 신문을 무릎에 놓고 읽으며 부서진 스콘을 엄지와 검지로 집어 먹는 나이 많은 여자의 매끄럽고 긴 백발. 난 여기가 늘 좋았어요, 캐럴이 말한다, 학생 때 이후로 거의 안 왔지만요, 변한 게 거의 없네요, 그렇죠? 이제는 존재하지 않는 시간 속에 머물러 있는 기분이 들어요, 그렇게 생각하지 않으세요? 저 스테인드글라스 창을 봐요, 바깥에 아무것도 존재하지 않는 것 같아요── 아일리시는 장식 유리 속 빨간 옷을 입은 여자를 살펴보지만 누구를 의미하는지 전혀 모르겠다, 자유를 부르짖는 신화 속 허구의 처녀일까. 그녀는 웨이트리스를 부르고 캐럴에게 무엇을 시킬지 물으면서 다른 곳에서, 세인트스티븐스그린 공원의 시원한 나무 밑이나 뭐 그런 곳에서 만났어야 한다고 생각한다, 캐럴이 결혼반지를 비튼다. 당신은 어느 구역이에요, 아일리시? 우리는 D 구역이에요, 아일리시가 말한다, 내가 보기에는 전부 임의로 정한 것 같아요. 난 H 구역이에요, 우편번호나 구(區) 번호 같아요, 조금 지나면 분명 널리 쓰이겠죠, 고속도로로 시내를 가로질러서 당신 집에 가려고 했는데 M7에서 도로에 콘크리트 보를 세워놨더라고요, 장갑차랑 군인들도 있고, 이제 초조해진 게 분명해요, 그렇죠? 반란군이 도시에 훨씬 가까워진 거예요, 그들 중 하나가 돌아가라고 하더라고요, 우회로 차선을 타라고요, 아주 정중했어요, 나한테 필수 근로자 증서를 써줄 수 있는 사람을 알아요, 그게 있으면 어디든지 갈 수 있을 거예요. 아일리시는 캐럴이 스무 살 때 어떤 모습이었을지 상상해본다, 긴 목과 곡선, 남학생들 사이에서 우월함을 뽐내는 백조 같은 모습, 지금은 초조한 손으로 엄지손톱의 거스러미를 뜯고 있다, 얼룩투성이에 구겨진 블라우스, 붉고 염증이 생긴 눈꺼풀, 밤새 잠 못 들게 만드는 생각의 엔진에 연결된 부릅 뜬 눈. 이 여자가 무언가를 가지고 왔다, 그녀의 몸에서 두려움이 물결치며 흘러나와 카페로 퍼져나간다. 전 아버지의 주 보호자라서 증서를 받았어요, 아일리시가 말한다, 하지만 시간이 좀 걸렸죠, 아버지는 상태가 점점 나빠지는 중인데 자신이 아프다는 걸 모르세요, 가끔 뭔가 잘못됐다고 의심하는 것 같지만 자기 마음을 볼 수 없으니 의심을 외부로 돌리죠, 자기가 잘못된 게 아니라면 세상이 잘못된 거니까요, 탓할 사람은 늘 있죠. 웨이트리스가 쟁반을 들고 오자 캐럴이 고개를 들고, 웨이트리스는 테이블에 음료를 내려놓고 미소 지은 다음 재빨리 물러간다. 일주일은 못 잔 것 같아 보여요, 아일리시가 말한다, 잠은 좀 자요? 잠이라, 캐럴이 말한다, 목소리가 저 먼 시간 속에서 아득하게 들려온다, 테이블 맞은편의 아일리시를 보지만 보고 있지 않다. 잠을 별로 못 자요, 그녀가 말한다, 매일 깊은 잠을 꿈꾸지만 이제 불가능해요, 제가 어떤 면에서는 자고 있다는 걸 깨닫기까지 시간이 조금 걸렸죠, 알잖아요, 깨어 있다고 생각했는데 사실은 내내 자고 있었어요, 거대한 어둠처럼 내 앞에 놓인 문제를 들여다보려고 애썼는데, 그 침묵이 내 인생의 모든 순간을 집어삼켰고 그걸 들여다보다가는 미칠 것 같았어요, 하지만 바로 그때 깨어났어요, 그들이 우리에게 뭘 하고 있는지 깨닫기 시작했죠, 정말 대단한 짓이에요, 그들은 당신에게서 무언가를 빼앗아 가고 그 대신 침묵을 줘요, 깨어 있는 모든 순간에 그 침묵을 마주하는 거예요, 살 수가 없죠, 당신은 이제 당신이 아니고 그 침묵 앞에서 하나의 사물이 돼요, 침묵이 끝나기를 기다리는 사물, 무릎을 꿇고 애원하면서 밤이고 낮이고 속삭이는 사물, 빼앗긴 것을 돌려받기를 기다리는, 그제야 인생을 다시 시작할 수 있는 사물이요, 하지만 침묵은 끝나지 않아요, 보세요, 그들이 당신이 원하는 것이 언젠가 돌아오리라는 가능성을 열어두기 때문에 당신은 축소되고, 마비되고, 낡은 칼처럼 무뎌져요, 침묵은 끝나지 않아요, 침묵이 바로 그들 힘의 원천이니까요, 그게 바로 그 침묵의 비밀스러운 의미예요. 아일리시가 팔짱을 끼고 의자에 기대어 앉아 캐럴이 가방에 손을 넣는 모습을 지켜본다, 캐럴이 테이블에 서류철을 올려놓는다. 이제 그들이 지금까지 계속 거짓말했다는 사실이 분명해졌어요, 캐럴이 말한다, 침묵은 영원하고, 우리 남편들은 돌아오지 않을 거예요, 돌려주지 않을 거예요, 돌려줄 수 없으니까요, 모두가 알아요, 길거리의 개들도 알죠, 그래서 제가 직접 나서기로 했어요—— 그녀가 서류철을 열자 복사한 종이가 한 무더기 나온다, 짐 섹스턴의 컬러사진에 **국가에 의해 납치, 살해됨**이라고 적혀 있고 사진 밑에는 작은 글씨로 사건의 내용이 자세히 적혀 있다. 아일리시가 얼른 의자를 뒤로 밀고 캐럴의 손을 치운 다음 서류철을 덮는다. 정신 나갔어요? 그녀가 말한다. 생각할 겨를도 없이 카페를 둘러보니 웨이트리스는 테이블 위로 몸을 숙이고 잔과 잔 받침을 쟁반에 올리고 있고 나이 많은 여자는 신문을 접고 있다. 그만둬요, 캐럴, 그러다가 체포돼요, 나까지 체포될 거예요, 난 아이들을 생각해야 돼요—— 캐럴이 시선을 내리지도 않고 잔을 입으로 가져간다, 사실과 다른 비밀을 아는 표정이다. 당신도 알잖아요, 아일리시, 숨기려 해도 소용없어요, 우리 모두 알아요, 그들은 커러에 없어요, 반란군이 커러를 점령한 뒤에 그렇게 말했어요, 애초에 커러에 간 적도 없어요, 그러면 어디 있을 것 같아요? 아일리시는 시선을 둘 곳이 없어서 눈을 감는다, 심장이 이상하게 뛴다. 그녀는 눈을 감고 어둠 속에서 보는 것이 아니라 느낀다, 머리 위에서 거대한 무언가의 그림자가 깨지려 한다, 어둠 속으로 깊이깊이 끌려들어 가는 공포, 그녀는 눈을 뜨고 허공을 올려다본다, 계단을 보고, 그런 다음 그녀에게 분노를 일으키는 캐럴을 향해 고개를 돌린다. 바로 그때 장식 유리 너머에서 낮이 갑자기 밝아지면서 꽃처럼 찬란한 색깔이 캐럴에게 쏟아진다, 그 내면에 불이 켜진 것만 같다, 남편을 사랑했던 기억으로 얼굴이 빛난다. 있잖아요, 캐럴, 이야기는 충분히 들었어요, 당신이 길거리에서 들은 소문에 대해서 알고 싶지 않아요, 좋은 것보다 나쁜 게 더 많아요, 아무도 아무것도 몰라요, 사실이 아예 존재하지 않아요, 당신은 더 이상 믿지 않기로 했지만 계속 믿어야 해요, 절망은 의심이 있는 곳에 존재할 수 없어요, 의심이 있는 곳에 희망이 있어요. 아일리시의 손이 외투 소매를 찾지만 소매가 뒤집혀 있다, 그녀는 문 앞에 서 있던 래리를 떠올린다, 공포를 느끼며 계단을 다시 보고, 외투를 들고 지갑을 열어 테이블에 지폐를 한 장 올려놓는다. 여기요, 아일리시가 말한다, 우리 두 사람이 마신 것 전부 이걸로 될 거예요. 손톱이 물어뜯긴 손이 테이블 위로 쭉 뻗어 지폐를 밀어낸다. 그래서요, 캐럴이 말한다, 그 아인 어떻게 지내요? 큰아들 말이에요, 아들이 자랑스러우세요? 아일리시가 외투 지퍼를 잠그다 말고 캐럴의 얼굴에서 뭐라 정의할 수 없는 미소를 본다. 당신, 내 아들한테 뭐라고 했어요? 그녀가 말한다, 무슨 말을 한 거예요? 숨겨진 무언가를 안다는 듯 눈이 번득이고 기다란 손이 허공으로 올라가 아일리시를 쫓아버리듯이, 그녀를 향해 맥없이 흔들린다. 아들을 자랑스러워하게 되실 거예요, 캐럴이 말한다, 반란군을 멈출 수는 없어요, 그들이 살인자들을 몰아내고 이 공포를 멈출 거예요, 이 나라의 피가 다시 영원히 깨끗해질 거예요, 내 말 잘 들어요, 아름다운 전쟁이 될 거예요.

6

그녀는 바퀴 달린 쓰레기통 뚜껑에 쓰레기봉투를 놓고 거리 위아래를 살핀다. 3주 동안 까만 쓰레기통 속의 쓰레기를 수거해 가지 않았고, 갈매기 한 마리가 벽에 기대어 세워진 까만 봉투에서 뭔가를 먹고 있다. 무슨 짐승이 봉투 옆구리를 뜯어놓았는데 아마 밤사이 여우가 그랬을 것이다. 내용물이 길가에 쏟아져 나왔다. 그녀가 손뼉을 쳐서 쫓으려 하자 갈매기가 바위 같은 표정으로 그녀를 빤히 보더니 부리를 열어 검은 식도를 드러낸다. 아일리시는 위층으로 올라가서 몰리를 위해 목욕물을 받을 참이다. 우유를 한 잔 데우고 찬장에서 코코아를 찾으면서 외국 뉴스를 듣는다. 반란군이 공안 부대를 격퇴했고, 전장이 곧 더블린으로 올라올 것이다. 그녀는 방문 옆에 서서 몰리가 베개에 기대어 앉아 무릎을 세우고 핸드폰을 보는 모습을 바라본다. 마치 혼자만 떨어져 있는 것 같아서 낯설어 보일 지경이다, 다른 집 다른 아이 같다, 이제 몰리는 거의 한 마디도 하지 않는다. 아일리시가 서랍장에 코코아 컵을 내려놓고 낡은 곰 인형을 집어 들어보니 곰은 앞이 보이지 않는다, 눈 대신 단추가 달려 있다, 그녀는 곰 인형에 단추를 단 기억이 없다. 코코아 따뜻할 때 마셔, 그녀가 말한다, 지금 목욕물 받아줄게. 몰리가 핸드폰 화면에서 얼굴을 들고 말간 물 같은 표정으로 엄마를 마주 본다. 엄마, 몰리가 말한다, 내 말 좀 들어주세요, 우리 가야 돼요, 너무 늦기 전에 떠나야 해요. 아일리시가 신발을 벗는 자신의 오른쪽 발을 내려다본다, 몸의 무게가 양다리에, 세상의 무게가 각 발볼에 실린다, 완충력 좋은 중족골, 종일 고생하는 부드러운 발가락, 래리가 발을 문질러주면 좋겠다, 그런 다음 그녀는 목욕을 할 것이다. 그럼 할아버지는 어쩌고? 아일리시가 말한다, 할아버지는 누가 돌보니? 상태가 계속 안 좋아지시는데, 그리고 아빠가 예고도 없이 풀려나면 아빠는 어떻게 하고, 그런 건 하나도 생각 안 했겠지. 몰리가 코코아로 손을 뻗어서 양손으로 머그컵을 감싸고서 눈을 감고 한 모금 마신다. 학교 사람들이 오스트레일리아로, 캐나다로 떠났어요, 잉글랜드로 간 사람도 있어요—— 우리가 어디로 가겠니, 갈 곳이 없어, 다른 곳으로 가려면 돈이 많이 들어. 아냐 이모한테 가서 아빠가 풀려날 때까지 기다리면 되잖아요, 엄만 연구원 비자를 신청할 수 있어요. 몰리, 정부에서 벤한테 여권을 발급해주지 않을 거야, 마크의 여권 갱신도 안 해줬어, 너도 다 알잖아. 아일리시는 어느새 욕실에서 욕조 마개를 끼우고 있다, 뜨거운 물을 틀고 손가락으로 수온을 재면서 따끔한 반발을 음미한다, 그런 다음 팔짱을 낀 몰리에게 돌아와 이불을 어루만지기 시작한다. 몰리, 그녀가 말한다, 엄만 연구원이 아닌 지 이미 오래됐어, 그리고 어쨌든 이 사태는 오래가지 않을 거야, 우리는 세상의 어두컴컴한 구석에서 살고 있는 게 아니야, 국제사회가 중재해서 해결책을 내놓을 거야, 지금 런던에서 회담이 진행 중이래, 그런 식으로 진행되는 거야, 우선 엄중한 경고를 한 다음 제재 조치를 취하고, 그래도 안 되면 모두를 불러 모아서 언제든지 휴전을 중재할 거야. 몰리의 표정에서 무언가가 아일리시의 생각 속으로 마음대로 흘러든다, 그녀가 돌아다니며 거짓과 진실을 가려내고, 아일리시는 시선을 피할 수밖에 없다. 엄마, 오빠는 어떻게 될까요? 아일리시가 문으로 가다가 딱 멈춘다. 마크? 그녀가 말한다, 모르겠어, 내가 그 말에 어떻게 대답하겠니, 마크는 괜찮을 거야, 난 그냥 알아, 내일 정밀 검사 때문에 할아버지를 병원에 모시고 가야 돼, 집에서 모시고 나가는 데 한참 걸릴 거야, 할아버지가 어떤지 너도 알잖니. 엄마, 내가 전화해봤어요, 오빠 전화 말이에요, 번호가 해지됐대요. 아일리시의 입속에서 뭔가가 굴러간다, 그녀가 방을 돌아다니면서 몸을 숙여 빨랫감을 모은 다음 욕실에 서서 수증기가 피어오르는 물을 물끄러미 본다, 떠올라서 흩어지고, 매순간 드러나지만 알 수 없는 것, 희망을 불러일으키는 한결같은 가능성이라는 이 감정. 아일리시는 방으로 들어가서 몰리의 양손을 잡고 다 괜찮아질 거라고 말하고 싶지만 고리버들 바구니 앞에 그대로 서서 빨랫감을 떨어뜨리고, 자기 품에서 자기 자신이 떨어지는 느낌이 든다, 그녀가 지금까지 살면서 알았던 그 무엇으로도 정의할 수 없는 무언가를 향해 그들이 떨어지고 있다는 느낌이 든다.

그녀는 문 너머의 방을 안다, 담당 의사의 효율적이고 새처럼 날랜 움직임, 아버지는 그녀의 옆에 앉아서 바지 주름을 편다. 아일리시는 손마디로 흰 수염 그루터기가 남아 있는 뺨을 쓰다듬고 싶고 아버지의 손을 잡고 싶지만 그렇게 하지 않는다, 그는 두 번이나 집에 가고 싶다고 말했다. 그녀가 정부 TV 뉴스 자막을 읽으니 헤드라인은 전부 평범한 이야기를 하고 있다, 과거에 속한 세계 또는 현재와 묘한 평행을 이루는 세계에 대해서 이야기한다, 한 세계에서는 새로운 임명과 예산 삭감이 발표되고 또 다른 세계에서는 정부군에 의한 대량 살상, 민간인 체포와 처형에 대한 소문이 돈다, 유리 칸막이 너머에서 접수 담당 직원이 일회용 컵에 담긴 차를 마신다. 아빠, 그녀가 말한다, 이 사태가 끝날 때까지 우리 집에 와서 같이 지내요, 아버지 혼자 계시는 건 제가 싫어요, 와서 지내시면 아이들한테도 좋을 거예요. 난 지금 집에서 아주 행복하다, 아버지가 말한다, 난 네 엄마가 죽고 줄곧 혼자 살았다, 정신을 차려보면 너랑 네 동생이 내 집을 싹 팔아치운 뒤겠지, 난 너희가 어떤지 잘 알아. 아빠, 무슨 말씀이세요, 지금 나라를 떠나는 사람이 이렇게 많은데 누가 집을 산다는 거예요, 개도 같이 데려와도 돼요, 뒤쪽에 개집을 놔두면 돼요── 말했잖아, 난 지금 이대로 잘 지내고 있다, 생필품도 다 있고, 필요하면 스펜서랑 산책하다가 도일 부인 가게에 들르면 돼. 아빠, 도일 부인 가게는 적어도 20년 전에 없어졌어요. 아일리시가 의자에서 일어나 아버지를 내려다본다. 커피를 마셔야겠어요, 그녀가 말한다, 아까 저기 복도에서 음료 자판기 봤어요, 차 드실래요? 우리 몇 시에 집에 가는 거냐? 아버지가 말한다, 버스는 싫다고 했잖아. 아일리시는 자신을 향해 얼굴을 찌푸린 사이먼의 머리 뒤에 걸린 그림을 보고 있다, 모란이 갑작스럽게 피는 황홀한 장면이다. 아빠, 차 마시고 싶으시냐고요. 사이먼이 고개를 젓고, 그녀는 유아차 앞에 쪼그리고 앉아서 자는 아이를 들여다보고 손등으로 통통하고 빨간 뺨을, 윗입술 아래

쏙 들어간 턱을 눌러본다. 잠깐만 다녀올게요, 아일리시가 말한다, 벤이 깨면 손을 잡아주세요. 뒤에서 빨간 문이 휙 닫히고 그녀는 긴 복도를 걸어가지만 음료 자판기는 그녀가 생각했던 곳에 없다, 경비실로 가서 길을 물으니 완전히 잘못 알았다, 자판기는 병원 입구 근처에 있다. 아일리시가 자판기 앞에서서 동전을 찾는데 전화가 울리기 시작한다. 네, 그녀가 말한다, 스택입니다. 여자 목소리가 베일리 학교의 누군가라고 자신을 소개했지만 이름을 듣지 못한다, 분명 행정 직원일 것이다. 스택 씨, 지난 2주 동안 아드님이 학교를 불규칙적으로 나오다 말다 했어요, 어머님 서명을 받아 오라고 베일리 가방에 편지를 넣어 보냈는데, 위조 서명 같은 걸 해서 냈더라고요. 뒤에 선 남자가 화를 내기 시작해서 아일리시가 돌아서서 입 모양으로 사과한 다음 자판기 앞에서 물러난다. 죄송합니다, 그녀가 말한다, 저는 처음 듣는 이야기예요, 원래 제가 학교에 데려다줬었는데 최근에는 버스를 타고 다녔거든요, 무슨 일인지 오늘 밤에 알아볼게요. 스택 씨, 지난주에 학교에서 아드님과 관련된 사건이 있었어요. 사건이라고요, 무슨 사건이죠? 그냥 아일리시라고 불러주세요. 교실에서 일어난 일인데요, 아드님이 표현 및 괴롭힘에 대한 학교의 방침을 명백하게 위반했어요. 그런 일이 있었다니 너무 죄송합니다, 아이가 뭘 한 건가요? 아드님이 부적절하게 특정 대상을 보고 웃는 행위를 했고—— 죄송해요, 무슨 뜻인지 모르겠어요. 그러니까, 스택 씨, 베일리가 교사를 비웃고 수업을 방해했습니다, 이런 행동은 학칙에 어긋납니다. 네, 물론 그렇겠지요, 하지만 좀 이상하네요, 베일리는 이건 선생님을 무척 좋아하거든요, 그분은 그런 행동을 두고 보실 분이 아닌 것 같은데요. 이건 선생님은 이제 학교에서 아이들을 가르치지 않으세요, 스택 씨, 3월에 장기 휴직 처분을 받으셨어요, 지금은 제가 주요 업무를 전부 맡고 있습니다. 아일리시는 잠시 아무 말도 하지 않고 사람들이 이건 선생님을 교실에서 데리고 나가는 장면을 보면서 지금 전화기 저편에서 말하는 사람을 그려보려고 애쓴다, 그 여자의 흐릿한 윤곽을, 작은 입과 찌푸린 얼굴을 감지하려고 애쓴다. 죄송합니다, 아일리시가 말한다, 이건 선생님 일은 몰랐어요, 베일리가 말을 안 해서요, 참 아까 처음에 이름을 못 들었어요. 스택 씨, 제 이름은 루스 놀런이에요—— 그냥 아일리시라고 하셔도 돼요, 지금 베일리의 담임선생님은 누구시죠? 제가 이건 선생님 반을 가르치고 있어요. 아, 그러면 베일리가 선생님을 비웃은 거군요. 유감스럽게도 그렇습니다. 베일리가 왜 선생님을 비웃었죠? 이 점을 아셔야 합니다, 스택 씨, 베일리의 웃음은 부적절했고—— 네, 네, 알아요, 하지만 묻지 않을 수가 없어서요, 놀런 선생님, 당에서 학교를 맡기기 전에 오랫동안 교사 생활을 하셨나요? 그게 무슨 상관인지 모르겠네요. 제 아들이 소리 내서 웃었다면 분명 웃을 만한 무언가를 봤을 거예요. 그걸 범죄처럼 다루다니, 세상에. 베일리가 집에 오면 무단결석에 대해서 이야기해보겠습니다. 지금은 죄송하지만 그만 가봐야 해요. 음료 자판기에 동전을 넣는데 손이 덜덜 떨린다. 그녀는 팔짱을 끼고 기계가 커피를 뱉는 모습을 지켜보고, 돈을 더 넣은 다음 아버지가 마실 차를 선택한다. 마시고 싶지 않다고 했지만 어쨌거나 마실 것이다. 복도를 걸어가면서 아들의 얼굴을 눈앞에 떠올리자 담배 생각이 간절하다. 길을 잘못 들었다. 기억력 클리닉 표지판은 다른 쪽에 있다. 아일리시가 어깨로 빨간 문을 열고 들어가자 벤 혼자 유아차에 누워 있고 사이먼은 대기실에 없다. 그녀가 접수 창구 유리 칸막이를 똑똑 두드리고 진료실에서 아버지를 불렀는지, 아니면 혹시 화장실에 가셨는지 묻는다. 아일리시가 뜨거운 음료를 자리에 내려놓고 유아차 잠금장치를 푼 다음 밀면서 여러 개의 문을 다시 지나서 나간다. 남자 화장실 안으로 몸을 살짝 들이밀고 아버지를 불러본다. 병원 입구의 경비원에게 이야기하자 그가 무전기에 대고 무슨 말을 하고, 또 다른 경비원이 와서 아버지의 인상착의를 묻는다. 그녀는 인상착의를 말하면서 사이먼을 대신해서 변명한다. 어, 아마 잠깐 걸어 다니다가 길을 잃으셨을 거예요. 잘 찾아오실지도 몰라요. 아버지가 발견된 곳은 매점이다. TV 아래 자리에 샌드위치를 앞에 두고 앉아 있다. 그가 스테인리스스틸 저그를 들어 우유를 따른다. 그녀가 아버지 맞은편에 앉아서 테이블에 양손을 올리고 눈을 바라보자 아버지가 뒤로 기대어 앉아서 이상하다는 듯 그녀를 본다. 그래, 점심을 드시기로 하셨군요, 아일리시가 말한다. 네 엄마가 진료받는 동안 얼른 배를 채워야지, 그가 말한다, 너도 기다리는 김에 샌드위치 하나 먹어라. 그는 이제 미소를 짓고 있고, 잠시 아일리시는 아이로 돌아가서 아버지가 먹는 모습을 지켜본다, 분홍색 혀가 도망치는 새우를 감싸고, 입꼬리에 마요네즈가 묻는다. 그가 종이 냅킨을 찾자 아일리시가 냅킨을 건네고, 그는 입을 닦고 나서 손을 뻗어 그녀의 뺨을 어루만진다. 걱정하지 마, 그가 말한다, 다 괜찮아질 거다. 그녀는 아버지의 얼굴을 보면서 같이 미소를 지으려고 애쓰다가 아버지의 손을 바라본다, 주름진 피부를 보니 썰물이 손등 뼈를 지나 물러가고 모래만 남은 것 같다.

뉴스에서 또 다른 법령이 발표된다, 외국 미디어를 듣거나 읽는 것이 금지되고 해외 뉴스 채널도 막히고 오늘부터 인터넷을 전면 차단한다. 말도 안 돼요, 베일리가 말한다, 어떻게 그냥 그렇게 끊을 수가 있어요? 모르겠어, 베일리, 저들은 뭐든 마음대로 할 수 있어, 정보의 흐름을 통제하고 싶은 거야, 무슨 일이 벌어지는지 우리가 모르기를 바라니까. 그러면 난 이제 뭘 해요, 어떻게 살아요? 학교 갈 준비해야지, 엄마가 같이 버스를 타고 갈 거야, 의자에 점퍼 있어, 인터넷은 당분간 안 될 거야. 베일리가 냉장고 안으로 몸을 숙인다. 시리얼에 넣을 우유가 없어요, 그가 말한다, 우유도 금지예요? 어제는 우유가 많았는데, 네가 하도 많이 마시니 그렇잖아. 저녁이 되자 아일리시는 발판 사다리를 가져와서 다락을 멍하니 보다가 올라간다, 손전등의 좁은 빛줄기로 천장 등을 찾아보지만 없는 듯하다. 여기에 주로 물건을 올리고 내리는 사람은 래리이므로 그와 이야기해야 할 것이다, 다락은 당신 소관인데, 당신이 없을 때 내가 손전등만 가지고 여기 올라올지는 몰랐겠지. 손전등 불빛에 마크가 크리스마스트리와 장식품 상자를 처박아 둔 곳이 드러난다. 낡은 옷이 가득 든 쓰레기봉투들, 장난감이 든 상자들, 버리기 싫은 잡동사니로 가득한 여행 가방들 사이를 마구 헤집어놓았다. 아일리시는 낡은 여행 가방을 끌어당겨서 잠금장치를 풀다가 그 안을 보고 싶지 않다는 사실을 깨닫는다, 안을 들여다봤다가 보고 싶지 않은 것을 마주쳐서 닫아버리고는 공중에 떠도는 먼지 냄새 가운데 꼼짝도 않고 서 있는다. 다락이 이 집의 일부가 아니라 독립된 공간이라는 느낌이 든다, 그림자와 무질서가 있는 이 곁방은 기억의 집 그 자체 같다, 눈앞에 가족들의 더 어린 자아의 잔해가 보인다, 접혀서 상자와 봉투에 담기고 버려진 자아가 사라지고 잊힌 다른 자아들의 혼돈 속에서 길을 잃는다, 인생이라는 세월에 먼지가 쌓이고, 그 세월이 서서히 먼지로 변한다, 무엇이 남을까, 우리가 어떤 사람이었는지 거의 알려지지 않겠지, 한쪽 눈만 감아도 우리 모두 사라질 것이다. 바로 그때 래리가 곁에 있는 느낌이 들어서 고개를 돌리지만 마주치는 것은 그녀의 슬픔이다, 아일리시는 양손을 맞잡고 흔들면서 캐럴의 말이 사실일 리가 없다고, 이제 무엇이 진실인지 아무도 모른다고 자신에게 말하고 또 말한다, 자신이 느끼는 것은 슬픔이 아니라고, 다른 것이 분명하다고 말한다, 그러나 노여움은 희망이라는 옷을 입은 슬픔이다. 아일리시는 다락문을 열고 내려가서 낮의 빛 속으로 탈출해야 한다, 여행 가방을 열고 아까 본 것을 꺼낸다, 래리의 가죽 팔찌. 그녀가 손가락 끝으로 팔찌를 느끼며 아주 가만히 서서 래리와 자신이 누구였는지 찾고 있는데 발판 사다리 밑에서 몰리가 부르고, 그제야 여기에 올라온 이유가 기억난다, 휴대용 라디오가 오래된 비닐봉지 안에 들어 있다, 그녀가 다락문을 통해 봉지를 몰리에게 준다. 아일리시는 라디오를 부엌 식탁으로 가지고 가서 천으로 닦고, 몰리가 뒤에서 지켜본다. 그걸로 뭐 하려고요? 몰리가 말한다. 뉴스를 듣고 싶어, 여기서 하는 거짓말 말고 외국 언론에서 전해주는 진짜 뉴스. 아니, 라디오 말고요, 손목에 그거요. 아, 원래 네 아빠 거였어. 그녀가 팔찌를 만진 다음 안테나를 길게 뽑고 라디오를 켠다, 배터리가 아직 괜찮다니 믿을 수가 없다, 장파 주파수를 찾아서 다이얼을 돌리자 따뜻한 잡음이 부엌을 채운다, 이상한 전기 음이 가라앉아 그녀가 어린 시절에 들었던 소리가 되고, 한밤중에 머나먼 도시들이 이질적인 언어로 말한다. 몰리가 라디오의 크롬 테두리를 손가락으로 쓸어본다. 우리가 시간을 거슬러 올라가고 있나 봐, 아일리시가 말한다, 곧 다들 자전거를 타고 다니고, 손빨래를 하고, 저녁을 먹는다고 하는 대신 차를 마신다고 말하겠다, 우리 자신이 누구인지도 모르게 될걸, 인터넷 없이는 내가 사람이라는 생각도 안 들어. 몰리의 눈에 빛이 감돈다, 그녀의 마음에 숨어 있는 행복이 반짝인다. 아일리시가 손목에 끼고 있던 가죽 팔찌를 빼서 딸에게 내민다. 아빠는 네가 갖기를 바랄 거야, 그녀가 말한다, 베일리한테는 말하지 마, 그런데 베일리는 어디 있니, 통금 시간이 다 돼가는데, 외출 금지라는 거 뻔히 알면서. 몰라요, 엄마가 다락에 올라가자마자 나갔어요, 가지 말라고 말렸는데 엄마한테 말하지 말라면서 나갔어요. 아일리시는 어느새 집 정면 창가에서 바깥을 보고 있다, 베일리한테 다시 전화하지만 받지 않는다. 7시가 되자 그녀는 거리로 나갔다가 지나가는 흰색 밴을 본다, 도로를 바라보며 잠시 기다리다가 팔에 외투를 꿰면서 몰리를 부른다. 잠깐만 나갔다 올게, 그사이에 베일리가 오면 전화해. 아일리시는 손을 긴장시킨 채 차가 다가오지는 않는지 귀를 기울이며 걷는다, 도로는 스위치를 끈 것처럼 고요하다, 그녀는 혹시라도 순찰대한테 붙잡히면 할 말을 혼자서 속삭인다, 죄송하지만 우리 애가 시간이 됐는데도 집에 오지 않아서요, 겨우 열두 살이에요, 그래서 동네를 돌아보는 중이에요. 베일리는 평소 가는 곳 어디에도 없다, 모퉁이의 벽에도, 학교 근처 놀이터에도 없다, 그녀는 집으로 돌아가다가 연석에다 공을 차는 베일리를 발견한다, 그녀가 모르는 아이와 이야기하고 있다, 베일리가 손을 흔들어 작별 인사를 하더니 공을 드리블하면서 무심코 시선을 들어 그녀를 본다. 아일리시는 두려움을, 피를 잉크처럼 까맣게 만들고 분노로 입을 일그러뜨리는 이 두려움을 입 밖에 낼 수가 없다, 눈앞에 불만스러운 표정이 보인다. 좀 늦으면 뭐 어때서요? 베일리가 말한다, 아무튼 집에 돌아왔잖아요, 안 그래요? 괜히 요란 떨지 마세요.

슈퍼마켓 앞의 줄이 모퉁이를 돌아 병을 수거하는 곳까지 이어지고, 군인 두 명이 서서 한 번에 서너 명씩 통과시킨다, 줄이 조금 줄어들다가 멈춘다. 그녀는 유아차를 세워놓고 카트를 끌어온다, 카트 좌석에 벤을 앉히려 하지만 아이는 굴에서 끌려 나온 야생동물처럼 발길질하며 저항한다, 너무 소리를 지르는 바람에 결국 아일리시는 카트 안에 벤을 세운다. 옆에서 카트를 끌던 여자가 미소를 지으며 벤을 향해 고갯짓을 한다. 애가 엄마를 들었다 놨다 하겠네요, 여자가 말한다. 아일리시는 여자의 얼굴을 보지도 않은 채 미소를 돌려주고, 기뻐서 들썩거리는 아들을 향해 얼굴을 찌푸린다. 쇼핑 목록을 만들었어야 했다, 사람들이 사재기하고 있지만 그녀는 뭐가 제일 필요한지 생각할 수가 없다, 모두들 같은 것을, 즉 빵과 파스타와 쌀을 원하고 생수는 다 떨어졌다. 통조림 식품 앞에 서 보니 물량이 얼마 없다, 그녀는 이제 카트 안에 앉아서 옆에 있는 물건을 가지고 노는 벤에게 말하고 있다. 우린 네가 먹을 분유랑 일반 우유가 다 떨어질 경우에 대비해서 나머지 식구들이 먹을 연유가 필요해, 상황이 어떻게 될지 모르는 일이거든, 어차피 준비해봤자지만, 하나를 채워놓으면 항상 다른 게 떨어지니까. 아일리시는 조리 식품 판매대 앞에 서 있다가 셔츠와 타이 차림의 남자가 클립보드에 코를 박고 통로에서 옆걸음질 하는 모습을 본다. 실례합니다, 그녀가 말한다, 혹시 매니저 되시나요? 아일리시는 벽과 똑같은 크림색으로 칠해진 사무실 문 앞까지 그를 따라간다, 사실 그녀는 거기에 문이 있는지도 몰랐지만 남자가 그 문을 열고 안으로 들어간다. 그가 클립보드에 종이를 끼우며 다시 등장한다. 그러니까, 그가 말한다, 가게 일자리에 지원하시려고요? 이력서는 가지고 오셨어요? 아뇨, 그녀가 말한다, 바깥 게시판에 붙은 공고를 방금 봤어요, 지금은 시간제 일자리가 저한테 더 맞을 것 같아요, 하지만 식품 소매업 쪽에서 일한 경력은 없어요. 좋습니다, 남자가 말한다, 자세한 정보를 알려주시면 최대한 빨리 연락드리―려는데 펜이 잘 안 나오네요, 어떤 일을 하셨지요? 스피커에서 계산원을 찾는 의욕 없는 목소리가 나오는 동안 그녀는 잠시 기다린다, 음악이 다시 나오는데, 사실 음악이 아니라 흐릿하고 기분 좋은 소음이다. 저는 거의 20년 동안 정규직으로 일했어요, 아일리시가 말한다, 얼마 전까지 생명공학 회사에서 고위 관리직으로 일했고, 분자생물학을 전공했어요, 분자세포생물학 박사 학위가 있지만 지금 같은 상황에는 그쪽 일자리가 많지 않아요. 남자가 펜을 멈추고 그녀를 보는데, 그 표정 때문에 그녀는 바보가 된 기분이다, 너무 치장했다는 생각이 든다. 매니저가 카트 안에서 무릎을 접었다 폈다 하는 벤에게 시선을 돌리고, 반쯤 기른 코밑수염을 문지르면서 미소를 지으려다가 포기한다. 음, 좋습니다, 그가 말한다, 성함이랑 전화번호를 적어둘게요, 저녁에 진열 선반에 물건을 채우는 시간제 일인데, 지원자가 몇 명 더 있어요, 꽤 있죠, 아무튼 연락드리겠습니다. 그녀는 이 얼굴을 기억하지 못할 것이다, 이미 이 얼굴은 고개를 돌려버린 평범하고 안쓰러운 얼굴 중 하나가 된다, 이미 다 아는 얼굴이다, 모두가 다 아는 얼굴이다, 이 얼굴은 만물에 대해서, 별들의 가공할 에너지에 대해서, 부서져서 먼지가 되었다가 또다시 어지러이 창조되는 우주에 대해서 말한다. 아일리시는 아들을 들어 올려 카트 좌석에 앉힌 다음 소리를 지르거나 말거나 신경 쓰지 않고 카트에 물건을 채우고, 계산대 앞의 기다란 줄에 합류하여 카트에 들어 있는 물건을 물끄러미 본다, 두 달 치 통조림 식품, 아기 우유, 두루마리 화장지와 세탁 세제, 문득 지금 일어나고 있는 일을 믿기 힘들다는 느낌이 든다, 소리 내서 웃고 싶다, 아일리시는 맥주와 화장지가 가득 든 카트를 밀면서 조금씩 나아가는 앞에 선 뚱뚱한 남자의 축축하고 털이 난 목을 바라본다, 주변에 줄을 서서 기다리는 사람들을 보면서 경멸을 느낀다, 인류의 흔한 모습이다, 다들 육체와 집단, 국가의 필요에 온순히 복종하는 짐승에 지나지 않는다. 아일리시는 군인들을 지나 밖으로 나가고, 벤은 막대 모양 치즈를 핥는다, 벤을 들어서 차에 태우기가 두렵다, 투란을 어디에 세웠는지 기억이 나지 않는다. 그녀가 주차된 차들을 따라 한참 걸어가서 뒤로 돌자 카트를 놓는 곳에 세워진 유아차가 보인다. 이런 바보 같으니, 그녀가 말한다, 무슨 생각이었던 거야, 이걸 전부 어떻게 가져갈 거야? 아일리시는 장 본 물건을 바라보며 잠시 서 있다가 유아차를 접어서 카트에 넣고 그대로 카트를 끌면서 출구 쪽으로 걸어가기 시작한다, 큰길 옆 인도로 나가서 깜빡 잊고 사지 않은 것들을 생각한다, 주방 세제, 아이들 간식, 사이먼이 좋아하는 크래커, 카트

바퀴가 인도에 걸리더니 바퀴 하나가 덜걱거린다. 그녀는 바퀴를 발로 차고 손목시계를 본 다음 집으로 걸어간다, 그림자가 오후의 가장자리를 또렷하게 드러내기 시작한다.

그녀는 신의 방문처럼 다가오는 전쟁 소리에 잠을 깬다, 망치질하는 분노에 그녀의 마음도 망치질하듯 두근거리고, 전등 스위치를 찾을 수가 없다, 맹목적으로 더듬던 손이 침대 옆 테이블 뒤로 떨어진 스위치를 발견한다. 바깥에는 아무것도 보이지 않지만 갈매기 한 마리가 굴뚝 꼭대기에 파란 빛을 받으며 앉아 있다, 거즈처럼 미세한 비가 내린다. 동네의 모든 개가 소음에 맞서 짖는다, 그녀가 창문을 닫고 벤을 내려다보니 자는 얼굴에 장난스러운 미소가 떠올라 있고 작은 주먹이 머리 위에 놓여 있다. 아일리시는 자기 가운을 찾지 못해서 문 뒤에 걸려 있던 래리의 가운을 입지만 손이 소매 속에 걸려서 나오지 않는다. 그녀는 집 안을 돌아다니면서 앞을 보려고 애쓴다, 세상이 불가능을 향해 가지를 뻗는다, 부엌 창문에서 내다보니 점점 밝아오는 빛 속에서 그 끔찍한 것이, 남부 교외에서 피어오르는 검은 연기 기둥 두 개가 보인다, 그 근처에 무장 헬리콥터들이 떠 있다, 얼마나 먼 곳인지 가늠이 안 된다, 아마 3, 4킬로미터 정도 떨어진 곳 같다. 아일리시는 라디오를 켜고 뉴스를 기다리다가 빨랫줄이 있는 곳으로 나가서 장밋빛 속 나무들을 바라보며 나무는 무엇을 알 수 있을까 생각한다, 어쩌면 나무가 공기를 감지하고 땅을 통해 공포를 전달해서 다른 나무들에게 위험을 알린다는 사람들의 말이 사실일지도 모른다, 하늘에서 나는 소리는 마치 모든 것을 삼키는 불이 나무를 입에 넣고 씹는 것 같다. 그녀는 널어놓았던 옷을 바구니에 넣고 자기 손을 내려다보지만 자신이 왜 이렇게 침착한지 알 수 없다, 또 다른 문이 열렸다, 그녀는 이제 알 수 있다, 마치 그녀가 평생 기다려온 무언가를 마주 보는 것 같다, 혈관 속에서 조상의 경험이 깨어난다, 아일리시는 수많은 인생에 걸쳐서 얼마나 많은 사람이 고국에 드리워진 전쟁을 지켜보았을까, 운명이 다가오기를 기다리며 지켜보았을까, 속삭였다가 애원하면서 조용한 협상을 시작했을까 생각한다, 머리로는 모든 결과를 예상하지만 그 유령 같은 공포를 똑바로 바라보지는 못한다. 전기가 끊겼다 들어왔다 하더니 조명이 어두워지고 떨리는 메스꺼움이 뱃속을 스친다. 지렁이가 꿈틀거리고 있어요, 베일리가 말한다. 그녀는 베일리의 얼굴을 보면서 나이에 비해 키가 너무 크다고 생각한다, 지난 몇 주 동안 베일리가 급격하게 자라서 몰리보다 커지고 입술 위에 그림자가 자라났다. 몰리의 시선이 그녀에게 고정된다, 두 아이는 그녀가 무언가 선언하기를 기다리지만 아일리시는 무슨 말을 해야 할지 모른다. 전기가 나갈 경우에 대비해야겠다, 그녀가 말한다, 너희는 빨리 아침 먹고 학교 갈 준비해야지. 학교요? 베일리가 말한다, 아침은 먹겠지만 학교는 안 갈 거예요, 어차피 이 상황에 학교가 문을 열지도 않을 거예요, 무슨 소용인지 모르겠어요. 아일리시가 아침으로 먹을 시리얼 상자를 식탁에 내려놓고 정부 TV 뉴스를 튼다. 정부는 새로운 법령을 여러 개 발표했다, 모든 학교와 고등교육기관은 즉시 문을 닫아야 하고, 시민들은 식품이나 의약품을 사거나 노인이나 병자를 돌보는 경우를 제외하면 집 밖으로 나가서는 안 된다. 그녀가 돌아보니 베일리가 허리에 손을 얹고 뒤에 서 있다. 보세요, 베일리가 말한다, 학교 닫을 거라고 했잖아요. 웃는 얼굴 집어치워, 그녀가 말한다, 집을 돌아다니면서 있는 배터리는 다 가져와, 초도 모아 오고. 처리해야 할 일들이 있다, 담배와 술이 필요하다, 부츠 굽도 갈고 아버지를 위해 병원에 서류도 부쳐야 한다. 아일리시가 사이먼에게 전화를 걸고, 네 번째에야 연결된다. 개가 아주 난리다, 아버지가 말한다, 밖에서 핼러윈 파티라도 하는 줄 알아. 아빠, 그녀가 말한다, 뉴스 보셨어요? 괜찮으세요? 아버지가 다시 개에게 소리치고 있다. 미안하다, 그가 말한다, 뭐라고 말하는지 못 들었어. 신경 쓰지 마세요, 그녀가 말한다, 여기서 검은 연기가 보여요. 누가 문을 두드리는구나, 그가 말한다, 잠시만—— 전화기가 콘솔테이블에 놓이면서 달그락거리는 소리가 들리고, 현관문이 열렸다 닫히는 소리가 들린다, 사이먼이 다시 개에게 큰 소리로 고함친다. 아무도 없더구나, 그가 말한다, 바깥에 장난이나 치는 빌어먹을 놈들밖에 없다. 아빠, 집에 계세요, 제발 스펜서 데리고 산책 가지 마세요, 들려요? 전화기 너머가 고요해지고 개가 으르렁거리는 소리가 들린다, 마치 아버지 대신 말할 권리를 얻은 것 같다. 정원에 표토가 필요해, 사이먼이 말한다, 우리 이번 주 후반에 차를 타고 사러 갈 수 있니? 그녀는 전화를 끊고 가만히 엄지 아래쪽을 본다, 다른 손 엄지손톱으로 계속 찍어서 불규칙한 달 모양이 여러 개 만들어져 있다. 아일리시는 위층으로 올라가서 청바지와 까만 스웨터로 갈아입고 아기를 데리고 내려와 높은 의자에 앉힌다. 벤한테 아침 먹이자마자 길모퉁이 가게에 얼른 다녀올 거야, 그녀가 말한다, 현금인출기에서 돈을 뽑아야 돼, 다른 물건들도 필요하고. 몰리가 깜짝 놀란 얼굴을 한다. 왜 그러니? 아일리시가 말한다. 벤은 두고 가세요, 몰리가 말한다, 데려갈 필요 없잖아요. 말했잖아, 몰리, 지금은 바깥도 안전해, 어차피 저기 길모퉁이에 가는 것뿐이야. 베일리가 냉장고로 가서 안을 들여다본다. 우유 꼭 더 사 오세요, 베일리가 말한다, 또 거의 다 떨어졌어요.

그녀는 하늘의 소리에 귀를 기울이며 걷는다, 낯선 소리가 익숙한 소리와 뒤죽박죽 섞인다, 가끔 들리는 총소리와 쿵 울리는 소리는 이상하고 산산이 부서지는 정적을 뒤에 남긴다. 이따금 도로에 차 한 대나 지나가는 사람이 보일 뿐이다. 유아차의 브레이크 선 때문에 바퀴가 딸깍거려서 그녀는 이걸 수리받을 수 있을까 생각한다. 현금인출기 앞에 도착해서 우산을 내릴 때까지 비가 그친 줄도 모른다. 기계는 고장 난 것도 아닌데 전원이 들어오지 않고 벽돌로 내리친 것처럼 화면이 깨졌다. 길 건너에서 어떤 남자가 손차양을 만들어 하늘을 올려다본다. 무장 헬리콥터 세 대가 서서히 쪼개지는 화살촉처럼 남쪽으로 향한다. 마구 가게는 문을 닫았고 청과물 가게도 셔터가 내려져 있다. 누군가 파란 페인트로 **역사는 힘의 법칙이다**라고 휘갈겨 쓰고 그 옆에 주먹을 그려놓았다. 그녀는 다른 현금인출기를 찾아서 도로를 따라 걸어가면서 동생이 했던 말을 떠올린다. 전화기를 통해 잘난 척하는 목소리로 역사는 언제 떠나야 할지 몰랐던 사람들의 침묵의 기록이라고 했었다. 그 말은 확실히 틀렸어, 아일리시는 래리한테 이렇게 말하면서 식탁 맞은편에 앉아서 안 듣고 있을 때 나오는 표정을 감추려 애쓰며 핸드폰을 만지작거리는 그를 본다. 역사는 떠날 수 없었던 사람들의 침묵의 기록이다. 선택지가 없었던 사람들의 기록. 갈 데도 갈 방법도 없으면 떠날 수 없다. 아이들의 여권을 받지 못하면 떠날 수 없다. 발이 땅에 뿌리내려서 떠나는 것이 곧 발을 잘라내는 거라면 떠날 수 없다. 도로 끝의 현금인출기는 중간중간 불이 나가 까맣고, 모퉁이 가게 창문에 네임펜으로 **유제품 없음, 빵 없음**이라고 적고 슬퍼하는 표정을 그린 안내문이 붙어 있다. 안으로 들어가니 선반이 반쯤 비어 있다. 그녀는 멍든 바나나와 쓰레기봉투 한 묶음, 배터리를 집어 들고 초콜릿 바 두 개를 고른 다음 담배를 가리킨다. 계산원이 금액을 더하는 동안 얼굴을 찌푸린 채 앞에 놓인 물건을 바라본다. 죄송한데요, 그녀가 말한다, 담배가 얼마라고 하셨죠? 계산원이 양손을 펼치고 졸린 표정으로 문을 본다. 제가 어떻게 해야 합니까? 그가 말한다, 전부 웃돈이 붙었어요, 다른 데서는 얼마 하는지 한번 보세요. 분노가 구름처럼 몰려와 눈앞이 흐려지고, 아일리시는 쓰레기봉투를 어제 자 신문에 내려놓지만 배터리와 초콜릿 중에 하나를 선택할 수가 없다. 그녀는 배터리를 옆으로 치운 다음 담배 빼고 초콜릿과 쓰레기봉투만 하면 얼마인지 묻는다. 아일리시가 손에 든 잔돈을 미끄러뜨리는데 입에서 말이 튀어나온다, 그녀는 자기 몸을 이끌고 문으로 다가간다. 이 사태가 끝나면 당신 정말 멍청해 보일 거예요, 당신이 어떤 사람인지 모두들 알 거예요.

그녀가 세인트로런스가로 접어드는데 벤이 유아차에서 나오고 싶다고 짜증을 부리고 도로를 가로막은 묵직한 군용 트럭이 보인다, 완전무장을 갖춘 정부군과 외투 단추를 잠그지 않고 까만 셔츠를 입은 다른 군인들이 집에서 50미터 정도 떨어진 검문소에 시멘트 자루를 쌓고 있다. 모퉁이에 자리한 군인이 무릎을 굽힌 채 무기를 준비하고, 또 다른 군인이 장갑 낀 손을 쫙 펴서 멈추라는 신호를 보내며 그녀에게 다가온다. 아일리시는 장갑 낀 손이 목을 누른 것처럼 숨을 멈춘다, 이상한 것은 하나도 없다는 신호를 보내고 싶지만 손을 움직이기가 무섭다. 죄송합니다, 그녀가 말한다, 저는 이 거리에 살아요, 집으로 돌아가는 길이에요. 군인은 회차를 지시하듯이 허공에서 손을 돌린다. 지금 이 거리는 폐쇄됐습니다, 그가 말한다, 보행자 출입 금지입니다. 아일리시는 군인의 얼굴을 보자 잠시 무언가 부푸는 느낌을 받는다, 녹색 눈 위로 화가 난 듯 기울어진 눈썹, 절대적인 힘을 표하는 무장한 신체, 하지만 군인의 눈에서 보이는 것은 자신 없는 허풍쟁이다, 그녀는 자기 아들과 나이가 크게 차이 나지 않는 소년과 이야기하고 있다. 있잖아요, 아일리시가 말한다, 난 47번지에 살아요, 애를 데리고 집에 가서 점심을 먹여야 해요. 그녀는 어느새 군인 쪽으로 유아차를 밀다가 그의 눈에서 공포에 질린 표정을 마주한다, 그가 귀에 꽂은 무전기에 재빨리 뭐라고 하는 동안 다른 군인이 그녀에게 멈추라고 한다, 검은 베레모를 쓴 장교가 활기차게 다가온다. 죄송합니다, 그녀가 말한다, 저는 집에 가고 싶은 것뿐이에요, 우리 집이 바로 저기예요. 장교는 그녀가 손가락으로 가리키는 방향을 보지 않고 신분증을 요구한다. 지갑에서 꺼낼게요, 그녀가 말한다, 지갑은 가방에 있어요, 어깨에서 내려야 해요. 민간인 두 사람이 검문소 설치를 돕고 있는데 한 명은 그녀가 아는 사람이다, 근처 아파트에 사는 잡일꾼으로, 예전에 마약중독자였기 때문에 이가 거의 남아 있지 않다, 이름은 생각나지 않지만 작년에 래리가 저 사람에게 20파운드를 주고 배수로 청소를 맡겼었다. 군인들이 가방을 바닥에 내려놓고 연 상태로 두라고 하고, 그녀는 떨리는 손으로 지갑 지퍼를 열어 신분증을 꺼낸다, 장교의 눈이 그녀의 얼굴에서 아이의 얼굴로 옮겨 간다. 여기는 전쟁 지역입니다, 그가 말한다, 제 부하들은 엄격한 발포 명령을 받고 있습니다, 추가 공지가 있을 때까지 집에서 나오지 마세요. 네, 물론이죠, 그녀가 고개를 숙이며 이렇게 말하고 얼른 가다가 트럭에서 떨어지는 시멘트 자루를 본다, 바닥에 떨어진 자루가 터지자 바람이 시멘트 가루를 움켜쥐고 군인들에게 뿌린다, 마치 이국의 전쟁을 치르고 온 데르비시(이슬람교 수피즘에서 극도의 금욕을 서약하는 수행자로, 종교 의식 때 두 팔을 들고 제자리에서 빙빙 도는 빠른 춤을 춘다)가 눈을 감고 팔을 뻗은 채 그들 사이에 들어가 춤을 추는 것 같다.

주변에서 전쟁이 형태를 갖춘다, 공기압 드릴 소리 같은 총격, 땅을 울리며 집으로 진동을 전달하는 폭격, 덜컹거리는 창문과 나무 바닥, 베일리는 음량을 높인 채 TV를 보고, 아일리시 옆에 놓인 라디오는 반란군의 움직임과 남부 도시가 포위되었다는 소식을 전한다. 밖을 봐, 정말 아름다운 날이야, 그녀가 말한다, 1년에 이런 날이 며칠이나 되겠니? 정원에 아이스크림 레모네이드가 있고, 벤은 튜브로 된 아기 물놀이장에서 찰싹거리고 몰리와 베일리는 해먹을 두고 다퉈 마땅하다. 그런 풍경 대신 아일리시는 여러 곳에서 솟구치는 기름처럼 까만 연기 기둥이 이루는 부서진 회랑을 내다보고 있다, 창문과 유리문을 닫아놓았기 때문에 6월의 열기가 집 안에 갇힌다, 아일리시가 아버지 핸드폰에 다시 전화를 걸지만 네트워크가 끊겼고 집 전화는 연결되지 않는다는 안내가 나온다, 그녀는 마지막으로 통화한 이후 며칠이 지났는지 헤아리고 아버지가 개를 데리고 어디인지 모를 곳으로 산책 가는 장면을 본다, 이제 그녀는 몰리의 방문 앞에 서 있다. 몰리는 침대에서 나오지 않으려 하고, 음식을 깨작거릴 뿐 엄마를 보려고 하지 않는다. 이러지 마, 아일리시가 말한다, 제발, 네가 정신을 차려야 해, 싸움은 곧 끝날 거야. 그녀가 딸을 힘없이 끌어안은 다음 놓아주고 딸의 마음이, 서서히 사라지는 그 마음이 보이기라도 하는 듯 지켜본다. 전기가 들어왔다 나갔다 하더니 순식간에 정전이 웅웅거리는 전기 음을 녹여 원초적인 고요로 바꾼다, 전쟁의 꾸준한 맹공이 생각을 마음대로 침범한다. 아일리시는 양철 지붕에 자갈이 굴러가는 소리라고, 집에 못을 박는 소리라고, 낡은 차의 배기 장치 소리라고, 동네 주택들의 경보음이 울리다가 하나씩 잠잠해지는 소리일 뿐이라고 스스로에게 말한다. 베일리가 위층으로 올라가서 몰리와 함께 그녀의 침대에 앉아 이어폰을 한쪽씩 나눠 끼고 노트북으로 영화를 보는 동안 아일리시는 아래층에서 소설을 읽으려고 애쓴다, 바깥에서 갑작스러운 소리가 들려와 그 책을 들고 위층으로 올라간다, 욕실에 서서 쓰지도 않은 변기 물을 내린다, 책을 어디에 두었는지 기억나지 않는다. 오후에 아일리시는 벤이 요람에서 낮잠을 자는 동안 침실 창가에 앉아서 BBC의 자세한 보도를 기다린다. 뉴스가 나오자 그녀는 분노로 몸을 떨면서 라디오를 꺼버리고 생각한다, 이건 뉴스가 아니다, 뉴스가 전혀 아니다, 모래주머니에 나른하게 앉아서 핸드폰을 만지작거리는 군인을 집 안에서 내다보는 민간인이 뉴스다, 모래주머니에 기대어놓은 소총이 뉴스다, 군인의 깔깔 웃는 입, 아스팔트에 아무렇게나 버린 패스트푸드 포장지와 종이컵이 뉴스다, 저 위쪽 거리에 살다가 떠나기로 결심한 은퇴자 부부가, 그들이 진입로에서 하는 말다툼이, 차에 실을 수 없는 것들 때문에 손을 펄럭거리는 아내가, 굳은 표정으로 아내를 보는 남편이, 아내가 아이처럼 끌어안은 검정 가방이, 그 가방에 들어 있는 것이 뉴스다. 자동차에 실린 모든 짐이, 남편이 올라앉아서 겨우 닫는 자동차 트렁크가, 마지막으로 자물쇠가 채워진 진입로 대문이, 밤이 와도 불이 켜지지 않는 집이 뉴스다. 일주일 동안 빨간불이었다가 결국 꺼져버리는 신호등, 검문소를 통과하지 못할 자동차, 점점 쪼그라드는 거리의 분위기, 셔터를 내린 가게들, 합판을 댄 창문들, 쉰 목소리로 밤새 짖는 개들, 통화가 너무 위험해서 이제 전화하지 않는 장남, 그 애가 살았는지 죽었는지 아무도 모르는 것이 뉴스다. 아일리시는 어떤 장교가 고개를 끄덕거리는 검은 말을 타고 거리를 내려가는 모습을 지켜본다, 말의 체격을 보니 경기용 프리지안 말 같다, 기수의 손은 자기 허벅지에 얌전히 얹혀 있고 무릎까지 올라오는 검은 부츠가 반짝인다. 그는 힘의 법칙을 전하는 사자라도 되는 것처럼 평온하고 위엄 있는 자태로 움직인다, 검문소의 군인들이 벌떡 일어서도 말에서 내리지 않고 허공에 주문을 걸듯이 승마용 채찍을 휘두른다. 그녀는 말이 고개를 돌리지 않고 귀만 움직이는 모습을 본다, 불안한 정적 너머의 무언가에 귀를 기울이는 듯하다, 키 큰 침엽수의 속삭임, 잎사귀에 내리쬐는 태양의 방사열에. 말은 도시 전역에서 두 팔을 벌리고 기다리는 죽음의 소리를, 하늘에서 떨어지려고 기다리는 죽음의 소리를 들을 수 있다. 갑자기 집이 웅웅거리더니 침대 옆 램프에 불이 들어온다, 아래층에서 베일리가 기뻐하며 소리를 지르고 거실 TV가 다시 켜진다. 지금은 전쟁 중이 아니고 거리에서 군사훈련을 하고 있을 뿐이라는 느낌이 문득 든다, 말은 매끄럽게 방향을 바꾸고 기수는 전투복이 아니라 승마를 즐기러 나온 복장 같다, 가슴에 두른 갈색 가죽띠와 에메랄드색 넥타이, 군대의 나팔 소리에 맞추듯 아스팔트에서 딸깍거리는 발굽 소리. 아래층 TV에서는 티셔츠를 입고 미소를 짓는 부처가 요리 시연을 이끌고, 전자레인지 시계가 네온 초록색으로 깜빡거리고, 냉장고가 늘 그랬듯 낮고 일정한 소리를 낸다. 전기가 다시 들어오니 할 일이 너무 많다, 그녀는 빨랫감을 세탁기에 넣고 급속 코스로 돌리고, 노트북과 핸드폰을 다시 충전하고, 밥과 캐서롤을 데우고, 아버지에게 다시 연락해본다, 아버지가 차가운 저녁 식사를 하고 촛불 빛에 책을 읽으면서 개한테 소리 지르는 모습이 떠오른다. 아일리시가 베일리를 식탁으로 부르고 그릇에 캐서롤을 담아서 아래층으로 내려오지 않으려는 몰리에게 가져다주려고 계단을 올라 위층에 도착했을 때 전기가 깜빡거리더니 다시 나간다. 그녀는 침대 옆 탁자에 그릇을 탁 내려놓고 자신을 보지 않으려는 얼굴을 빤히 바라본 다음 이어폰 한쪽을 빼고, 팔을 당겨서 딸을 앉히고, 무릎에 그릇을 내려놓는다. 자, 아일리시가 말한다, 저녁 식사 가져왔어, 아래층에서 같이 먹자는 말은 꺼내지도 않을 거야, 하지만 제발 따뜻할 때 먹으려고 노력이라도 해봐. 그녀가 아래층으로 내려가자 베일리가 식탁 맞은편의 그녀를 본다, 벤이 식판을 탕 치는 바람에 숟가락이 날아간다. 누나 어떻게 해요? 베일리가 말한다. 나도 몰라, 그녀가 말한다, 그냥 모르겠어, 서랍에서 새 숟가락 좀 갖다줄래? 있잖아, 누나는 몸이 안 좋아, 우울해서 그런 건데 지금은 진료를 잡기가 아주 힘들어. 베일리가 생각에 잠겨 입술을 내민다. 누나는 그걸 뱉어야 해요, 베일리가 말한다, 그러면 다 괜찮아질 거예요. 뭘 뱉는다는 거니, 숟가락 좀 가져다줄래? 지렁이요, 베일리가 말한다, 지렁이 말이에요.

답답한 열기가 잠든 마음을 방해하고 꿈에 달라붙는다, 그녀는 잠옷 차림에 맨발로 밖에 나와 있다, 군인들에게 아들에 대해 말해야 한다, 군인들은 깊고 진정한 밤의 색으로 빛나는 말 앞에 서 있고, 말의 열기가 그녀의 손으로 전해진다, 그녀는 이것이 말의 냄새가 아니라 인간의 냄새임을 안다, 목소리는 존 스탬프 형사의 것이고 눈이 그녀를 내려다본다. 진실을 찾아서 저한테 오셨군요, 그가 말한다, 당신에게 진실을 보여드리죠. 그는 손에 거울을 들고 있는데 아일리시에게 보이는 것은 자신의 얼굴이 아니라 늙은 마녀의 얼굴이다, 존 스탬프가 그 유리를 내린다, 다시 보니 그의 손에는 아무것도 없다. 진정한 자아를 보는 것은 불가능하죠, 그가 말한다, 당신이 아닌 모습이나 당신이 되고 싶은 모습밖에 볼 수 없어요—— 말이 조심조심 뒤로 물러나서 머리를 들고 뒤에서 들려오는 무언가를 두드리는 소리에 푸르릉거리며 웃는다. 진짜는 항상 당신 앞에 있지만 당신은 그것을 보지 않아요, 어쩌면 이것은 선택의 문제조차 아닐지 모릅니다, 진짜를 보면 현실이 더욱 깊어지고 당신은 그 깊이에서는 살 수 없게 되죠, 당신이 깨어날 수만 있다면—— 말이 고개를 숙인 다음 멀어지고, 그녀가 자기 발을 내려다보며 말한다, 옷 입는 걸 깜빡했어요, 추워요, 집으로 들어가서—— 베일리가 그녀의 방문 앞에 서서 일어나라고 소리 지르고 있다. 일어났어, 그녀가 소리친다. 휘파람 소리 같은 게 들리고 폭발로 인해 무언가가 땅속으로 푹 꺼진 것처럼 난폭한 진동이 느껴진다. 계속 가까워지고 있어요, 베일리가 말한다. 아일리시는 창밖을 내다보기가 두렵다, 베일리에게 문가에 서 있으라고 말한다. 이른 새벽빛 속의 거리, 검문소는 텅 비었고 한 청년만이 혼자서 교차로에 서 있는데 꼭 무기를 내려놓고 학교로 돌아가라는 명령을 기다리고 있는 것 같다, 토요타 랜드크루저가 속도를 늦추며 지나간다. 차가 검문소에 멈추더니 완전무장을 갖춘 군인 두 명이 차에서 내려 문을 닫지도 않고 청년을 부른다. 베일리는 침대 위 래리의 자리에 앉아서 침대 옆 서랍을 뒤진다. 이게 뭐예요? 베일리가 무언가를 들어 올리지만 그녀에게는 보이지 않는다. 도로 넣어놔, 아일리시가 말한다, 자, 매트리스 아래층으로 옮기자. 그녀가 침대에서 이불과 시트를 벗겨내고 래리와 조용히 대화하면서 베일리와 함께 매트리스를 접어서 문밖으로 뺀 다음 계단으로 간다, 우리 이걸 방에 넣을 때 정말 힘들었잖아, 그 뒤에는 여기서 아주 즐거웠지, 아일리시는 매트리스를 끌며 계단을 내려가지만 엄지기둥을 돌 때 베일리가 매트리스를 제대로 구부리지 못한다, 무작정 밀자 접혔던 매트리스가 다시 펴지면서 벽에 걸린 사진을 쳐서 떨어뜨리고, 사진이 계단을 굴러 그녀를 지나쳐서 복도 바닥에 부딪친다. 그녀가 매트리스의 무게를 지탱하고 있는데 베일리는 매트리스를 너무 세게 미는지 아예 놓아버렸는지 도움이 되지 않는다. 좀 천천히 밀어줄래? 아일리시가 말한다, 너 때문에 엄마 계단에서 떨어지겠어. 나 아무것도 안 하는데요, 베일리가 말한다, 매트리스가 자기 마음대로 움직여요. 두 사람이 매트리스를 들고 거실로 가서 정면 창문을 막는다, 지붕들 위로 까만 연기가 장막처럼 천천히 너울거리고 군인들과 랜드크루저는 사라지고 없다. 무슨 생각 해요? 베일리가 묻는다. 우리가 당분간 아래층에서 지내는 게 제일 좋겠다는 생각, 그녀가 대답한다, 전투가 가까워지지 않을 수도 있지만 아래층에서 자는 게 제일 좋을 것 같아. 위층에서 핸드폰이 울려서 아일리시가 달려가 받는다. 아빠, 그녀가 말한다, 통화가 돼서 정말 다행이에요, 계속 전화하려고 했는데 며칠 동안 전기가 끊겼어요, 아빠 동네는 괜찮아요? 정원에 있다가 방금 들어왔다, 그가 말한다, 옆집에서 담쟁이덩굴이 자꾸 넘어오지 뭐냐, 그 집이 일부러 그러는 거야, 작년에 다 잘라냈는데 또 벽이랑 헛간 지붕을 타고 넘어와, 내가 심은 걸 숨막히게 뒤덮어서 전부 죽일 거야, 옆집에 전화도 하고 문도 두드려봤는데 대답이 없어, 참, 손잡이가 긴 전정가위를 찾을 수가 없구나, 네가 말도 안 하고 가져갔겠지. 아일리시는 숨을 참으며 평생 알아왔던 얼굴을 떠올리려고 애쓰지만 그 대신 물에 비쳐서 자꾸 깨지는 이미지만 보인다. 아빠, 그녀가 말한다, 정말 걱정했어요, 언제 아빠한테 갈 수 있을지 모르겠어요. 나는 걱정하지 마라, 그가 말한다, 난 괜찮을 거다. 아, 아일리시가 말한다, 방금 기억났어요, 제가 헛간에 둔 것 같아요. 뭘 헛간에 둬? 전정가위요, 제가 푸크시아를 자를 때 아빠가 주셨잖아요, 있잖아요, 정말 괜찮으시겠어요? 먹을 건 충분한가요? 당장 필요한 건 없어요? 그녀가 전화를 끊고 보니 바로 앞 바닥에 사진이 엎어져 있다. 사진을 집어 들고 어린 마크가 양쪽 엄지를 들고 물놀이 미끄럼틀 입구로 나오는 모습을 본다, 나무 액자 틀이 느슨해졌지만 유리는 무사하다, 이 사진을 어디서 찍었는지 기억이 나지 않는다. 생장드몽이야, 그녀가 소리 내서 스스로에게 말한다. 그게 뭔데요? 거실에서 베일리가 말한다. 뭐가 뭐야? 아일리시가 이렇게 말하며 베일리를 보니 마크가 보인다, 어쨌거나 닮은 점이 있다.

찬물로 빠르게 샤워를 한다, 아마 앞으로 며칠 동안 이번이 마지막 샤워일 것이다, 그녀는 몰리에게 아래층으로 내려가라고 한 다음 문을 잠그고 물줄기 앞에 서 있다가 이를 악물고 그 속으로 들어간다. 머리에 손을 대자 꿈인 양 머리카락이 쑥쑥 빠진다. 머리카락이 까만 수초처럼 발밑으로 흘러내리고, 샤워를 마치고 나온 그녀는 머리카락을 집어서 변기에 넣고 물을 내린다. 갑자기 중화기 교전 소리가 들려서 창가로 가 바깥을 내다보려 하지만 교전이 얼마나 멀리서 벌어지는지 알 수 없다, 나무들 위로 따뜻하고 파란 하늘이 펼쳐져 있다, 몰리가 리본을 마지막으로 묶은 지 얼마나 지났을까, 2주는 되었을 것이다. 그녀는 어느새 몰리 앞에서 허리에 손을 얹고 서 있다. 제발 아래층으로 내려가라고 했잖아, 아일리시가 말한다. 몰리가 묘한 표정으로 그녀를 보더니 소리를 지르기 시작한다, 우린 죽을 거예요, 우린 죽을 거예요. 아일리시가 몰리의 손을 홱 잡아당겨 침대에서 끌어 내리며 이만하면 충분하다고 말한다, 욕실로 데려가서 물을 틀고 몰리의 옷을 벗긴 다음 차가운 것도 신경 쓰지 않고 딸을 물줄기 속으로 밀어 넣는다, 가녀리고 하얀 몸은 팔을 들어 가슴을 가릴 뿐 아무 저항도 하지 않는다. 너 안 죽어, 아일리시가 말한다, 그냥 아래층으로 좀 내려가자, 전투가 우리 집 근처로 다가오지는 않을 거야. 그녀는 물줄기 속으로 들어가서 샤워 타월로 몰리를 급하게 문지르며 씻긴다, 무릎을 꿇고 몸을 굽혀 딸의 발을 씻긴다, 몰리가 몸을 덜덜 떨고, 아일리시는 옷을 입은 채 들어왔기 때문에 무릎이 다 젖고 블라우스 팔 부분도 흠뻑 젖는다. 네가 정신 차려야 해, 아일리시가 말한다, 아빠가 돌아와서 저 문으로 들어왔을 때 누구를 만나면 좋겠니, 아빠가 두고 갔던 딸이니, 아니면 유령이니? 그녀가 고개를 들어 몰리를 보자 텅 빈 미소가 보인다. 하지만 아빠는 돌아오지 않아요, 몰리가 말한다, 아빠는 죽었으니까 안 돌아와요, 몰랐어요? 그 사람들이 말 안 해줬어요? 왜 안 했을까. 몰리의 몸을 씻기던 손이 멈춘다, 호흡이 목에 걸리고 샤워 타월이 손에서 떨어지고 아일리시가 천천히 일어선다. 엄지와 검지로 몰리의 턱을 잡고 얼굴을 들어서 눈을 제대로 보려고 하지만 그 눈은 아일리시를 보지 않으려고 홱 돌아간다. 다시는 그런 말 하지 마, 그녀가 말한다, 그런 말은 생각도 하지 마, 네 아버지는 죽지 않았어, 아무도 그런 말을 하지 않았으니까, 무슨 소리를 들었는지 모르지만 그중에 진실은 하나도 없어, 지금 진실은 하나도 없어, 너도 모르고 아무도 몰라, 그 어떤 진실도 알 수가 없어. 몰리의 몸에 저장된 것, 심장에 갇힌 것이 풀려나면서 흐느낌이 되어 입을 통해 나온다, 몰리의 손이 허공을 움켜쥐자 아일리시가 딸을 끌어당겨 안고서 속삭이며 뒷머리를 어루만진다. 우리는 이미 터널에 들어왔고 돌아 나갈 수는 없어, 아일리시가 말한다, 반대편 빛이 보일 때까지 그냥 계속, 계속 앞으로 가야 해. 그녀가 몰리의 머리카락에 비누 거품을 내고 두피를 부드럽게 마사지하면서 손끝으로 몰리의 마음을 감지한다, 몰리가 삶을 어떻게 생각하는지, 세상이 사라지고 그녀의 눈에서 세상이 쏟아져 나온 지금 세상으로 가득 차 있던 마음은 어떻게 되었는지 감지한다, 아일리시가 노란 수건으로 몰리의 몸을 닦고 나서 수건을 둘러주고 의자에 앉힌다. 하키에 대해서 네가 나한테 하던 말 있잖아, 넌 절대 지지 않는다고, 배우거나 이기거나 둘 중 하나라고 했었잖아, 우리도 지금 배우고 있는 것 같지 않니, 넌 엄마한테 돌아와야 해, 난 그 어느 때보다 네가 필요해. 몰리가 얼굴을 들지만 텅 비고 무방비한 얼굴이다, 마치 모든 고통이 사라지고 그저 바라보기만 하는 것 같다, 아무도 살지 않는 몸속에서 내다보는 것 같다, 몰리의 목소리가 속삭인다. 아빠가 죽지 않았다면 난 왜 이런 기분이 드는 거죠? 왜 종일 가슴속에서 그런 느낌이 드는 거죠? 잘 때도 그러고 한밤중에 잠에서 깨도 그래요, 내 안에서 뭔가 죽어가는 기분이에요, 맞아요, 내 안에서 죽어가는 것이 내 가슴에 간직하고 있던 아빠의 일부일까 봐 두려워요, 그래서 너무 두려워요, 내 가슴에 아빠를 간직하고 싶지만 방법을 모르겠어요. 아일리시가 손을 잡으려고 다가가지만 몰리가 양손을 들어서 막는다. 저번에는 아빠가 돌아오시는 꿈을 꿨어요, 몰리가 말한다, 밤 9시였는데, 아빠가 문으로 들어와서 부츠를 벗어 던지고 슬리퍼를 신었어요, 종일 직장에 있었는데 핸드폰을 찾을 수 없었다고 했어요, 그렇게 간단한 일이었어요, 아빠가 저녁 식사를 하고 소파에 앉아 있던 내 옆에 앉아서 팔로 나를 감쌌고, 그때 잠에서 깼어요. 아일리시가 몰리의 손을 어루만지면서 마음의 짐으로 괴로워하느라 커다래진 눈을 바라본다, 목구멍 깊숙이 파닥거리는 심장을 본다. 아빠는 늘 너와 함께 있어, 아일리시가 말한다, 떠나 있어도 마찬가지야, 그게 그 꿈의 의미야, 아빠는 항상 여기에 너와 함께 있다는 걸 알려주려고 집에 온 거야, 왜냐면 아빠는 늘 네 마음속에 살아 있으니까, 아빠가 지금 여기서 팔로 너를 감싸고 있어, 아빠는 항상 여기 있을 거야, 왜냐면 어렸을 때 우리가 받은 사랑은 우리 안에 영원히 간직되어 있으니까, 그리고 아빠는 너를 너무 많이 사랑했어, 너에 대한 아빠의 사랑을 빼앗거나 지울 수는 없어, 나한테 설명을 묻지는 말고 그냥 진실이라고 믿어, 그게 진실이니까, 그게 인간 마음의 법칙이야.

그녀는 거실의 어둠 속에서 깨지만 잠을 잤는지 잘 모르겠다, 핸드폰을 보니 1시 20분이다, 몰리가 품에 안겨 있고 베일리는 옆 매트리스에서 잔다. 요람은 벽에 붙어 있다. 포격과 총성이 며칠이나 이어졌을까. 밤에는 교전이 멈추었지만 그녀의 몸은 정적을 믿지 않는다. 신경을 쿡쿡 찌르는 감각, 두개골 깊숙이 쿵 울리는 소리. 아일리시가 몰리를 향해 돌아누워서 얼굴을 머리카락에 대고 숨을 들이마시자 흐릿한 재스민 향기가 난다. 잠든 숨결 아래 평화로운 마음이 느껴진다. 그녀는 손을 뻗어서 공포를 뿌리째 뽑고 마음을 어루만져 예전의 형태로 돌려놓는다. 몰리의 마음속 어둠에서 무언가가 날개를 달고 날아갔다. 아일리시는 몰리를 가만히 안고 있다가 몸을 돌리고 일어나서 부엌으로 간다. 별들의 황혼을 맞이한 하늘, 땅에 뿌리 내린 나무들을 보며 생각한다. 선한 세상이 다시 와서 높고 행복한 목소리들이 들려오겠지. 발이 슬리퍼를 찾는 소리와 자전거가 포치를 통해 들어오는 소리가 들리겠지. 아일리시는 밤하늘을 수색하는 조명탄 불꽃을 본다. 캄캄한 바다에 멍하니 떠다니는 발광 물고기 같은 그 모습을 보면서 다른 방에 두고 온 생각을 다시 마주한다. 그 생각이 부엌까지 따라와서 지금 바로 앞에 서 있지만 그녀는 듣고 싶지 않다. 이런 파괴 행위를 돕는 사람이 그녀의 아들이라고 말하는 생각, 이 파괴 행위가 끝날 때까지 아들은 돌아올 수 없다고 말하는 생각을 듣고 싶지 않다. 아일리시는 폭풍 같은 중화기 교전 소리에 다시 깬다. 아기가 요람에 서서 엄마를 부르고, 그녀는 아기를 안아서 무릎으로 땅을 짚은 채 몸을 앞뒤로 흔들어주며 달랜다. 포성이 가까이에서 들릴 때마다 자기도 모르게 어깨뼈가 조여들지만 아이들은 굉음에도 불구하고 약이라도 먹은 것처럼 잔다. 새벽이 부엌 창문을 통해 집으로 들어오고 원래 커피테이블이 있던 바닥에 내던져진 듯한 모양새로 잠든 아이들에게 빛이 떨어진다. 커피테이블은 밀어서 벽에 붙여놓았다. 아이들의 교과서와 어젯밤에 저녁 식사를 하면서 쓴 컵과 접시가 그대로 올려져 있다. 총성이 멈춘 사이 남자 목소리가 서로를 향해 외치고, 잠시 그녀는 과체중의 남자들이 서로 공을 달라고 외치는 일요일 조기 축구를 상상한다. 또 다른 목소리가 들려온다. 메가폰에 대고 끊임없이 말하는 정부군의 고저도 없고 단조로운 소리를 듣자 목구멍 저 밑에 뭔가가 걸린다. 이 지역 사람들 모두에게 들린다. 저 남자는 꼭 정육 코너의 가격 인하를 알리는 슈퍼마켓 매니저 같다. 우리는 사람을 보내서 너를 찾아낼 것이다. 너를 찾아내면 네가 누군지 알아낼 수 있고, 네가 누군지 알아내면 네 가족을 확인해서 잡으러 갈 것이다. 포탄이 폭발하면서 땅에 주름을 만들고, 남자의 목소리가 사라진다. 아일리시는 숨을 쉬라고 스스로에게 말한 다음 벤을 안고 누워서 자려고 애쓰지만 잠이 오지 않는다. 깜빡 졸았는지 잠시 후 눈을 뜨니 베일리가 안 보이고 부엌에도 없다. 위층 욕실에 들어가서 문을 잠근 것이다. 지금 당장 내려와, 그녀가 소리친다, 위층에 올라가지 말라고 몇 번이나 말했니? 그녀가 벤을 안고 올라가서 문을 두드린다, 당장 열어. 변기 물을 내리려고 하는 소리가 들리고, 곧 베일리가 문을 열더니 겁먹은 표정으로 그녀를 보며 물탱크를 가리킨다. 물이 안 내려가요, 베일리가 말한다, 수도꼭지에서 찬물도 안 나와요. 아일리시는 베일리의 말을 못 믿겠다는 듯이 세면대를 본다. 위층에 올라오지 말라고 몇 번이나 말했니, 볼일을 꼭 봐야 하면 부엌에 있는 양동이를 써. 그녀가 잘못했다는 듯이 뾰로통한 얼굴이 홱 돌아간다. 그렇게 화낼 필요 없어요, 베일리가 말한다, 깜빡했을 뿐이에요, 그리고 곰이 빌어먹을 부엌이 아니라 숲에 똥을 싸는 건 이유가 있어서 그런 거예요. 아일리시는 베일리가 손으로 난간을 쓸면서 아래층으로 내려가는 것을 지켜본 다음 세면대 수도꼭지를 확인한다, 부엌 수도꼭지에서도 물이 나오지 않는다, 만일의 경우에 대비해 플라스틱병에 물을 받아놓았지만 부족할지도 모른다. 그들은 거실에서 가스 불을 피워 아침 식사로 빵을 구워 먹은 다음 노트북으로 만화를 본다, 몰리가 남긴 식은 빵을 베일리가 흘끔거리더니 손을 미끄러뜨리고 순식간에 빵이 사라진다. 아일리시는 라디오 옆에서 보도에 귀를 기울인다, 정부군이 후퇴 중이야, 그녀가 말한다, 남쪽에서 반란군이 운하까지 전진했대. 12시가 넘었을 때, 베일리가 손가락 하나를 아일리시의 손목에 댄다. 저 소리 들려요? 베일리가 말한다. 전투가 멈춘 것 같아요. 그들은 참치와 올리브유, 빵으로 차가운 점심을 먹는다. 오후까지 이어지는 정적을 믿을 수가 없다. 정적이 짙어지자 불안해진다. 그것은 힘을 모으고 있음을 말해주는 정적, 다음 포격을 기다리는 정적, 늑대가 지푸라기로 만든 집 문을 두드리기 전의 정적이다. 그녀는 아이들에게 잠시 조용히 하라고 말한 다음 거리에서 들리는, 점점 느려지는 엔진 소리에 귀를 기울인다. 남자들의 목소리도 들린다. 매트리스를 치우고 정면 창문을 내다보지만 아무것도 보이지 않는다. 위층에 올라가고 싶지 않건만, 떨리는 공기 속에서 아일리시가 자기 방 커튼 틈으로 바깥을 내다보니 검문소에 멈춰 선 닛산 픽업트럭 옆에 면도를 하지 않은 두 남자가 보인다. 임시 전투복에 연갈색 운동화를 신고 소총을 끈으로 가슴에 맨 남자는 핸드폰 신호를 찾으려 애쓰는 듯한다. 티셔츠와 청바지 차림에다가 어깨에 무기를 멘 또 다른 남자가 야구 모자를 벗고 목덜미를 긁는다. 귀가 쫑긋 선 잭러셀테리어가 길 건너 창문에서 바깥을 바라보고, 무기를 든 남자 네 명이 먼지와 흙이 뒤덮인 얼굴로 걸어온다. 민간인 옷과 불용 군복이 섞인 복장이다. 그들이 검문소를 해체하기 시작하더니 모래주머니 양쪽 끝을 잡고 도로 옆으로 끌고 가서 쌓는다. 마약중독자였던 치아가 없는 남자도 돌아와서 사람들에게 담배를 권하고 만들 때 도왔던 바리케이드의 해체를 돕는다. 그럼 이제 자유인 거구나, 그녀는 이렇게 생각하지만 심장은 자유로워질 수 없다, 반란군을 보고 기쁨에 차서 소리를 지를 수 없다, 그것은 기쁨이라기보다는 안도이고, 안도라기보다는 그녀의 가장 깊은 두려움을 깨우는 무언가, 그녀가 아무리 애써도 녹일 수 없는 차가움이다, 무슨 생각을 하든 그 옆에서 계속 맴도는 생각이다, 남편과 아들이 집으로 돌아오지 않으면 어떻게 하지? 아일리시는 남자들이 거리에 서서 담배에 불을 붙이고 핸드폰 신호를 잡으려고 애쓰는 모습을 내려다보면서 혐오감에 휩싸인다, 그녀의 눈에 보이는 것은 남자들이 아니라 어둠에서 태어난 낮에 과시하며 돌아다니는 그림자이다, 그들은 죽음에 죽음으로 맞섬으로써 죽음의 끝을 만들어냈다. 이 집 저 집에 내걸렸던 깃발이 얼마나 빨리 사라졌는지 하나도 남지 않았다. 30분 만에 군인들이 사라지고, 도로가 깨끗해지고, 사람들이 집에서 나온다, 제리 브레넌이 마당을 쓸고, 머리가 벗겨진 거구의 남자가 얼룩진 분홍색 티셔츠를 입고 푸들 옆에 서 있고, 푸들은 나무를 겨냥해 다리 한 짝을 올린다. 밖에 나가고 싶어요, 베일리가 거리를 지나가는 청소년을 보면서 말한다, 나가서 아이스크림 먹고 싶어요.

7

전투는 맹렬하게 움켜쥐는 물살처럼 코널로를 휩쓸고 지나며 벽과 주택 전면을 잔해로 만들었다. 뼈색으로 탄 토요타 미니밴 차체가 세찬 물결에 휩쓸린 것처럼 도로에 덩그러니 놓여 있다. 아스팔트는 구멍과 파편으로 가득하다. 그녀는 래리에게 절대 믿지 못할 것이라며 이 모든 이야기를 하고 있다. 주요 도로 옆 상가 건물은 며칠이 지난 뒤에도 여전히 연기를 내뿜고, 창문과 차체가 망가진 자동차와 나뭇잎에 시멘트 먼지와 재가 쌓인다. 공기 중에 희미하게 떠다니는 하얀 먼지가 학교 앞에 서 있는 불굴의 당단풍나무에 아직도 떨어지는 듯하다. 당단풍은 누가 불을 붙이려고 한 것처럼 밑줄기 상단 절반이 그을렸다. 길가의 창문은 전부 쓰레기봉투나 비닐 시트로

막아두었고 민박집 앞에서 어떤 노인이 퇴창에 댄 합판에 못을 박고 있다. 도시의 이미지에 외국의 전쟁 장면이 담긴 투명 필름을 겹쳐놓은 듯이 동시에 두 곳이 보이는 이 거리, 여름의 색채가 파멸의 잿빛 색조와 합쳐져 빠르게 지나간다. 급수 트럭 앞에 줄을 서면 얼마나 걸릴지 아무도 모른다. 그녀는 베일리와 함께 서서 통이나 병을 흔드는 사람들과 이우는 저녁 햇빛 속에서 밀치락달치락하는 아이들을 바라본다. 이런 플라스틱병 몇 개만으로는 물을 충분히 받을 수가 없어, 그녀가 말한다, 더 나은 걸 찾아야 해. 도시가 쉬고 있는 듯한 이 거짓된 느낌, 여름의 백일몽이 웅웅거리는 잔디 깎이 소리, 정원에서 만찬을 즐기는 새들, 다들 인플레이션에 대해 이야기한다, 모든 가격이 열 배, 스무 배 올랐다, 거리 끝에서 어떤 남자가 10유로를 받고 발전기로 핸드폰을 충전해준다, 전기가 들어와도 전기세가 무서워서 집에서는 아무것도 켤 수 없다, 계속 이런 식이면 화폐는 무용지물이 될 것이다. 반란군 병사들을 태운 픽업트럭이 지나가자 그녀는 마크의 얼굴을 찾는다, 급수 트럭 앞에서 경비를 서는 반란군을 보면서 그들 사이에서 잡담을 나누고 담배를 피우고 핸드폰을 확인할 법한 아들의 모습을 본다, 그들은 즐거워 보인다, 불과 얼마 전만 해도 각양각색의 직업을 가지고 있거나 학생, 수련생, 무직자였는데 눈 깜짝할 사이 유혈 사태에 익숙해졌다. 베일리는 왜 마크가 전화하지 않는지 궁금해한다, 지금쯤이면 벌써 소식이 들려왔어야 해요, 라고 말한다. 그녀는 베일리의 얼굴을 찬찬히 살피면서 입술 위의 부드러운 털이 두꺼워지기 시작했음을 알아차리지만 면도하라고 말하고 싶지 않다, 그건 엄마의 일이 아니다, 래리나 마크가 나중에 말하면 된다. 나도 몰라, 그녀가 말한다, 이제 정말 모르겠어, 아직 당분간은 소식이 없을지도 몰라, 다른 지역에서는 아직 전투 중이야, 전화하는 게 너무 위험할지도 몰라, 누가 듣고 있을 수도 있으니까, 잠깐 어깨 좀 빌려줘, 신발에 뭐가 들어갔나 봐. 그녀가 베일리의 어깨에 손을 얹고 한쪽 신발을 벗어 양말을 만져보니 돌멩이도 아니고 돌멩이의 씨앗, 천천히 꾸준히 자라 날카로운 바위가 되는 씨앗이 있다, 양말을 뒤집어서 탈탈 털고는 다시 신는다, 시험 삼아 발을 디뎌보자 씨앗이 사라진 것 같지만 몸을 앞으로 숙이자 발볼에서 다시 느껴진다.

그녀가 베티 브레넌의 낡은 자전거를 타고 페달을 밟자 도시가 스스로 숨을 쉬며 살아난다, 길가에 쓸어 모아둔 잔해 속에서 산산조각 난 유리가 반짝인다. 버스 노선을 따라 늘어선 광고판에 포스터가 얼마나 빨리 붙기 시작했는지, 손으로 쓰거나 컴퓨터로 쳐서 뽑은 종이에 실종된 남녀, 정권에 의해 체포되거나 구금당한 사람들의 사진이 나붙었다, 어느 순간 침대에서 자다가 깨보면 GNSB가 당신 방에 서 있고, 옷을 입으라고 한 다음 신발 찾는 것을 도와준다. 그녀는 포스터에 붙은 얼굴들을 유심히 보면서 그들의 이름을 나지막이 말해본다, 우리 오빠를 찾아주세요, 우리 친구를 보셨나요, 사랑하는 우리 엄마가 사라졌어요, 우리 아들이 실종됐어요—— 헬리콥터가 도시 위에 떠다니고 그녀는 자전거에서 내려 아버지의 집으로 끌고 가면서 감사의 말을 속삭인다, 모든 것이 원래 그래야 할 모습 그대로이다, 현관문은 닫혀 있고 개는 안에 있으며 그녀의 상상과는 다르다. 그녀는 칠이 벗겨지는 대문을 들어서 열고 자전거를 안으로 끌고 들어간다, 길 건너편 집을 스치듯 보지만 잠시 멈춰 창문 뒤에서 어른거리는 털리 부인에게 아는 척하지는 않는다, 그 집 베란다 벽에 걸리거나 화분에 심긴 식물들은 20년 동안 꽃이 피지도 않고 죽지도 않는다. 그녀가 아버지의 집 문 앞에 서 있는데 길 건너에서 그녀의 이름을 부르는 소리가 들린다, 털리 부인이 대문까지 나와서 팔을 흔들고 있다. 아, 안녕, 아일리시, 아버지 괜찮으신가 해서, 요전에 목줄을 들고 나가시는 걸 봤는데, 개도 없이 개 목걸이만 끌려가더라고. 그녀가 문을 열고 안을 향해서 부른다. 계세요? 아빠, 저예요, 아일리시. 그녀가 자전거를 끌고 들어가자 담배 냄새는 사라졌지만 개 냄새는 난다, 부엌에서 스펜서가 으르렁거린다. 복도로 나온 얼굴에 떠오른 미소는 아버지의 것이지만 흰 수염은 다른 사람의 것이다. 새로운 모습이 마음에 드네요, 그녀가 말한다, 위엄 있어 보여요. 나는 하나도 마음에 안 든다, 그가 말한다, 그 빌어먹을 것, 이름이 뭐냐 그거, 아버지가 자기 얼굴을 가리킨다, 그게 작동하질 않아, 자전거는 어디서 났냐? 누구한테 기어를 좀 봐달라고 해야겠어요, 그녀가 말한다, 자꾸 걸려요, 집에 애들밖에 없어서 통금 시간 전까지는 돌아가야 해요, 반군 검문소를 두 군데나 지났고 세 번째 검문소에서는 다시 돌아가라고 해서 빙 둘러서 왔어요, 반군이 계속 규칙을 만들어내는데, 예전 정권만큼이나 나빠요, 우리 동네에서는 메가폰 달린 밴이 돌아다니면서 팔뚝만큼 긴 규제 사항을 읊어요, 저녁 7시 이후에는 아무도 못 나가요. 차를 마시고 싶겠지, 사이먼이 말한다, 우유도 없고 전기도 들어왔다 나갔다 하지만 그래도 가스는 있으니까. 적어도 수돗물도 나오고요, 그녀가 말한다. 그녀는 그를 유심히 지켜본다, 더러운 그릇이 조리대에도 있고 개수대에도 쌓여 있다, 아버지는 나이프와 포크, 접시와 컵도 없이 지낸다, 그녀는 아버지가 그동안 손에 물을 받아 마셨다는 듯이 그의 손을 바라본다. 스토브 켜놓고 뭐 하세요? 그녀가 말한다, 지금 한여름이에요. 그녀 앞의 얼굴이 영문을 모르겠다는 표정을 짓더니 고개를 돌려 개를 관찰한다. 저 태양은 열기가 없어, 그가 말한다, 발에 축축한 습기가 느껴져, 저 빌어먹을 개가 어쨌는지 이야기해

줄까, 저번에 공원에서 도망을 갔지 뭐냐, 목줄을 하고 있었는데 어느 순간 보니까 없는 거야, 집에 돌아왔더니 정원에서 저녁을 기다리고 있더라, 여기가 5성급 호텔인 줄 안다니까. 그녀는 슬픔에 잠겨 아버지를 보면서 생각한다, 자기 자리를 지키는 늙은 지휘관을, 사라져가는 세상을 내다보는 고집스러운 마음을 본다, 스펜서는 두 사람 모두에게 시무룩한 표정을 지으며 눈을 깜빡이더니 고개를 숙여 머리를 앞발에 얹는다. 차에서 곰팡이 맛이 난다, 그녀는 접시를 씻고 조리대를 닦으면서 어깨 너머로 사이먼에게 말을 건다. 태프트 부인이 오지 않으리란 걸 알았어야 했는데, 이제 도움을 받을 수 없을 거예요, 당분간 우리 집에 가서 같이 지내시면 아무 걱정도 없는데, 식사도 다 챙겨드릴 거고 치우실 필요도 없어요, 이 모든 사태가 끝날 때까지 편하게 지내시면 돼요, 우리도 집에 남자가 있으면 좋을 거예요. 그 여자가 아직도 내 물건을 훔치고 있어, 그가 말한다. 아빠, 청소하시는 분이 안 온 지 벌써 몇 주는 됐어요, 있잖아요, 정말 협조해주셔야 해요, 아빠가 혼자 어떻게 지내실지 전 정말 모르겠어요, 슈퍼마켓도 닫았고, 물건을 구하려면 몇 시간씩 줄을 서야 해요, 상황이 끝날 때까지 우리가 한 지붕 밑에서 지내면 훨씬 쉬울 거예요, 택시를 부르면 돼요, 아직 한두 대 정도는 있겠죠, 짐을 싸서 오늘 바로 가요. 그 여자한테 돈 줬냐? 그가 말한다. 누구한테 돈을 줘요? 태프트 부인

말이다, 네가 이제 돈을 안 주니까 도움을 못 받는 거 아니냐. 아빠, 돈이야 당연히 드렸죠, 저기, 제 말을 들으세요, 이제 도시를 가로질러 다니기가 힘들어요, 도로는 아직도 엉망이고 어딜 가든 길이 가로막혀 있어요, 상황이 불안정해요, 당분간 제가 못 올지도 몰라요—— 이미 말했잖냐, 나는 지금 이대로 더할 나위 없이 괜찮아, 안 그러냐, 스펜서? 내가 너희 집에 가면 귀찮게만 할 거고 필요한 물건도 다 있어, 다른 이야기를 하자, 넌 점점 네 엄마 같아지는구나.

어떤 여자가, 모르는 사람이 부엌에 앉아 있다, 아일리시가 자전거를 끌고 들어가자 몰리가 얼른 의자에서 일어나 손짓으로 미안하다고 한다. 여자가 고개를 돌리더니 엄숙한 초록색 눈으로 인사한다. 스택 씨, 그녀가 말한다, 이런 식으로 쳐들어와서 죄송하지만 이야기 좀 나눌 수 있을까요? 아일리시가 자전거를 바깥에 세우고 싱크대로 가서 물을 받아 손을 씻는다. 집이 너무 조용하네요, 그녀가 이렇게 말하고 고개를 돌려 몰리를 본다, 베일리는 위층에 있니? 한 시간 전에 내가 벤을 재우는 사이에 나갔어요, 어디 갔는지 몰라요. 두 사람 다 집에 붙어 있으라고 말한 것 같은데. 몰리가 어깨를 으쓱하더니 시선을 피하고, 아일리시는 청바지에 손을 닦고 몰리에게 나가라고 손짓한 다음 유리문을 닫고 허리를 편다. 제 아들 일로 오셨나요? 신속하고 깔끔한 미소, 정돈된 손과 손톱, 자신만만하고 우아한 태도. 당신 동생이 보내서 왔어요. 아냐가요? 그녀가 말한다, 저는 아들 소식을 가지고 오셨나 했어요, 커피는 없지만 원하시면 차는 드릴 수 있어요. 그녀가 캠핑용 스토브에 놓인 냄비를 손으로 가리키지만 여자가 미소를 지으며 거절한다. 문가에서 귀를 기울이는 몰리의 그림자. 같이 나가시죠, 아일리시가 이렇게 말하며 따라오라고 손짓한다. 그들은 정원으로 나가서 나무 그늘로 간다, 젊은 여자가 리본으로 손을 뻗어서 잠시 만져보고 놓는다. 여기서 얘기하면 아무도 못 들어요, 아일리시가 말한다, 이름을 말씀해주지 않으셨네요. 저는 작은 단체 소속이에요, 당신은 우리가 누군지 알 필요 없어요, 당신 동생 같은 사람들이 우리를 고용해요, 이 나라 밖에 살면서 사랑하는 이들을 도울 수 있는 사람들 말이에요. 젊은 여자는 정원 맞은편 주택들의 뒤편을 보고 있다, 그녀가 외투에 손을 넣어 마닐라 봉투와 동그랗게 말아서 고무줄로 묶은 지폐 뭉치를 꺼낸다. 이 서류를 안전하게 보관하세요, 그녀가 말한다, 고위 관료가 서명하고 사법부의 인장이 찍힌 서류예요, 이게 있으면 아무 방해 없이 정부 영토로 건너가서 아이들에게 먹일 신선한 고기와 채소, 유제품을 세상이 끝난 듯한 가격을 내지 않고도 살 수 있어요, 있잖아요, 스택 씨, 저는 당신 가족을 빼내달라는 당신 동생의 부탁을 받아서 여기 왔어요, 아이들과 당신 아버지까지 말이에요, 빨리 움직여야 해요. 아일리시는 정원에 서 있는 젊은 여자를 보고 있지만 동시에 토론토의 자기 집에 있는 동생을 본다, 남편과 이야기하는 아냐, 전화로 계획을 세우는 아냐, 그녀는 몇 주째 동생과 통화하지 못했다. 빼낸다고요? 그녀가 말한다. 네, 사진이랑 개인 정보가 필요해요, 그래야 여권과 신원 증빙 서류를 위조해서 당신 가족을 외국으로 빼낼 수 있어요, 캐나다로 건너갈 방법은 당신 동생이 준비할 거예요. 자아의 바닥에 무언가가 소리 없이 추락했다, 그녀는 시선을 돌려서 담쟁이덩굴이 지저분하게 뒤덮인 벽을 본다, 봄에 새로 식물을 심었어야 하는 화단들, 이 정원에는 할 일이 너무 많다, 눈을 감고 모든 것이 사라지는 것을 바라본다, 앞으로 다가올 시간이 검은 입처럼 펼쳐지고 그 어둠 속에서 형언할 수 없는 그녀의 실패가 거대하게 모습을 드러낸다. 빼낸다고요? 그녀가 그 말을 다시 속삭이며 손안의 지폐를 꽉 쥐고 청바지 주머니에 밀어 넣는다. 네. 그냥 그렇게요? 그녀는 이 말을 하면서 여자를 볼 수가 없다. 어느 정도 위험은 있지만 우리가 항상 하는 일이고── 나무껍질의 텅 빈 눈이 목격자다, 시력도 없이 보는 눈은 바람에 깜빡이지 않고 넓게 펼쳐진 세상을 마주한다, 그녀는 여자의 까만 앵클부츠를 내려다본다. 받아들이기 벅찬 이야기네요, 그녀가 말한다, 제가 말하려는 건, 그러니까, 난 그렇게 생각하지 않아요, 아뇨, 이건 내가 원하는 게 아니에요. 여자의 얼굴은 감정이 전혀 드러나지 않는다, 입술이 그녀 앞에서 차분하게 숨을 쉬고, 맑은 초록색 눈이 그녀를 주의 깊게 읽는다. 저한테 이름을 알려주지 않으셨어요, 아일리시가 말한다. 매브라고 부르세요. 당신 어머니 이름인가 보군요, 매브, 말해봐요, 내 동생은 어떻게 나더러 그냥 떠나라고 할 수 있죠? 나한테 미리 말도 안 하고 말이에요, 이런 집이 버려지면 어떻게 되는지 아세요? 큰아들이 언제 돌아올지 몰라요, 파티오 문을 열고 몸을 숙이고서 떠난 적도 없는 것처럼 부엌으로 들어올 거예요, 냉장고로 가서 햄이 없다고 말하고 의자를 꺼내 앉아서 아빠 소식은 없냐고 묻겠죠, 남편이 잡혀갔거든요, 사라진 이후로 소식을 전혀 듣지 못했어요—— 정원의 여름밤들, 그녀 앞에 놓인 재투성이 화덕의 녹과 상흔, 그녀는 눈을 감고 래리가 잔에 와인 따르는 모습을 보지만 눈을 뜨자 나무에 슬픔이 걸려 있다, 바람에 흔들리는 리본이 무언가를 가리키는 손가락처럼 너울거리며 그녀에게 가라고 속삭인다. 젊은 여자가 시선을 들고 미소 짓는다. 프루누스아비움(Prunus avium)이네요, 여자가 말한다. 뭐라고요? 당신 벚나무 말이에요, 야생 양벚나무예요, 우리 할머니가 식물학자였거든요, 할머니랑 시간을 보내는 건 열 살에 라틴어 학위를 따는 것과 다르지 않았어요, 나무들이 나이가 많아 보이네요, 오래전에 심었나요? 네, 아마 그럴 거예요, 우리가 이 집을 샀을 때 이미 다 자란 나무였거든요, 남편은 나무를 자르든지 폭풍 때 한 그루가 쓰러질 걸 각오해야 한다고 생각하지만, 모르겠어요, 저는 그냥 기다려보려고요, 봄에 꽃이 피면 정말 아름다워요. 스택 씨, 동생분이 당신 남편에 대해서 말해주었어요, 무슨 말을 해야 할지 모르겠네요, 당신이 아는 것을 전 몰라요. 그녀가 계속 말하려다가 입술을 말고, 아일리시는 그 입술을, 아무 말 없이 무언가를 말하는 눈을 본다, 그 눈이 하려는 말이 들리지만 듣고 싶지 않다, 그 눈은 틀렸다, 아무것도 모른다, 아무것도 증명되지 않았으니 그 눈은 아무것도 알 수가 없다. 스택 씨, 어려운 결정을 내려야 해요, 고국을 떠나는 건 가장 어려운 일이지만 당신이 현재 상황을 똑바로 보고 있는 것 같지 않아요, 이제부터 일어날 일을 말이에요, 머리 위의 정찰기를 보세요, 종일 저 위에서 뭘 하는 걸까요, 휴전은 오래가지 않을 거예요, 반란군은 동력이 떨어졌고 군대가 그들을 포위하기 시작했어요, 이 도시의 남부는 포위당할 거고 군대는 이곳을 지옥으로 만들 거예요, 반란군을 연달아 공격해서 항복을 받아낼 거예요, 당신은 세상으로부터 차단당하고 필요한 물건도 구하지 못할 거예요, 제가 말한 것 중에 비밀은 없어요, 애들을 생각하셔야 해요, 병원에 다녀야 하는 노령의 아버지도 계시잖아요—— 우리 아버지요? 아일리시가 손으로 나뭇잎을 잡아채서 구기며 말한다. 동생은 아버지를 위해서 아무것도 하지 않았어요, 아버지에게 필요한 건 집에 남아서 추억에 둘러싸여 지내는 거예요, 과거가 손 닿는 곳에 있어야 해요, 시간이 지나면 아버지에게는 그림자밖에 남지 않을 거예요, 세상에 대한 이상한 꿈밖에 없을 거예요, 지금 아버지를 망명시키는 건 존재 바깥으로 내모는 것과 마찬가지예요, 난 그런 일이 벌어지도록 놔둘 수 없어요. 스택 씨, 이해해요, 하지만 동생분이 이번 일 때문에 큰돈을 지불했다는 말씀은 드려야겠네요. 네, 그랬겠죠, 당신은 밀입국 브로커처럼 보이지 않는데요. 스택 씨, 저는 의대생이에요, 의대생이었죠, 다시 의대생이 될 때까지 지금은 이 일을 하고 있어요, 모든 것에 돈이 아주 많이 들어요, 여권과 서류도 위조해야 하고, 뇌물도 줘야 하고, 수송비도 있고, 위험이 없지는 않아요, 전 당신이 마음을 바꿀 거라고 믿지만 정말 서둘러야 해요, 사나흘 내로 젊은 남자를 보낼 테니 필요한 걸 전달하세요, 이건 당신이 그 사람에게 줘야 하는 것 목록이에요, 그동안은 이 서류를 이용해서 필요한 물건을 사세요, 인플레이션에 대처할 만큼 현금이 충분해요, 캐나다 달러가 아주 많이 올랐어요. 베일리가 유리문으로 다가오자 그녀는 순간적으로 그 나이 때의 마크를 본다, 고개를 돌리거나 다른 얼굴을 보는 시선에서 저 얼굴에 숨겨져 있던 것이 갑자기 드러난다. 그녀는 고개를 저으며 땅을 본다. 동생한테 미안하다고 전해주세요, 그녀가 말한다, 돈은 정말

고맙다고, 진심이라고 전해줘요, 연락이 가능해지면 저도 직접 말할게요, 물건이 정말 너무 비싸졌어요, 갚을 수 있는 상황이 되면 바로 갚을 거예요. 그녀는 젊은 여자가 거리를 따라 걸어가는 모습을 지켜보다가 복도 문을 닫는다, 부엌에 서 있는 베일리는 먼지와 흙이 잔뜩 묻은 채 각진 크림색 5리터짜리 통을 두 개 들고 있다. 베일리가 미소를 지으며 통을 바닥에 내려놓지만 어디서 구했는지 말하지 않는다. 통 안에서 곰팡이 냄새가 난다, 급수 트럭에서 받아 온 식수를 끓여서 통을 씻어야 한다, 그녀는 자랑스러움과 안도감을 느끼며 베일리를 보다가 화를 내며 쏘아붙인다. 난 널 도둑으로 키운 적 없어, 그녀가 이렇게 말하자 베일리의 눈이 분노로 까매지고 그녀를 작게 만들려는 듯이 가늘어진다. 왜 기뻐하지 않아요? 베일리가 말한다, 엄마는 무엇에 대해서도 기뻐하지 않아요, 난 이걸 다시 돌려놓지 않을 거예요. 그녀 앞의 얼굴이 다시 바뀐다, 이제 래리의 얼굴이다, 래리가 점점 분노하더니 어깨를 돌린다.

그들은 뒤엉킨 채 얕은 잠을 잔다, 그녀의 팔이 그의 허리를 감싸고 있다, 래리가 잠에서 깨어 뭐라고 속삭이더니, 그녀가 눈을 뜨자 어느새 침대 옆에 서서 슬픈 눈빛으로 천천히 고개를 젓는다. 왜 고개를 젓는 거야? 그녀가 이렇게 말하며 문으로 다가가는 그를 본다, 복도 불빛이 그의 얼굴을 찾아들고 그녀는 그를 모르는 것만 같다, 그는 래리이면서 동시에 다른 사람이다, 나이 들고 슬퍼져서 속이 텅 비어버린 남자이다, 다시 보니 그는 사라지고 없다. 그녀는 상실감에 무기력하게 잠에서 깨 하고 싶은 말을 생각한다, 어떻게 감히 꼭 죽은 것처럼 내 꿈에 찾아올 수가 있어. 그녀는 울면서 부엌으로 들어가 싱크대에서 잔을 들어 습관적으로 나오지도 않는 수돗물을 튼다. 파란 새벽 시간의 세상은 얼마나 낯설면서도 익숙한지, 비가 나무들 사이에서 속삭인다, 늘 내리던 곳을 향해서, 땅에 뿌리 내린 벚나무들을 향해서, 그가 사라지고 일주일마다 묶이는 한 줄기 빛을 향해서 말을 거는 태곳적부터의 비다. 호박빛이 길 건너 집 침실 창문을 채운다, 그녀는 빛이 욕실로 향하는 것을 지켜본다, 누군가 출근이라도 해야 하는 것처럼 일어났다, 욕실로 가서 세수하고 양치질하고 커피를 만든다, 아이들을 깨우고 학교 갈 준비를 시킨다, 그것이 우리가 사는 방식이다. 아이들이 잠에서 깨자 그녀는 공부를 계속해야 한다고, 학교가 곧 문을 다시 열 거라고 말한다, 뒤처지지 않았으면 좋겠어. 몰리는 기꺼이 혼자 공부하지만 베일리는 공부를 안 하려고 해서 그녀가 잠시 베일리와 함께 앉아 있다가 검문소를 지나 물건을 사러 가야 한다고 말한다. 기저귀요, 베일리가 말한다, 기저귀 잊지 마세요, 물티슈랑 화장지랑 초콜릿도요, 램프 배터리도 곧 떨어질 것 같아요. 그녀는 돌핀스반 지구 검문소로 간다. 2층 버스가 운하를 따라 한 줄로 늘어서서 저격수로부터 반란군 병사들을 가려준다. 그녀는 카맥 다리 앞에 줄을 서서 신분증 검사를 기다리며 손수레나 카트를 끌거나 짐을 들고 중간 지대를 오가는 사람들을 지켜본다. 반란군은 정부 영토에서 돌아오는 사람들의 물품을 수색한다. 모든 짐을 풀어야 한다. 머리카락이 새까맣고 나이 많은 여자가 가방을 내놓으라는 반란군 병사 두 명에게 양손을 번쩍 들고 소리치기 시작하더니, 병사 하나가 그녀의 손에서 가방을 빼앗을 때까지 멈추지 않는다. 가방에서 닭 한 마리가 깃털을 날리며 튀어나오고 여자가 도로를 따라 헐레벌떡 쫓아간다. 아일리시가 선글라스 뒤에 숨은 눈을 향해 신분증을 꺼내자 억양 없는 목소리가 왜 저쪽으로 건너가는지 묻는다. 머리 위에서 전투기 소리가 들려온다. 그녀는 신호등에 걸린 저격수를 조심하라는 표지판을 읽고 서둘러 다리를 건너면서 저 멀리 교차로에서 내려다보는 고층 건물의 창문을 바라본다. 생사가 달린 명령을 선언하는 권위 앞에 서 있는 느낌이 든다. 허스키하고 숨찬 목소리를 가진 나이 많은 여자가 옆으로 와서 아는 사이처럼 말을 건다. 오늘은 조용해서 정말 다행이에요. 올리버 본드 단지에 나이 많은 어머니가 계시는데 집 밖으로 나오기를 무서워해요. 정말이지, 전 이번 주 내내 거의 못 건너왔어요. 그런 사람이 정말 많아요. 당신은 어때요? 아일리시는 그녀의 얼굴을 보지도 않고 다리 건너 200미터쯤 떨어진 정부군 검문소를, 시멘트 블록과 모래주머니와 깃대에 축 처진 국기를 본다, 고개를 숙인 채 자전거를 타고 건너가는 남자를 본다, 그는 길 한가운데 버려진 부츠 한 짝을 피해 간다, 그녀가 신발장에 넣어놓았지만 한 번도 신지 않은 체리색 부츠와 비슷하다, 쌀자루를 실은 유아차를 밀면서 뛰다시피 걸어가는 젊은 여자, 발목이 부은 채 체크무늬 카트를 끄는 나이 많은 여인, 지팡이를 짚고 가는 키 크고 나이 많은 남자, 목줄도 없이 그 앞을 뛰어가는 잡종 개. 굽 1인치짜리 체리색 부츠가 가까워져서 내려다보니 지퍼를 내릴 새도 없이 벗겨진 신발이다.

사이먼은 거실에서 TV를 욕하고 그녀는 배낭에 넣어 온 물건을 부엌 식탁에 풀어놓는다, 그녀가 거실로 들어가 아버지 앞에 서서 허리에 손을 올린다. 수염 깎아드릴게요, 그녀가 말한다, 원하시면 여기서 깎아드릴 수 있어요. 그녀가 위층으로 올라가서 수건을 챙기고 욕실 벽장을 열어 면도 크림과 파란색 플라스틱 면도칼과 선반에 놓인 반쯤 남은 담배 한 갑을 주머니에 넣는다. 사이먼은 안락의자에 앉아 허벅지에 손을 올린 채 기다린다, 쫙 편 손가락에 검은 풀이 얽혀 있다, 그가 요란하게 숨을 내쉬고, 그녀는 아버지의 턱을 들어 얼굴을 찬찬히 살핀다, 오래된 땅에 내려앉은 두 개의 눈밭, 그녀는 남자 얼굴을 면도해본 적이 없다. 오래가지 않을 거야, 그가 말한다, 휴전 말이다, 그 소식 들었니, 놈들이 떠벌리는 거짓말 말이다, 우리 모두가 바보인 줄 아는 게 틀림없어, 오늘은 반란군이 지난 24시간 동안 도시에서 스물여덟 건의 공격을 가했다며 휴전을 어겼다지 뭐냐, 우리 진지에 수많은 박격포와 대포를 쏘았고 어쩌고저쩌고하면서 말이다, 가끔 소총을 쏠 뿐 반란군이 며칠 동안 얼마나 조용한지 다 들리는데 말이야, 정부에서 또 다른 공격을 준비하고 있어, 두고 봐라—— 아빠, 그녀가 아버지의 턱을 붙들며 말한다, 가만히 계시지 않으면 면도할 수가 없어요, 제재 조치를 강화하겠다고 위협받고 있으니 휴전을 깨뜨리지는 않을 거예요, 모두 전쟁을 멈추기만 바라고 있어요. 수염이 면도칼에 저항한다, 그녀가 수염을 깎은 매끄러운 길이 아주 미세한 속도로 점점 넓어진다. 그 키 큰 녀석이 어제 찾아왔었다, 그가 말한다, 위층을 아주 샅샅이 뒤졌지. 손에 쥐인 면도칼이 멈춘다, 그녀가 물그릇에 면도칼을 넣고 아버지의 팔을 잡는다. 아빠, 키 큰 녀석이라뇨? 너도 알잖냐. 사이먼은 그녀가 잘못했다는 듯이 눈초리를 치켜올린 채 그녀를 본다. 아빠, 누구 얘긴지 제가 어떻게 알아요? 그 키 큰 녀석 말이다, 너희 중에 하나. 우리 중에 하나요? 그녀가 말한다, 손자 말씀하시는 거예요? 그럴 리가요. 그래, 그가 말한다, 그 아이 말이다, 3시쯤 그 아이가 왔었어. 그 아이가 위층에서 뭘 했는데요? 그녀는 사이먼이 눈 감는 모습을 본다, 그녀의 시선이 반투명한 눈꺼풀을 지나 그의 정신을 들여다보려고 한다, 연로한 아버지를 흔들어서라도 정신을 차리게 할 것이다, 알아내게 할 것이다. 그녀가 면도칼을 물에 담갔다가 날에 너무 힘을 준다, 사이먼의 손이 항의하듯 올라오고 턱에서 피가 흐른다. 마크 말씀이세요? 그녀가 말한다, 목소리가 흔들린다, 거실을 둘러보지만 제대로 보지 않는다, 시선이 식탁 옆 의자에 내려앉는다. 마크인지 어떻게 아셨어요? 그녀가 말한다, 잠시만요, 티슈 좀 가져올게요. 그 아이가 아니면 누구겠냐, 아버지가 말한다, 내가 아일리시의 아들이냐고 물었더니 그렇다고 하고 들어왔어, 도와주러 왔다면서. 도와주러 왔다니, 그녀가 말한다, 뭘 도와줘요? 나도 모르지, 이것저것, 정원 일을 돕겠다고 했어. 그녀가 부엌으로 가서 손에 찬물을 받아 세수한 다음 유리문 앞에 서서 정원을 내다본다, 산울타리는 가지치기가 되었고 꼭대기도 매끈하게 다듬어졌다, 화단은 잡초를 새로 뽑았다, 지난여름에 작업복을 입고 정원에서 일을 돕던 마크가 보인다. 그녀는 아버지의 얼굴에 티슈를 얹고 눈을 감으며 반쯤 미소 짓는 그의 입술 주변을 계속 면도한다. 아일리시는 이야기를 계속하지만 곧 아버지가 잠들었음을 깨닫는다, 수건으로 발그레한 피부를 닦으며 손바닥으로 만져보니 턱이 매끈하다. 그녀는 복도로 나가서 아버지의 외투를 내려 목 부분을 편다, 거실로 돌아와 어머니의 의자에 앉은 다음 주머니에서 아버지의 이름과 주소, 그녀의 전화번호가 적힌 흰색 라벨을 꺼내 외투 깃에 꿰맨다. 텅 빈 집에 귀를 기울이자 위층에서 옛날 목소리들이 들린다, 어머니가 저녁 먹으러 오라고 부르는 소리, 발을 쿵쾅거리며 계단을 내려오는 소리, 화덕의 불이 탁탁거리는 소리, 어긋난 시계가 시간을 알려주는 듯한, 화덕 속의 통나무가 그 안에 저장되어 있던 시간을 내뱉는 듯한 그 소리, 그녀는 시간이 더하기이자 빼기라고 생각한다, 시간은 하루를 다음 날과 더하고 항상 남은 날에서 빼 온다, 앞에서 잠에 빠진 느린 숨소리가 들린다. 몸이 정신을 내쉬고 있다, 심장이 그가 쓰러질 때까지 두드리고 있다, 그렇게 생각하며 그녀는 어느새 아버지의 손을 잡고 속삭인다, 난 아버지가 다른 사람이 되기를 원하지 않았어요.

그녀는 살금살금 현관문으로 가서 걸쇠를 걸어만 둔 채 포치로 나가 담배에 불을 붙인다. 늦은 황혼이 밤을 향해 슬금슬금 다가가고 가벼운 비가 내려 길이 얼룩진다, 어떤 형체가 통금 시간을 어기고 거리를 걸어간다. 그녀는 그 젊은이가 자신과 동시에 담배를 빨면서 몸을 구부린 채 걸어가는 모습을 바라본다, 그는 손을 동그랗게 모아서 입에 대고 있다. 그는 지나갔지만 잠시 후 모퉁이를 도는 차 소리가 들리자 그녀는 벽에 바짝 붙어서 사륜구동 자동차가 지나가는 것을 지켜본다, 앞자리에 반란군 치안대원 둘이 앉아 있고 차가 멈추자 브레이크 등이 이웃집 창문을 물들인다. 그녀는 젊은이에게 달아나라고 속삭이며 대문으로 가지만 그는 고개를 돌려 사륜구동차를 마주 본다, 두 남자가 내려서 그를 둘러싼다, 그가 어깨를 으쓱하고 치안대원 하나가 그의 팔을 잡고 돌려세워서 차에 밀어붙이고 수갑을 채운다. 그녀가 소매를 걷어 올리고 성큼성큼 걸어가면서 소리친다, 내 아들에게 무슨 짓이야? 그들이 머뭇거리는 순간 그녀가 그들 앞에 도착한다, 젊은이를 잡고 있던 두 손을 놓더니 치안대원이 돌아서서 그녀를 마주 보지만 어둠 속이라 표정을 읽을 수가 없다. 그녀는 이제 이 거리에 있지 않다, 자기 마음속 어딘가로 들어간다, 그곳에서 그녀는 단호하고 입에 칼을 물고 있다, 젊은이는 그녀의 아들이다, 그녀가 그의 소매를 잡아당기며 흔든다, 통금 시간 지나면 밖에 나가지 말라고 했잖아, 집으로 들어가, 그녀가 말한다. 아일리시는 젊은이와 두 남자 사이에 버티고 서서 몸을 돌려 그를 거리 아래쪽으로 밀고, 양손을 펼치며 경찰 앞에 선다. 정말 죄송해요, 그녀가 말한다, 통행금지라는 건 알지만 아기는 이앓이를 하지, 제가 애들을 일일이 지켜볼 수가 없어요, 저 아이는 자기 멋대로 몰래 빠져나가도 된다고 생각하죠, 다시는 이런 일이 없을 거라고 약속할게요. 거리에 거짓 정적이 찾아오고 얼음 같은 시선이 그녀를 마주 보며 그녀를 읽는다. 지프에서 양방향 무전기가 지지직 소리를 낸다. 그녀는 젊은이가 집을 지나쳐 계속 걸어갈까 봐 걱정돼서 고개를 돌리고 외친다, 거기서 기다려. 두 남자는 이제 젊은이를 보고 있지 않고, 그녀가 그들 앞에서 팔짱을 낀다, 둘 중 한 사람이 목을 가다듬고 매끄러운 도시 억양으로 말한다. 이번에는 운이 좋은 줄 아세요, 다음에 또 통금 시간에 돌아다니는 아드님이 보이면 잡아갈 겁니다, 아시겠어요? 그녀는 떨떠름한 표정으로 남자를 마주 본다. 알겠냐고 묻는다면, 네, 알겠어요, 하지만 당신도 하나 알아두면 좋겠네요, 우리 큰아들이 당신들과 같이 정권에 맞서 싸우려고 집을 떠났는데 지금 내가 거리에서 이렇게 협박을 당하는군요, 우리는 정권이 무너지기를 바랐지 비슷한 세력으로 바뀌기를 바란 게 아니에요, 당신한테 할 말은 이것밖에 없네요. 그녀는 공회전하는 엔진 소리에 귀를 기울이며 거리를 따라 걸어 내려간다, 남자들이 분명 백미러로 지켜보고 있다, 그녀는 젊은이의 팔꿈치를 잡고 앞세워서 집으로 들어간다. 현관문을 닫고 잠근 다음 그를 부엌으로 데리고 간다, 몰리와 베일리가 노트북에서 고개를 들고 무슨 일인지 궁금해한다. 아일리시는 그에게 의자에 앉으라고 한다, 정말 소년일 뿐이다, 시무룩하고 흠칫거리며 매를 맞기 직전처럼 긴장했다. 그녀는 그가 절대 자기 아들일 수 없음을 깨닫는다, 근처 아파트 건물에 사는 아이들이 그렇듯이 눈을 재빨리 굴리며 야생적인 태도를 드러낸다, 그녀가 거실로 가서 블라인드 틈으로 밖을 내다본다. 여기서 잠깐 기다렸다가 가, 그녀가 말한다, 저 사람들이 순찰을 다시 시작하면 그때 도망치면 돼. 소년의 얼굴에서 불쾌한 무언가가 점점 커지고, 그가 개수대로 가서 침을 뱉더니 화난 표정으로 돌아선다. 아까 왜 그랬어요, 아줌마? 그가 말한다, 내가 도망칠 거였는데.

그녀가 부엌 개수대에서 양치질을 하는데 별안간 폭발이 이어진다, 한 번 폭발할 때마다 밤의 침묵이 깨지고, 손이 미끄러져 들어와 그녀의 심장을 감싸더니 꽉 쥔다. 내려다보니 개수대에 칫솔이 보인다, 희망이 사라진 손이 보인다, 드넓은 물속에서 찾아 헤매는 바보가 두 손을 모아서 떠 올린 물처럼 붙들고 있던 희망, 그녀는 뒤에서 베일리가 유리문으로 다가오는 것을 알아차린다. 마지막은 로켓탄이었어요, 베일리가 말한다. 그 소리를 알아들었다는 기쁨이 느껴지는 말투이다, 돌아서니 어둠 속의 베일리는 머리가 없고 사각 팬티와 티셔츠를 입은 창백하고 긴 팔다리만 보인다. 어떻게 알아? 아일리시가 말한다. 그녀가 고개를 저으며 창문을 다시 바라보는데 파란 여름의 어둠 속에서 교회 종소리가 시간을 알리고 그 너머에서 또 다른 종이 어렴풋하게 엇박자로 울린다, 마치 처음 울린

종소리의 메아리 같다. 그런 다음 또 다른 폭발음이 둔탁하게 울린다. 손에서 떨칠 수 없는 이 분노, 창문을 닫고 거실을 향해 돌아설 때 닥치는 이 슬픔, 가슴에 묵직한 것이 얹혀서 걷기도 힘들다. 그녀는 조리대에 한 손을 얹고 눈을 감고서 숨을 깊이 들이마신다. 발이 차갑다. 슬리퍼를 어쨌는지 모르겠다. 조금 전만 해도 신고 있었는데. 그들은 이불 아래 모여 있고 느릿하고 꾸준한 군대 북소리 같은 박자로 포탄이 도시에 계속 떨어진다. 그녀는 아이들에게 안전하다고, 정부군이 노리는 것은 반란군 요지라고 말하지만 자신도 그 말을 믿지 않고, 몰리는 포탄이 떨어질 때마다 목에서 이상한 소리를 낸다. 벤이 잠에서 깨어 요람에서 나오려고 한다. 그녀는 라디오를 틀고 세계 뉴스를 기다린다. 지금 이 폭격에 대한 뉴스는 없다. 그녀는 아이들에게 멎을 거라고, 늘 상황은 바뀌게 되어 있다고 말한다. 아침이 되면 내가 정부 쪽으로 가서 물건을 더 구해 올게, 어쩌면 초콜릿을 구할 수 있을지도 몰라. 박격포탄이 가까이 떨어지더니 한 번 더 떨어지고, 몰리가 다시 목에서 소리를 낸다. 이번에는 아주 오래되고 엄숙한 외침의 첫 음을 내듯이 훨씬 길게 나온다. 몰리가 이불 밑에서 엄마의 손을 찾자 아일리시는 아이들 앞의 자신이 거짓임을 알면서도 그 손을 잡는다. 그녀는 위안도 구원도 줄 수 없고 허언과 회피, 말 돌리기 외에는 아무것도 줄 수 없는 거짓일 뿐이다. 아이들에게 예전에도 들려주었던 어린 시절 이야기를 해준다, 동생이 나무에서 떨어졌을 때 등이 아니라 엉덩이가 골절돼서 몇 주 동안 고무 튜브에 앉아야 했다는 이야기, 그녀의 할머니가 임신 중에 뒷마당에서 번개에 맞아 붕 날아가서 떨어졌지만 하나도 다치지 않은 대신 너희 할아버지가 귀 뒤에 흉터를 가지고 태어났다는 이야기. 새벽 2시가 되자 외국 뉴스에서 폭격 소식이 나온다, 정부군이 반란군 요지를 대상으로 전략적인 공격을 시작했다, 다들 자는 사이에 밤이라는 성역을 깨뜨리고 공격을 시작했다, 그녀는 이제 눈을 감고 아침으로 곧장 통하는 문을 찾고 싶지만 무덤 같은 어둠밖에 보이지 않고, 밤이 판석처럼 그들을 덮는다, 머리 위로 무너져 내리는 집이 보인다. 쉬지 않고 계속해서 두드리는 소리가 시작되고 오른손이 떨리기 시작해서 그녀는 왼손으로 오른손을 꼭 잡고 이불 밑에 숨긴다, 그들에게 로켓탄과 박격포를 쏘는 남자들의 얼굴을 본다, 저 사람들이 친구와 친척에게 죽음을 보내고 있다, 그녀가 거리에서 지나쳤던 사람들이. 벤이 울면서 다시 잠에서 깨고 달래도 소용없다, 아일리시가 벤의 입속에 손가락을 넣어 잇몸을 더듬자 분노의 숨결이 그녀의 손에 쏟아진다, 불쌍한 아기는 이가 나느라 아프지만 그녀에게는 그 고통을 달래줄 것이 없다. 그녀는 엄지로 아기의 턱을 문지르면서 이 나이의 아이는 세상에 대해서 무엇을 알까 생각한다, 그녀의 몸에 묻은 두려움의 냄새, 아이는 자라서 원해도 떨칠 수도 없고 억누를 수도 없는 그 냄새를 알게 된다, 아이는 엄마의 트라우마를 흡수해서 자기 몸에 저장했다가 훗날 그것을 쓴다, 두려움과 맹목적인 불안에 시달리는 어른이 되어서 주변 사람들에게 화를 낸다, 그녀가 품에 안고 있는 것은 망가진 사람이다. 군대의 북소리 같은 박자가 가라앉고, 폭발의 행진이 가라앉고, 비구름이 바다로 물러나듯이 폭격이 잠시 멀어진다, 라디오에서 새로운 뉴스가 나오지 않아서 전원을 끈다. 그녀는 몰리와 베일리가 잠들었다고 생각한다, 어둠 속의 사이렌 소리와 으르렁거리는 개들, 벤은 더 깊이 잠들려면 그녀의 두려움을 쫓아내야 한다는 듯 몸서리를 친다. 그녀가 눈을 감자 아버지가 앞발로 유리문을 긁는 개와 단둘이 집에 있는 모습이 보인다, 아버지는 계단 아래에 누워서 입을 벌린 채 잠들어 있다, 아버지는 바위처럼 땅에 박혀 누워 있고 들과 바다, 산, 호수는 모두 지워졌다, 세상은 하늘에서 내리는 죽음을 제외하면 텅 빈 어둠이 된다, 폭발을 통해서 잠 속으로 들어오려는 이 죽음 때문에 그녀는 눈을 감기가 두렵다.

머리 위에서 휘파람 같은 포성이 들리지만 그녀는 몇 시인지 알지 못한다, 아일리시는 귀를 쫑긋 세운 채 잠들었고, 두 번의 폭격이 너무 가까이에서 일어나서 집이 흔들리고 무언가가 바닥에 떨어진다. 그녀의 목에서 짐승의 소리가 터져 나오고 몰리가 비명을 지르며 일어나 앉는다. 아일리시는 손전등을 찾을 수 없다, 몰리가 이불 밑에서 손전등을 잃어버렸다, 결국 손전등을 찾아서 켜보니 벽난로 앞에 천장 회반죽이 떨어져서 부서져 있다. 베일리가 바닥에 토해놓았다. 어디가 잘못된 건지 모르겠어요, 베일리가 말한다, 무슨 벌레한테 물렸거나, 아니면 식중독인가 봐요. 그녀의 손에서 손전등 불빛이 떨린다, 부엌에서 소독약과 천을 가져오다가 창가에 잠시 서서 빛을 내며 솟아오르는 하얀 연기를 바라본다. 물을 낭비하면 안 되기 때문에 베일리 옆에 대야를 놓아주고 거기에 토하라고 말한 다음 바닥을 거칠게 문질러 닦는다, 부엌으로 돌아가 보니 손의 떨림이 멈추었다. 아일리시는 잠시 손가락을 쭉 폈다가 손에서 힘을 뺀다, 박격포가 터지자 손이 다시 떨린다, 그녀는 거실 바닥에 떨어진 회반죽 조각을 쓸고 나서 조리대와 싱크대 주변, 싱크대 뒤 창틀, 레인지 주변의 얼룩진 부분을 치우기 시작한다, 가까이에서 폭발이 터져서 땅이 흔들리자 그녀는 양손으로 싱크대를 꼭 잡아야 한다, 아일리시는 문질러 닦아야 하는 레인지 후드의 기름때를 생각한다, 이런 것들을 너무 오래 방치했다, 조리대에 굴러다니다가 전자레인지 뒤에 쌓이는 먼지, 서랍에 떨어져서 나이프와 포크 사이에 쌓이는 음식 찌꺼기, 빵 상자와 토스터에서 나와서 사방으로 퍼지는 부스러기, 빵을 한 조각 자르면 반 덩어리는 결국 바닥에 떨어지는 셈이고, 부스러기가 주전자 밑에 굴러다니다가 이제 막 청소한 커틀러리 서랍에 떨어진다. 엄마, 뭐 하세요, 베일리가 또 토했어요. 그녀가 몰리의 손을 붙들지만 다시 찾은 것은 자기 자신이다. 바깥에 불빛이 비칠 때 창문에 테이프를 붙여야 해, 아일리시가 말한다, 유리 파편이 들어오지 않도록 말이야, 지금 몇 시니, 벤이 깨지 않았기만을 바라자.

그녀는 복도 거울 앞에 서 있고 그녀의 손가락이 외투 단추를 더듬더듬 잠근다. 며칠이나 머리를 빗지 않아서 머리를 풀고 손가락으로 빗는다. 오른손은 마치 뭔가가 피부밑으로 파고들어가 힘줄과 뼈를 먹고 사는 것처럼 떨린다, 아일리시는 빗을 들었다가 내려놓고 그냥 머리를 묶는다. 그녀는 신호음이 들리기를 바라면서 전화기를 들었다가 밖으로 나가서 하늘을 보며 떠도는 연기의 근원을 찾으려 한다, 사이렌이 울리고 제리 브레넌이 길가를 따라 까맣게 부풀어 오른 쓰레기 더미에 쓰레기봉투를 올려놓는다. 쥐야, 그가 손가락으로 거리를 가리키며 말한다, 고양이만 한 쥐들이 있어, 이렇게 더럽게 사는 건 처음이야. 그녀는 뭐라 말해야 할지 모른다, 이제 쓰레기는 신경도 쓰지 않는다, 닷새 밤낮을 합쳐서 채 한 시간도 못 잤다, 이제 모든 것이 달라졌음을 몸으로 느낀다, 혈관 속에 살고 있는 이 깊고 검은 두려움, 달아날 곳이 없다는 이 느낌. 제리 브레넌이 무슨 말을 하려는 듯 손을 들지만 이미 지나간 전투기 소리에 두 사람 모두 고개를 들어 하늘을 본다, 마치 하늘이 동굴인 듯 메아리가 우르릉거리더니, 몇 킬로미터 떨어진 폭격지에서 폭발음이 들린다. 아침 7시일 거야, 그가 말한다, 저 살인 제트기 소리를 듣고 시계를 맞춰도 될 정도야, 공격하기 직전이나 이미 공격한 다음에야 소리가 들려. 그녀는 면도하지 않은 제리 브레넌의 얼굴을 본다, 50년 동안 매일 면도칼을 들고 거울 앞에 선 그를 본다, 이제 그는 빰이 수염 그루터기 때문에 반짝이고, 셔츠와 타이 대신 더러운 조끼 차림에다가 팔은 수척하고 팔꿈치는 닭살 같다. 뭐 필요한 거 있어요, 제리? 그녀가 말한다, 검문소 너머에 가려고요, 가방에 자리를 조금 만들 수 있어요. 그는 대답 없이 멍하니 서 있다, 그녀는 그의 뒤쪽 앞마당을 바라본다, 그가 얼마나 난처해졌는지 본다, 그는 은퇴하면서 호스로 물을 줘야 하는 화분을 선택했다, 괭이 날에 쓰러지는 포장도로 틈새의 잡초를 선택했다, 소소한 일들을 하며 남은 나날을 쌓아 올리는 것을 선택했다, 정원용 나막신을 신고 양말 뒤꿈치가 닳도록, 팔꿈치의 지방이 빠지도록 일하는 것을, 부풀어 오르는 양배추, 중간 철에는 당근, 겨울에는 비트 뿌리와 순무가 가득한 텃밭에서 아내가 부를 때마다 조용히 집에 들어갔다 나왔다 하면서. 그런 그가 이제 맹렬한 눈빛으로 쥐가 없나 거리를 살핀다. 저들이 뭘 하려는지 뻔히 보여, 그가 말한다, 해충처럼 우리를 쫓아내려는 거야, 그러고 있어, 저들은 우리를 쥐처럼 박멸하려고 해, 시간과 노력의 문제일 뿐이야, 난 도시계획가로 일했어, 이 도시의 도로와 건물은 한정적이야, 포를 잔뜩 떨어뜨리고 시간이 지나면 모든 도로에 구멍이 생기지, 모든 아파트 블록, 모든 가게와 주택도 공격받을 거야, 그런 다음 밤낮이고 계속하는 거야, 계속 포를 더 많이 떨어뜨리면서 모든 건물을 박살 낼 테고 벽돌 건물이 먼지가 될 때까지 계속하겠지, 그러면 떠나기를 거부한 사람들 빼고는 아무것도 남지 않을 거야. 그가 고개를 돌리고 잠시 매서운 표정으로 하늘을 본다. 우리가 왜 떠나야 하지? 그가 말한다, 어째서? 저들은 우리를 쫓아내지 못할 거야, 꼭 그래야 한다면 우리는 지하에서 살 거야, 나는 내 빌어먹을 정원에 구멍을 팔 거야, 한곳에서 평생을 살면 다른 곳에 산다는 생각 자체가 불가능해, 그 뭐지, 신경학적으로 말이야, 뇌에 연결돼 있어, 우린 그냥 구멍을 파고 들어갈 거야, 그럴 거라고, 아니면 뭘 어떻게 하겠어, 달리 어디로 갈지 모르겠는데, 관 속에 드러누운 나를 끌고 가든지. 그녀는 어떤 표정을 지어야 할지 몰라서 고개를 돌리고, 발끝으로 콘크리트를 쓴다. 베티에게 자전거 빌려줘서 고맙다고 한 번 더 전해주세요, 그녀가 말한다, 기어가 자꾸 미끄러져서 아들한테 좀 보라고 했는데 상태가 더 나빠졌어요. 낡은 자전거야, 그가 말한다, 뒷바퀴 톱니가 비뚤어졌을지도 몰라, 패디 데이비한테 가져가봐, 에밋로(路) 피시앤드칩스 가게 옆에서 작은 자전거포를 하지, 예전에 애들 자전거를 거기서 고쳤어, 패디한테 인사 전해줘, 싼 값에 고쳐줄 거야.

그녀는 래리에게 전화 좀 받으라고 중얼거리면서 잠을 떨치지 못한다, 팔이 묵직한 것에 깔려 있고 잠에서 깨자 복도에서 울리는 전화 소리가 들린다, 근처에서 사이렌이 울린다, 팔이 몰리 밑에 깔려 있다. 그녀는 새벽이 다 되었겠다고 생각하며 서둘러 복도로 나가고, 전화기에 닿기도 전에 마크와 이야기하고 있다, 당연히 네가 내 전화번호를 잊어버릴 만하지, 요즘 누가 핸드폰 번호를 외우겠니, 하지만 집 전화번호는 언제든지 떠올릴 수 있잖아, 어렸을 때 내가 지겹도록 외우게 했잖니—— 그녀는 목을 가다듬는 소리를 듣고 아버지임을 알아차린다, 숨을 들이마시는 특유의 소리와 목소리의 떨림을 안다. 들리니? 아버지가 말한다, 없어졌어, 내 말 들리니? 잠들었다가 깨보니 어디 가고 없어. 아빠, 그녀가 말한다, 지금 몇 시죠? 전화가 며칠이나 끊겼었는데, 개가 없어졌다는 말이에요? 잘 들어라, 그가 말한다, 네 엄마 말이야, 집을 전부 찾아봤는데 여기 없어, 자기 물건도 다 챙겨 갔어, 옷장이 텅 비었다, 이렇게 될 줄 알았어야 하는 건데, 네 엄마가 떠날 줄 알았어야 하는 건데. 높은 목소리가 두려움에 찬 속삭임으로 변하더니 공기를 힘겹게 빨아들인다. 숨을 못 쉬겠다, 아버지가 말한다, 숨을 못 쉬겠어── 아빠, 그녀가 말한다, 세상에, 제발요, 아빠, 의사를 부를까요? 아니, 내버려둬라, 이 여자가 나를 망가뜨리려고 해. 아일리시가 두 손가락으로 눈을 꼭 집고 콧등을 집는다, 꿈속으로 깨어난 남자가 보인다, 아내의 죽음을 기억하지 못하는 사람에게 아내가 죽었다고 말하면 안 된다는 것 정도는 안다. 감정의 떨림이 그녀의 몸을 스치고, 고개를 들자 문 앞에 선 몰리가 보여서 다시 들어가라고 손짓한다. 어둡고 먼지 낀 전화선을 따라 그녀는 아버지의 얼굴을 찾는다, 아버지를 안고 싶다, 집의 불을 전부 켜놓고 복도에 서 있는 아버지를 본다, 아버지는 가운도 입지 않고 슬리퍼도 신지 않았을 것이다. 그녀가 아버지에게 심호흡하라고 말한 다음 눈을 뜨자 문가에서 창백하고 조심스러운 두 얼굴이 그녀를 보고 있다. 아빠, 그녀가 말한다, 아이들에게 등을 돌린 채 속삭인다. 아빠, 잘 들으세요, 제발 숨을 들이마시고 들으세요, 엄마는 가버린 게 아니에요, 곧 돌아오실 거예요, 약속해요, 엄마는 그냥── 거짓말을 하는구나, 아버지가 말한다, 넌 항상 거짓말을 해, 너도 한통속일 줄 알았다, 넌 항상 네 엄마 편을 들지, 개처럼 훌쩍이면서 엄마 뒤를 졸졸 따라다니고, 너희가 전부 가버리니 집이 아주 평화로워. 공기를 힘들게 빨아들이는 소리가 들리더니 아버지가 흐느낀다. 숨을 못 쉬겠어, 아버지가 말한다. 아빠, 그녀가 말한다, 아, 아빠, 제 말을 들으세요, 다 괜찮아질 거예요—— 이렇게 될 줄 알았어야 하는 건데, 아버지가 말한다, 알았어야 했는데 눈을 감았어, 너도 알겠지만 나는 한때 네 엄마를 사랑했다, 정말로 사랑했어, 아직도 사랑해, 아— 말해봐라, 그 사랑은 어디로 갔을까, 말해줘, 이제 뭐든 어디로 갔는지 기억이 안 나, 우리 사랑은 전부 어디로 간 거냐, 한때는 그 사랑이 우리 손안에서 고동치고 있었는데 말이다. 그녀는 깜짝 놀라서 작게 속삭이고, 살갗 밑에서 몸부림치고, 머리카락을 쥐어뜯는다. 아빠, 제발요, 아빠, 들어보세요, 아빠가 생각하는 그런 게 아니에요, 제발 제 말을 들으세요, 아침이 되면 제가 갈게요, 밝아지자마자, 나갈 수 있게 되면 바로 갈게요. 아니다, 아버지가 말한다, 네가 여기 오는 건 싫어, 네가 친절한 건 싫다, 지금 나한테 친절은 필요 없어, 네 엄마가 나를 내쫓았다, 너희를 다 내쫓았어, 그게 네 엄마야, 나 혼자 둬라. 아버지가 손으로 수화기를 가린 것처럼 뭔가 쓸리는 소리가 들린다. 못 들었어요, 아빠, 뭐라고 하셨어요? 아일리시가 아이들에게 문을 닫으라고 격렬하게 손짓한다. 아, 세상에, 아버지가 말한다, 내가 무슨 짓을 한 거냐, 내가 안 들었어, 내가 너희 말을 하나도 안 들었어, 네 엄마를 찾으러 가야겠다,

어디로 가는지 알아, 지금 가면 잡을 수 있을 거야—— 아빠, 아일리시가 말한다, 제발 제 말을 잘 들으세요, 집에서 나가면 안 돼요, 이제 막 5시가 넘었어요, 도시에 폭격이 쏟아지고 있어요, 두 시간 뒤에 공습이 시작될 거예요, 제발 가만히 계세요, 나중에 제가 그쪽으로 갈 방법을 찾을게요, 의사도 부를게요. 수화기를 콘솔테이블에 내려놓는 소리가 들리고, 그녀는 침묵 속에 남겨진 채 아버지의 이름을 부른다.

그녀는 아버지의 상태를 확인해달라고 부탁하려고 털리 부인에게 전화하지만 받지 않는다. 병원에 전화하자 자동 응답기로 연결될 뿐이고 운영 시간 외 서비스에 대한 자동 안내 메시지는 그녀에게 또 다른 메시지를 연결한다, 지금 요청하신 서비스는 더 이상 운영되지 않습니다, 담당 의사는 가족과 함께 이 나라를 떠났으며 돌아오지 않을지도 모릅니다, 부모님도 함께 모시고 떠났습니다, 긴급한 용무라면 가장 가까운 응급실로 곧장 가시기 바랍니다. 그녀가 아이들에게 도시를 가로질러 할아버지에게 가야겠다고 말하자 몰리가 겁에 질린 표정으로 복도까지 따라 나오고, 그녀가 비옷을 내리고 돌아서자 몰리가 팔짱을 낀 채 복도 문 앞에 서 있다. 엄마, 몰리가 말한다, 그 상태로 나갈 수는 없어요, 조금만 기다리면 안 돼요? 할아버지는 괜찮으실 거예요, 다시 잠들어서 무슨 일이 있었는지 기억도 못 하실 거예요, 할아버지는 이제 부엌에 앉아서 옛날 신문을 보면서 투덜거리고, 차에 상한 우유를 넣어서 마시고, 안경을 목에 걸고서 안경을 찾아다니시잖아요, 할아버지가 어떤지 알잖아요. 아일리시는 몰리의 얼굴을 보며 그 말이 사실이라고 잠시 믿는다, 자기 손목을 잡는 몰리의 손을 본다, 몰리가 속삭인다, 애원한다. 알았어, 아일리시가 말한다, 네 말이 맞으면 좋겠구나, 잠시 가라앉을 때까지 기다릴게, 점심시간이 지나면 폭격이 멎는 것 같아. 사그라지지 않고 계속되는 폭격과 공습 속에서 등 뒤로 문을 잠그고 어두운 방에 들어와 있는 듯한 이 느낌, 하루가 그녀의 손에서 빠져나가고 오후는 밤이 된다. 그들은 차가운 저녁을 먹으면서 BBC 방송에 귀를 기울인다, 국제사회의 분노에도 불구하고 정부의 공격이 강화되었다, 국영 라디오 방송을 틀었더니 정부는 테러리스트를 폭격 중이라고 주장한다. 그녀는 라디오를 끄지만 가만히 누운 채 잠 못 이루고, 마음속에서 생각이 빙빙 돈다, 벤이 드디어 눈을 감고 양손으로 그녀의 얼굴을 감싸자 잠에서 깬다. 아침이 되자 그녀는 아이들 앞에 결연하게 선다, 비옷을 입는 그녀의 목소리가 진지하다. 더 이상 기다릴 수 없어, 그녀가 말한다, 지금 가야 돼, 최대한 빨리 돌아올게.

새들은 지구에 항상 존재할 것이다, 그녀가 자전거를 타고 도시를 가로지를 때 새들이 찢기고 망가진 나무 속에서 새벽을 부른다. 빛이 없었던 곳에 빛이 생긴다. 건물들은 접혀서 잔해가 되었고, 홀로 선 벽과 굴뚝 연관, 올라가면 갑자기 뚝 떨어지는 계단만 남아 있다. 뒷바퀴에 구멍이 나는 바람에 그녀는 자전거를 학교 벽 뒤에 숨기고 걸어가야 한다. 도시 남동쪽에 폭격이 계속되고 회색 연기가 피어오르는 풍경 속에서 산발적인 총성이 들린다. 그녀는 래리에게 속삭인다. 반란군과 정권의 경계가 바뀌었어. 이제 경계가 아예 없는지도 몰라. 그녀는 조용한 주택가와 피어오르는 먼지 속을 서둘러 지난다. 반군의 검문소들은 버려졌고 아이들이 타이어를 굴려서 검은 연기를 내뿜는 커다란 쓰레기통까지 가져가서 불에 태워 전투기의 눈을 멀게 한다. 아버지 집 주변 거리는 조용하다. 도로에 자동차 한 대 없다. 스펜서가 현관 앞 매트에 앉아 있는 것을 보고 부르자, 개가 벌떡 일어나 아일리시가 자기를 집 안으로 들여보내주기를 기다리면서 뱅뱅 돌다가 그녀가 손등 뼈로 머리를 톡톡 치자 멈춘다. 너 혼자 밖에서 뭐 하고 있니? 그녀는 문을 두드리고 잠시 귀를 기울인 다음 열쇠로 문을 연다. 이중으로 잠겨 있다. 복도에 들어서자마자 집이 비어 있음을 알아차린다. 외투 걸이에 외투가 없고 불이 꺼져 있다. 콘솔테이블 위의 무선전화기는 받침대에 꽂혀 있다. 사이먼의 침실 커튼이 열려 있고 침대는 대충 정리되어 있다. 슬리퍼는 옷장 앞에 나란히 놓여 있다. 그녀는 개를 정원으로 내보내고 전화기를 확인하지만 연결이 끊겼다. 아일리시는 현관문을 닫고 거리 끝까지 걸어가서 아버지가 매일 다니는 큰길을 따라 공원으로 간다, 동네 가게들은 전부 셔터를 내렸다, 만나는 사람마다 붙잡고 물어보지만 아무도 그녀가 설명하는 남자를 못 보았고, 자전거를 타고 가던 눈동자 색이 옅은 아이는 그녀의 면전에서 웃는다. 털리 부인의 집은 블라인드가 내려져 있고 문이 잠겼다, 베란다에서 식물이 말라 죽어간다. 거스 카베리는 그녀가 찾아가자 느릿느릿 현관문으로 나오더니 문설주에 파피루스 같은 손을 얹고 흰 콧수염을 내밀고서 거리 위아래를 살펴보며 고개를 젓는다. 길을 건너 가프니 부인의 집에 가니 들어와서 한숨 돌리라고 한다, 복도에 포푸리 향이 가득하다, 아일리시는 어두한 부엌으로 따라 들어가서 식탁 앞에 앉는다. 차부터 한잔 마시고 우리가 뭘 할 수 있는지 생각해보자고. 가프니 부인이 가스 불을 켜고 물통의 물을 낡은 주전자에 붓는다. 뭘 어떻게 해야 할지 모르겠어요, 아일리시가 말한다, 긴급 전화 번호들은 다 안 되고, 이제 도시 남쪽에는 경찰이 아예 없는 것 같아요, 병원들에 전화해봐야겠어요. 그녀는 가스 불에서 데워지는 주전자를 본다. 아버지가 돌아오시는지 지켜봐주시겠어요? 아일리시가 말한다, 언제든 돌아오실 수 있어요, 제 전화번호를 알려드릴게요, 전화가 되면 저한테 연락 주세요,

그런데 그동안 저 빌어먹을 개를 어떻게 해야 할지 모르겠어요, 개를 키우면 귀찮은 일만 생길 줄 진작 알았는데. 주전자가 높은 휘파람 소리를 내자 가프니 부인이 자리에서 일어나 벽장에서 잔을 두 개 꺼낸다. 개는 맡아줄 수 있어, 부인이 말한다, 먹이만 주면 말이야, 우리 집에는 개한테 먹일 게 없어. 아일리시는 부인의 얼굴 주름을 보면서 길거리를 뛰어다니던 부인의 아들들 얼굴을 떠올리려 애쓴다, 그들은 이제 어른이 되어 자식도 생겼다, 다들 창틀에 늘어놓은 사진 속에서 살고 있다. 아드님들은요? 아일리시가 묻는다. 아, 이미 오래전에 떠났어, 둘 다 오스트레일리아에 살아, 예전부터 나한테도 오라고 했지만 난 가기 싫어. 하지만 왜죠, 가프니 부인, 왜 남으셨어요? 여자는 오랫동안 말이 없다. 얼룩덜룩한 손을 턱에 대고 무슨 말을 하려다가 한숨만 쉬고 시선을 돌린다. 우리 모두 왜 남았지? 가프니 부인이 말한다. 아일리시는 아버지를 찾아서 도로를 돌아다니다가, 몸을 움츠리고 문간에 숨었다가, 집으로 서둘러 돌아간다. 교차로를 건널 때 뒤에서 말발굽 소리가 들려서 돌아보니 말 세 마리가 도로를 따라 달리고 있다, 두 마리는 회색 얼룩빼기고 한 마리는 갈색과 흰색 얼룩빼기다, 세 마리가 거친 눈빛으로 미친 듯 날뛰며 지나간다.

나날이 그녀의 손에서 빠져나가고, 쏟아지는 폭격 속 밤의 집이 아버지를 바라본다, 그녀의 앞에 선 유령이라도 되는 것처럼 바라본다, 사이먼이 침묵 속으로 비켜선다. 그녀는 다시 한번 도시를 가로질렀고 빈집에 가만히 서 있었고 거리에서 몸을 움츠렸다, 두 번 다시 아이들을 두고 가지 않을 것이다, 그녀가 래리에게 속삭인다, 이렇게 될 줄 알았어야 했는데, 내가 어떻게 했어야 할까, 그래, 알아, 알았어야 해, 이건 다 내 잘못이야. 전화가 살아나자 가프니 부인이 전화해서 개가 도망쳤다고 알려준다. 아냐가 캐나다에서 계속 전화를 하지만 아일리시는 아버지 소식에 동생이 어떻게 반응할지 알기에 핸드폰을 끄고 자기 앞에 놓인 실패와 수치심을 바라본다, 그녀는 사이먼이 돌아오기를 바라며 아이들에게 거짓말을 했다, 너무나 많은 것에 대해서 스스로에게 거짓말을 했다, 아냐는 전화해달라는 메시지를 계속 보낸다. 연결이 안 돼, 아냐가 말한다, 우리 얘기 좀 하자, 제발 아무 일 없다고 말해줘. 도시 남부는 포위되었고 밤낮으로 폭격이 쏟아진다, BBC는 정부군이 헬리콥터를 이용해서 유산탄과 기름을 가득 채운 나무통 폭탄을 떨어뜨린다고 말한다, 아이들은 계단 밑에서 잠들려 애쓰고 벤은 이가 나느라 아파서 울부짖는다, 위아래 송곳니가 나는 중이다. 아일리시의 몸속에서 무언가가 꽉 매여 풀리지 않는 매듭이 된다, 그녀의 몸은 항상 긴장 상태이다, 자면서도 귀를 기울이는 몸, 급수 트럭과 보급품을 기다리며 두개골 꼭대기에서 지켜보는 눈. 아일리시는 줄을 서다가 학창 시절에 알았던 남자를 만난다, 그의 수척한 미소를 보자 그녀는 순간적으로 누군가의 품에 안기는 것이, 사랑하는 사람과 나란히 눕는 것이, 정신으로부터 완전히 도망쳐서 몸속으로 들어가는 것이, 잠시 자아를 완전히 잃는 것이 어떤 기분일까 생각한다. 아일리시는 자기 꼴이 부끄러워서 고개를 돌린다, 요즘은 머리카락이 빠질까 봐 빗질을 아예 하지 않았다. 그는 그녀의 손목을 두드리더니 크럼린로의 전자제품점에 밀수꾼이 가게를 열었다고, 거기서 필요한 물건을 몇 가지 찾을 수 있다고 말해준다. 그녀는 반쯤 파괴된 거리를 걸어간다, 흰 모자를 쓴 자원민방위대원들이 아파트 잔해를 샅샅이 뒤지는 곳을 지나서 무장 경비의 안내를 받으며 전자제품점으로 들어가서 줄을 선다. 중고 세탁기와 건조기, 식기세척기와 레인지가 있지만 그것들을 작동시킬 전기가 없다, 그녀는 또 신발을 잘못 신고 왔다, 여름 로퍼가 발을 조이자 아일리시가 한쪽 신발을 벗고 발가락을 보면서 예전에 이 신발을 정말 좋아했는데, 라고 생각한다, 벤이 태어난 후 발이 변했다, 이제 보니 확실히 발 아치가 내려왔고 뼈가 길어졌다, 이제 그녀의 발이 아니다, 가방 속에서 핸드폰이 딩동 소리를 낸다. 아일리시는 메시지를 읽고 나서 화면을 멍하니 보다가 메시지를 다시 읽는다. 무사하시다고 알려주고 싶어. 그녀가 동생에게 답장을 쓴다, 누가 무사해? 카운터 너머에서 잠 못 잔 눈과 면도하지 않은 낯이 그녀를 바라본다. 아일리시는 아이에게 먹일 분유와 파라세타몰(해열진통제의 일종)이 필요하다, 남자가 뒷방으로 물러가고 젊은 남자가 계산기를 두드린다. 머릿속으로 빠르게 계산해보니 파라세타몰은 정상가의 열두 배이다, 그녀는 핸드폰을 보면서 아냐의 대답을 기다린다, 곧 돈이 다 떨어질 테고 동생에게 구걸해야 할 것이다. 아냐의 대답이 너무 오래 걸려서 그녀가 다시 메시지를 보낸다, 누가 무사해? 아일리시가 신발을 욕하며 집으로 서둘러 돌아갈 때 아냐한테서 답장이 온다, 그녀는 걸음을 멈추고 메시지를 두 번 읽는다. 아빠는 무사하셔, 아냐가 말한다, 우리 친구들이 아빠를 빼냈어, 언니한테 연락하려고 한참이나 애썼어.

8

그녀가 자전거를 들고 복도 문을 지나서 벽에 기대어 세우자 뒷바퀴에서 딸깍거리는 소리가 나고, 부엌에서 오븐 타이머가 울린다. 그녀는 누구든 알람을 좀 꺼달라고 소리치며 슬리퍼를 찾고, 다시 아이들을 부르다 맨발로 들어간다. 베일리는 어디 있니? 매트리스에 누워서 노트북을 앞에 두고 헤드폰을 낀 몰리를 지나치며 아일리시가 묻는다, 벤은 요람에서 나무 숟가락을 쥔 채 졸고 있다. 그녀는 팬에서 갈색 빵을 꺼내 받침대에 놓고 빵 아랫부분을 톡톡 치며 텅 빈 소리가 나는지 확인한 다음 알람을 끈다, 전기가 언제든지 나갈 수 있으니 세탁기를 한 번 더 돌려야 한다. 바삭한 빵의 따뜻한 고요함, 아일리시는 캐럴 섹스턴과 그 뚱한 입매를 생각하다가 어느새 몰리 앞에 서서 오븐 장갑을 흔들고 있다, 엄마가 부탁했는데 왜 빵을 꺼내지 않았니? 화면에서 시선을 드는 상처받은 눈은 딸의 것이 아니라 캐럴의 것이다, 아일리시가 부엌으로 돌아서다 말고 귀를 기울이는 표정으로 천장을 올려다보고, 즉각 두 손으로 머리를 감싼다, 세상이 무너지는 소리, 집 아래를 지나가는 떨림, 시멘트가 비처럼 내리는 소리. 그녀가 벤에게 달려가 요람에서 안아 올리며 몰리에게 계단 밑으로 피하라고 소리치자 몰리가 헤드폰을 벗는다, 아일리시가 거실을 미친 듯이 살핀다. 베일리는 어디 있니? 그녀가 소리친다, 네 동생은 어디 갔어? 몰리가 겁에 질린 표정을 지으며 말하려고 입을 열지만 소리가 나오지 않는다, 말은 그녀보다 먼저 계단 밑으로 도망쳤다, 몰리의 손이 문을 가리킨다. 나갔어요, 몰리가 외친다, 우유를 구해 오겠다고 했어요. 아일리시가 벤을 몰리에게 안겨주고 두 사람을 계단 밑으로 민 다음 베일리의 이름을 중얼거리며 현관문으로 다가간다, 포치 문을 열고 우유를 팔지도 않는다고 생각하며 거리를 보는 순간 발이 소리 없이 땅에서 들어 올려지고 몸이 공중에 붕 뜨더니 팔을 쭉 편 채 거꾸로 흐르는 빛과 어둠 속에서 뒤로 날아간다, 입에 시멘트 조각이 들어 있다. 아일리시는 짓누르는 거대한 침묵에 깔린 채 소리가 사라진 어둠 속에 누워 있다. 입안에 무언가가 들어 있는데 피는 아니다, 피는 깨문 혀 주변으로 솟구친다, 솟구치는 피가 입안에 든 무언가의 주변으로 고이는데, 그것은 시멘트도 아니고 다른 무언가다. 눈을 뜨니 유리 파편과 먼지가 자욱한 복도가 보이고 몰리가 벤을 안은 채 아일리시를 향해 몸을 숙이고 그녀를 덮친 자전거를 치우면서 소리 없이 입 모양만으로 고함을 지른다. 아일리시는 손목을 잡아당기는 몰리의 손에 이끌려 일어나 앉으면서도 상황을 이해하지 못한다. 침묵이 끝나고 소리가 몰아치면서 시끄럽게 울리는 경보음들 사이로 울부짖는 목소리들과 도움을 청하는 외침들이 들린다. 다들 아침에 벨 소리를 듣고 깨어난 것처럼 갑자기. 몰리가 얼굴을 닦아주자 아일리시는 몰리의 소매를 검게 물들인 자기 피를 본다. 딸의 손목을 잡지만 입을 움직일 수가 없다. 일어서려 하지만 몸의 무게가 머리로 쏠리는 바람에 어지러워서 벽에 몸을 기댄다. 아일리시가 손에 무게를 실으며 억지로 일어서자 벽에 핏자국이 묻는다. 벤은 엉엉 울면서 누나에게 매달리고 몰리가 아일리시에게 앉으라고 말한다. 말을 하려면 억지로 입을 움직여야 한다. 깨문 혀 밑의 피 속에 고인 말을 소리로 만들기 위해서 애써 혀를 움직여야 한다. 이름. 그녀의 입에서 형체를 갖춰야 하는 말은 이름 하나밖에 없다. 그 이름을 속삭이고 나자 입은 고요한 동굴이 된다. 베일리. 그녀는 비틀비틀 문으로 간다. 그 무엇도 아일리시를 멈출 수 없다. 여러 가지가 섞인 독한 냄새가 그녀를 맞이하더니 코와 눈, 입을 뚫고 들어오고 목이 타는 듯한다, 그녀는 연기밖에 없는 텅 빈 곳으로, 집들 사이의 공간을 차지한 허공의 먼지 속으로 나간다. 아일리시는 아들을 소리쳐 부르며 걸어 다니고, 먼지 속에서 사람들이 모습을 드러낸다, 달리는 발밑에서 유리와 시멘트가 으스러지고 흰 모자를 쓴 민방위대가 서로를 부르면서 공습지역으로 움직인다. 먼지 사이로 제이잭의 집 오른쪽에 갑자기 생긴 주택 잔해가 보인다, 공기 중에 시멘트 먼지가 떠다니고 연기가 바깥쪽으로 부는 가벼운 바람에 실려 첫 번째 공습에서 피어오른 연기와 어울리려는 듯 거리 끝으로 날아간다. 사고 체계가 망가졌다, 길 건너에 누가 살았는지 생각나지 않는다, 아일리시는 먼지 속을 매섭게 바라보며 침묵의 세상을 혼자 걸어가지만 아는 사람 그 누구의 얼굴도 떠오르지 않는다, 누군가 그녀의 팔꿈치를 잡는다, 흰 모자 아래의 얼굴이 다친 곳이 없는지 묻고, 어깨에 담요를 둘러주더니 길 가장자리로 데려가서 앉힌다. 당신은 이해를 못 하는군요, 아일리시가 입이 아프지만 억지로 미소를 지으며 말한다, 아들이 가게에서 돌아오는 길이에요, 내 아들이 우유를 사러 갔어요. 몰리가 벤을 꼭 끌어안고 아일리시를 따라왔다, 둘 다 먼지 때문에 머리카락과 얼굴이 허옇다, 벤의 입술도 하얗지만 입을 벌리고 울자 놀랍도록 분홍빛인 혀가 보인다, 몰리가 집으로 돌아가자고 애원하지만 아일리시는 먼지가 들어간 눈을 깜빡이며 거리를 보려고 애쓴다. 길 건너편을 보니 침실 창 바깥으로 커튼 한 쌍이 늘어져 있다. 그녀는 담요를 들고 첫 번째 공습을 받은 곳으로 다시 걸어간다, 출렁거리는 구역질, 도사리고 있는 가스 냄새, 벽돌과 목재와 너덜너덜해진 전선과 한때는 줄지어 늘어선 주택이었지만 이제 연기가 피어오르는 폐허가 되어버린 곳, 그곳에 모여들어 손으로 파내는 사람들, 한 남자가 신발도 신지 않고서 어떤 여자의 겨드랑이를 잡고 질질 끌고 가고, 또 다른 남자는 어떤 여자를 발목을 잡고 들어 올려 트렁크를 열어둔 채 기다리는 해치백 자동차로 간다, 어떤 남자가 그 차의 뒷좌석을 접는다. 바로 그때 아일리시가 아들을 본다, 등을 돌린 채 흰 모자들과 민간인들 사이에서 손으로 잔해를 파헤치고 있지만 바로 알아본다, 머리카락과 옷이 먼지 때문에 하얗다, 그녀의 목소리가 목에 걸린다. 아일리시가 팔을 잡고 거리로 끌어낼 때까지 베일리는 그녀의 말을 듣지 못한다, 눈을 깜빡이자 긴 속눈썹에서 먼지가 떨어지고, 그녀의 손에서 풀려나려고 몸을 뒤튼다. 괜찮아요, 엄마, 베일리가 말한다, 진정하세요, 난 저기 돌아가서 도와야 해요. 아일리시는 사랑과 고통으로 아우성친다, 상처 입은 자부심을 느끼며 베일리를 바라보고 머리를 쓰다듬고는 손을 거두어 빤히 바라본다, 베일리의 어깨를 잡고 돌려세우자 머리에 떡진 피가 보인다. 그녀가 거친 목소리로 도움을 구하면서 주변을 둘러보고 몰리에게 의사를 찾으라고 외친다. 의료용 마스크를 쓰고 숄더백을 멘 민간인 복장의 여자가 다가와서 아일리시의 손목에 손을 대며 진정시키더니 능숙하고 효율적인 손놀림으로 베일리를 길가에 앉히고 몸을 숙이게 한 다음 뒷머리에 생수를 붓는다. 베일리가 눈을 들어 어머니를 본다. 보셨죠? 베일리가 말한다. 제가 말했잖아요. 진짜 괜찮아요. 쭈그리고 앉아 있던 의사가 무릎을 펴고 일어난다. 머리에 유산탄 파편이 박혔어요. 그녀가 말한다. 괜찮을 것 같긴 한데, 파편 제거 수술을 받아야 할 거예요. 크럼린 어린이 병원이 오늘 아침에 폭격을 당하긴 했는데, 어쨌든 거기로 가세요. 거기서 못 받아준다고 하면, 혹시 전선을 넘어도 괜찮으시다면 템플가 병원으로 가세요. 태워다 줄 사람을 여기서 구해보세요. 냄새 지독한 연기가 방향을 바꾸는 듯하더니 아일리시의 입속으로 곧장 들어오자 그녀는 순간적으로 압도당한다. 그 연기를, 그 타는 냄새에 든 것을 뱉지 못한다. 의사는 무릎을 감싸 쥐고 길가에 혼자 앉아 허공을 응시하는 남자에게 벌써 가버렸다. 아일리시는 생각을 할 수가 없고, 거리에는 손을 흔들고 손짓을 하면서 차에 태워달라고 소리치는 사람들이 가득하다. 말을 할 수 있는 사람은 몰리다. 그녀가 엄마의 발을 내려다보면서 말한다. 엄마, 신발을 안 신고 나왔잖아요. 발이 피투성이예요.

나뭇잎과 수액의 눅눅한 냄새, 문이 닫히자 정원사의 밴에 어둠이 드리워진다. 아일리시는 몰리와 함께 길에 서 있었을 때 사람들이 두 사람 사이를 가르며 시트에 싸인 여자를 택시로 옮기자 몰리가 어떤 표정을 지었는지 생각한다. 눈에 공포가 차올랐지만 갑자기 결연한 표정을 짓더니 벤을 데리고 집으로 가는 데 동의했다. 시간의 바깥에서 연기와 먼지 속에 서 있는 것 같은 딸의 모습이 보인다. 그녀는 딸의 눈에서 본 것은 어른이 되는 순간이었음을 안다. 밴 바닥에서 공구가 덜걱거리며 부딪치고 뒷좌석에 탄 사람들은 외투 위에 눕혀진 소년 주변에 공간을 만들려고 애쓴다. 소년이 높고 갈라진 목소리로 외치지만 아일리시는 그 아이가 누구와 함께 있는지 보이지 않는다. 베일리는 앞자리 사이로 바깥을 내다보려 애쓰지만 아일리시는 아들에게 자리에 앉으라고 속삭이고 담요로 머리를 지혈하라고 말한다. 운전자가 후진하려고 문밖으로 몸을 내밀고 붉은 목을 굽힌다. 그가 브레이크를 밟더니 문을 닫고 운전대로 몸을 숙여 기어를 넣는다. 밴이 조금씩 움직이다가 다시 멈추고, 아일리시는 베일리의 머리에 담요를 댄다. 운전자가 창문을 열고 소리치면서 팔을 흔들기 시작한다. 거기 물러서요, 이 사람들 좀 데리고 나가게. 아무 장치도 없는 차체는 울퉁불퉁한 노면을 뼛속까지 그대로 전달하고, 그녀는 또렷하게 생각하려고 애쓰지만 머리의 통증이 생각을 방해해서 병원이 어디 있는지, 병원 이름이 무엇인지 떠오르지 않는다. 밴 안에서는 운전자가 도로의 방해물을 욕하는 소리 외에는 아무 말도 들리지 않는다. 그가 손바닥 끝으로 경적을 세게 누르면서 앞에 늘어선 자동차들을 향해 소리친다. 창문을 내리고 손을 흔들며 교차로에 끼어든다. 아일리시는 눈을 감고 어둠 속에서 앞으로 실려 가는 자신을 본다. 자기 인생의 승객이 된 자신을 본다. 밴 뒷좌석에 앉아 있는 지금 이 순간, 이제 지나간 것이 만들어낸 이 순간만이 존재하기에 미래는 존재하지 않는다. 미래는 죽은 생각의 침묵 속으로 물러나지만 그녀는 붙잡을 수 있는 작은 조각을 찾으려 애쓴다. 무(無)에서 어떻게든 미래를 끌어내려 한다. 사건의 논리를 파악하고 최대한 많은 변수를 고려하면서 미래의 침묵을 깨뜨리려 한다. 밴이 응급실 문 앞에 멈추면 두 사람은 병원으로 들어갈 것이고, 베일리는 잠시 기다리다가 입원 수속을 밟고 수술을 받을 것이다. 그렇게 되지 않으면 템플가로 간다. 두 사람이 밴에서 내리는 모습이 보이고 아들이 기다리다가 입원하는 모습이 보인다. 그녀의 손에서 미래가 다시 느껴진다. 병원 이름이 떠오르고 건물의 생김새도 생각난다. 아일리시는 다시 잊어버릴지도 모른다는 듯이 혼자 그 이름을 속삭인다. 크럼린. 래리에게도 속삭인다. 접수처의 유리 칸막이, 컴퓨터 앞에 앉은 접수 직원, 그녀와 래리가 아이의 이름이 불리기를 기다리며 응급실에서 보낸 수많은 시간이 보인다. 아일리시는 래리의 얼굴을 찾지만 보이지 않는다. 기억을 더듬으며 그의 머리카락을 만지려 하지만 래리의 얼굴은 여전히 희미하다. 눈을 떠보니 베일리는 다시 좌석 사이로 몸을 내밀고 앞을 보려 애쓰고 있다. 아일리시가 몸을 움직여 베일리의 티셔츠를 잡는 순간 밴이 과속방지턱을 빠르게 넘는 바람에 베일리가 뒤로, 그녀의 몸 위로 쓰러진다. 바닥에 누워 있던 소년이 아파서 숨을 헉 들이마시고 여기저기서 신음이 들린다. 아일리시가 운전하는 사람에게 속도를 낮추라고 소리치자 그가 미안하다는 듯 손을 든다. 손톱 끝에 흙이 까맣게 끼어 있다. 미안합니다, 운전자가 소리친다, 금방 도착할 거예요. 그녀는 운전자의 얼굴이 생각나지 않아서 거울에 비스듬히 비친 얼굴을 본다. 땀으로 번득이는 붉은 목, 30분만 지나면 희뿌옇게 변할 검은 머리, 조금 전만 해도 나무를 다듬고 있었는데 어느새 임시 구급차를 운전하고 있다. 아일리시는 이 사람이 오늘 밤에 잠을 이루려고 애쓰면서 이 기억을 어떻게 처리할까 생각한다. 자신이 부축해서 밴에 태운 아이의 파편이 잔뜩 박힌 얼굴을 보면서, 남은 평생 그 순간을 마음속으로 계속 재생하면서.

밴이 병원 경사로 앞 거리에서 멈추더니 더 이상 나아가지 못한다. 운전자가 경적을 울리다가 차에서 내려 옆문을 열자 그녀가 상상했던 것과 다른 얼굴이 보인다. 확신을 잃은 남자의 슬픔이 담긴 흔들리는 눈빛. 병원이 다시 폭격을 당했나 봐요, 그가 말한다. 상황이 그렇게 나쁘지는 않을지도 몰라요, 사람들이 아직도 들어가려 애쓰고 있네요. 아이를 품에 안은 남자가 밴에서 내려 경사로를 걸어 올라가고 다른 사람들도 뒤를 따른다. 운전자는 바닥에 눕혀진 소년을 옮기게 도와달라고 소리친다. 아일리시는 베일리와 함께 경사로에 서서 병원 뒤쪽에서 피어오르는 연기를 본다. 앞뜰은 혼란스럽다. 사람들이 소리치면서 입구로 몰려가고 경비 두 명과 간호사 한 명이 문 앞에 서서 물러서라고 외친다. 출구 경사로에서 앞이 막힌 구급차 두 대가 차량들을 향해 사이렌을 울리며 물러서라고 다급하게 간청한다. 그녀는 아무 생각도 떠오르지 않는다. 베일리의 손을 잡은 채 머리가 아파서 눈을 감았다가 다시 뜨니 간호사와 병원 수위와 민간인 무리가 시트로 감싼 아이들을 안거나 휠체어에 태워서 경사로를 내려가 길가에 세워진 빨간 미니버스로 줄줄이 데려간다. 길 건너 주택 진입로에 선 남자애가 대피하는 사람들의 행렬을 보면서 손에 든 오렌지를 빙글빙글 돌린다. 화려한 녹색 가발을 쓰고 의사 가운을 입은 뚱뚱한 광대가 길쭉한 발로 그들에게 다가와서 따라오라고 손짓하자 아일리시는 누구를 부르는 걸까 싶어서 뒤를 돌아본다. 분장한 입술이 두 사람에게 서두르라고 소리치고 베일리가 그녀의 팔을 잡아당긴다. 두 사람은 광대의 낡은 소형 자동차 코롤라 뒷좌석에 탄다. 그녀는 베일리의 손을 꽉 잡은 채 두개골 저 밑에서부터 시작되는 구역질 때문에 눈을 감는다. 이 모든 일이 생각할 겨를도 없이 일어났고 아일리시는 어마어마한 힘에 붙들린 것처럼 떠밀려 왔다. 이제 허우적대는 것 같지 않고 급류에 휩쓸린 기분이다. 차가 병원 부지를 벗어나 버스 뒤에 늘어선 작은 호송대 행렬에 합류한다. 베일리는 뒷좌석 가운데 자리에 앉아 있고 아일리시는 담요를 다시 접어서 아들의 머리에 대고서 차창 밖으로 지나가는 옛 쇼핑센터를, 운하에 일렬로 늘어선 문 닫힌 가게들을 바라보다가 백미러로 광대를 본다. 그가 물티슈로 기름진 분장을 닦자 왼쪽 눈이 우울하게 처진다. 가발은 좌석에 놓여 있고 이제 막 벗겨진 대머리에 땀이 흐른다. 분장한 입 속에 숨겨진 진짜 입이 템플가까지 오래 걸리지 않는다고 말한다. 그 병원 사람들은 나를 알아요. 그가 말한다. 다 괜찮을 거예요. 아이들을 태운 차들이 운하의 모래주머니 더미와 철조망에 가까워지고 그곳에는 조용한 분위기가 감돈다. 반란군 병사들의 손짓에 따라 버스와 차들이 중간 지대로 들어가고 속도가 느려지더니 기어가기 시작한다. 버스에서 손이 여러 개 튀어나와 흰색 티슈와 뜯어낸 책장처럼 보이는 것을 흔들고, 광대가 흰 손수건을 창밖으로 내밀고 천천히 흔든다. 금방 건너갈 거예요. 그가 말한다. 넘어가기만 하면 직진이에요, 이름을 물어볼 생각도 못 했네요, 저는 제임스라고 합니다, 광대 지미라고 불러도 돼요, 원하는 대로 부르세요, 신발을 벗을 틈도 없었지 뭡니까, 이걸 신고 운전하니 정말 힘드네요. 그가 한쪽 무릎을 들어 신발 끈 대신 리본이 달린 커다랗고 반들반들한 빨간 신발을 보여준 다음 발을 내리더니 주먹을 입으로 가져가 빨간색 반짝이를 구름처럼 뿜어내자 순간적으로 세상이 깜빡거리는 피를 뿜으며 폭발한 것 같다, 빨간 비가 그의 복장과 분장 펜들에 떨어지고 앞자리에 놓인 가발 머리카락 사이사이로 들어간다, 아일리시는 이 남자가 미쳤음을 이제야 알겠다, 얼른 차에서 내려야 한다, 베일리가 그녀의 소매를 잡아당긴다, 엄마, 베일리가 속삭인다, 도대체 무슨 일이에요? 간호사들은 이걸 항상 싫어했죠, 지미가 말한다, 누가 와서 전부 치워야 하거든요, 좋아요, 여러분, 이제 갑니다, 으라차차. 광대가 창문을 내리자 아일리시는 집에서 신분증을 안 갖고 나왔음을 그제야 깨닫고 청바지 주머니를 만져본다, 가방도 돈도 없다, 지미에게 이 사실을 속삭이지만 그는 못 들은 척하며 병원 출입증을 들고 자기 신분증을 보여준 다음 뒷좌석의 베일리를 가리킨다, 얘 머리에 파편이 박혔어요, 템플가 병원으로 가야 합니다. 눈길이 유리창으로 쏠리고 베일리와 아일리시를 유심히 보더니 신분증을 제시하라고 요구하자 광대가 미소를 지으며 항의한다, 이미 검문소를 통과한 버스와 자동차들을 가리킨다. 보세요, 그가 말한다, 시간 끌지 맙시다, 애 진료가 급해요── 군인이 지미에게 차에서 내리라고 명령하자 아일리시가 베일리를 끌어안는다. 트렁크에 뭐가 들어 있는지 봅시다. 광대가 용감하게 차에서 내려 뒤쪽으로 가자 군인이 스페어타이어를 들어보라고 한다, 차를 다시 출발시킬 때 그는 광대 신발을 벗고 바람이 빠진 듯한 모습이다, 그가 화장이 반쯤 지워진 얼굴을 문지르며 물티슈를 찾아서 왼손을 더듬거린다. 눈앞의 도로에는 아무것도 없다, 차량 행렬이 사라져버렸다. 걱정하지 마세요, 그가 말한다, 금방 따라잡을 겁니다. 그가 자리에서 몸을 앞으로 숙이더니 운전대를 탁 치고 속도를 늦추기 시작한다. 제기랄, 그가 말한다. 경찰의 파란 도로 차단 표지가 너울거리고 길가에서 경찰 두 명이 손을 흔들어 차를 세운다. 광대가 창문을 내리자마자 설명을 시작하더니 병원 출입증을 들고 앞서간 차량 행렬을 가리킨다. 땀이 흐르는 대머리, 귀에서 비어져 나온 털, 경찰이 고개를 저으며 몸을 숙인다. 더 이상 통과시키지 말라는 명령을 받았습니다, 그가 말한다, 당장 차 돌리세요. 제기랄, 광대가 말한다, 애를 병원에 데려가는 것뿐이에요, 이 아이한테 치료가 필요하다는 걸 모르겠어요? 광대가 혼자 중얼거리면서 유턴을 하고 나서 소매로 입을 닦자 분장이 사나워 보이게 뭉개진다. 개새끼들, 그가 말한다, 욕해서 미안합니다. 그가 백미러를 보더니 좁은 길로 급하게 들어간다. 템플가로 갈 수는 없어요, 그가 말한다, 저들이 내 차량 번호랑 신분증을 봤으니까, 하지만 걱정하지 마세요, 세인트제임스 병원이 이쪽에 있어요, 열여섯 살 넘었다고 하면 받아줄 겁니다, 다 고쳐주고 나서야 뭘 어쩌겠어요, 충분히 나이 들어 보여요, 그놈들한테 꺼지라고 하고 그냥 나와버리세요.

무슨 요일인지도 생각이 나지 않는다, 병원 복도의 표백된 조명 아래에서는 낮인지 밤인지도 감각이 없다, 베일리는 아일리시에게 몸을 기댄 채 반쯤 잠들었다, 그녀는 벽에 기대어 앉아 발에 유리가 박히지 않았는지 유심히 살핀다. 응급실에 사람이 넘친다, 상태가 각기 다른 환자들이 피투성이로 옷이 벗겨진 채 의자나 휠체어에 앉아 있거나 바닥에 누워 있다, 간호사 두 명이 복도에 멈춰 이야기하더니 그들 사이에서 숨죽여 웃는 소리가 새어 나온다, 베일리가 하품을 하면서 똑바로 앉는다. 팔짱을 끼더니 짐짓 불만스러운 표정을 지으며 아일리시를 빤히 보고, 그녀는 베일리의 눈을 가린 머리카락을 치우고 붕대를 고쳐 매준다. 배고파 죽겠어요, 베일리가 말한다, 이제 지긋지긋해요, 돈도 안 가져왔는데 뭘 어떻게 먹어요? 그냥 집에 갔다가 다시 오면 안 돼요? 아일리시는 근처 담요에 누워서 죽어가고 있는지 잠들었는지 모를 쇠약한 남자를 보고 있다. 구깃구깃한 갈색 정장 차림인데 소매는 피로 물들었고 손에 동그란 빵이 가득 든 비닐봉지를 꼭 쥐고 있다. 한쪽 발에만 검은 신발을 신고 있다. 응급실로 실려 가는 또 다른 남자를 보았는데, 운동화를 한 짝만 신고 있었다. 아일리시는 잃어버린 신발이 너무 많다고 생각한다. 주인이 팔이나 다리, 겨드랑이를 잡힌 채 끌려가서 자동차와 밴 뒷좌석에 실리고 들것도 없이 응급실로 다시 끌려가느라 벗겨지는 신발이 너무 많다. 버려진 신발은 서두르는 발에 채고 도로나 보도에 덩그러니 남겨진 채 깜빡이지도 않는 눈이 되어 주인이 돌아오기만을 기다린다. 체격 좋은 간호사가 지친 미소를 띠고 반회전문으로 나와 자신의 이름을 부르자 베일리가 아일리시의 갈비뼈를 쿡쿡 찌른다. 휠체어에 앉아서는 손으로 허벅지를 톡톡 치며 싱글싱글 웃는다. 건강하네, 간호사가 말한다. 금방 멀쩡해질 거야. 간호사가 아일리시에게 따라오라고 고개를 끄덕이더니 그녀의 발을 빤히 본다. 세상에, 간호사가 말한다. 위층에서 치료할 만한 걸 좀 찾아볼게요. 병상 옆에 겹쳐 쌓을 수 있는 회색 의자가 하나 있어서 병실의 다른 부분을 가려준다. 아일리시는 밀려오는 기쁨을 느낀다. 그녀가 바랐던 대로 미래가 왔다. 베일리는 종이 가운을 입고 베개에 기대어 앉아 있다. 얼굴의 먼지와 피를 씻어내고 머리에 붕대를 감고서 수술을 받기 전에 머리를 밀려고 기다리는 중이다. 그녀는 정밀 검사 결과를 되뇐다, 혈관이나 조직의 내부 손상은 없을 것이다. 아일리시는 베일리의 손을 잡고 싶다, 어떻게든 몰리에게 전화해야 한다, 그녀는 베일리의 지루해하는 얼굴을, 할 일을 찾는 안달난 손을 본다, 베일리는 열네 살, 많아야 열다섯 살처럼 보이지만 다시 보면 그렇지도 않다, 종일 계속된 폭격 속에서 열세 살을 맞이한 소년 같다. 화요일이지, 아일리시가 손뼉을 치며 말하자 베일리가 그녀를 보며 모르겠다는 표정을 짓는다. 신경 쓰지 마, 그녀가 말한다, 운이 정말 좋았어, 파편이 조금만 더 컸으면 어떻게 됐겠니. 그 얘기는 아까도 했잖아요, 엄마, 실제로는 더 안 크니까 계속 얘기할 필요 없어요, 간호사한테 토스트 한 쪽이든 뭐든 먹어도 되는지 물어봐주세요, 굶어 죽을 것 같아요, 종일 아무것도 못 먹었다고 말해주세요. 아래층 간호사가 투명 포장지에 싸인 종이 슬리퍼와 반창고, 마취 물티슈를 아일리시의 손에 쥐여준다. 간호부장님께서 나가시는 길에 들르라고 하시네요, 간호사가 말한다, 복도 맨 끝 데스크예요. 아일리시는 발을 닦고 상처에 반창고를 붙인 다음 종이 슬리퍼를 신고 간호사를 마주할 표정을 준비하며 병동을 가로지른다, 접수 직원에게 했던 거짓말을 생각한다, 그녀의 입에 피어난 유독한 꽃, 병원에서 가족 주치의에게 전화하거나 해서 어떻게든 베일리의 나이를 알아냈을 것이라고 생각한다. 왜 거짓말하셨죠, 스택 씨? 당신 아들은 열여섯 살이 아니잖아요,

아시겠지만 여기는 소아과가 아니에요, 아이를 입원시키는 건 규칙 위반이에요, 아일리시는 뒷머리를 만지작거리며 깜짝 놀란 척할 것이다. 그녀는 데스크 앞에 서서 통화 중인 간호사를 본다, 텅 빈 표정을 짓던 간호사가 전화기를 내려놓더니 침 뱉을 준비를 하듯이 입을 오물거린다, 혀로 사탕을 굴리고 있다. 저한테 할 말이 있다고 들었는데요, 저는 아일리시 스택이에요, 이 병원에 입원한 베일리 스택의 엄마예요. 간호사가 서류함을 끌어다 뒤지더니 서류 더미에서 하나를 꺼낸다. 아, 네, 아래층에서 메모가 왔어요, 입원 수속 때문에 정보를 기다리는 중인데, 이름과 주소, 생일은 있는데 공공서비스 번호가 없네요, 그리고 아드님의 보안 신분증도 필요해요, 절차가 무척 엄격하거든요. 네, 아일리시가 말한다, 아래층에서 이미 다 설명했는데요, 아들의 공공서비스 번호가 기억이 안 나요, 제 번호도 모르는데요, 가방도 없고 아무것도 없어요, 원래 여기 올 생각이 아니었거든요── 네, 물론 그러시겠죠, 늘 있는 일이에요, 음, 오늘 밤에는 걱정하지 마세요, 내일 다시 와서 알려주셔도 돼요. 아일리시가 얼굴을 찌푸리며 고개를 젓는다. 죄송하지만 아들을 여기 두고 갈 수는 없어요, 수술실엔 언제 들어가죠? 스택 씨, 면회 시간은 이미 몇 시간 전에 끝났어요, 지금 여기 계시면 안 돼요, 자, 아드님이 언제 수술실에 들어갈지도 알 수 없어요, 지금 병원이 난리도 아니거든요, 외상 팀이

쉬지도 못하고 환자를 보고 있어요, 집에 가서 좀 주무시는 게 최선이에요, 내일 아침에 아드님이 수술실에서 나오면 간호사가 전화를 드리도록 조치해둘 테니 그때 오세요. 아일리시는 종이 슬리퍼를 신은 발을 내려다본다. 집에 갈 방법도 모르겠어요, 그녀가 말한다, 신분증도 없이 전선을 지나야 하는데, 체포될지도 몰라요. 간호사가 입을 한쪽으로 비튼다. 병원에서 통행증을 드릴 수 있는지 확인해볼게요, 구급차를 타고 왔다는 증명이 될 거예요, 다른 사람들도 늘 그렇게 해요, 통행증이 있으면 전선을 건너갈 수 있어요. 아일리시는 간호사의 손을 보고 있지만 제대로 보지 않고 자기 마음속의 공간을 본다, 갑자기 밝아진 기분이 몸속을 돌아다닌다, 베일리는 괜찮으리라는 느낌이 들고 갑자기 자신을 넘어서 쭉 펼쳐지는 삶이 보인다, 순간적으로 삶이 예전으로 돌아간다, 그녀는 눈을 감고 몸의 긴장이 풀리는 것을 느낀다, 마치 손에 쥐고 있다 놓은 것 같다, 피로가 빠르게 덮쳐오고, 자리에 앉아서 눈을 감고 싶다, 시선을 들어 얼굴을 찌푸리는 간호사를 본다. 죄송해요, 아일리시가 말한다, 뭐라고 하셨죠? 조금 창백해 보이시네요, 스택 씨, 정말 괜찮으세요? 남편분한테 전화하시겠어요? 운이 좋으면 연결될 거예요. 그녀는 전화기 앞에 서지만 번호가 떠오르지 않는다, 래리도 집 전화번호를 기억하지 못하면 어쩌나, 아일리시가 수화기를 들지만 번호를 누르는 것은 기억이 아니라 손가락에 익은 패턴이다.

정부군 검문소에 도착하자 손전등을 그녀에게 비추며 자세히 살피고, 왜 통금 시간을 다섯 시간이나 지나서 전선을 건너려고 하는지 설명을 요구한다. 그녀의 손에 들려 있던 병원 서류를 가져간다. 그녀는 제대로 된 신발을 신지 않은 발을 가리킨다. 종이 슬리퍼가 너덜너덜해졌다. 그들은 그녀를 잠시 기다리게 한 다음 어둠 속에서 혼자 다리를 건너가도록 허락한다. 한 걸음 한 걸음이 평생 같다. 창문 없는 버스들이 도로를 따라 세워져 있고 얼굴 없는 눈들이 다가가는 그녀를 지켜본다. 아일리시는 보초를 서는 반란군에게 줄 서류도 신분증도 없어서 사정을 설명하려고 애쓴다. 손전등 뒤의 얼굴이 보이지 않는다. 목소리를 들어보니 너무 어려서 이해하지 못할 것 같다. 흑백과 군령 너머의 세상을 알기에는 너무 어리다. 보초병이 손전등으로 그녀의 피투성이 발을 비추더니 광기가 어떻게 생겼는지 자문하는 것처럼 그녀의 눈을 다시 들여다본다. 광기는 이렇게 생겼다. 팔을 휘저으며 신을 찾는 사람이 아니라 아이들이 있는 집으로 돌아가려는 어머니의 모습이다. 보초병이 상관을 부르자 그가 아일리시를 통과시켜준다. 그녀와 나이가 비슷한 남자로, 수염 자국이 있고 검은 군복 차림이다. 제가 집까지 데려다드리죠. 그가 말한다. 혼자 가는 건 너무 위험합니다. 그가 랜드로버를 가리키더니 턱을 문지르고 하품을 한 다음 전조등도 켜지 않고 차를 운전한다. 통금 시간 이후에 돌아다니는 건 목숨을 내놓고 다니는 것과 마찬가지라고 새삼 알려주지 않아도 아시겠지요? 아일리시는 그 목소리에서 그가 어린 시절에 자란 지역을 알아차린다, 그가 다녔을 럭비 학교와 대학을 알아차린다, 지금은 전생처럼 느껴지는 삶에서 그가 어떻게 살았는지 짐작할 수 있다. 그녀는 조용하다, 입을 열 수가 없다, 전부 다시 설명하는 것이 갑자기 너무 벅차다. 도로는 더 이상 도로가 아니다, 군인이 속도를 늦추다가 차를 멈추더니 손전등을 들고 몸을 밖으로 내민 채 랜드로버를 몰고 소로(小路)로 올라가서 길을 만들며 나아간다. 그가 세인트 로런스가로 접어드는 교차로에서 차를 세우고는 엔진을 켜둔 채 그녀에게 고개를 돌리고 눈을 찾는다. 왜 여기 남는 것을 선택하셨죠? 그가 말한다, 여기 당신을 위한 것은 하나도 없는데요. 당신은요? 아일리시가 말한다, 당신은 왜 여기 있죠? 난 할 일이 있으니까요, 그가 말한다, 나는 그 일이 끝나거나 관짝에 들어가기 전까지는 여길 떠나지 않을 겁니다. 그녀가 입 모양을 만들지만 대답할 수가 없다, 문손잡이를 당기지만 손이 움직이지 않는다. 제 아들도 반란군에 들어갔어요, 아일리시가 말한다, 오랫동안 소식을 듣지 못했어요, 혹시 죽었을까요? 정확히 알기 힘들지요, 그가 말한다, 어딘가에 숨어 있을지도 모르고, 체포됐을지도 모르고, 어쩌면 현명하게 이메일도 쓰지 않고 전화도 하지 않는 것뿐일지도 모릅니다, 가족에게 보내는 메시지를 추적하거든요, 저는 아내에게 잘 지낸다는 소식을 전했지만 가족을 못 본 지 몇 달 됐습니다. 그는 그녀가 차에서 내리는 모습을 지켜보고 안전하게 지내라고 말한다. 아시겠지만 떠나려면 아직 늦지 않았습니다, 이곳은 다시 지옥의 입구가 될 겁니다, UN이 랜스다운로 경기장에서 항구 터널을 통해 북쪽으로 갈 수 있도록 인도적 통로를 여는 데 정부가 합의할 겁니다, 피리 부는 사나이가 피리를 불면 당신은 쥐처럼 떠날 수 있습니다, 몸조심하세요, 알겠죠? 아일리시가 종이 슬리퍼를 손에 쥐고 거리를 걷다 보니 먼지와 연기는 가라앉았다, 길 건너의 어떤 집은 정육 칼로 쪼갠 것처럼 절반만 남아 있다, 아직 벽돌에 감싸인 위층 창문은 무(無)를 바라보고 있고, 이 집의 나머지 절반과 옆의 두 집은 무너져서 벽돌과 목재 더미가 되었으며 거리에 불탄 자동차가 한 대 있다. 그녀는 자기 집 앞에 서서 쓰레기봉투로 막은 정면 창문을 본다, 현관은 폐허다, 몰리가 손전등을 들고 문 쪽으로 오자 아일리시가 딸을 끌어안는다, 벤은 계단 밑에서 잠들었다. 몰리가 부서진 천장에 손전등을 비춘다. 위층은 더 심해요, 몰리가 이렇게 말하며 유리 조각을 쓸어낸 곳을 보여준다, 시멘트 먼지가 아직 떠다니고 찬장과 책 선반, 사진 액자에 먼지가 쌓였다, 아일리시가 사진을 모아서 래리의 안락의자에 앉아 무릎에 내려놓는다, 창문을 가린 쓰레기봉투가 바람에 가볍게 밀린다. 아침에 벤을 데리고 가서 물을 받아 와, 아일리시가 말한다, 나는 베일리한테 가서 일찍 퇴원시켜야 돼, 세인트제임스 병원에 입원시키려고 나이를 속여야만 했거든. 그녀는 너무 피곤해서 몰리가 데워준 음식도 먹지 못한다, 너무 피곤해서 잠도 오지 않는다. 아일리시는 안락의자에 앉아서 블라우스로 사진을 닦으면서 비웃듯 지나가는 과거의 행렬을 바라본다, 래리에게 공습에 대해서 속삭인다, 이해할 수 없는 일의 무게에 그의 눈썹이 늘어지는 것을 바라본다, 그의 손이 수염을 당긴다, 래리는 분노에 압도당하여 주먹을 쥐지만 그 분노는 세상의 조롱 앞에서 무력해진다, 이 집은 더 이상 집이 아니다.

그녀는 우산을 쓰고 아들에게 간다, 새들의 노래가 새벽을 부르더니 곧 총성이 서둘러 세상을 조용히 시킨다, 그녀의 뱃속에 살고 있는 분노가 절로 퍼져나간다, 머리 위에서 전투기가 쌩 날아가고 분노가 두 다리에 이른다. 검문소에 도착해보니 운하를 따라 세워둔 버스가 더 많아졌다, 카맥 다리 건너 중간 지대까지 버스를 일렬로 세워서 방어선을 구축해놓았다. 아일리시는 보초병이 시키는 대로 모래주머니 뒤에서 기다린다, 어젯밤 그 군인은 없다. 그녀는 다리 건너 도로 중앙에 뒤집혀 있는 우산을 본다. 아스팔트에 깨진 유리가 흩어져 있고 마지막 버스 뒤에서 열두 명 정도 되는 사람들이 서서 지나가라는 반란군의 명령을 기다리고 있다. 젊은 남자가 모래주머니 뒤를 가리킨다. 돌핀스반 지구 건물에 저격수가 있어요. 그가 말한다. 외침이 들리더니 반란군 병사들이 엄호사격을 시작하고 마지막 버스 뒤에서 기다리던 사람들이 달리기 시작한다. 들꽃을 한 다발 든 어머니가 따라잡지 못하는 어린 소녀를 끌어당기고, 한 청년은 어깨를 움츠려 머리를 감추며 달린다. 저격수가 총 쏘는 소리가 박수 소리처럼 울리자 어머니는 몸을 움츠리면서 딸의 손을 잡아당기고 머리가 희끗희끗한 남자가 신문으로 자기 머리를 가린다. 나이 많은 여자는 가슴에 손을 얹고 다리 건너 반란군 쪽으로 어색하게 달린다. 그 뒤로 긴 정적이 흐르고, 반란군 병사가 운전하는 버스의 느릿한 엔진 소리가 그 정적을 채운다. 병사는 다리 위로 버스를 후진해 보초선을 확장한다. 저격수가 기회를 노리는 사이 마지막 버스 뒤에 댄다. 빠르게 박수치는 듯한 소리가 두 번 연달아 들리더니 유리창이 깨지고 총알이 폐를 관통한 것처럼 버스가 헐떡이는 소리를 낸다. 문들이 열리고 반란군 병사들이 내려서 다리 쪽으로 돌아온다. 아일리시는 우산을 주머니에 넣고 떨리는 손을 꽉 쥔다. 그녀는 결국 건너갈 것이다. 이제 안다. 아일리시는 마음을 비우고 생각도 없이 달리는 사물이 되어 전부 다 괜찮은 것 같다고 생각한다, 마지막 버스에서 가게들이 늘어선 안전지대까지는 무척 가깝다. 그녀는 반란군 병사 뒤에서 사람들과 한 줄로 서서 다리 위를 걸어간다, 병사는 그들에게 버스에 바짝 붙으라고 하고, 그동안에도 사람들이 반란군 검문소를 향해 계속 달려온다, 갑자기 허공에서 총성이 들려서 모두가 움찔하지만 그래도 사람들은 다치지 않고 건넌다, 작은 개를 안은 청년이 뛰어가고 어떤 여자가 쇼핑백을 들고 달린다, 얼굴을 찡그리며 총알이 날아들까 봐, 뼈가 산산조각 나고 대량 출혈이 생길까 봐, 어둠 속으로 풀려날까 봐 긴장하고 있다. 그때 도로에 버려진 쭈글쭈글한 수혈 주머니가 아일리시의 눈에 들어온다, 남아 있던 피가 비에 희석되었다, 뒤에서 오던 청년이 기회를 노리고 전력 질주해서 건너간다, 반란군 병사가 허공에 손을 든 채 멈추라고 한다. 그가 버스 너머 고층 건물을 망원경으로 보자 아일리시는 저격수가 총을 쏴서 위치가 드러난 것일까, 연기나 흐릿한 움직임이 보일까 생각한다, 병사가 그들을 향해 비스듬하게 고개를 돌린다. 50미터만 더 가면 너무 가까워서 저격수의 사격 범위에 들어가지 않습니다, 계속 뛰어서 건너시고 저 건물들 가까이로 붙으세요, 달리는 표적을 맞히는 건 아주 어려워요, 저격수는 운을 노리고 쏘는 것뿐입니다. 아일리시의 뒤에서 어떤 남자가 아내더러 신발을 잘못 신고 왔다고 말한다, 운하 쪽에서 엄호사격이 시작되자 그녀는 병사의 명령에 따라 펄럭거리는 검은 비옷을 입은 남자 뒤를 달려 마지막 버스를 지나 도로를 향해 간다. 오른쪽에는 분홍색 가방을 끌어안은 여자가 있다. 아일리시는 도로만 보고 달리면서 매끈한 아스팔트에 비친 앞서 달리는 사람들의 그림자를 본다. 그들은 달리는 것이 아니라 저 아래 지하 세계로 날아가는 것 같다. 그녀는 눈을 들지 말라고 스스로에게 말하지만 위를 슬쩍 올려다보았다가 이상한 계약을 맺었을 저격수를 본 것 같다. 저격수를 보았는지 아닌지 확인할 수 없다. 그녀는 저 앞의 교차로를 보며 달린다. 포장 전문 인도 음식점과 셔터가 내려진 슈퍼마켓을 보면서 달린다. 자동차 두 대가 교차로를 통과하고 박수 소리가 나더니 검은 비옷을 입은 남자가 비틀거리다가 옷자락을 펄럭거리며 쓰러진다. 또 다른 박수 소리에 아일리시와 제일 가까운 여자가 한쪽 팔을 뻗더니 가방이 떨어지고 달리는 아일리시의 발 앞에 털썩 쓰러진다. 아일리시가 발이 걸려 넘어지고 세상이 빙빙 돈다. 눈을 떠 보니 바닥에 엎드려서 양손으로 머리를 가리고 있다. 달려가는 발소리들이 침묵 속으로 사라지고 날카로운 통증이 팔꿈치를 갉는다. 총에 맞은 것 같지는 않다. 일어나서 달려야 한다. 비옷을 입은 남자는 미동도 하지 않고 바로 뒤에 있는 여자는 어딘가 막힌 듯한 숨소리를 낸다. 반란군 병사들이 소리를 지르더니 다리에서 거센 총격이 시작된다. 갑자기 가까운 어딘가에서 반격의 굉음이 들리고, 아일리시는 도로에 코를 박은 채 소음에 몸서리치며 그대로 엎드려 있다, 머리 위로 날아가는 포악한 짐승의 아가리가 느껴진다, 아일리시는 움직일 수 없다, 그러다가 여기서 달아날 수 없음을 깨닫는다, 머리 위에서 총격이 계속 오가면서 가끔 끊길 때도 있지만 절대 멈추지는 않는다, 죽고 말 것이라는 차갑고 슬픈 감정이 그녀의 심장에서 흘러나온다, 눈을 뜬 그녀는 자신이 어떤 경계를 넘었음을 깨닫는다, 아스팔트의 축축한 빛과 가게들로 이어지는 길을 따라 세워진 녹슨 초록색 난간, 아일리시는 도로가 아니라 무언가의 끝자락에 누워 있음을 깨닫고 침착한 스스로에게 깜짝 놀란다, 죽음이 기다리고 있지만 그녀는 준비가 되지 않았다, 죽음이 그녀 앞에 빤히 서 있었는데 아일리시는 아이들을 생각하지도 않고, 보지도 않고 그 품에 뛰어들었다, 버려진 자신의 아이들을 보자 그녀는 슬픔에 사로잡힌다, 아일리시는 경고를 받고도 귀담아듣지 않았다, 아이들을 위험에서 빼내는 것이 너의 의무였는데 너는 그렇게 하지 않고 가만히 서 있었어, 엄연한 사실 앞에서 그렇게 어리석고 맹목적으로 굴다니, 넌 아이들을 빼내야 했어, 아버지의 경고가 들리고 또 들린다, 이 나라를 떠나서 더 나은 삶을 꾸리라던 경고, 그동안 놓친 기회들이 눈앞에서 점점 커진다, 그들은 도망칠 수 있었다, 잘못된 과거 속에서 그 모든 것이 먼지가 된다, 모든 것이 무(無)로 돌아간다, 아일리시는 땅에 파인 구멍 속에 들어간 자신을 본다. 그녀가 가진 사랑의 가장 좋은 부분들을 본다. 무언가가 다른 무언가로 변하고, 아일리시의 삶은 모든 것을 지배하는 힘의 법칙에 따라 소모되었다. 그 안에서 아일리시는 아무것도 아니다. 한 톨의 먼지, 인내의 작은 흔적에 불과하다. 그녀가 슬퍼하며 시선을 돌리니 남자의 피가 그의 몸에서 천천히 도망치고 있다. 세포의 생명으로 피는 여전히 살아 있다. 빨갛고 하얀 세포들이 기이한 무지각 속에 자기 일을 하려 하는 와중에 피는 도로의 경사를 따라 흐른다. 마치 배수로를 통해 내려가면 지하수를 만나서 용해되고 다시 돌아올 수 있다고 생각하는 것 같다. 아일리시는 주먹을 꽉 쥐고 발끝으로 땅을 민다. 살아서 아이들을 보고 싶다. 총격이 멈추면서 머리 위에서 깊은 정적이 열리고 반란군 병사가 소리친다. 아일리시는 손을 흔들어서 살아 있다고 알리기가 두렵다. 그녀는 세상과 절대적으로 맞닿은 채 미동도 없이 누워 있다가 갑자기 죽지 않으리라는 느낌이 든다. 아스팔트에 박힌 자갈을 본다. 수십억 년 전에 열기와 압력에 의해 만들어진 지구의 돌. 하지만 그녀에게는 지금 이 순간밖에 없다. 가야 한다. 내면의 힘이 몸속에서 퍼지고 눈을 감자 지나간 세월과 아직 살지 않은 시간이 보인다. 갑자기 무언가가 아일리시를 일으켜 움직이게 만든다. 그녀는 달리는 몸이 된다.

그녀는 병원 입구에서 경비실 앞을 지나지만 아무도 멈춰 세우지 않고, 엘리베이터를 타고 올라가자 간호 데스크에서 다른 얼굴이 그녀를 맞이한다, 모니터를 보던 맑고 파란 눈이 그녀를 올려다본다. 무엇을 도와드릴까요? 제 아들이 어젯밤에 수술을 받았는데요, 어디 가면 아들을 볼 수 있을까요? 간호사가 살짝 웃더니 고개를 젓는다. 죄송해요, 그녀가 말한다, 면회 시간은 2시부터 4시, 저녁 6시 반부터 8시 반까지예요, 나중에 다시 오셔야 해요. 자리에서 전화가 울리자 간호사가 전화기를 보더니 아직 앞에 서 있는 아일리시를 본다. 잠시만요, 전화 좀 받을게요. 아일리시가 팔짱을 끼고 복도 쪽을 보니 환자가 누워 있는 이동 침상 세 개가 병실에 자리가 나기를 기다리고 있다, 그녀가 바닥에 누워서 빵 봉지를 꽉 잡고 있던 갈색 정장의 남자를 생각하는데 간호사가 전화를 끊는다. 죄송해요, 아일리시가 말한다, 있잖아요, 아들이 어떤지만 알고 싶어요, 어젯밤에 두개골에서 파편을 제거하는 수술을 받았어요. 간호사의 노란 손가락 끝이 볼펜을 부드럽게 밀더니 입원 환자 서류함으로 손을 뻗어 자기 앞으로 끌어당긴다. 가시기 전에 파일을 확인하고 알려드리죠, 어차피 우리가 전화를 드릴 거였지만. 운이 좋아서 전화가 연결되면 말이죠, 아일리시가 이렇게 말하자 간호사가 시선도 들지 않고 미소를 짓는다. 네, 알아요, 간호사가 말한다, 모든 것이 정말 악몽 같죠, 아드님 이름이 뭐라고 하셨죠? 아일리시는 서류함을 뒤적이는 간호사의 얼굴을 본다, 머리 위의 조명 때문에 한 겹 입힌 화장이 보송해 보인다, 귀 뒤부터 쇄골까지 얼룩덜룩하게 습진 같은 것이 났다, 간호사가 다른 서류함을 끌어당기더니 얼굴을 찌푸리며 맨 마지막 서류까지 훑었다가 첫 번째 서류함으로 다시 돌아온다. 죄송하지만, 아드님 이름이 베일리 스택이라고요? 네, 맞아요. 여기 베일리 스택은 없는데요, 병동을 제대로 찾아오셨나요? 여기는 앤영 병동이에요, 다들 늘 헛갈리죠, 다 비슷비슷해 보여서요. 아뇨, 아일리시가 말한다, 앤영 병동 맞아요, 제가 어젯밤에 바로 이 자리에 서서 병동 간호사랑 이야기했어요, 이름은 기억이 안 나지만요, 제 아들은 저쪽 복도의 병실에서 수술에 들어가려고 기다리고 있었고요, 간호사가 아침에 전화가 올 거라고 했어요. 간호사가 책상을 훑어본다. 지금 병원이 난장판이라서요, 그녀가 말한다, 간호부장님께 얘기해볼게요. 책상 위의 전화가 울리기 시작하지만 간호사는 문으로 들어가서 닫고, 또 다른 간호사가 와서 전화를 받더니 네, 아니요, 라고 말하고 물러간다. 아일리시는 문손잡이가 천천히 돌아가는 것을 보지만 문이 열리지 않다가 살짝 열리고 다른 간호사가 밖을 내다보더니 다시 문을 닫는다. 아일리시는 커피를 한 잔 마시고 담배를 피우고 싶다, 베일리에게 깨끗한 옷을 주고 집으로 데려가고 싶다, 간호부장이 문밖으로 나오지만 아일리시 쪽을 보지도 않고 복도를 걸어가고 다른 간호사는 안에 남아 있다. 아일리시는 돌아서서 어젯밤에 베일리가 머물렀던 다인실로 간다, 베일리가 누워 있던 침대에는 얼굴이 푹 꺼진 나이 많은 남자가 잠들어 있다, 그녀가 다른 얼굴들을 확인하고 커튼을 다시 치자 남자 간호사가 뒤에서 다가온다. 실례합니다, 그가 말한다, 무엇을 도와드릴까요? 아일리시가 그를 지나쳐 복도로 나가자 입을 꾹 다물고 다가오는 간호부장이 보인다. 스택 씨, 저는 이 병동을 담당하는 간호사인데요, 혼란을 드려서 죄송합니다, 등록 담당자가 직접 말씀드리면 좋겠다고 생각했거든요, 아드님은 어젯밤에 다른 병원으로 이송되었어요, 자정 조금 넘어서 우리 병원에서 나갔어요, 죄송하지만 가끔 있는 일이에요. 잠시만요, 아일리시가 말한다, 이해가 안 돼요, 다른 병원으로 이송됐다니 무슨 뜻이죠? 말씀드린 것처럼 항상 있는 일이에요, 위기 상황에서는 보조 병원을 이용해야 하거든요, 아드님은 수술을 받을 예정이었지만 그 대신 다른 곳으로 이송되었어요, 명령은 위에서 내려와요, 우리는 결정권이 없어요, 데스크로 오시면 자세한 서류를 드릴게요, 그리고 서명해야 할 서류도 있어요. 잠시만요, 아일리시가 말한다, 정말 전혀 이해가 안 가는데요, 제 아들은 어젯밤에 수술을 받을 예정이었고 침상도 분명히 있었는데 지금은 이 병원에 없다는 말씀이신가요? 네, 맞습니다, 스택 씨,

우리가 전화를 드리려고 했는데—— 죄송하지만 이건 말도 안 돼요, 이런 이야기는 들어본 적도 없어요, 제 아들은 미성년자예요, 저는 아들을 옮기는 데 동의한 적 없어요, 저는 다른 병원이 아니라 이 병원에 아들을 입원시켰어요, 상관에게 말해서 제 아들을 다시 데려오도록 해주세요. 죄송하지만 저희가 할 수 있는 일이 없습니다, 스택 씨, 저희 병원에서 내린 결정이 아니에요, 자정 직후에 그들이 베일리를 데리러 왔어요. 자정 직후에 누가 데리러 왔다는 거죠? 눈앞의 입술이 다시 꾹 다물리고 눈에서 명멸하는 두려움 같은 것이 움직이기 시작하더니 간호사가 시선을 피한다, 도움을 청하듯 데스크 쪽을 보고 팔짱을 꼈다가 푼다. 있잖아요, 저는 누가 이런 결정을 내리는지 몰라요, 우리랑은 아무 상관이 없어요, 베일리는 자정 직후에 세인트브리신 병원으로 이송됐어요. 저는 정말 이해가 안 가는데요, 세인트브리신 병원이라니, 지금 이야기를 꾸며내시는 건가요? 그런 병원은 들어본 적도 없어요. 스미스필드 지구에 있는 육군병원이에요, 국방부 소속이죠. 무언가가 그녀의 존재 끝에서 끝까지 미끄러지면서 구역질을 남긴다, 그녀는 목을 가다듬으려 애쓴다. 제 아들이 육군병원에서 뭘 하는 거죠, 제 아들이 왜 그런 곳에 있나요? 입은 모르기 때문에 계속 말하고, 입이 묻고 대답을 기다리는 동안 몸은 줄곧 알고 있었던 것처럼 말한다, 아일리시는 토할 것 같다고 생각한다,

어느새 손에 물을 한 잔 들고 앉아 있다, 그녀는 물을 마시고 일어나서 종이컵을 버릴 쓰레기통을 찾는다, 누군가 컵을 가져가도록 내밀지만 그들은 겁이 나서 그녀에게 다가오지 않는다, 아일리시는 재빠른 손짓으로 분노를 표현한다. 누가 좀 적어줘요, 그녀가 말한다, 그 빌어먹을 병원 주소를 적어달라고요, 그리고 이 컵 좀 가져가요.

저 앞의 거리는 무언가 잘못되었다, 사람들이 카페 앞 차양 밑에 앉아서 음료와 음식을 즐기고 있다, 한 남자가 포크로 오픈 샌드위치를 먹고 옆의 두 여자는 몸을 숙여 빨대로 뭔가를 마신다, 나이 많은 여자 두 명이 테이블 옆에 카트를 세워놓고 차를 마시면서 대화를 나누고 있다, 그녀는 이 광경에 진저리를 치며 옆을 지나가다가 생각을 바꾼다, 사람들은 자기 삶을 살 권리가 있다, 잠깐이나마 평화를 즐길 권리가 있다. 아일리시는 육군병원의 보안 출입구 앞에서 카메라의 시선을 받으면서 줄을 서서 할 말을 연습한다, 올바른 말과 말투를 찾는다, 그 말을 되풀이해서 해보고, 표현을 바꾸고, 얼굴 없는 사람 앞에 선 자신을 본다, 실수가 있었어요, 제 아들이 여기로 이송되었는데 갠 겨우 열세 살이에요, 원래는 어린이 병원으로 갔어야 하는데 종합병원으로 보내졌어요—— 그들이 그녀의 몸을 수색하고 나갈 때 돌려준다며 핸드폰을 가져간다. 붉은 벽돌

결채를 갖춘 황량한 3층짜리 건물이 나타나고 아일리시는 나무가 늘어선 진입로를 걸어간다. 국방부 직원들과 사복 경찰이 안뜰에 서 있고 구급대원 한 명이 구급차 뒷문을 닫는다. 안으로 들어가니 데스크 앞에 몇 명이 줄을 서 있다. 둥근 카메라가 그들을 내려다보고 방문객들은 군인이 지키고 있는 또 다른 문을 통해서 더 안으로 들어간다. 그녀가 신분증을 보여주고 연습한 말을 하려고 하지만 제대로 나오지 않는다. 그것은 중요하지 않은 듯하다. 직원이 베일리의 이름과 주소, 보안 번호를 입력하지만 모니터에서 고개를 든 그의 눈빛이 뭔가 잘못되었다. 죄송하지만 아드님은 여기 환자로 등록되어 있지 않습니다. 잘못 아셨을지도 모르겠네요. 아일리시는 무슨 뜻인지 모르겠다는 듯이 얼굴을 찌푸린다. 두 손을 주먹 쥐고 책상을 향해 몸을 숙인다. 하지만 방금 세인트제임스 병원에서 오는 길이에요. 그녀가 말한다. 아들이 어젯밤에 수술을 받으러 여기로 이송되었다고 했어요. 이송 서류도 직접 봤어요. 네, 하지만 여기에는 아드님이 환자가 아니라고 나와 있어요. 그리고 어쨌든 우리 병원은 수술을 하지 않습니다. 병원 이쪽 동은 시내 병원에 자리가 없어서 받지 못하는 환자들을 수용하는 곳이에요. 어쩌면 아드님이 구금되어서 육군이 쓰는 반대편 동에 수용되어 있을지도 모르겠군요. 가끔 시내 병원에 구금된 사람들을 그쪽으로 데려가거든요. 직원이 모니터를 클릭한다, 그의 눈이 이리저리 깜빡거린다. 그건 말이 안 돼요, 아일리시가 말한다, 제 아들은 열세 살이에요, 열세 살짜리를 왜 구금하겠어요, 공습이 있었고, 아들이 실수로 세인트제임스 병원으로 이송됐어요, 가방에 이송 서류가 들어 있어요. 밖으로 나가서 왼쪽으로 가시면 보안 출입구가 보일 겁니다, 거기 가서 아드님에 대해서 물어보세요. 그는 아일리시 뒤에 서 있는 여자를 보고 있다, 그가 아일리시에게 비켜서라고 손짓하지만 그녀는 발을 움직일 수가 없다, 다시 비켜서라는 요청을 받고 그녀가 뭐라 말하려 하지만 말이 사라져버렸다. 아일리시는 자기도 모르게 출구를 향해 걸어가고 있다, 고개를 돌려 데스크를 보지만 제대로 보지 않는다, 그녀는 뭔가를 중얼거리면서 어느새 바깥에 서서 하늘을 보고 있다, 그녀의 안에서 묵직한 무게가 느껴진다, 시시각각 더 무거워지고 다시 아이를 밴 것처럼 몸이 부푼다, 한때 그녀의 피와 살이었던 이 무게와 부담감, 몸에서 태어난 아이는 항상 그 몸의 일부로 남는다. 아일리시가 신분증을 들고 육군이 쓰는 결채로 가지만 육군 관계자가 아니면 들어갈 수 없다고, 돌아가라고 한다, 아일리시가 거부하고 돌아가지 않자 다른 헌병이 경비 초소에서 나와서 말한다. 죄송하지만 여기 계속 계시면 체포됩니다, 예외는 없습니다. 그녀가 뒤돌아 병원 입구로 걸어 들어가서 데스크 직원과 이야기 중인 여자를 가로막고 끼어든다. 죄송한데요, 아일리시가 말한다, 무슨 실수가 있었나 봐요, 당신 컴퓨터에 오류가 있었을지도 몰라요, 입원 기록을 다시 확인해주세요, 내 아들은 어젯밤 12시 5분에 이 병원으로 이송되었어요, 여기 이송 서류에 그렇게 적혀 있어요, 그러니 여기가 아닌 다른 곳에 있을 리가 없잖아요, 제발 한번 확인해주세요, 이게 세인트제임스 병원에서 받은 서류예요. 남자가 앞에 선 여자에게 말없이 미안하다는 뜻으로 입술을 움직이고 아일리시를 보더니 서류를 받아서 읽는다. 네, 그가 말한다, 하지만 이 서류에는 이송된 곳이 이 동이라고 정확히 나와 있지 않네요, 세인트브리신 육군병원이라고만 되어 있잖아요, 확실히 말씀드릴 수 있습니다, 당신 아들은 이 보조 병동의 환자가 아닙니다—— 아일리시의 입에서 작고 이상한 웃음이 새어 나오면서 그녀 자신의 공포를 끌어낸다, 그녀가 양손으로 책상을 짚고 몸을 기울여 컴퓨터를 내려다본다. 내 아들은 열세 살이에요, 아시겠어요? 어떻게 열세 살짜리가 사라질 수가 있어요, 나한테 아이가 사라졌다고 말하고 싶어요? 눈앞의 가증스러운 얼굴, 그녀가 주먹으로 책상을 쾅 치자 모두 조용해진다, 아일리시는 자신이 뭐라고 말했는지 모르겠다, 말, 말, 전부 잘못된 말이 차가운 눈 앞에 쌓이고, 작은 입이 헌병을 부른다, 그녀는 팔짱을 낀 채 꼼짝도 하지 않고 다가오는 헌병의 발을 본다, 파란 작업복을 입은 중년의 청소부가 혼자 영혼이 빠져나간 듯 로비에서 뒷걸음질 치는 게 보인다. 축축한 대걸레가 원을 겹쳐 그리며 움직인다. 그가 몸을 숙여 노란 주의 표지판을 옮길 때 헌병이 그녀의 팔꿈치를 잡고 문밖으로 데리고 나간다. 아일리시는 광기를 느끼며 하늘을 올려다보다가 돌아서서 높은 창들을 본다. 황량한 절벽을 내려다보는 기분이다. 갈 곳도 없이 혼자 서 있던 그녀는 이제 세인트제임스 병원으로 돌아갈 것이다. 그곳으로 돌아가서 오류를 뿌리 뽑을 것이다. 저녁이 되자 아일리시는 걸어서 세인트브리신 육군병원으로 돌아와 육군 동 입구에 미동도 없이 서서 아무 표시도 없는 차들이 오가는 것을 지켜본다. 그녀의 안에서 까만 감정이 피어오른다. 작은 목소리가 말하려 하지만 듣고 싶지 않다. 그녀는 생각한다. 사실도 없이 아는 게 뭐지. 그건 추측, 점술일 뿐이야. 추측은 틀릴 때가 너무 많아. 거의 항상 틀려. 아일리시는 병원 방문 데스크에 세 번째로 찾아갈 것이다. 하늘의 어둠과 빛. 아일리시는 그 자리에 서서 정권의 얼굴을 바라보듯이 병원 건물을 바라본다. 파란 작업복을 입은 청소부가 건물에서 나와 불을 붙이지 않은 담배를 입에 문다. 잠시 두 사람의 눈이 마주치고 그가 고개를 돌려 불을 붙인 다음 담배갑을 꺼내며 그녀를 향해 다가온다. 권하는 담배를 받는 그녀의 손이 떨린다. 불을 붙여주는 문신을 새긴 손에서 소독약 냄새가 난다. 아까 안에서 당신이 하는 말을 들었습니다. 그가 말한다. 나는 저 안에서 매일 똑같은 말을 들어요, 항상 똑같아요. 그가 담배를 물고 고개를 숙여 길게 빨아들인 다음 고개를 들고 숨을 끝까지 내쉰다. 당신 아들은 아마 구금됐을 겁니다, 그가 말한다, 육군동으로 데려가서 심문을 하죠, 문이 닫히고 당신에게는 아무 말도 해주지 않습니다, 있잖아요, 다르게 말해줄 방법이 없군요, 시체 안치소를 보여달라고 하세요, 그건 요청할 수 있습니다, 내가 당신이라면 거기로 갈 겁니다, 오늘은 아니라는 것을 확인하기 위해서라도요. 아일리시가 그를 보며 얼굴을 찌푸린다. 뭐가 아니라는 거죠? 그녀가 말한다. 청소부가 고통스러운 표정을 떠올리더니 돌아서서 걸어간다, 아일리시가 그의 뒷모습에 대고 외친다, 내가 거길 왜 가고 싶겠어요, 그녀가 말한다, 내가 거기 갈 일이 뭐가 있죠?

그녀는 잠 못 이룬 채 광기 앞에 서 있다, 정권이 삼킨 아들을 바라본다, 매일 병원에 찾아가도 똑같은 대답만 돌아온다, 그녀는 안뜰에 서서 국방부 직원에게, 사복 경찰에게 다가가서 거지 할머니처럼 애원한다, 제발 아들을 찾게 도와주세요, 도와주셔야 해요, 제발요, 그 애는 아직 아이일 뿐이에요, 이제 자기 몸속에 있지 않은 듯한 이 느낌, 재가 되어버릴 것 같은 느낌. 그녀는 사람들이 오가는 모습을 지켜보면서 각각의 얼굴에서 소식을 읽는다, 아일리시는 청소부가 시킨 대로 할 수 없고 다른 사람들처럼 할 수도 없다. 그러다 불분명한 힘이 그녀를 병원 건물로 보낸다. 아일리시가 직원 앞에 서서 말하라던 것을 말하자 그가 전화를 걸고, 육군 장교 두 명이 내부 문 앞에서 대화를 나눈다. 그녀는 로비에서 본관으로 안내받고 헌병을 따라가서 계단으로 이어지는 문 앞에 도착한다. 캄캄한 계단통을 내려가니 차가운 어둠이 나온다. 헌병을 따라 또 다른 문을 지나 접수 구역에 도착한다. 흰 외투를 입은 남자가 카운터 위로 클립보드를 민다. 펜을 드는 그녀의 손이 떨린다. 그녀가 서류를 읽는 남자를 지켜보다 아들의 이름을 말하자 그가 대답한다. 죄송하지만 여기에는 이름이 없고 번호밖에 없습니다. 여기에 들어오면 이름이 없어요. 당신 아들이 여기 있다면 번호로 존재할 겁니다. 당신이 직접 확인해야 합니다. 아일리시는 마스크와 장갑을 받고 손을 내려다본다. 그녀의 안에서 무언가가 느슨해지더니 덜컹거린다. 이 남자를, 죽음의 문지기를 따라가는 것은 진짜 그녀가 아니라 가짜 자아다. 다른 자아가 그를 따라 문으로 들어간다. 그녀가 말한다. 내가 지금 여기서 뭘 하고 있는지 모르겠어요. 이건 전부 엉뚱한 실수예요. 남자는 아무 대답 없이 들어오라고 손짓할 뿐이다. 스테인리스스틸이 가득한 냉장실이 아니라 창고 같은 곳이고, 지퍼 달린 회색 자루에 든 시체들이 콘크리트에 나란히 누워 있다. 이 방은 춥지도 않고 소독약 냄새가 진동한다. 그녀의 입에서 작은 기도가 새어 나온다. 기도를 드릴 만한 종교가 없지만 또다시 기도가 나오고, 이제 그녀는 래리에게 속삭이고 있다. 여기를 떠나야 한다고 스스로에게 말한다. 몸에서 분리된 것처럼 자신을 지켜본다. 그녀가 앞으로 나아가 첫 번째 시체를 향해 몸을 숙여서 지퍼를 열고 치아가 하나도 없고 푹 꺼진 얼굴을 본다. 뺨에 드릴 구멍 같은 것이 있고 한쪽 눈은 감지 못했다. 그녀는 절망하며 일어나서 손을 쥐어짜고, 자기가 실수했다고, 잘못해서 죽은 이의 땅에 들어왔지만 돌아가야 한다고 말하듯이 문지기를 보지만 그는 지퍼를 닫고 다음 시체를 보라고 말할 뿐이다. 아일리시는 다음 시체 자루 앞에 무릎을 꿇고 지퍼를 내린 다음 이건 내 아들이 아니에요, 라고 속삭이고, 그렇게 시체에서 시체로 옮겨 가면서 정권이 각각의 얼굴과 목에 남긴 자국을 본다. 살인이란 살균제 냄새가 나는 것임을 깨닫는다. 옮겨 갈 때마다 입이 속삭인다. 내 아들이 아니에요, 입이 그 말을 속삭이고 또 속삭인다. 내 아들이 아니에요, 내 아들이 아니에요, 내 아들이 아니에요, 내 아들이 아니에요, 그녀는 손목시계를 확인하는 문지기를 보고 또 다른 시체 자루의 지퍼를 열고서 얼굴을 제대로 보기도 전에 내 아들이 아니에요, 라고 말한다. 내 아들이 아니에요, 내 아들이 아니에요, 내 아들이 아니에요, 내 아들이 아니에요, 눈앞에 고요히 부서진 베일리의 얼굴이 보인다. 피부에서 표백제 냄새가 난다, 그녀의 안에서 구부러져 있던 것이 부서지고 그녀의 몸에서 비참한 울부짖음이 새어 나온다, 아일리시는 양손으로 베일리의 얼굴을 잡고 죽은 아이의 얼굴을 빤히 보지만 살아 있는 아이만 보인다, 그녀는 대신 죽고 싶다고 생각하면서 부드러운 얼굴을 어루만진다, 머리카락이 여전히 피에 젖어 있다. 아일리시가 속삭인다, 내 아름다운 아이, 그들이 너한테 무슨 짓을 한 거니? 멍으로 뒤덮인 피부, 사라지고 부러진 치아, 그녀가 지퍼를 내려 뜯긴 손톱과 발톱을 본다, 무릎 앞쪽에 생긴 드릴 구멍과 몸통을 덮은 담배로 지진 자국, 그녀는 베일리의 손을 잡고 입 맞춘다, 몸을 씻었기 때문에 피부 밑에 어둡게 멍울진 것만 빼면 핏자국은 남아 있지 않다. 문지기가 시체 자루의 지퍼를 닫아주면서 무슨 말을 하지만 그녀에게는 들리지 않는다, 그가 낮은 목소리로 말하며 아일리시를 밖으로 안내한다. 24번입니다, 그가 말한다, 당신 아들이 맞다고 확인해 주시겠습니까, 스택 씨? 그가 말을 잇는다, 서식을 작성해주시면 당신 아들은 시 안치소로 이송될 겁니다. 그리고 또 말을 잇는다, 알려드려야 할 것이 있는데요, 스택 씨, 아드님의 사인은 심장마비라고 적혀 있습니다. 아일리시가 그를 등지고 돌아서자 어둠밖에 보이지 않는다, 그녀는 어둠 속에서 길을 잃고 서 있다, 어느 곳도 찾을 수 없는 곳에 서 있다.

9

그녀는 창문에 머리를 기댄 채 잠에서 깨어 바깥을 보지만 제대로 보지 않는다. 눈을 감고 가슴에 아픔을 끌어안은 채 물속에서 움직이듯 어둠을 향해 나아가면서 손을 꽉 쥐고 또 쥔다. 멀리서 몰리가 부르더니 엄마의 팔을 흔든다. 엄마, 몰리가 말한다, 일어나세요, 방금 기사 아저씨가 뭐라고 했는데 무슨 말인지 모르겠어요, 차가 한 시간 넘게 멈춰 있어요, 무슨 일인지 가봐야겠어요. 벤을 그녀의 품으로 넘기고 몰리가 승객들을 따라 차 앞쪽으로 간다. 앞문이 쉭 소리를 내며 열리고 운전사가 고속도로에 내려서서 청바지를 추켜올리더니 핸드폰을 셔츠 주머니에 집어넣는다. 사람들이 주위로 몰려든다. 벤이 못된 미소를 짓고 아일리시의 무릎에서 방방 뛰며 그녀의 코를 잡고, 삐빅, 이라고 말한다, 삐빅, 삐빅, 아일리시는 경적 소리를 내고 또 내야 한다, 벤이 코를 비틀자 그녀는 미소를 지으려 애쓴다, 벤이 고개를 돌리고 두 손으로 유리창을 찰싹 친다. 자동차, 벤이 말한다, 자동차, 자동차, 자동차, 자동차. 아일리시가 밖을 내다보고 하나하나 가리키면서 벤에게 말해준다, 버스, 자동차, 밴, 트럭, 여자, 아이, 새, 통통한 떼까마귀 한 마리가 입에 알루미늄포일을 물고 내려앉더니 이내 떨구고 밴 뒤쪽에서 던져준 음식을 쫀다, 밴 안에는 매트리스가 쌓여 있고 너무 많은 아이가 앉아 있다. 사람들이 차 밖에 서서 핸드폰을 읽는다, 트렁크에 지나치게 큰 물건들이나 가전제품들이 들어 있다, 지붕에도 시트로 감싼 짐들이 쌓여 있다, 고속도로는 북쪽을 향해 언덕을 구불구불 올라가지만 움직이는 것은 걸어가는 사람들밖에 없다, 겨울 외투를 입거나 담요를 두르고 걸어가는 사람들의 조용한 행렬이 이어진다, 아이들은 엄마의 품에 안기거나 유아차에 타거나 목말을 타고 있다, 짐을 끌거나 자기 삶을 등에 지고 가는 남자의 어깨에. 부모님을 앞서가던 어린애가 도로에 넘어지더니 돌아누워서 발을 쭉 뻗고 울음을 터뜨리지만 아일리시는 그 아이를 봐도 자기 안의 죽음 외에는 아무것도 느껴지지 않는다, 그러다가 가슴안에서 갑작스럽게 고통이 부풀어 오르자 눈을 감는다. 벤이 그녀의 무릎에서 펄쩍펄쩍 뛰다가 다시 아일리시의 코를 잡고 삐빅, 삐빅, 소리를 내고 그녀는 미소를 지으려 애쓰지만 입을 일그러뜨릴 뿐이다, 몰리가 다시 자리에 앉는다, 새로운 소식에 홀쭉한 뺨을 붉힌다. 전부 엉망이에요, 몰리가 말한다, 기사 아저씨가 그러는데, 통로가 닫혔대요, 던도크에서 격렬한 전투가 벌어져서 그쪽 국경이 폐쇄됐대요, 기사 아저씨는 차를 돌리고 싶은데 차들이 꼼짝도 안 한대요, 며칠은 이렇게 못 움직일 거라면서 차들이 움직이기만 하면 다음 고속도로 출구에서 내린대요, 다른 도로도 마찬가지라 걸어가는 게 낫다고요, 50, 60킬로미터만 가면 국경이래요, 사람들이 돈을 돌려달라고 했지만 아저씨가 없다고 해서 싸움이 났어요. 아일리시가 건너편에 앉은 나이 많은 남자를 본다, 그는 아내인지 여동생에게 핸드폰으로 지도를 보여준다, 누군지 어떻게 알겠는가, 둘이 너무 닮았다, 벤이 두 손으로 유리를 쾅쾅 치면서 말한다, 새 새 새 새, 아일리시가 고개를 돌리고 보니 어떤 소년이 라임색 새가 들어 있는 작고 하얀 새장을 들고 지나간다, 그녀는 눈을 감지만 어떻게 해야 할지 떠오르지 않는다, 심장이 너무 병들어서 생각할 수가 없다, 이제 그녀의 심장은 새장에 갇혔다.

낮이 얼마나 빨리 밤을 부르는지, 하늘의 몸뚱이는 멍으로 가득하고 벤이 간식을 먹고 싶다고 찡찡거린다, 그녀는 아기를 가슴에 매단 채 한 걸음 한 걸음 나아간다, 시선은 텅 빈 공간에, 그녀 존재의 중심에 있는 무감각한 공허에 고정되어 있다. 공기가 차가워지지만 벤은 모자를 쓰지 않으려 한다, 아일리시가 모자를 다시 씌우지만 아이가 그녀의 손을 탁 쳐내고 싫어 싫어 싫어, 라고 외친다. 그들은 출구 차선을 따라 고속도로를 빠져나와 표지판을 보면서 휴게소로 향한다, 그녀는 왼손으로 벤의 머리를 감싸고 있다, 오른손은 몰리와 같이 무거운 가방을 드느라 뻐근하다. 휴게소 앞마당은 아스팔트에 앉거나 서서 음식과 음료를 먹는 사람들로 가득하고 문밖까지 줄이 늘어서 있다. 벤의 기저귀가 묵직해져서 아일리시는 화장실 대기줄에 쪼그리고 앉아서 무릎에 벤을 눕히고 기저귀를 간다, 그녀의 긴 외투 주머니들에 기저귀와 물티슈가 잔뜩 들어 있다. 아일리시는 따뜻한 음식을 사려고 줄을 서고 몰리는 입구에 짐을 놓고 그 위에 앉아서 벤을 무릎에 앉히고 있다. 앉을 자리가 나지 않아서 그들은 짐 위에 계속 앉아 있고, 아일리시는 어떤 남자가 핸드폰을 충전 중인 전기 콘센트를 보고 몰리에게 아냐한테 메시지를 보내라고 말한다, 경비원이 그들에게 다가와서 밖으로 나가라고 한다, 당신들이 출구를 막고 있어요, 그가 말한다. 그들은 아스팔트에 가방을 놓고 앉아서 음식을 먹고, 아일리시는 쥐새끼 같은 청년이 구걸하듯 사람들 사이를 돌아다니는 모습을 지켜본다, 그가 그들에게 다가와서 밤을 보낼 장소를 제공할 수 있다고 말하자 몰리는 어떤 곳인지, 돈은 얼마나 내야 하는지 묻는다. 그동안 아일리시는 남자의 눈과 허름한 옷, 더러운 손톱을 자세히 본다. 왜 됐다고 했어요? 몰리가 다음 사람들에게 다가가는 남자를 보면서 묻는다. 우리 오늘 밤 어디서 자요? 노란 비옷을 입은 여자가 몸을 기울여 몰리의 팔을 톡톡 친다. 저런 사람은 조심해야 돼, 그녀가 말한다. 사람을 꾀어내서 물건을 훔치거든, 그런 짓을 하는 놈들이야. 여자가 비스킷 한 팩을 몰리에게 주고 둘이 잠시 이야기를 나누지만 아일리시는 듣지 않는다. 그녀는 저쪽 아스팔트에 다리를 벌리고 앉은 베일리를 보고 있다. 양쪽 옆머리는 짧게 깎았고 호박빛 조명을 받아 한쪽 귀와 뺨 일부가 드러난다. 베일리는 캔 음료를 마시고 일어나서 운동화 신은 발로 캔을 밟아 찌그러뜨린 다음 주유 펌프 쪽으로 걷어찬다.

어두운 들판에 불이 타오른다. 담요를 두른 여자들과 그들의 무릎에 앉은 아이들의 얼굴이 핸드폰 불빛을 받아 빛나고 숲에서 장작을 모으고 텐트를 치는 사람들도 있다. 사람들이 불가에 그들의 자리를 만들어주고, 수염 기른 남자가 소시지를 감싼 포일을 벗긴다. 손가락을 후후 불면서 그들에게도 좀 권한다. 어둠 속 어딘가에서 어떤 여자가 아이를 부르고, 몰리가 나뭇가지에 꽂힌 소시지를 받아서 후후 불어 식힌 다음 한 조각 잘라 주자 벤이 양손으로 소시지를 잡고 조금씩 먹는다.

주변을 둘러싼 어둠 위의 하늘은 가장 어두운 파란색이다, 불 주변의 가장 새까만 어둠은 사람들의 얼굴을 지웠다가 다시 칠하고, 젊은 여자가 사람들에게 황폐해진 눈으로 어디에서 왔고 어디로 가는지 묻자 어떤 남자가 자기 얼굴의 그림자를 긁어내며 대답한다. 다른 지역에서 국경을 넘는 게 제일 좋아요, 그가 말한다, 여기서는 아마 북아일랜드 크로스매글렌으로 가는 게 그나마 제일 나을 거예요, 우린 그쪽으로 가고 있어요, 사촌이 어제 무사히 그쪽으로 국경을 건넜대요, 국경 경비들 비위만 잘 맞추면 통과시켜준대요. 체포될 위험을 무릅쓰고 밤에 국경을 넘는 사람들에 대해서 이야기하고 국경 지방을 돌아다니는 폭력단과 국경 도로를 따라 도는 무장 순찰대에 대해서, 국경을 넘으려면 얼마를 내야 하는지에 대해서 이야기를 나눈다. 아일리시는 불꽃을 홀린 듯 바라본다, 눈앞에서 춤추는 불빛을 지켜본다, 불빛이 어둠 속에 남아 있는 눈을 향해 다가온다, 눈이 없는 이 사람들은 누구인가, 미래를 보지 못하는 이들, 불과 어둠 사이에 갇힌 이들은 누구인가? 아일리시는 눈을 감고 얼마나 잡아먹혔는지 본다, 그녀의 사랑이 얼마나 컸는지, 이제 얼마나 조금밖에 안 남았는지 본다, 몸만 남았다, 심장이 없는 몸, 부은 발로 아이들을 데리고 앞으로 나아가는 몸만이—— 황폐한 눈을 가진 여자가 자기 텐트에서 자라고 권한다. 오늘 밤은 날씨도 춥고 비가 내릴 거예요, 그녀가 말한다, 아기를 밖에서 재우면 안 돼요, 8인용 텐트인데 어젯밤에는 열두 명이 잤어요.

벤이 그녀의 얼굴을 잡고 돌려서 침낭 속에서 두 사람이 숨을 겹치며 누워 있다, 아이가 잠들자 아일리시는 가만히 누워서 밤의 기나긴 침묵에 귀를 기울인다, 도로를 따라 쫓아오는 죽음을 본다, 죽음은 너무 지쳐 잠들지 못하는 사람들, 눈을 뜬 채 꿈을 꿔야 하는 사람들의 꿈속으로 들어간다, 마치 매일 밤 죽음이 그들 앞에서 행진 또 행진하고 각각의 죽음이 여러 번 다시 사는 것처럼 입에서 새어 나오는 헐떡거림과 울부짖음, 그녀는 누워서 자는 사람들이 어둠을 향해 죽음을 중얼거리는 소리를 듣는다, 자리에 누워서 등으로 차가운 땅을 느낀다, 수천 년 전에 내린 비처럼 이 텐트에 내리는 빗소리를 듣는다, 밖에는 아무도 살지 않는 땅밖에 없다, 바깥세상은 고통이 없는 어둠이다, 고통을 없애려면 그 어둠 속으로 완전히 들어가야 하겠지만 거기서 나올 수는 없다, 그녀는 이제 안다, 아들을 따라가고 싶지만 어둠 속으로 나갈 수는 없다, 아일리시는 가만히 서서 아들을 지켜볼 뿐 어둠 속으로 나가지는 않을 것이다, 그녀는 남아야 하기 때문이다, 이제 아일리시에게는 이것밖에 없다, 배가 되어서 아이들을 태우고 어둠에서 멀어져야 한다, 평화는 없을 것이고 고통에서 달아날 수도 없을 것이다, 눈을 감으면 찾아오는 어둠조차도 평화가 아니다. 벤이 몸을 뒤척이더니 그녀에게 손을 뻗으며 울기 시작하고, 빰을 쓰다듬어주자 잠잠해진다. 그녀는 벤에게 속삭이지만 이 나이의 아이에게 통하는 말은 없다, 일어난 일에 대해서 설명할 수 없다, 하지만 아이는 결코 기억하지 못하는 일을 항상 알아낼 것이고, 핏속에 독처럼 품고 다닐 것이다. 몰리를 보자 그 독을 온몸으로 퍼뜨리는 잠든 심장이 보이지만 그 몸 안에서 빛이 나온다, 새벽이 텐트를 밝히자 몰리의 피부가 파랗게 보이지만 몸 안에서 발산되는 빛도 있다, 힘을 늘려주는 빛, 아일리시는 이 빛이, 어둠을 뚫고 비추는 빛이 몰리의 어디에서 나오는지 알지 못한다. 밖에서 부드러워진 땅을 밟는 발소리와 담배 연기가 텐트 쪽으로 날아온다, 어떤 남자가 기침을 하고, 아이들의 목소리가 새날을 알리고, 한 청년이 그들을 넘어 출구로 간다. 몰리가 일어나 앉아서 머리카락을 헝클어뜨리더니 발을 문지르기 시작한다. 엄마, 몰리가 속삭인다, 머리 빗겨줄게요. 아일리시는 딸의 얼굴을 보고 몰리가 자면서 울었음을 깨닫는다. 그녀는 침낭 지퍼를 내리고 운동화를 신은 다음 밖으로 나간다. 낮고 차가운 회색, 재가 되어버린 불, 휴경지에 흩어진 쓰레기. 아일리시는 벤을 자기 배낭에 앉힌 다음 바나나 껍질을 까고 벤의 컵에 우유를 부어준다, 몰리는 온기를 유지하려고 두 팔로 가슴께를 친다, 벤이 흙바닥을 아장아장 걷더니 숲을 향해 다가간다. 아일리시가 부르지만 아이는 들판 가장자리에서 흙을 쿵쿵 밟으며 숲을 향해 계속 걸어가고, 그녀는 어깨와 발을 통증을 무시하며 따라간다. 벤이 녹색 이끼 속에 선다, 막대를 흔들다가 나무를 때리더니 눈을 빛내며 돌아서서는 막대를 높이 들어 그녀를 때리려 한다. 안 돼, 아일리시가 손가락을 흔들며 말한다, 안 돼 안 돼 안 돼, 막대를 빼앗아서 벤의 눈앞에서 흔들며 말한다, 때리는 거 아니야, 다른 사람 때리는 거 아니야, 그런 다음 막대를 멀리 던지고 벤을 돌려세워 휴경지로 다시 데려간다, 죽은 들판에 잡초가 무성하고 그 밑에서 지렁이들이 땅을 뒤집는다, 땅속에는 막물 곡식의 잔해가 남아 있다, 죽은 것들이 썩어서 다음에 자랄 곡식의 양분이 된다, 벤은 두 주먹으로 하늘을 가리키며 들판을 뛰어다닌다, 아일리시가 숲 뒤편을 흘깃 보자 낙엽이 가득한 풀밭이 보인다, 무덤도 없이 풀밭에 누워 있는 나뭇잎들이 보인다, 죽어가는 갈색 가운데 노란 얼굴을 하고 있다.

미니버스가 뒤에서 다가와 기어를 낮추며 목을 가다듬자 걸어가던 사람들이 가장자리로 피한다, 버스는 속도를 줄여 그들 옆에 선다, 얻어맞은 것처럼 얼굴이 빨간 운전자가 몸을 내민다. 국경으로 가는 길인데 두 자리 남았어요, 타고 싶으면 한 사람당 50파운드 내면 됩니다. 걸어가던 사람 몇 명이 고개를 돌려 서로 바라보더니 고개를 젓고, 몰리가 가방을 풀밭에 떨어뜨린다. 엄마, 몰리가 말한다, 엄마도 좀 쉬어야 하고 나는 이걸 들고 다니느라 손을 다쳤어요. 아일리시가 미니버스를 본다, 그녀의 시선이 방황하고 마음속에서 대답이 만들어지기를 기다리지만 침묵과 어둠밖에 없다, 아일리시가 아이의 무게 때문에 숨을 힘들게 내쉬며 계단을 오르고 운전자는 그녀와 시선을 맞추지 않는다. 그녀가 동생의 돈을 그의 손바닥에 올려놓자 남자가 그것을 보고 고개를 젓는다. 한 사람당 50이에요. 네, 그녀가 말한다, 하지만 우리 둘이랑 아기예요. 난 분명 한 사람당 50이라고 했고 지금 보이는 사람은 세 명인데요. 아기는 무릎에 앉힐 거예요, 그녀가 말한다, 자리를 차지하지 않잖아요. 운전자가 한숨을 쉬고 고개를 천천히 젓는다. 한 사람당 50을 내든지 싫으면 걸어가세요, 그래도 그렇게 밖에 돌아다니는 것보다 버스를 타는 게 안전할 겁니다, 마음대로 하세요. 승객들이 그들의 대화를 들으며 아일리시를 바라본다, 저 뒤에서 아이가 울고 있다, 몰리가 뒤에서 쿡쿡 찔러서 아일리시가 지갑을 홱 열고 지폐를 한 장 더 꺼내 남자의 무릎에 던지자 새끼 돼지 같은 눈이 그녀를 본다, 입술이 얇고 게걸스러워 보인다. 가방은 밖에 그대로 둬, 몰리, 이 사람이 짐칸에 넣을 거야. 벤은 좁은 복도를 걸어가려 하고 그녀의 무릎에 서서 방방 뛰면서 뒷사람과 숨바꼭질을 하고 싶어 한다, 벤은 배가

고프고 낮잠을 자야 한다, 아일리시는 창으로 고개를 돌려 하늘에서 사라지는 태양을 바라본다, 시골길을 가득 채운 사람들이 버스가 지나가도록 갈라진다, 유아차에 아이를 태우고 가던 여자가 시선을 들어 창문을 보자 아일리시는 자신을 마주 본다. 몰리가 아빠에 대해서 뭐라 말하고, 아일리시가 고개를 돌려 콤팩트 거울 속 눈 화장하는 딸의 얼굴을 본다. 뭐라고 했는지 못 들었어. 아빠 얘기했어요, 몰리가 말한다, 곧 아빠 생신이라고요, 아빠가 몇 년도에 태어났다고 했죠? 아일리시가 창문으로 고개를 돌리고 눈을 감는다. 그녀가 래리를 잊은 것은 아니다, 이제 그를 떠올리면 남은 것이 너무 없을 뿐, 래리는 그림자가 되었다, 사랑이 있던 자리에 남은 부재가 되었다, 아니, 어쩌면 너무나 큰 무게 아래 봉인된 심장의 방에 작은 사랑이 남아 있을지도 모른다. 벤이 그녀의 품에서 잠들고 버스가 속력을 늦추다가 멈추더니 운전자가 어깨를 늘어뜨리고 핸드브레이크를 올린 다음 자리에서 일어나 문을 연다. 그가 도로에 내려가서 검은 베레모를 쓴 군인과 이야기하더니 담배에 불을 붙이고, 허리에 권총을 찬 또 다른 군인이 버스에 오른다. 군인은 사람들에게 버스에서 내려서 통행증을 준비하라고, 짐을 검사할 테니 짐칸에서 가방을 꺼내라고 한다. 버스에서 내려보니 국경이 아니라 허허벌판인 시골이다, 어떤 남자가 국경은 30킬로미터 더 가야 한다고 말하고, 그들은 거의 한 시간이 지난 뒤에 다시 버스에 오른다. 저녁이 되었다가 밤이 된다, 버스는 검문소를 차례차례 지나고, 군용 랜드로버나 민간 SUV가 도로를 가로막는다, 국방부의 군인이나 불용 군복을 걸친 민병대가 나타난다, 머리를 짧게 깎고 손가락 없는 장갑을 끼고 총구를 땅으로 향한 채 자동소총을 어깨에 메고 있다, 매번 다른 얼굴이 똑같은 명령을 반복한다, 운전자는 입에 담배를 물고 버스에서 떨어져 서서 그가 내야 하는 현금을 센다. 그들은 신분증을 보여줘야 하고, 어디로 가는지 설명해야 한다, 가방을 열고 소지품을 길가에 꺼냈다가 다시 싸야 하고, 가끔 가방이 더 가벼워지고 매번 가격이 달라진다, 몇몇은 탈출세라고 부른다, 두고 떠나온 대의를 위한 분담금이다. 도로가 차례차례 폐쇄된다, 어둠 속에서 주유소가 환하게 등장하면 잠시 차를 세워 화장실을 이용하고 먹을 것과 마실 것을 산다. 어둠 속 근처에서 국경이 느껴진다, 바닷물이 해안을 남겨두고 황량한 달빛을 향해서 떠나듯이 국경이 그들에게서 멀어지는 것이 느껴진다. 아일리시는 자야 하지만 잘 수가 없다, 몰리를 다시 깨우고 잠든 벤을 안고서 다섯 번째로 버스에서 내린다, 몰리는 발을 끌며 걷는다, 새벽 1시가 거의 다 되었고 돌벽과 우거진 나무들이 있다, 버스가 SUV 전조등 불빛을 받으며 서 있고 손전등 불빛이 한 사람 한 사람의 얼굴을 읽는다. 턱수염을 기른 남자가 권총을 휘두르며 줄을 서라고 소리친다. 그는 민간인 복장이고 부츠 위로 청바지를 접어 올렸다. 그가 줄 서 있던 중년 남성을 끌어내서 손전등으로 얼굴을 비춘다. 당신이 무엇을 피해서 도망친다고 생각하나, 대머리, 왜 남아서 조국을 위해 싸우지 않는 거지, 이 비겁한 새끼야? 남자는 눈을 반쯤 감은 채 손전등 불빛을 피해 고개를 돌리고 미동도 하지 않으면서 방금 들은 말을 이해하려고 애쓰는 것처럼 천천히 눈을 깜빡인다. 무장한 남자가 그의 다리 뒤쪽을 걷어차자 아일리시는 시선을 돌린다. 무릎 꿇고 신분증 내놔. 그녀가 무장한 남자를 다시 보니 완전히 뒤집혀서 공공연하게 드러난 악의밖에 보이지 않는다. 아일리시는 몰리의 팔을 잡고 시선을 맞추면서 그쪽을 보지 말라고 눈으로 말한다. 운전자를 보니 피곤해서 눈을 문지르며 이제야 자신이 치러야 할 대가를 깨닫고 있다. 여기 어둠 속에서 혼자 이런 사람들을 만나느니 밤새 빙빙 돌면서 검문소를 차례차례 만나는 것이 낫다는 사실을 말이다. 무릎 꿇은 남자가 외투 주머니를 더듬고, 쓸모없는 두 주먹을 펴고 마침내 신분증을 꺼낸다. 무장한 남자가 신분증을 다른 남자에게 던지자 그가 땅에 떨어진 신분증을 주워서 무전기에 대고 내용을 읽는다. 무장한 남자가 무릎 꿇은 남자의 어깨를 총으로 쿡쿡 찌르더니 총구를 그의 관자놀이에 대고 목까지 천천히 미끄러뜨린 다음 한쪽 발을 들어 그의 어깨에 올린다. 무슨 일을 하지, 겁쟁이 새끼야? 남자가 땅을 보면서 뭐라 속삭인다. 무슨 소린지 안 들려. 무장한 남자가 소리치다시피 말한다. 나는 기술자입니다. 무슨 기술자? 남자가 목을 가다듬다 울기 시작하고, 무장한 남자는 버스 옆에 한 줄로 선 사람들의 얼굴을 손전등으로 비춘다. 무전기에서 지지직거리는 소리가 나더니 무장한 남자가 발을 내리고 신분증은 무릎 꿇은 남자 앞에 던져진다. 넌 다른 사람이랑 내야 할 돈이 달라. 너 같은 겁쟁이는 두 배야. 아일리시는 무장한 남자가 멀어질 때 무릎을 꿇고 있는 중년 남자를 본다. 수치심을 안고 구부정한 어깨로 버스에 오르는 그를 본다. 자리에 앉은 남자의 손이 허벅지에 얹힌 채 떨린다. 그녀가 자기도 모르게 남자의 팔에 손을 얹고 꽉 쥐자 그가 고개를 들고 미소를 지으려 하지만 눈 속은 무언가가 망가져 있다.

건너편에는 저 멀리 무(無)를 향해 떨어지는 절벽 말고는 아무것도 없어야 했지만 국경을 지나서도 도로는 이어지고 임시 건물들이 새벽빛을 받아 회색으로 변한다. 전기선은 국경을 넘어서도 이어지고 연결식 트럭이 속도를 늦추다가 멈춘다. 병사가 하품을 하며 입을 가린다. 그들은 걸어온 사람들이 기다리는 줄에 합류한다. 사람들은 가방이나 서로에게 기대어 잠을 자거나 온기를 유지하려 애쓰고 몰리는 엄마 팔에 기대어 잠든다. 몰리가 뭐라 중얼거리더니 작게 소리치고, 눈을 비비며 일어나 앉는다. 아일리시가 딸의 눈을 보자 꿈에서 뻗어 나온 공포가 비친다. 드디어 검문소가 문을 열고 줄이 움직이기 시작한다. 그들은 가방을 끌고 몇 걸음 가서 다시 앉는다. 남은 밤이 물러가고 더욱 뚜렷해지는 도로 저 멀리 영국 검문소와 골이 진 방벽과 철조망과 군사용 망루와 계속 이어지는 도로를 보면서 아일리시는 이 선을 넘으면 무게가 짓누르기 시작할 것을 안다. 남겨두고 온 것은 남아 있지 않을 테고 등에 영원히 실린 채 계속 무거워질 것이다. 그들은 임시 건물 대기실에 서 있다. 사람들이 적층식 의자를 전부 차지하고서 무릎에 서식을 놓고 작성하는 중이고 여러 명이 떼를 지어 유리 칸막이 쪽으로 가자 바닥이 진동한다. 아일리시는 펜을 찾을 수가 없어서 옆에 선 나이 많은 남자에게서 빌려야 한다. 그가 그녀의 눈을 들여다보며 미소를 짓지만 그녀는 미소를 돌려줄 수가 없어서 바닥만 본다. 그는 신발을 하나는 갈색, 하나는 회색, 짝짝이로 신고 있다. 아일리시가 유리 칸막이로 가서 서식과 서류를 제출하고 얼마를 내야 하는지 들으려고 기다린다. 요금은 매번 바뀐다. 그들은 당신의 복장을 보고 금액을 말한다. 당신의 미소가 마음에 드는지 본다. 하루 중 언제인지, 어떤 달이 뜨는지, 물때가 언제인지에 달려 있다. 아일리시는 엉뚱한 서식을 작성했다는 대답을 듣는다. 서류가 없는 아이를 데리고 국경을 건너려면 다른 서식을 작성하고 기다렸다가 인터뷰를 해야 한다고 한다. 오른쪽 문으로 나가서 다음 건물로 가야 한다. 춥고 난방이 되지 않는 다음 건물에는 아무도 없고 불투명 유리와 컴퓨터가 놓인 책상, 빈 머그컵 말고는 볼 것이 없다. 아일리시가 떨리는 손을 숨기려 애쓸 때 밖에서 빠른 발소리와 입 가린 기침 소리가 들린다. 몰리가 엄마의 손을 잡더니 힘을 꽉 주고, 담당자가 들어와서 그들 앞에 의자를 당겨 앉는다. 매부리코를 가진 앙상한 남자로 옅은 색 셔츠의 목 단추가 풀려 있다. 아일리시는 그가 누구인지, 경찰인지 육군 장교인지 말단 공무원인지 모른다. 그가 재빨리 타자를 치더니 날카로운 숨을 내쉬고 그녀를 본다. 마치 아일리시를 꿰뚫고 다른 무언가를 보는 듯하다. 남자가 서류를 달라고 한 다음 모니터를 보면서 타자를 친다. 벤이 몸부림을 치며 품에서 빠져나가자 아일리시가 무릎에 다시 앉히려 하지만 아이가 소리를 지르며 발길질을 한다. 몰리가 머리를 풀고서 벤이 가지고 놀도록 머리끈을 준다. 담당자가 아이를 보려는 듯 고개를 돌리더니 손가락으로 머리를 빗는 몰리를 빤히 본다. 그가 차례차례 질문을 하고 아일리시가 대답하면 애매하게 고개를 저으며 손톱으로 코끝을 긁고 재빨리 타자를 친다. 그녀는 매번 틀린 대답을 하고 있다는 생각에 이를 꽉 문다. 남자의 청회색 눈을 보면서 그의 입이 하는 말을 듣지만, 그의 눈은 입이 묻는 질문과 다른 말을 하고 있다. 손가락으로 아래쪽 화살표 키를 만지작거리면서 눈으로는 그녀의 가치가 얼마인지 가늠한다. 남자가 그녀의 생각을 읽은 것처럼 입꼬리를 살짝 당기며 재빨리 미소 짓는 것을 보고 아일리시는 이 인터뷰는 실체가 없음을 깨닫는다. 그녀는 텅 빈 방을 둘러보면서 이 모든 것이 게임이라는 사실을 깨닫는다. 만지작거리던 출생증명서를 내려놓고 의자에 기대어 앉았다가 다시 몸을 앞으로 기울이며 미소 지으려고 애쓴다. 서로 솔직해지는 게 좋겠군요, 그녀가 말한다, 얼마를 원하세요? 남자는 깜짝 놀란 척 얼굴을 찌푸리고 몰리를 보면서 숨죽여 혀를 차는 듯하더니 의자에 기대어 앉는다. 국경을 건너는 비용이 있습니다, 그가 말한다, 탈출세라고들 하죠, 하지만 여행 서류가 없는 아이를 데리고 가려면 추가 비용이 들어요, 출생증명서는 아이의 시민권을 증명하지만 나라를 떠날 권리를 부여하지는 않고, 다른 나라를 통과할 때 이 나라의 시민에게 제공되는 보호를 받을 수 없습니다, 아이의 임시 여권을 사야 해요, 오늘이 지나면 임시 여권의 법적 효력이 없어지고 나중에 새로운 곳에서 살게 되면 정식 여권을 신청해야 합니다, 물론 비용을 지불해야죠, 이런 일에는 항상 비용이 따르니까요. 남자가 펜을 들고 금액을 종이에 재빨리 적어서 아일리시에게 건네고, 그녀는 종이를 거꾸로 받아서 읽은 다음 똑바로 놓고 울기 시작한다, 종이를 다시 보고 고개를 저으며 눈을 감는다, 이제 군인들이 으르렁거리는 개를 끌고 순찰하는 밤에 국경을 몰래 건널 수밖에 없다, 몰리가 다시 아일리시의 손을 잡지만 그녀가 딸의 손을 놓는다. 이만한 돈은 없어요, 아일리시가 말한다, 이렇게 큰돈이 든다는 말은 아무도 안 했어요. 남자가 코로 날카롭게 숨을 내쉬면서 펜으로 낙서하고, 그녀는 그의 잠재의식에서 무언가를 끌어내 회전초 같은 기하학적 패턴을 그리는 그 손을 바라본다, 남자의 입가에 어떤 생각이 걸리더니 그가 시선을 든다. 밀입국 브로커에게 부탁해서 밤에 국경을 건너면 훨씬 큰돈이 들 거고, 그 돈의 절반은 여기로 돌아올 겁니다. 아일리시는 남자를 빤히 보면서 아무 말도 할 수 없다, 그가 다시 한숨을 쉬고 나가려는 듯이 일어선다. 기다려요, 그녀가 말한다. 그가 그들 앞에 서고, 아일리시가 다시 입을 열지만 그는 입꼬리를 핥고 고개를 천천히 저으며 거절한다. 그 돈이면 당신 아들의 임시 여권 비용과 당신의 탈출 비자 비용은 되지만 딸의 비용이 부족해요. 바깥에서 목소리들이 들려온다, 목소리들과 꾸준히 국경을 건너는 발소리가 들리자 그녀는 혀를 깨문다, 남자의 눈 속에는 아무것도 없다, 아일리시의 얼굴에 괴로운 미소가 떠오른다. 부탁드려요, 그녀가 말한다, 비용을 합의할 수 있을 거예요, 가진 돈을 전부 줄게요. 담당자가 그녀를 한참 살펴보더니 몰리를 보며 고개를 까딱인다. 너만 따로 인터뷰하고 싶은데, 그가 말한다. 아일리시가 딸을 보고 남자의 눈을 보려 하지만 그는 모니터를 보며 뭔가를 클릭하고 있다, 어쩌면 축구 경기 결과를 보거나 시시한 정보를 찾고 있을지도 모른다, 그녀는 불투명 유리를 보면서 갑작스러운 구역질을 느낀다. 아일리시가 몰리에게 벤을 안기며 밖으로 나가라고 말한다. 애 데리고 당장 나가라고 했어. 몰리가 얼굴을 찌푸리고 서 있다가 벤을 데리고 나가서 문을 닫고, 아일리시가 담당자를 살펴본다. 내 딸만 인터뷰하고 싶다고요, 그녀가 말한다, 왜 따로 인터뷰를 하고 싶죠? 남자가 문을 보고, 그녀의 목소리 끝에 뭔가가 걸린다, 그는 말없이 고개를 가볍게 젓더니 코끝을 긁는다. 가족에 대한 당신의 설명에 모순이 있어서 따님과 단둘이 이야기하는 게 가장 좋을 것 같아서요. 아일리시가 자리에 앉은 채 옆으로 몸을 기울여 모니터를 보니 그는 카드 게임을 하고 있다. 얼마 동안 내 딸과 단둘이 이야기하고 싶은가요, 그녀가 말한다, 나랑 단둘이 인터뷰하고 싶지는 않나요, 당신이 원한다면 입술도 칠할 수 있고 머리 모양을 바꿀 수도 있는데, 하지만 당신이 원하는 건 내가 아니죠, 안 그런가요, 아마 당신이 원하는 건 아이에게서만 빼앗을 수 있는 것이겠죠. 눈앞의 얼굴이 아주 잠잠해지더니 입이 무슨 말을 하려 하지만 더듬거린다, 그의 손이 펜을 찾아 정신없이 더듬고, 아일리시는 배에 차고 있던 여행용 지갑 지퍼를 내리고 지폐 다발을 테이블에 내려놓는다. 이봐요, 그녀가 말한다, 내가 가진 돈은 이게 전부예요, 우리한테서 모든 걸 빼앗는 거니까 충분할 거예요. 그의 얼굴이 분노로 빨개지고, 아일리시는 그 분노 밑에서 서서히 피어오르는 수치심을 본다, 남자가 날카롭게 숨을 내쉬며 양손을 테이블에 올린다. 난 이럴 시간이 없어요, 그가 말한다, 내가 종일 여기 앉아 있어도 될 사람 같습니까, 인터뷰는 끝났습니다, 돈은 놔두고 대기실로 돌아가세요.

국경을 건널 때 그녀는 돌아보지 말라고 스스로에게 말한다, 고개를 돌리자 입에 돌멩이를 문 것 같아서 속삭일 수밖에 없다, 돌이 목구멍으로 넘어가고 아일리시는 서류를 보여주면서 돌을 피해 숨을 쉬어야 한다, 국경 너머의 병사는 단호하지만 예의 바르고, 조립식 막사에 있는 등록 센터로 가는 길을 가르쳐준다. 아일리시는 만나기로 되어 있는 남자를 찾는다, 검문소를 나가니 가장자리를 따라 차들이 세워져 있고 몇몇 사람이 근처에 기다리면서 건너오는 이들을 살핀다, 고개를 재빨리 끄덕이거나 미소 짓는 얼굴을 찾지만 아무도 반응이 없다, 아일리시는 벤을 안고 있는 몰리를 본다, 어떻게 해야 할지 알 수 없다, 지시가 너무 모호했다, 또 다른 군인이 안내하자 그녀는 어느덧 사람들 사이에 휩쓸려 가고 있다. 누가 따라오면서 그녀의 팔꿈치를 건드리더니 미소를 띤 낭랑한 목소리가 말한다, 저기는 안 들어가는 게 좋아요. 아일리시가 고개를 돌리자 플리스를 입은 남자가 그녀를 끌어안고, 그녀는 가방을 떨어뜨리고 양팔을 옆으로 늘어뜨린 채 남자가 놓아줄 때까지 뒷걸음질 치지 않으려 애쓰며 가만히 서 있다, 불쑥 끼어든 다른 사람의 몸, 땀과 향수 냄새, 남자가 몰리와 벤을 보며 미소 짓는다. 아일리시, 그가 말한다, 여러분 만나서 반가워요, 빨리 갑시다, 차는 이쪽에 있어요. 그가 그들의 가방을 들어서 어깨에 메고 걸어가고, 세 사람은 그를 따라서 도랑에 바짝 붙여 세워둔 밤색 포드로 간다. 이 남자는 그들을 데리러 오기로 한 사람이 아니다, 게리라고 하는 이 남자가 자동차 문을 열어주고 몰리에게 벤을 어린이용 카시트에 앉히라고 손짓한다. 그는 트렁크에 가방을 넣고 운전석에 타서 좌석 사이 정리함과 도어포켓을 뒤적여 선글라스를 찾아 쓰고 몸을 돌려 벤을 보며 미소를 짓는다. 됐다, 그가 말한다, 미안해요, 나오는 걸 못 봤어요. 게리가 몸을 다시 돌려 안전벨트를 조정한 다음 아일리시에게 시선을 멈춘다, 그녀는 무릎에 손을 올리고 아주 창백한 얼굴로 미동도 없이 앉아 있다, 돌멩이가 커져서 숨을 쉴 수가 없다, 그녀는 심장이 멈췄다고 생각한다. 무슨 일이에요? 게리가 묻지만 말할 수가 없다, 남자가 도움을 청하듯 몰리를 보자 그녀가 몸을 숙여 엄마의 어깨를 잡아당긴다. 엄마, 왜 그래요? 몰리가 말한다. 아일리시가 고개를 젓고 숨을 들이마시더니 천천히 내쉬고, 게리가 그녀의 손을 다독인다. 걱정하지 마세요, 여러분은 옳은 일을 하고 있어요, 저기 등록 건물에 들어가서 서명하고 당신들 인생을 넘기는 건 틀린 길이에요, 저들은 연옥으로 가는 버스에 당신들을 태울 거고, 북아일랜드를 떠날 권리 없이 수용소에 얼마 동안 갇혀 있을지 아무도 몰라요, 종일 비가 내리는 그 텐트에서 평생 살 수도 있어요, 적어도 우리랑 가면 다 끝난 뒤에 원하는 곳으로 자유롭게 떠날 수 있죠, 옳은 일을 하는 거니까 긴장 푸세요, 다 준비되어 있어요.

그녀는 무감각하게 도로를 보며 앉아 있다, 하늘과 맞닿은 해안선, 거품이 부글거리는 파도, 벤이 우유를 달라고 소리치지만 줄 것이 없다, 게리가 잠시 차를 세우자고 말한다. 아일리시는 생각할 수도 느낄 수도 없어서 눈을 감고 앞으로 나아갈 길을 자기 안에서 찾는다, 그림자 속에서 베일리가 다가와서 그녀가 그 얼굴을 만지고 머리를 쓰다듬는다, 몸속의 무감각함이 고통으로 부풀어 올라서 눈을 뜰 수밖에 없다, 아일리시는 백미러로 몰리가 머리를 빗고 콤팩트 거울을 열어 아이라인 그리는 것을 보더니 갑자기 좌석 사이로 손을 뻗어서 거울을 잡아채 탁 닫고 도로 저편의 주유소를 가리킨다. 괜찮으면 저기서 잠시 세워주세요. 그녀가 두 손가락을 외투 안감에 넣어서 담배처럼 돌돌 만 지폐를 꺼낸다. 아일리시는 과일과 우유를 산 다음 화장실 열쇠를 받아 자동차로 돌아오고, 벤이 자기 병을 채워주는 그녀를 화난 얼굴로 지켜본다. 아일리시가 트렁크를 열고 가방 지퍼를 열어서 타원형 케이스를 꺼낸 다음 차창을 두드려 몰리에게 따라오라고 손짓한다. 어둑한 화장실에 오줌 냄새와 시트러스 향 표백제 냄새가 난다. 그녀가 거울 속의 자신을 보자 자기 미래의 유령이 보인다. 케이스에서 가위를 꺼내자 몰리의 얼굴에서 불안이 출렁인다. 엄마, 무슨 일이에요? 몰리가 말한다. 가만히 서서 움직이지 마, 아일리시가 말한다. 이제 아무도 널 보지 않게 할 거야. 가위가 올라오는 것을 보고 몰리의 얼굴이 찡그려진다. 그녀가 벽을 향해 한 발 물러서서 머리카락을 잡고 자르는 아일리시를 밀어낸다. 엄마를 때리고 비명을 지르다 축 처지더니 양손으로 얼굴을 가린다. 아일리시는 다 끝낸 다음 거울을 향해 돌아서서 자기 머리를 자르기 시작한다. 가위가 난폭하게 지나가고 또 지나가고, 마침내 그녀는 비뚤비뚤 엉망으로 짧게 잘린 머리를 본다. 게리가 문을 두드린다. 두 분 안에 있어요? 그가 말한다. 너무 한참이나 안 와서요. 출발해야 해요. 몰리가 양손으로 얼굴을 가리고 나오자 그가 포드 옆문에 기대서 손가락으로 핸드폰을 두드리다가 고개를 들고 말한다. 이게 도대체 무슨 일이야. 그런 다음 고개를 저으며 아일리시를 본다. 그녀가 몰리의 화장품 가방을 쓰레기통에 버리는 것을 지켜본다. 아일리시가 차에 타자 게리는 그녀 쪽으로 고개를 돌리지 않고 말없이 차를 몰면서 가끔 거울로 몰리를 본다. 아일리시는 팔짱을 끼고 앉아서 정면을 바라본다. 이제 의지도 없고 주권도 없고 힘도 없고 유리에 비친 텅 빈 몸만 있다. 목초지와 경작지, 이따금 보이는 나무들과 산울타리, 도로 근처 벽에 자갈이 박힌 집들과 안에서 내보내달라며 짖는 개들을 지나 스페린스산을 향해 매끄럽게 달리는 자동차에 실려 가는 몸만 있다. 게리가 손목시계를 확인하더니 손을 더듬어 정리함에 든 핸드폰을 찾는다. 그가 헤드셋을 쓰고 전화를 건다. 이제 거의 다 왔어, 그가 말한다. 15분만 줘. 자동차가 길을 꺾어 언덕을 올라가자 곧 도로 한쪽에 뾰족하게 솟은 전나무들과 하늘만 보이고, 속도를 줄여 숲으로 접어들자 포드 내부가 어두워진다. 게리가 거울을 통해 괴로워하는 몰리의 얼굴을 본다. 걱정하지 마, 그가 말한다. 다 괜찮아, 곧 도착할 거야. 주변 땅보다 낮은 도로는 흰색 배달 트럭이 서 있는 공터로 이어지고 염소수염을 기른 남자가 앞 유리를 통해 열심히 내다보고 있다. 다 왔어요, 게리가 말한다. 내가 이 친구랑 잠시 얘기를 나눈 다음 떠나면 됩니다. 아일리시는 그가 트럭으로 가는 모습을 지켜본다. 게리가 돌아서서 그들에게 내리라고 손짓한다. 그녀는 벤을 깨우려고 애쓰며 안아 올리지만 아이는 그녀의 목으로 파고들며 다시 잠들고, 염소수염 남자가 음흉한 얼굴로 트럭에서 뛰어

내린다. 아일리시는 그가 고개를 숙인 채 트럭 뒤쪽으로 성큼성큼 걸어가서 덜컹거리며 뒷문을 밀어 올리는 것을 본다. 짐칸에는 사람이 가득 차 있고 그녀는 타고 싶지 않다. 운전자가 그들의 가방을 들어서 안으로 밀어 넣고 엄지로 타라고 손짓하지만 그녀는 움직일 수가 없다. 몰리가 염소수염 남자가 화난 표정으로 서서 소매로 입을 닦고 빨리 서두르라고 외치는 것을 보고 있다. 나는 더 이상 사람이 아니라 물건이다. 아일리시는 그렇게 생각한다. 아이를 품에 안고 트럭에 타는 물건이다. 몰리가 뒤따라 타고, 셔터가 내려갈 때 숲에서 묘한 울음소리가 들려온다.

그들이 어두운 트럭에서 내리니 공장 마당이다. 창문이 깨지고 그라피티가 그려진 회색 건물이 있다. 잡초가 시멘트를 초록색으로 물들이고 방한 외투를 입은 여윈 남자가 돌아보지도 않고 통화 중이다. 야구 모자에 가려서 눈이 보이지 않는다. 벤이 품에서 빠져나가려고 발을 버둥거리더니 비명을 지르기 시작하고, 아일리시가 내려주자 달려간다. 그녀가 벤을 잡고 옆구리에 낀다. 운전자가 트럭 뒤로 올라와서 덩그러니 놓인 더플백을 가장자리로 발로 찬 다음 뛰어내려 통화 중인 남자를 가리킨다. 저기 두목이 있어. 저 사람이 시키는 대로 하면 당신들은 괜찮을 거야. 그들은 두목을 따라 철문으로 들어가서 페인트가 벗겨지는 복도를 걸어 아무것도 없는 공장 내부로 들어간다, 축축하고 지저분한 냄새가 난다, 시멘트 바닥에 판지 침대와 갈색 담요가 있고 마당이 내다보이는 철창 세 개는 유리를 새로 끼웠다. 몰리가 창문 아래 자리를 맡아서 가방을 내려놓고 벤에게 팔을 벌리고, 볼품없는 여자가 10대 소년 두 명에게 그들 옆에 있는 임시 침대를 가리킨다, 여자가 아일리시를 흘끔거리더니 모나라고 자신을 소개하고, 그녀의 눈을 들여다본 아일리시는 한마디 듣지 않아도 그녀의 인생사를 다 안다. 문가에 선 두목이 손가락으로 핸드폰을 두드리더니 두 손가락을 들어서 말없이 사람 수를 세고 목을 가다듬는다. 좋아, 잘 들어요, 지금은 이런 형편이고 당신들은 며칠만 여기서 지낼 거야, 하지만 여기에서 지내는 동안 아무도 밖에 나가면 안 돼, 이 문은 항상 잠겨 있을 거야, 저 방에 샤워실이 갖춰진 화장실이 있고 구석에 쓰레기통이 두 개 있어, 떠나기 전까지 하루 세 끼가 제공되고, 아이를 데려온 사람들은 기저귀나 이유식 등 필요한 물건 목록을 만들면 나중에 내가 와서 가져갈 거야. 트위드 재킷을 입은 남자가 아이를 안고 한 걸음 나와서 화장실을 가리키며 말한다. 장난합니까? 여기는 사람이 지낼 곳이 못 돼요, 여기 아기랑 어린애가 얼마나 많은지 봐요, 그런데 난방 기구 하나도 없고 작은 싱크대 하나밖에 없다니, 제정신이 아니군요. 두목이 헤아릴 수 없는 표정으로 남자 앞에 서서 자기 얼굴로 손을 올리더니 남자에게서 시선을 떼지 않고 수염 자국을 쓸어내린다. 멍청하게 굴지 마, 그가 말한다. 그러자 남자가 시선을 내리고 중얼거리며 물러난다. 아일리시는 두목을 지켜본다, 가슴이 조여드는 것을 느끼며 모자 밑 그림자에 숨겨진 눈을 찾고, 그가 밖으로 나가서 문을 잠그는 동안 눈이 없는 것이 아닐까 상상한다. 그녀는 갑자기 뒤틀리는 공포를 느끼며 쇠창살이 쳐진 창문으로 가서 유리에 손을 얹고 마당 건너 건물 모퉁이를, 그 너머 밤색 선적용 컨테이너를, 그 너머 가시덩굴이 우거진 들판과 언덕, 하늘을 본다. 이 방에는 스물세 명이 있고 저녁이 되자 마흔일곱 명이 된다, 심한 폭우가 어둠을 끌어 내리고 임신부가 다른 사람의 도움을 받아 바닥에 앉는다, 사람들은 벌써 작은 무리로 나뉘기 시작한다. 그녀는 누구와도 말하고 싶지 않다, 핸드폰을 충전할 전기 콘센트가 충분하지 않다, 아냐는 우리가 어떤 상황인지 알고 싶을 것이다. 머리카락의 일부가 회색인 어린 소년이 사타구니를 양손으로 잡고 화장실 줄 맨 앞에 서 있고, 아이의 아버지가 뭐라 외치며 문을 두드린다. 벤이 저녁을 달라며 칭얼거리지만 크래커 하나밖에 남지 않았다, 음식이 몇 시에 오는지 아무도 모른다. 한 노인이 주 출입구를 두드리면서 저녁을 빨리 달라고 소리치지만 대답이 없다, 8시 15분에 문 열리는 소리가 들리고 머리를 포니테일로 묶은 침울한 청년이 불용 군복 외투를 입고 안으로 들어온다, 그의 손에 포장 음식이 가득 담긴 비닐봉지들이 들려 있고, 사람들이 몰려들자 그의 눈이 겁에 질린다. 세상에, 제기랄, 청년이 말한다, 좀 물러서요. 그가 탁자에 비닐봉지를 올려놓고 다시 나가서 더 가지고 온다. 모나가 두 손을 들고 사람들을 진정시킨다. 각 그룹에서 한 사람씩 나와서 줄을 서기로 합의한다. 몰리가 가서 중식 볶음밥을 가지고 돌아와서 숟가락으로 종이 접시들에 나눠 담고, 아일리시는 조금밖에 먹지 못한다, 그녀는 몰리가 이렇게 잘 먹는 모습을 오랜만에 본다, 벤이 손으로 밥을 쥐어서 바닥에 던지자 아일리시가 손으로 쓸어서 치운다. 바깥의 어둠이 유리창에 짙게 내리지만 방의 불은 계속 환하게 켜져 있고 화장실 사용을 조정하기 위한 회의가 열려서 한 번에 한 그룹씩 쓰기로 하지만 불을 언제 끌지 합의를 끌어내지 못한다, 아이들은 울면서 잠을 이루지 못한다. 9시가 이미 지났습니다, 한 남자가 일어서서 말한다. 우리 애들 잠 좀 자게 당장 불 꺼요, 아니면 내가 저 불을 영영 꺼버릴 겁니다.

며칠이 지나고 그녀는 강물처럼 흐르는 비의 반짝임을 바라본다, 겨울은 하루하루 지날 때마다 그 하루하루가 알게 된 것을 빼앗아 가지만 심장은 그대로 알고 있다, 북처럼 그녀의 슬픔을 두드리는 이 심장. 언제 떠날지 두목으로부터 아무 소식도 없다. 사람들은 끼리끼리 모이고 몇몇은 낮에 잠을 잔다. 그동안 아일리시는 장난감으로 벤을 재미있게 해주려고 애쓰지만 벤은 밖에 나가고 싶어 한다. 그녀는 안 되는 이유를 설명할 수 없다. 아일리시는 어느새 몰리를 보고 있지만 보이는 사람은 베일리다. 짧게 자른 머리와 주근깨 난 눈꺼풀, 작은 입과 사이가 벌어진 치아, 위로 들린 얇은 코는 다르지만 그 밑에는 베일리가 태어났을 때 그녀가 그려 넣은 인중이 있다. 아일리시는 베일리를 본다. 베일리와 함께 있다. 베일리와 함께 그저 무엇을 바라보든 무(無)로 수렴되는 이 공간에 남고 싶다. 몰리가 이상하다는 듯 아일리시를 보더니 고개를 돌린다. 아일리시가 눈을 감자 이제 과거만이, 다른 누군가에게 속한 과거만이 보인다. 그녀는 텅 비어서 차갑고 바닥없는 어둠에서 바라보기만 한다. 세상이 참을 수 없어졌다는 느낌만 든다. 꿰뚫을 수 없는 침묵이 데려간 남편과 장남을 바라본다. 무(無)로 통하는 문이 열리고 두 사람이 그 안으로 들어가 사라진 것만 같다. 매일 그녀는 자리에 앉아서 핸드폰을 스크롤하며 정권이 매일 발행하는 사망 증명서를 훑어보면서 래리를 찾고, 그의 이름이 보이지 않자 느껴지는 안도감은 그녀의 슬픔을 더욱 키울 뿐이다. 비가 창문을 세차게 때리고 아침 식사로 얇게 자른 흰 빵과 튜브에 든 버터, 차갑게 조리한 소시지가 제공된다. 그들은 화장실을 쓰려고 줄에 서 있다. 벽에 기대어 앉은 청년이 담배를 피우며 머리 위로 연기를 내뿜자 아기에게 젖을 먹이던 여자가 고개를 돌리고 담배를 끄라고 소리친다. 청년이 삐끔거리며 일어나 모여 있는 남자들 사이로 들어간다. 화장실 문에는 잠금장치가 없고, 샤워기는 벽에 달린 수도꼭지에 대충 연결해서 만든 것이고 차가운 물이 뚜껑도 없는 배수구로 똑똑 떨어진다. 그녀에게는 작은 비누 한 조각과 몸을 닦을 작은 수건 하나밖에 없다. 자신은 씻지 않겠다고 한 몰리가 팔을 허우적거리는 벤을 잡아주고 아일리시는 벤에게 비누칠을 하고 차가운 물로 씻긴다. 아픈 아이가 있다. 매일 밤 우는 바로 그 아이다. 모나가 그 아이의 부모 주변에 모여든 사람들 틈에 끼어들었다가 돌아온다. 지금 아이를 안고 있는 여자가 중환자실 간호사래요. 그녀가 말한다. 애를 병원에 데려가야 하는데 부모는 어떻게 해야 할지를 몰라요. 청년이 문을 열고 들어오다가 부모와 아이를 가리키는 간호사를 맞닥뜨린다. 그의 손에 비닐봉지가 잔뜩 들려 있고 그는 후드를 벗을 시간도 없다. 간호사가 탁자까지 따라가자 청년이 얼굴을 찌푸린다. 3시가 넘어서 두목이 열쇠를 짤랑거리며 방으로 들어온다. 그가 부부 옆에 쪼그리고 앉아서 모자를 벗고 작은 눈과 빡빡 민 머리를 드러낸다. 아일리시가 생각했던 것보다 나이가 많다. 두목이 일어나서 미심쩍게 내려다보며 고개를 절레절레 흔든다. 의사를 여기로 데려올 수는 없어. 그가 말한다. 어차피 당신들은 날이 개면 떠나기로 돼 있어, 그때 가서 아무 의사나 다 찾아가. 간호사가 두목에게 다가가 팔을 잡지만 그는 화난 표정으로 그녀를 떨친다. 내가 병원에 데려가주면 당신들은 못 돌아오는 거야, 알아들어? 당신들이 낸 돈도 못 돌려받아, 그건 절대 안 돼, 내 돈이 아니라서 돌려줄 수가 없어, 그러니까 만약 병원에 가기로 결정하면 자발적으로 가는 거고 그 뒤는 당신들이 알아서 해야 돼, 사람을 시켜서 병원에 데려다줄 수는 있어, 어떻게 할 거야, 말해봐. 두목의 손에서 열쇠가 음악 소리처럼 짤그랑거리고, 젊은 부모는 결정을 내리지 못한다, 어머니가 고개를 숙이고 울기 시작한다. 제발 좀, 두목이 말한다, 한 시간 줄 테니까 결정해. 아일리시가 아버지의 품에서 축 처진 아이를 보면서 생각한다, 아직 어린애일 뿐이다, 저 아이가 저들에게 어떤 상실이 될까, 함께 산 시간도 얼마 되지 않는데, 그 작은 손을 보면서 그녀는 눈물을 흘리기 시작한다, 모나가 다가와서 무릎을 꿇고 손을 내밀어 벤을 안아준다, 벤이 무릎에서 방방 뛰게 해준다. 정말 멋진 아이구나, 그렇지, 아주 크고 튼튼하네, 분명히 대단한 운동선수가 될 거야, 내가 장담해. 모나는 얼굴이 아주 고요해지더니 허공을 잠시 보다가 고개를 젓는다. 다들 너무 힘들어요, 그녀가 속삭인다, 내 남편은 가게에 갔다가 돌아오지 않았어요, 난 그 이후로 남편을 못 봤죠, 우리 오빠랑 사촌, 사촌의 아내와 아이들까지 전부 실종됐어요. 잠시 모나의 얼굴 근육이 푹 꺼질 것만 같지만 애써 표정을 다잡는다. 우리는 오스트레일리아 비자를 받을 기회가 있었지만 거절했어요, 남편이 딱 잘라서 싫다고 했죠, 그때는 어딘가로 갈 수 없다고 했어요, 난 그게 맞았다고 생각해요, 남편이 어떻게 알았겠어요, 우리 중 누구든 무슨 일이 생길지 어떻게 알았겠어요, 다른 사람들은 알았나 봐요, 하지만 난 사람들이 어떻게 그렇게 확신하는지 절대 이해하지 못했어요, 그러니까 내 말은, 백만 년이 지나도 이런 일은 상상도 할 수 없을 거예요, 나는 떠난 사람들을 절대 이해하지 못했어요, 어떻게 그렇게 떠날 수 있었을까요, 모든 것을, 모든 삶과 모든 생활을 남겨놓고 말이에요, 그때 우리는 절대 그렇게 할 수 없었어요, 아무리 생각해봐도 그때 우린 아무것도 할 수 없었던 것 같아요, 그러니까 내 말은, 그때 그 비자를 받아서 뭔가를 할 여지가 없었어요, 그렇게 많은 약속을 했는데, 책임이 그렇게 많은데, 어떻게 갈 수 있었겠어요, 상황이 악화됐을 때는 어떻게 할 도리가 없었어요, 내가 무슨 말을 하려는 거냐면, 예전의 저는 자유의지를 믿었다는 말을 하고 싶은가 봐요, 이 모든 일이 일어나기 전이라면 난 내가 새처럼 자유롭다고 말했을 거예요, 하지만 지금은 잘 모르겠어요, 이런 기괴한 일에 휘말렸는데 어떻게 자유의지가 가능한지 모르겠어요, 한 가지 일이 다른 일로 이어지고, 결국 그 빌어먹을 사태가 스스로의 동력을 찾으니

할 수 있는 일이 아무것도 없어요. 이제 알겠어요. 내가 자유라고 생각했던 게 사실은 오직 노력이었나 봐요. 자유는 애초에 없었나 봐요. 그녀가 벤의 손을 잡고 춤을 추게 하면서 말한다. 하지만 지금 우린 여기에 있잖아요. 안 그래요? 그렇게 많은 사람이 사라졌는데, 더 나은 삶을 찾아서 떠나는 우리는 운이 좋은 거예요. 이제 앞만 볼 수밖에 없어요. 안 그래요? 그렇게 생각하면 작은 자유를 찾을 수 있을지 몰라요. 적어도 내 미래를 내 생각대로 만들어나갈 수 있으니까요. 계속 뒤만 돌아보는 건 어떤 면에서는 죽는 것과 같아요. 아직 살아야 할 삶이 조금 더 남아 있잖아요. 내 두 아들, 재들을 보세요. 둘 다 아빠를 똑 닮았어요. 저 애들은 살아야 할 삶이 있어요. 내가 반드시 그렇게 만들 거예요. 당신 애들도 마찬가지예요. 저 애들도 살아야 해요— 아, 제발 울지 말아요, 아일리시. 내 말 때문에 기분이 상했다면 미안해요. 내가 머리를 다듬어줄게요. 여기 왔을 때부터 계속 봤는데, 당신이 직접 잘랐죠? 조금만 다듬으면 돼요. 그뿐이에요. 아주 오래전에 학생 때 여름에 미용실에서 아르바이트를 했었거든요. 몰리의 머리도 다듬어줄게요.

아일리시가 창가에 서서 바깥을 내다보자 어머니가 아이를 안고 두목을 따라가고 아버지는 짐을 들고 뒤에서 쫓아간다. 비가 콘크리트를 때리고 물방울이 맺혀 창문으로 떨어진다.

그녀는 유리에 비친 자신을 보면서 늙어버린 얼굴의 그림자를 본다, 다른 사람의 얼굴 같다. 그녀는 하늘을 보며 허공에 떨어지는 비를 주시한다, 폐허가 된 마당에는 아무것도 보이지 않지만 세상은 자기 존재를 역설한다, 시멘트가 조용히 부서지면서 밑에서 수액이 솟아오르고, 이 마당이 사라지면 세상만이 남을 것이다, 세상은 꿈이 아니라고 주장하지만 보는 사람에게는 달아날 방법이 없는 꿈일 뿐이고 그러한 삶의 대가는 고통이다, 그녀는 자기 아이들이 헌신과 사랑의 세상에 들어가는 모습을 보고 또 아이들이 공포의 세상에 살도록 저주받는 것을 본다, 아일리시는 그런 세상이 끝나기를 원한다, 그런 세상이 파괴되기를 원한다, 그녀는 아직 아기인 아들을, 아직 천진난만한 이 아이를 본다, 자신이 스스로와 얼마나 부딪치게 되었는지, 스스로에게 얼마나 놀랐는지 본다, 공포에서 연민이 나오고 연민에서 사랑이 나오고 사랑으로 세상을 되찾을 수 있음을 알아본다, 아일리시는 세상이 끝나지 않으리라는 사실을, 당신이 살아 있는 동안 갑작스러운 사건으로 세상이 끝나리라는 생각은 허영임을, 끝나는 것은 당신의 삶임을, 오로지 당신의 삶뿐임을 깨닫는다, 예언자들의 노래는 그 어느 때나 항상 반복되던 똑같은 노래임을 깨닫는다, 칼의 도래, 불에 삼켜지는 세상, 정오에 땅으로 곤두박질치는 태양, 어둠에 잠긴 세상, 곧 눈에 보이지 않도록 쫓겨날 사악함에 대해서 예언자가 길길이 날뛸 때 그의 입을 통해 드러나는 신의 분노, 예언자가 노래하는 것은 세상의 종말이 아니라 이미 일어난 일과 앞으로 일어날 일과 어떤 사람에게는 일어났지만 다른 사람에게는 일어나지 않은 일의 종말이다, 세상은 어느 곳에서는 늘 끝나고 또 끝나지만 다른 곳에서는 끝나지 않는다, 세상의 종말은 늘 특정 지역에서 일어나는 사건이다, 세상의 종말이 당신 나라에 찾아가고 당신 동네를 방문하고 당신 집의 문을 두드리지만 다른 사람에게는 그것이 머나먼 경고, 짤막한 뉴스, 전설이 되어버린 사건들의 메아리일 뿐이다, 뒤에서 벤의 웃음소리가 들려서 돌아보니 몰리가 벤을 무릎에 앉히고 간지럽히고 있다, 아일리시가 아들을 보자 그 눈 속에서 몰락 이전의 세상에 대해서 이야기하는 밝은 빛이 보인다, 그녀는 무릎을 꿇고 몰리의 손을 잡고 운다. 정말 미안해, 아일리시가 이렇게 말하자 몰리가 얼굴을 찌푸리며 보더니 고개를 젓고 엄마를 끌어당겨 안는다. 미안할 거 없어요, 엄마. 아일리시는 미소를 지으려 애쓰고 몰리가 엄마의 눈가를 닦아준다. 지금 몇 시니? 아일리시가 말한다, 이모한테 메시지 좀 보내줘. 그녀가 벤을 받아 안고 고개를 돌려 핸드폰으로 테크노 음악을 시끄럽게 트는 10대를 못 참겠다는 표정으로 보면서 딸에게 말한다, 몰리, 재가 음악을 끄긴 할까?

불이 꺼져 있을 때 문이 열리더니 두목이 손전등 불빛으로 벽을 비추며 들어온다. 빌어먹을 스위치는 어디 있어? 그가 이렇게 말하자 어떤 남자가 이쪽에 있어요, 라고 대답한다. 갑자기 환해지자 사람들이 눈을 비비며 일어나 앉고, 두목이 아직 자는 사람들을 헤치고 방 한가운데로 온다. 좋아, 잘 들어, 당신들은 오늘 밤에 떠날 거야, 새벽 2시 정각에 올 테니 나갈 준비를 하고 애들을 조용히 시켜, 가방을 실을 공간은 없어, 한 사람당 작은 배낭 하나 또는 쇼핑백 하나만 가져갈 수 있어, 아이 몫으로도 하나야, 시키는 대로 하지 않으면 가방을 빼앗기고 빈손으로 가는 거야, 할 말은 이걸로 끝이야. 두목이 돌아서서 나가려고 할 때 어떤 여자가 외친다, 가방 얘기는 뭐예요, 아무도 그런 말 한 적 없어요, 다른 사람들도 항의하기 시작하지만 두목이 양손을 들어 말을 끊는다. 한 사람당 가방 하나, 이 문제에 대해서 내가 할 말은 그것뿐이야. 그가 문을 나서자 사람들이 그를 욕하면서 짐을 챙기기 시작하고, 아일리시는 물건을 전부 바닥에 꺼내놓는다, 벤은 아직 잠들어 있고 몰리가 자리에 앉아서 팔짱을 낀다. 엄마, 뭘 가져갈지 모르겠어요, 가고 싶지 않아요. 갈아입을 옷 두 벌만 챙겨, 옷은 나중에 언제든지 살 수 있으니까, 대체 불가능한 걸 가져가야 돼. 아일리시가 사진 액자를 뒤집어서 덮개를 열고 사진을 꺼내서 여권에 끼우자 몰리가 그 모습을 보더니 눈물을 흘리며 고개를 숙인다. 엄마, 몰리가 말한다, 제발요, 우리가 왜 가야 하죠, 난 가기 싫어요, 안전하지 않아요, 안전하지 않은 거 알잖아요, 저 사람들 전부—— 아일리시가 몰리의 손을 잡고 힘을 준다. 충분히 얘기했잖아, 안 그래? 밤새 얘기할 수도 있어, 이모가 전부 손을 써놨대, 지금은 우리한테 다른 방법이 없어. 새벽 2시에 문이 열리고 손이 하나 들어와 불을 켜더니 두목이 아니라 비니를 쓰고 면도를 하지 않은 남자가 들어와서 스코틀랜드 억양으로 사람들을 조용히 시킨다, 잠든 벤을 안고 등에 가방을 멘 아일리시가 벤에게 필요한 물건을 넣은 쇼핑백을 손에 들고 고개를 돌려 그들의 물건을 본다, 버려진 짐과 쓰레기와 망가진 판지로 가득한 방, 땀과 더러운 기저귀 냄새가 진동하는 공기, 바깥으로 나가자 공기가 신선하고 차갑고 구름은 걷혔다. 그들이 건물 뒤로 따라가보니 연결식 트럭이 세워져 있다, 손전등을 든 남자가 컨테이너에 타라고 지시하자 사람들이 발판 사다리를 올라가기 시작하는데 어떤 아이가 큰 소리로 운다, 몰리가 움직이려고 하지 않아서 아일리시가 그녀를 쿡쿡 찌르면서 따라가라고 한다, 엄마가 등을 밀자 몰리가 마음을 바꾸고 핸드폰 불빛으로 길을 비추며 사다리를 올라간다, 앉을 수 있는 깔판이 있고 모두가 지켜보는 가운데 비니를 쓴 남자가 문 앞에 서서 말한다. 오래 안 걸려요, 트럭이 멈추면 조용히 하고 아이들도 조용히 시키는 거 잊지 마세요. 경첩

이 끼익 소리를 내며 문이 닫히고 그들이 컨테이너에 갇힐 때 한 아이가 소리를 지른다, 안쪽 어딘가에서 어떤 여자가 기도를 올리고 시동이 켜지자 몰리가 엄마 손을 잡는다. 아일리시가 래리에게 속삭인다, 그에게 전부 다 괜찮아질 거라고 말한다, 눈을 떠보니 컨테이너는 핸드폰에서 나오는 하얀 불빛으로 가득하다, 사람들은 메시지를 보내거나 트럭의 경로를 파악한다, 잠시 후 트럭이 속도를 늦추고 길을 꺾더니 느린 속도로 도로를 따라가다가 멈춰 서서 헐떡거린다. 뒷문 빗장이 열리고 희미한 빛이 들어오고 어떤 남자가 조용히 내리라고 말한다, 몰리가 엄마의 손을 잡고 컨테이너 입구로 간다. 새벽과 하나가 되고 싶은 마음, 새로운 날이 나타나기를 기다리는 이 느낌, 어떤 남자가 아일리시에게 손을 내밀자 그녀가 그 손을 잡고 내려온다, 양손을 주머니에 넣고 선 두목이 보인다. 어둠 속에서 납빛으로 보이는 낡은 단층집, 고요한 밤, 그들을 재촉하는 바람을 제외하면 모습을 드러내지 않는 세상. 조금 있으면 새벽이 밝는다, 그들은 한 무리가 되어 아이들을 품에 안고 좁은 길을 걸어가며 소들이 잠잠한 들판을 지나고, 아무도 한 마디도 하지 않는다, 두목의 손전등이 잠시 켜지더니 다시 꺼진다. 바로 그때 바다가 보이고 대양의 소리가 쌩쌩 부는 바람 소리와 엮인다, 그들은 도로를 건너 모랫길을 지나 모래언덕을 넘어서 해변으로 간다, 그녀는 이 해변의 이름을 안다, 여러 번 와봤다. 그곳에서 옅은 색 방한 외투를 입은 남자가 후드를 쓴 채 핸드폰에 문자메시지를 입력하고 있다. 아일리시는 물가의 고무보트 두 대를 본다. 곶에서 하얗게 부서지는 커다란 파도 외에는 아무것도 없이 황량하고 검은 바다를 보자 마음 속에서 무언가가 내동댕이쳐진다. 남자가 뭐라고 외치지만 들리지 않고, 그녀는 사람들을 따라 해안에 쌓인 구명조끼를 향해서 걸어간다. 구명조끼가 충분하지 않다. 몰리에게 조끼를 주지만 입지 않으려 한다. 몰리가 고개를 젓자 아일리시가 말한다. 몰리, 벤이 내 품에 묶여 있잖아, 나는 어차피 못 입어, 몰리가 엉엉 울고, 방한 외투를 입은 남자가 각 보트를 맡을 사람을 지명한다. 그가 두 사람에게 GPS를 나눠주면서 하는 말이 들린다. 좌표를 향해서 보트를 몰면 금방 도착할 겁니다. 몰리가 낑낑대며 조끼를 입다가 손을 버둥거리자 아일리시가 끈을 조정해주고 딸의 얼굴을 본다. 잠시 세상이 고요해진 것 같다. 수평선 너머에서 입을 벌리고 있는 어둠에만 속하는 침묵이다. 몰리는 가지 않겠다고 애원하면서 소리친다. 엄마, 제발요, 가기 싫어요, 이러기 싫어요. 아일리시는 잠시 서서 보트에 타는 사람들을 지켜본다. 바람이 그들에게서 뭔가를 끄집어내려는 듯이 그들의 입으로 돌진한다. 그녀가 어둑하고 경사진 곳을 보고 저 멀리 들판에 연한 파란색으로 서 있는 말을 본다. 파란 말을 보고 무언가를 깨닫는다. 그녀가 몰리의 눈을 보지만 적당한 말을 찾을 수가 없다, 이제 전하고 싶은 것을 표현할 말이 없다, 하늘을 봐도 어둠밖에 보이지 않는다, 아일리시는 자신이 줄곧 이 어둠과 하나였음을 안다, 여기 남는 것은 이 어둠 속에 남는 것이지만 그녀는 아이들이 계속 살아가기를 바란다, 아일리시는 아들의 머리를 어루만지고 몰리의 양손을 잡고서 절대 놓지 않겠다는 듯이 힘을 준다, 그런 다음 말한다, 바다로, 우리는 바다로 가야 해, 바다가 삶이야.

옮긴이의 말

《예언자의 노래》는 아일랜드 소설가 폴 린치가 2023년에 발표한 작품으로, 같은 해에 "신선하고 용감한, 감정적인 스토리텔링의 승리"라는 찬사를 받으며 부커상을 수상했고, 소설과 비소설 부문을 통틀어 그해에 아일랜드에서 가장 잘 팔린 작품의 자리를 차지했다. 이 작품은 아일랜드가 전체주의 국가로 변하면서 네 아이의 어머니인 주인공 아일리시 스택이 가족을 지키기 위해 고군분투하는 모습을 그린 디스토피아 소설로, 작가는 시리아 내전과 그로 인해 발생한 난민 문제, 곤경에 처한 난민에 대한 서구 사회의 무관심을 보면서 이 책을 구상하게 되었다고 한다.

이 책의 가장 중요한 특징은 내용보다는 그 형식에 있다. 책을 잡고 읽기 시작했을 때 가장 눈에 띄는 것은 문단이 거의 나뉘지 않고 문장이 마침표 없이 줄줄이 이어지며 구와 절이 섞여 있다는 점이다. 또한 등장인물들이 나누는 대화 역시 줄바꿈 없이 이어진다. 이러한 문체 덕분에 독자는 아일리시가 처한 숨 막히는 상황을 숨 가쁘게 읽어 내려갈 수밖에 없고, 따라서 내용에 앞서 문체 자체가 다급하고 갑갑한 분위기를 일차적으로 전달한다. 그리하여 우리는 암울하고 혼돈스러운 사회를 머리가 아니라 몸으로 경험하게 된다.

또한 3인칭으로 서술되지만 아일리시의 생각을 따라가기 때문에 어지럽고 불안한 내면이 그대로 드러난다. 아일리시는 교원 노조 소속인 남편이 비밀경찰에게 잡혀간 뒤 계속 남편에게 말을 걸기도 하고 잠을 제대로 이루지 못하며 꿈과 현실, 과거와 현재와 미래가 뒤얽힌 시간을 보내는데, 주로 복잡한 주제를 탐구하는 폴 린치는 특유의 시적이고 자유로운 서술 방식으로 그녀의 복잡한 내면을 능숙하게 보여준다. 정해진 방향 없이 사방으로 뻗어나가는 생각과 모호하고 설명하기 힘든 이미지가 많이 등장하는 데다가 긴박한 문장 때문에 쉽게 읽히는 이야기는 아니지만 그 덕분에 아일리시가 처한 상황을 더욱 효과적으로 경험할 수 있다.

앞서 언급했듯이 작가는 2011년에 시작해서 아직까지도 끝나지 않은 시리아 내전을 보면서 이 작품을 구상했지만 그 후로도 러시아의 우크라이나 침공과 이스라엘의 가자 지구 폭격과 같은 전쟁이 세계 곳곳에서 연달아 일어났고 지금도 진행 중이다. 슬픈 일이지만《예언자의 노래》는 현시대의 사회적, 정치적 불안을 예리하게 포착하는 가장 시의적절한 작품이 되었고, 진쟁 지역에 살지 않는 독자들도 지구상 어딘가에서 일어나고 있는 불안하고 암울한 전쟁을 간접적으로 겪을 수 있다. 소설 속 작가의 말처럼 "세상의 종말은 늘 특정 지역에서 일어나는 사건"이며 "다른 사람에게는 머나먼 경고, 짤막한 뉴스, 전설이 되어버린 사건들의 메아리일 뿐"이지만 그것을 내 일처럼 경험하게 만드는 것이 바로 문학의 힘일 것이다.

2024년 11월

허진

예언자의 노래

1판 1쇄 발행 2024년 11월 20일
1판 2쇄 발행 2024년 12월 9일

지은이 · 폴 린치
옮긴이 · 허진
펴낸이 · 주연선

(주)은행나무
04035 서울특별시 마포구 양화로11길 54
전화 · 02)3143-0651~3 | 팩스 · 02)3143-0654
신고번호 · 제 1997—000168호(1997. 12. 12)
www.ehbook.co.kr
ehbook@ehbook.co.kr

ISBN 979-11-6737-492-9 (03840)